TROIS PETITS CAILLOUX NOIRS

Éditions Favre
29, rue de Bourg
CH – 1003 Lausanne
Tél. : +41 (0)21 312 17 17
lausanne@editionsfavre.com
www.editionsfavre.com

Groupe Libella

Dépôt légal en Suisse en avril 2024.

Couverture : Steve Guenat, idéesse
Mise en pages intérieure : Lemuri-Concept

ISBN : 978-2-8289-2169-9

La maison d'édition Favre bénéficie d'un soutien structurel
de l'Office fédéral de la culture pour les années 2021-2024.

Christian Lanza

TROIS PETITS CAILLOUX NOIRS

FAVRE

À mon fils Nicolas, sa femme Akiko
et mes petits-enfants Luca et Teo,
qui font preuve tous les jours d'affection et de respect
pour le vieil homme que je suis devenu.
Je leur en suis très reconnaissant.

PROLOGUE

Le vieil homme ne parvenait pas à trouver le sommeil. Après s'être tourné et retourné dix fois, il ralluma la lumière et saisit sur la table de chevet l'exemplaire orange de la collection « Belles-Lettres » du *De senectute* de Cicéron. Le marque-page demeurait coincé au chapitre XIX que le vieillard avait relu à maintes reprises, lorsque la peur de sa mort prochaine lui serrait la gorge et que l'envie lui venait de sortir dans la rue pour rosser le premier jeune qu'il rencontrerait, simplement par jalousie d'un visage sans rides et d'une assurance de petit prétentieux qui croit avoir tout compris, à peine sorti de l'adolescence. Quand il atteignait ce stade d'énervement contre la cruauté de son destin, le seul moyen de se calmer consistait à tenter de se laisser convaincre par le stoïcisme de Cicéron :

> « Il est dans l'ordre de la nature de mourir quand on est vieux. Quand la mort frappe un jeune homme ou une jeune femme, cela semble se produire en dépit de la nature, comme un feu maîtrisé sous une montagne d'eau ; alors que le vieillard s'en va doucement comme une flamme qui s'éteint toute seule. Les fruits encore verts ne se détachent qu'avec peine, mais ils tombent d'eux-mêmes quand ils sont mûrs. Cette maturité de la vieillesse a beaucoup de charme pour moi : à mesure que je m'approche de la mort, il me semble que je découvre la terre après une longue navigation, et que je vais enfin toucher au port. »

Le vieil homme soupira longuement, presque ému par la sagesse de l'écrivain et politicien romain. Mais il connaissait également par cœur le début du premier discours des

Catilinaires où Cicéron s'en prend violemment au jeune patricien qui avait ourdi un complot contre la République :

> « Enfin, Catilina, jusqu'à quand abuseras-tu de notre patience ? Combien de temps encore ta fureur se jouera-t-elle de nous ? Vers quel but tendra ton audace effrénée ? »

L'homme âgé avait toujours pensé comme le consul romain que lorsque l'ambition ou la folie conduit un jeune à commettre l'irréparable, on devait l'éliminer sans état d'âme. C'est ce que Cicéron avait fait en envoyant l'armée romaine contre les conjurés avec la mission de tuer Catilina, en 62 avant Jésus-Christ. S'il le fallait, dans le cas qui le préoccupait, il n'hésiterait pas.

Rasséréné, le vieillard reposa le bouquin, éteignit la petite lampe de lecture articulée et s'endormit comme une masse.

I

À la fin de son cours sur *Les Essais* de Montaigne, le professeur Gregor Gradowski sortit dans le parc des Bastions situé derrière les bâtiments de l'université et se rendit sur son banc habituel à l'ombre des marronniers. Le ciel était d'un bleu profond, le soleil se faufilait entre les branches pour lui chauffer le visage. Il avait fermé les yeux, se laissant aller à ses pensées, à mille lieues de se douter qu'un drame épouvantable allait le toucher dans les minutes suivantes.

L'éminent professeur avait pris sa retraite depuis presque vingt ans mais officiait encore comme chargé d'enseignement pour des auditeurs libres. Et chaque année, il devait refuser une quantité incroyable de candidats car le cours était limité à trois cents personnes, la capacité maximale de l'auditorium du bâtiment principal. Gregor Gradowski, que les étudiants de plusieurs générations avaient appelé Grado, était d'une part un savant d'une érudition incomparable, et de l'autre un orateur exceptionnel qui vulgarisait les notions les plus pointues de sa voix merveilleusement chaleureuse, dans un français d'une rare pureté. Il avait publié de multiples études critiques, notamment sur les auteurs des XVIe et XVIIe siècles, dont la dernière s'intitulait: *Les idées novatrices de Montaigne*. Il y prenait, avec une certaine malice, le contre-pied de la doctrine officielle des commentateurs littéraires se plaisant à relever de manière universellement convenue le conservatisme exacerbé de Montaigne. Le professeur montrait notamment, entre autres exemples nombreux, que l'auteur avait, seul au monde à son époque, fustigé avec force les interventions colonialistes des Européens en Amérique ou encore les bûchers réservés aux supplices des sorcières condamnées par l'Inquisition.

Entre deux cours, il aimait à se reposer sous les arbres du parc et préparait mentalement la suite de son intervention didactique qu'il prodiguerait comme d'habitude sans aucune note avec un brio inégalable. Son succès et sa facilité lui valaient d'ailleurs une forme larvée de jalousie de la part de la majorité de ses ex-collègues qui devaient suer pour préparer un enseignement plus laborieux et souvent moins apprécié. Eux consultaient les bibliothèques, lui son cerveau. Un sourire timide naquit sur son visage quand il eut décidé de l'introduction de la deuxième heure de son cours sur Montaigne. Il voulait simplement pourfendre l'idée reçue du respect servile de l'écrivain pour le roi de France avec la citation suivante: « Et au plus élevé trône du monde, nous ne sommes assis que sur notre cul. »

Tout comme Montaigne, de loin son auteur préféré, Gradowski avait toujours fait preuve d'un scepticisme très fort à l'égard des bien-pensants et des donneurs de leçons engoncés dans leurs certitudes dérisoires. Comment pouvoir être sûrs d'avoir raison alors même que nos connaissances de l'infini sont nulles? Grado avait une profonde admiration pour Pyrrhon d'Élis dont les idées avaient été transcrites par Timon: d'après ce philosophe antique, l'ataraxie, c'est-à-dire la tranquillité de l'âme, ne pouvait se gagner que par le mutisme puisque la nature des choses ne se soumet qu'à nos sens imparfaits, largement incapables de l'appréhender dans sa complexité. Le professeur avait trouvé en quelques minutes le développement de sa deuxième heure de cours. Après avoir montré à quel point Montaigne démystifiait le pouvoir royal, il poursuivrait en précisant comment l'auteur affirmait qu'on ne peut en aucun cas tirer des conclusions universelles, d'une part en raison de la faiblesse de nos perceptions, et d'autre part de leur relativité, notamment en fonction des différences de culture.

Son sourire fut suivi d'un petit gloussement de plaisir, et perdu dans ses pensées, les yeux fermés, il n'entendit pas les quatre individus inquiétants qui s'approchaient du banc où il était assis. Deux d'entre eux étaient vêtus d'habits noirs, les deux autres portaient des tenues bariolées de camouflage;

les quatre hommes s'étaient recouvert le visage d'un masque blanc et marchaient calmement en direction de Gradowski, chacun tenant une batte de baseball à la main. À la vue de ce commando effrayant, la jeune maman assise sur le banc d'en face se leva précipitamment et s'en alla au pas de course avec sa poussette. Le premier choc atteignit Gradowski à la tempe. Le professeur parvint à ouvrir les yeux une seule fois avant qu'une pluie de coups ne s'abatte sur son visage. Ce fut à peine si son corps fut secoué d'un tremblement nerveux avant de mourir. Son cadavre resta ensuite en position assise, la tête en sang, penchée en avant. Puis les quatre agresseurs repartirent tranquillement vers l'une des sorties latérales du parc, montèrent sur deux motos et disparurent très vite. Cette attaque éclair n'avait duré que deux ou trois minutes, et quelques passants avaient vaguement aperçu les silhouettes des agresseurs de loin, sans intervenir, pétrifiés, se rendant bien compte qu'un drame épouvantable se déroulait sous leurs yeux qui ne voulaient pas voir.

La police fut d'une rare efficacité. Elle monta rapidement une tente pour cacher la scène de crime et quadrilla la zone en tirant des rubalises jaunes et noires entre les quatre troncs des arbres qui entouraient le banc.

Le lendemain, la presse relata l'agression et cette nouvelle provoqua la stupeur de la population et une émotion d'autant plus vive que la notoriété de Gradowski était immense. Tous les étudiants en lettres de la ville avaient unanimement apprécié son enseignement depuis plusieurs décennies, et les professeurs de l'ensemble des universités francophones furent atterrés d'apprendre la fin tragique d'un si éminent collègue, auteur d'un grand nombre d'ouvrages de référence faisant autorité dans les facultés de langue française.

Évidemment, la première question que la police se posa, et d'ailleurs tout le monde avec elle, fut tout simplement la suivante : « pourquoi ? »

Pour tous, ce crime exprima la brutalité contre la finesse, la perversité contre l'innocence, la cruauté contre la bienveillance, l'illettrisme contre la culture, le fascisme contre la démocratie, pour tout dire : la bestialité la plus abjecte contre l'expression la plus fine de l'intelligence humaine.

II

Le lendemain, dans son bureau, le capitaine Antoine Sauthier, qui avait succédé à Michel Dupont à la tête de la brigade criminelle de la police judiciaire de Genève, se triturait les méninges pour tenter de déchiffrer la signature de l'assassinat, ces lettres majuscules « BAVE » peintes au spray sur le dos du banc public où on avait retrouvé le cadavre mutilé du professeur Gradowski. Énervé, il composa le numéro interne 12, celui de l'inspecteur Vincent Dreyer, et lui demanda de le rejoindre immédiatement.

– Bonjour Vincent. Ce crime de Gradowski m'ennuie particulièrement. Toute la ville attend une réponse. Est-ce que tu es d'accord de mener cette enquête ?

– Pourquoi voulez-vous me la confier ?

– Mais parce que ce massacre ressemble à celui que ton père et sa famille ont subi en 1997, évidemment[1]. Et je suppose que la rage est encore bien présente dans ton esprit. Tu sauras punir une bande de quatre salopards assez lâches pour s'attaquer à un vieillard sans défense. Mais entre nous, de toi à moi, cette fois, dans le cadre de la plus stricte légalité. Exclu de jouer au héros vengeur. Je te demande simplement d'identifier ces brutes épaisses.

– J'accepte, à une seule condition : que nous soyons à nouveau deux pour ce travail délicat. Et je vous demande de pouvoir encore une fois être associé à mon ami Bonnard.

– Accordé, avec un certain regret, mon petit Vincent. Il faudra t'affranchir, te lancer, prendre confiance en toi. Ton pote ne sera pas toujours là pour te tenir la main. Tu as trente-six ans,

1. C.f. *Les anges noirs*, du même auteur.

tu fais partie de la maison depuis bientôt dix ans, et tu n'as encore jamais conclu une enquête par toi-même! Et ne me prends pas pour un naïf: je sais que tu as employé des méthodes radicales lors de tes investigations concernant le massacre de ta famille. Mon prédécesseur Dupont m'a mis au parfum. Il m'a expliqué comment Bonnard avait couvert tes initiatives meurtrières. Il t'a laissé te venger parce qu'il avait bien compris que c'était pour toi un besoin viscéral, mais cette fois-ci, je ne veux aucune bavure, pas de dommages collatéraux, une enquête propre, exemplaire, républicaine, faisant honneur à la correction de notre police.

– Oui, bien sûr, patron, comptez sur moi pour octroyer à ces quatre assassins, des brutes sanguinaires sans foi ni loi, un séjour agréable à la prison de Champ-Dollon, où ils pourront choisir leur programme sur un téléviseur à écran plat et le menu qu'ils préfèrent parmi les trois proposés, signer une pétition pour qu'on leur parle plus gentiment et exiger le versement sans retard des indemnités auxquelles ils ont droit pour leur travail exténuant à l'atelier de sculpture sur bois.

– Les conditions de détention ne nous concernent pas. Notre job, c'est d'arrêter des salauds, pas de les faire souffrir en prison. J'exige que l'affaire soit résolue au plus vite et dans les meilleures conditions possibles.

– Merci de ne pas me mettre la pression, chef. Je prendrai exemple sur la célérité dont Dupont avait fait preuve pour conclure en 2021, avec mon aide et celle de Gilles, l'enquête sur la tuerie de ma famille qui lui avait été confiée en 1997.

– Ah bon, voilà le respect dont tu fais preuve à l'égard de ta hiérarchie? Tire-toi en vitesse, petit insolent, avant que je ne t'envoie dans la brigade financière pour vérifier les comptes des indépendants!

– Sans rancune! Bonne journée, boss!

Une fois qu'il fut parti, Antoine Sauthier éclata de rire. Il aimait bien ce Vincent Dreyer, un garçon certes culotté, mais qui avait surmonté ses graves problèmes psychiques avec un certain courage. Puis il se rembrunit. Il devrait tout de même se méfier d'un policier enclin à critiquer vertement ses supérieurs et capable de déraper à tout moment.

Vincent alla ensuite frapper à la porte du bureau de Gilles Bonnard, son collègue, à vrai dire son ami depuis qu'il l'avait aidé à se venger des assassins de sa famille, puisque lui-même avait dû se récuser.

– Gilles, Sauthier vient de nous confier l'enquête sur le meurtre du professeur Gradowski. J'ai insisté pour que nous reformions le tandem qui avait si bien fonctionné pour venir à bout de l'énigme du massacre de mes proches.

– Non, Vincent, fini le tandem! Tu dois t'habituer à pédaler seul.

– Mais pourquoi? Le but, c'est l'efficacité, et nous nous complétons à merveille. Les remarques de l'un corrigent les erreurs de l'autre. J'ai besoin de ton aide et de tes conseils.

– Tu sais, j'ai accepté de te seconder jusqu'au bout la dernière fois, parce que je sentais bien la nécessité vitale pour toi de venger ta famille, mais je réprouve ta manière d'agir. Je ne veux pas cautionner une deuxième fois une méthode qui s'apparente davantage à un règlement de comptes entre mafieux qu'à la pratique d'une investigation policière menée dans le respect des exigences d'un ordre légal structurant une police légitimée par le droit.

– Amen!!!

– Je ne plaisante pas, Vincent. J'ai besoin de mon job pour me reconstruire après mon divorce. Je ne supporterais pas de me faire licencier à cause de tes conneries.

– Je suis redevenu un flic normal. J'ai chassé mes démons. Moi aussi j'ai besoin de repartir dans une nouvelle vie. Figure-toi que j'ai même rencontré une femme.

– Ah bon, ta belle Adèle[2] d'Alès?

– S'il te plaît, ne plaisante pas avec ça! Cette fois, c'est du sérieux. Elle s'appelle Isabelle, une amie d'enfance. Mais réponds à ma question.

– Tout ce que je peux te promettre, c'est de faire régulièrement le point avec toi sur l'avancée de l'enquête, te donner mon avis sur tes hypothèses de travail, mais ne compte pas sur moi pour aller dégommer qui que ce soit sur le terrain.

2. Cf. *Les anges noirs*, du même auteur.

Vincent quitta le bureau et ne put s'empêcher de se laisser envahir par un sentiment de lourde tristesse. Comment définir l'amitié ? N'y aurait-il jamais droit ? Pour dépasser le stade du simple copain, fallait-il trouver quelqu'un qui partage exactement toutes les mêmes idées que soi-même, une sorte de double, un miroir, un clone, une réplique ? Vincent ne partageait vraiment pas ce point de vue. Il lui semblait qu'un rapport dialectique engendre le dialogue, la confrontation d'idées qui assure le progrès d'une relation dynamique. Lui n'avait jamais pu ni voulu s'installer dans une vie statique, définitive, ancrée dans la certitude d'avoir raison sur tous les plans. Cette autosatisfaction sans partage lui semblait une mort de l'âme, un immobilisme intellectuel opposé à son envie d'évolution permanente, de remise en question, de doute. Le problème était qu'un individu vivant dans le questionnement a réellement besoin de soutien, d'explications, de conseils, d'analyse de sa propre pensée complétée par celle d'un autre. Ce que précisément il avait apprécié de la part de Gilles dans son enquête précédente, c'était le contre-pied que son ami avait opposé à ses envies de règlements de comptes, le droit opposé à la vendetta, et il y avait souvent songé, conscient d'avoir franchi la ligne rouge en exécutant sommairement les personnes impliquées dans la tuerie de sa famille. Il en avait tiré profit, était devenu moins sauvage, avait accepté de faire des compromis, notamment en s'apprêtant à se mettre en ménage commun avec Isabelle et en acceptant d'essayer de tenir lieu d'homme de référence pour ses deux garçons, rôle qu'il n'aurait pas été prêt à assumer avant d'avoir accompli sa mission vengeresse. En tout cas, il avait cru avoir vraiment trouvé un ami en la personne de Gilles, et il interprétait son refus de collaboration comme une sorte de trahison. Aussi, après s'être morfondu en ressassant cette idée insupportable pour lui, retourna-t-il dans le bureau de son collègue pour obtenir une explication supplémentaire.

– Gilles, désolé de te harceler avec mes problèmes existentiels, mais tu le sais, je ne suis pas un flic comme les autres, qui fait son job sans trop se poser de questions. Tu connais ma vie antérieure, tu sais par quels chemins difficiles je suis passé. Je n'avais jamais eu d'amis avant notre enquête commune, et j'ai sincèrement cru l'avoir trouvé en toi. Alors, si tu ne penses pas que notre relation s'apparente à de l'amitié, je veux juste le savoir pour tenter de retrouver une personne en qui j'aie une confiance absolue, parce que je ne peux pas vivre sans des rapports de qualité avec un être humain qui me comprenne.

– Vincent, l'amitié ne tombe pas du ciel, comme je te l'ai déjà répété plusieurs fois, elle se construit, se forge peu à peu, et notre relation proche ne date que de six mois. Il faudra encore traverser des moments difficiles comme d'autres plus agréables pour apprendre à mieux nous connaître.

– À ton avis, deux êtres différents peuvent-ils devenir de véritables amis, ou faut-il au contraire qu'ils aient les mêmes goûts et les mêmes idées ?

– Il doit y avoir un socle commun, une identité de vues sur les points les plus importants. Ensuite, les nuances apportent la richesse de deux personnalités à la fois différentes et complémentaires, capables de s'écouter, notamment quand il s'agit de se faire progresser mutuellement.

– Est-ce que je pourrais correspondre à ta définition de l'ami idéal ?

– Peut-être. C'est trop tôt pour le dire. Si tu parviens à te plier à certaines règles, si tu renonces à tes pulsions anarchiques et instinctives, si la tête finit par dominer l'animal, pourquoi pas ?

– Tu me laisses une petite chance de me civiliser…

– Bon, Vincent, assez perdu de temps. Franchement, tu me gonfles avec tes discours larmoyants. Nous ne sommes pas payés par l'État pour nous épancher sur nos problèmes psychologiques et nos digressions philosophiques à deux balles. En ce qui me concerne, je préfère vivre une relation d'amitié, avec ses hauts et ses bas, plutôt que de disserter dans le vide. Essayons plutôt d'analyser ce meurtre sauvage. À ton avis, qui pouvait en vouloir à ce point à un professeur discret, un pur intellectuel qui n'aurait pas fait de mal à une mouche ?

– Je crois que nous ne devons chercher aucune logique dans ce crime odieux. Bien sûr, il faudra éplucher la vie personnelle de Gradowski, ses tendances sexuelles, ses habitudes, les cercles qu'il fréquentait, sa relation avec son épouse, constater si l'état de sa fortune personnelle aurait pu donner des idées à d'éventuels héritiers, mais personnellement, je penche plutôt pour l'action gratuite d'un groupe de malades.

– Oui, mais quel type de malades ?

– Justement, ce sera notre rôle de le déterminer.

– Pol Pot faisait massacrer les porteurs de lunettes car il pensait que la lecture avait provoqué la baisse de la vue de ces gens devenus trop intelligents et donc dangereux pour une société basée sur l'obéissance aveugle d'une population soumise à la dictature des Khmers rouges. Peut-on trouver actuellement une réminiscence de cette haine des intellectuels ? Cela me semble tout de même peu probable.

– C'est une idée, mais comme Gradowski était juif, je penche plutôt pour un groupuscule de nazis du genre de ces imbéciles à la tête aussi vide que rasée qu'on voit encore défiler avec des drapeaux ornés de croix gammées dans les pays où on laisse l'extrême droite exprimer ses pires sentiments de haine raciste.

– Ou alors s'agit-il de l'expression bestiale du désir de violence gratuite, dispensée au hasard des rencontres par des fous assoiffés de sang innocent, comme cette bande de loubards de quartier qui récemment a tué deux pères de famille en pleine rue simplement pour se défouler ?

– Notre société est devenue folle. Et si c'est ce que tu décris, Gilles, alors je le ferai payer très cher à ces salauds.

– Vincent, tu n'es plus un vengeur ! Les coupables ne doivent plus craindre ta cape de Zorro, mais la robe noire du procureur de la République. Si tu recherches vraiment mon amitié, tu dois devenir plus raisonnable, te plier aux règles de la justice. La loi du talion ne se pratique plus dans les sociétés civilisées.

– Une société où on explose la tête d'un septuagénaire tranquille et inoffensif assis sur un banc dans un parc public, tu la qualifies de civilisée ?

– Les dérives de quelques fous ne justifient pas qu'on les généralise à toute une population globalement respectueuse des lois.

– Mais pour qu'un corps social puisse continuer à vivre, il faut en éliminer ceux qui ne le respectent plus.

– En les enfermant en prison, Vincent. Pas autrement. Et en tâchant de les éduquer pendant l'exécution de leur peine afin de les préparer à réintégrer la société.

– Je crois qu'on a encore du boulot tous les deux pour parvenir à l'obtention d'une identité de points de vue.

À ce moment de la discussion, Gilles éclata de rire, ce qui réconforta Vincent. Ce dernier interpréta l'hilarité de son interlocuteur comme une preuve de sa sympathie pour lui. De toute évidence, il ne fermait pas la porte. Il croyait l'inspecteur Dreyer, cet écorché vif, capable de progresser, de se plier peu à peu aux lois de la profession, et de conforter cette amitié qui finalement leur tenait à cœur à l'un comme à l'autre.

Vincent sortit de l'Hôtel de Police rasséréné. Une légère bruine s'était mise à tomber. Il devrait donc être prudent pour remonter chez lui, dans le village de Cologny, au guidon de sa Harley, qu'il s'était mis à préférer à la Kawa Ninja car il la trouvait confortable et moins puissante, moins exigeante à piloter. Arrivé à la maison, transi, il se détendit dans le jacuzzi circulaire et se laissa mollir dans cette délicieuse écume clapotant sur l'émail. Puis il enfila son peignoir de soie, se rendit au salon, se versa un grand verre de Lagavulin, s'alluma un Partagas No 2, et se laissa choir dans son fauteuil de cuir en fermant les yeux. Le chef de brigade Sauthier avait bien raison : cette nouvelle enquête l'excitait. Il mettrait tout en œuvre pour arrêter ces quatre salopards qui lui faisaient furieusement penser aux quatre tueurs de sa famille et qui comme eux méritaient bien, si ce n'était de se faire égorger, en tout cas de finir leurs jours en prison. Il sourit légèrement, en pensant qu'il progressait sur le chemin de l'amitié avec Gilles.

III

Vincent avait consacré les deux derniers mois à tenter plus ou moins habilement de séduire Isabelle. Elle avait d'abord joué au chat et à la souris avec lui, pour le tester. Il l'avait invitée plusieurs fois pour de succulents repas, où il avait pu démontrer ses talents de maître queux, en attendant fébrilement de pouvoir entamer avec elle une vraie relation. Il découvrait peu à peu la différence entre une femme intelligente, exigeante, sûre d'elle, attentive à ne pas se tromper en accordant ses faveurs, et une prostituée qu'il avait pu s'offrir sur-le-champ, à chaque fois, grâce à son fric, égoïstement, sans se soucier de savoir s'il lui plaisait ou pas, juste pour assouvir ses pulsions.

Au bout de six semaines de ce jeu où les deux avaient pu s'observer de manière somme toute assez superficielle, Isabelle se décida à lancer un dialogue plus personnel, estimant qu'elle avait opéré une approche suffisante, qu'il était temps de sonder l'oiseau plus en profondeur. Ils s'étaient installés côte à côte sur le canapé du salon, après un nouveau très bon repas, mais Vincent n'avait pas encore eu le courage de lui montrer physiquement son affection.

– Vincent, tu sais que je te trouve séduisant, je te l'ai déjà dit quand nous avions 16 ans, mais là, je dois gratter la carapace pour voir ce qu'il y a en dessous.

– Tu veux savoir si j'ai pu guérir de mes névroses? Tu crains de te lancer dans une aventure avec un malade mental?

– S'il te plaît, ne te vexe pas! J'ai deux enfants de dix et douze ans, au seuil de l'adolescence, je dois me battre pour que leur père qui s'est remarié et a fait deux autres enfants continue à voir ceux qu'il a eus avec moi, sans leur faire sentir qu'ils sont de trop, et cela m'épuise.

– Ok, je comprends. Excuse ma maladresse, je n'ai aucune expérience de vie sociale pour le moment, et je te demande aussi de faire mon éducation dans ce domaine-là. En tout cas je m'investirai pour offrir à tes fils un encadrement sérieux, je m'intéresserai à eux comme si j'étais leur père.

– Tu n'es pas leur père, tu ne le seras jamais.

– Alors tu me vois comme l'intrus ? Quelle place pourrai-je occuper ? Celle du cheveu sur la soupe ?

– Celle du compagnon de leur mère, celle d'un homme de référence sur lequel ils pourront compter.

– Bon, je sens tes réticences à mon égard. Mais toi tu es la pauvre femme bafouée qui se méfie des hommes ? Si tu restes sur les pattes arrière, sans donner la moindre chance à notre relation de nous convenir à tous les deux, tant pis. N'en parlons plus. Viens, je te reconduis chez toi.

– Ne sois pas si susceptible ! Je n'envisage tout simplement pas une relation fusionnelle sur un claquement de doigts. À quarante ans, nous ne sommes plus des ados.

– Tes fils, ils ont des hobbys ?

– L'aîné, Julien, pratique le foot dans un club, et Bastien, le cadet, joue du violon.

– Et à l'école ?

– Pas de problème pour le moment.

– Si on est ensemble un jour, tu me donneras la permission d'assister aux matchs de Julien et aux auditions de Bastien ?

– Évidemment, ne joue pas au candide, s'il te plaît !

– Bon, Isabelle, est-ce que j'ai réussi mon examen de passage ?

– Mais quelle question stupide ! Tu ne dois pas m'impressionner par ton discours, mais par tes actes, en me prouvant que tu désires vraiment que nous construisions une histoire ensemble, concrètement. Si tu es d'accord, je te propose que nous essayions de nous retrouver plus souvent, tout en restant chacun dans nos pénates, et d'ici quelque temps, on refera le point.

– Ok, comme tu voudras.

– C'est pas seulement comme je le désire moi, mais comme nous le voulons tous les deux. Je ne souhaite pas t'imposer quoi que ce soit. À part une chose, maintenant, tout de suite…

– Tu me stresses, là !

– Les garçons dorment chez leur grand-père, j'ai toute la nuit.

– Ah bon, c'est déjà l'heure de passer des paroles aux actes, si je comprends bien. Alors cette fois, c'est vraiment un examen de passage !

– Pas que pour toi, pour moi aussi, il faut que je te plaise, mais je suis prête.

Le lendemain matin, ils prirent le petit déjeuner devant le feu qui crépitait dans l'âtre. Ils affichaient une connivence qui témoignait de leur nouvelle intimité.

Isabelle remonta dans sa Mini Cooper pour se rendre à son travail à la bibliothèque de la Madeleine, au centre-ville. Elle avait demandé à son père d'emmener les enfants à l'école. En conduisant, elle se sentait terriblement partagée. Vincent lui avait fait l'amour avec une fougue parfaitement maîtrisée, elle avait vraiment joui, alors que durant les dernières années avec son ex, elle faisait souvent semblant. Mais avait-elle vraiment envie d'un étalon ? Serait-il à la hauteur au quotidien, dans sa relation avec elle et les enfants ? Supporterait-elle un nouvel échec ? N'était-il pas préférable de se payer quelques aventures sans lendemain en gardant sa liberté ?

Lui était remonté se coucher. Il n'avait aucune envie de rejoindre l'Hôtel de Police comme d'habitude : ce jour-là ne ressemblait à aucun de ceux qu'il avait vécus, il fallait faire durer le plaisir. Il se rendormit et fut réveillé à 11 heures par la sonnerie de son portable.

– Vincent, qu'est-ce que tu fous ? Tu as vu l'heure ? Si tu veux qu'on collabore sur cette nouvelle affaire, il faut que tu sois présent, que tu me montres que tu désires t'engager à fond. J'ai quelques idées à te soumettre. Pourquoi tu n'es pas encore ici ?

– Je suis malade.

– Ah bon, qu'est-ce que tu as ?

– La maladie d'amour, je pense !

IV

D'après Gilles, la première chose à faire était d'interroger l'épouse du professeur Gradowski, afin de tenter de cerner de plus près la personnalité de la victime. Elle s'appelait Florence, et leur appartement se situait rue des Granges, repaire de la haute société genevoise, à deux pas de l'université que le célèbre professeur rejoignait en quelques minutes en descendant la Treille, une rampe pavée reliant la vieille ville à la cité basse. L'inspecteur Dreyer informa son ami Bonnard qu'il se chargerait de l'interroger et lui ferait un rapport ultérieurement.

Madame Gradowski, née de Gargnac, venait d'une famille richissime de la place et avait hérité du luxueux hôtel particulier qu'elle occupait avec son époux. Elle avait été psychiatre, mais n'exerçait plus depuis un certain temps. Vincent sonna à l'interphone, il était annoncé et un son nasillard se fit entendre en même temps que l'ancienne et lourde porte s'entrouvrait. Florence Gradowski-de Gargnac lui ouvrit une seconde porte vitrée en souriant.

– Bonjour inspecteur, je vous attendais. Entrez donc, le porto est déjà dans les verres.

L'intérieur, somptueux, était décoré de tapis magnifiques et de meubles anciens du meilleur goût.

– Madame Gradowski, permettez-moi tout d'abord de vous présenter mes condoléances. Je m'appelle Vincent Dreyer et j'ai été chargé de l'enquête sur la mort de votre mari. Il est donc important que vous puissiez me faire part de tout ce que je dois savoir sur lui, son passé, ses habitudes, les raisons qui auraient pu pousser quelqu'un à tirer quelque bénéfice de sa disparition. Tout d'abord, lui connaissiez-vous des ennemis ?

– Vous savez, inspecteur, pour être franche, je ne savais pas grand-chose de sa vie. Il était fils unique d'un émigré polonais qui avait activement participé aux événements générés par la prise de pouvoir du syndicat Solidarnosc, en septembre 1980. Cet homme, Bogdan Gradowski, a même été l'un des proches conseillers de Lech Walesa, mais il a finalement dû fuir la Pologne, jugé trop ambitieux par le patron du syndicat ouvrier. Il a d'ailleurs connu un destin cruel, assez similaire à celui de son fils, puisqu'on pense qu'il a été empoisonné peu après son arrivée à Genève, alors que Gregor venait de m'épouser et de fêter son quarante-cinquième anniversaire.

– Vous vous êtes donc mariés sur le tard ?

– Il faut dire que c'était mon troisième mariage, et le deuxième pour Gregor.

– A-t-on élucidé le crime de votre beau-père ?

– Pas vraiment. À cette époque, Genève se distinguait de toutes les autres villes d'Europe par sa réputation de plus grand nid d'espions du monde. Les pseudo-employés des Nations Unies se rencontraient au restauwrant Bagatelle, près de la gare Cornavin, pour fomenter leurs plans les plus secrets, et notamment les exécutions politiques. Gregor m'avait souvent laissé entendre que son père gênait aussi bien le clan Walesa que les hauts fonctionnaires pro-soviétiques du régime de la République populaire de Pologne. Son arrogance et ses articles critiques des deux visions politiques avaient fini par agacer tout le monde, et mon mari n'a jamais été surpris de l'élimination de son géniteur qui s'était mis toute la classe politique de son pays à dos, quel que fût son bord.

– Pour revenir à feu votre époux, madame Gradowski, pensez-vous que cette haine politique aurait pu se perpétuer et rejaillir sur lui tant d'années plus tard ?

– Non, je ne pense vraiment pas. Tout cela est passé aux oubliettes depuis belle lurette. J'imagine mal une suite si tardive.

– Dans ce cas, votre mari avait-il d'autres personnes qui lui en auraient voulu au point de le tuer ?

– J'ai peine à l'imaginer. Mais de fait, nous n'avions pratiquement plus aucune relation l'un avec l'autre. Il ne s'est jamais intéressé à mes recherches médicales, et moi je n'entendais rien à ses ouvrages critiques des auteurs anciens, de sorte que nous vivions dans deux mondes parallèles. Lui s'enfermait dans son salon de lecture, et moi je restais dans mon cabinet en ville pour étudier les dernières publications sur les avancées de la psychiatrie moderne. Nous faisions chambres séparées, nous ne mangions pas aux mêmes heures et pratiquement toujours au restaurant, chacun de son côté. Un peu triste, vraiment. Mais vous savez, jeune homme, ne vous faites aucune illusion, c'est le lot commun de tous les vieux couples.

Vincent se mordit les lèvres pour ne pas contredire cette vieille femme aigrie, mais en son for intérieur, il se promit de ne jamais en arriver à ce stade de déliquescence de sa relation avec Isabelle.

– Est-ce qu'il s'entendait bien avec tous ses collègues ?

– Pour ce que j'en sais, pas trop. Certains se montraient très jaloux de son succès, à ce qu'il me disait. Et l'un de ses anciens assistants, le dénommé Marcel Varonnier, avait même joué au corbeau en répandant des tracts infamants contre Gregor, qui laissaient supposer des penchants homosexuels pour ses jeunes étudiants qu'il aurait harcelés. Quand mon mari a su d'où venaient ces allégations diffamatoires, il a demandé au recteur de renvoyer cet assistant.

– Madame Gradowski, je suis désolé de devoir vous poser une question très embarrassante, mais j'y suis contraint pour les besoins de l'enquête : pensez-vous qu'il soit possible que cette accusation ait eu un fond de vérité ?

– Comment le savoir ? En tout cas, à cette époque déjà, très vite mes charmes ne lui ont plus suffi. Recherchait-il son plaisir auprès de maîtresses, de prostituées ou de gitons ? En fait, je vais peut-être vous surprendre, mais je m'en contrefous !

– Pour terminer, connaîtriez-vous une personne qui pourrait avoir souhaité hériter de sa part ?

– Mais voyons, inspecteur, bien sûr que non ! En tout cas pas moi, si c'est ce que vous sous-entendez. Nous étions mariés en séparation de biens, et toute notre fortune m'appartient déjà en propre. Il n'avait pas un sou à son nom. De plus, nous n'avons jamais eu d'enfant et il n'avait plus aucune famille, mis à part un fils né de son premier mariage dont il s'était occupé jusqu'à sa majorité mais qu'il ne voyait plus. En revanche, il avait gardé contact avec ses petits-enfants adolescents en rupture avec leurs parents. Sa mère était décédée peu après son père, ses deux oncles et ses cousins également. Il était un savant publiquement adulé, mais dans sa vie personnelle un vieux loup misanthrope complètement seul, sans amis véritables, mais à ma connaissance, sans ennemis non plus capables d'aller jusqu'à le faire massacrer comme cela s'est produit. Vous savez, nos relations s'étaient distendues, mais nous avions gardé l'un pour l'autre une certaine affection et sa mort me fait vraiment très mal.

L'inspecteur Dreyer prit congé poliment et retourna à pied jusqu'à l'Hôtel de Police du boulevard Carl-Vogt. En chemin, il fit une halte gourmande chez Remor, un café-glacier parmi les meilleurs de la place. Le patron faisait lui-même la glace, comme son père le lui avait appris. Un jour, il était venu s'asseoir à la table de Vincent et avait rendu hommage à ses aïeux :

– Vous savez, inspecteur, notre savoir-faire s'est transmis de père en fils. Il était une époque où on vénérait les anciens pour leur aptitude à former les générations suivantes. Maintenant, on déconsidère les personnes âgées, on les licencie avant l'âge de la retraite pour engager des jeunes à des conditions salariales inférieures. De telle sorte que ces petits paltoquets supposent que s'ils dégagent des vieux, c'est parce qu'ils leur sont supérieurs : plus efficaces, plus modernes, plus rapides, mieux formés aux nouvelles technologies. Et donc le respect dû à l'âge et à l'expérience se transforme en déconsidération, voire en mépris. Lorsqu'il sera bien établi dans la société que les aînés représentent un poids, les jeunes devront en subir eux-mêmes les conséquences à l'automne de leur vie. Ils creusent ainsi leur propre tombe pour le futur, sans s'en rendre compte, aveuglés par leur mégalomanie présomptueuse.

Vincent avait acquiescé, puis il avait quitté le café. Arrivé dans la grande maison, il se précipita dans le bureau de Gilles.

– Je sors de chez Madame Gradowski.

– Alors ?

– Compliqué ! Je te ferai un rapport précis plus tard, mais en gros, j'ai appris que son beau-père avait été exécuté probablement par ses opposants politiques polonais, que le professeur a subi les attaques diffamatoires d'un corbeau, son ancien assistant jaloux l'accusant de draguer et de harceler ses élèves mâles, qu'il avait probablement une vie sexuelle débridée, qu'il ne disposait d'aucune fortune personnelle, vivant aux crochets de sa femme sous le régime de la séparation de biens qu'il ne possédait de toute façon pas, et surtout que sa femme ne montrait pour lui qu'une pâle affection, mais qu'ils ne partageaient plus rien.

– Bon, ça nous donne quelques pistes : la veuve, non ! Je ne pense pas qu'une épouse délaissée puisse transformer sa déception et sa désillusion en une envie de commanditer un meurtre. En revanche, je creuserais la piste politique, on ne sait jamais. Mais surtout, il faut que nous allions cuisiner cet ancien assistant.

– Il s'appelle Marcel Varonnier. Je vais chercher à le retrouver et j'irai l'interroger.

– Bien. Moi je vais tâcher d'infiltrer les fonctionnaires de l'ambassade de Pologne. J'ai un pote journaliste à l'ONU, je vais l'utiliser pour me brancher dans le milieu diplomatique polonais.

Vincent reprit sa Harley et fit un crochet par le restaurant de son ami Livio qui tenait une excellente pizzeria à l'avenue du Mail. Ce soir, il ne se sentait pas l'envie de se faire à manger. Sa visite à Madame Gradowski l'avait découragé.

V

Quand un train est lancé, difficile de l'arrêter. En fait, Isabelle et Vincent s'étaient trouvés plus vite que prévu, ils s'entendaient à merveille, riaient et se sentaient bien quand ils étaient ensemble.

Vincent avait proposé à Isabelle de remettre son petit appartement de la rue Blanche et de venir s'installer dans la villa de Cologny avec ses deux blondinets. Elle avait d'abord hésité, puis s'était dit qu'en effet le cadre de vie magnifique d'une belle demeure au bord du lac profiterait à tous, et surtout à ses deux fils. Vincent avait contacté une entreprise et donné un mois aux ouvriers pour transformer le premier étage : deux chambres et une douche-WC pour les garçons, une grande chambre avec un dressing attenant et une magnifique salle d'eau pour le couple. Les ouvriers parvinrent à tenir les délais et il leur octroya une prime supplémentaire.

Quand les lieux furent aménagés, l'ancienne chambre de célibataire et les pièces condamnées s'étant transformées en un bel appartement familial, les premières semaines de cette vie commune ressemblèrent à un véritable âge d'or, celui du début harmonieux d'une expérience toute nouvelle. Isabelle rentrait plus tôt du travail pour se jeter sur les genoux de son ami affalé dans son fauteuil, en l'embrassant sauvagement puis en rejetant ses boucles blondes par-dessus ses épaules dans un geste automatique qu'il adorait.

En la dévorant des yeux, si éclatante de beauté et de bonne humeur, il se demandait combien de temps durerait leur idylle. Il voulait à tout prix éviter le délitement progressif qu'il avait constaté chez trop de couples vivant l'usure du temps qui transformait une passion brûlante en un respect tiède. Il craignait le glissement d'une relation pleine de surprises vers l'habitude, puis inexorablement l'indifférence et parfois même la haine et le mépris. Lui n'emprunterait pas ce triste chemin. Il se voyait réinventer sans cesse le quotidien jusqu'à une retraite paisible qu'il imaginait dans une belle maison entourée de cyprès et d'oliviers sur une colline toscane, cette région qu'il avait toujours considérée comme le cœur du monde.

Isabelle se montrait enchantée de sa cohabitation avec Vincent, un homme drôle et cultivé, un amant dont l'expérience sexuelle antérieure lui faisait découvrir une inventivité qu'elle n'avait pas connue auparavant, mais surtout pour deux autres raisons : d'une part il se montrait particulièrement attentionné et affectueux avec ses enfants, et par ailleurs il avait acquis, dans sa vie de solitaire, une autonomie qui le rendait actif et entreprenant au sein de la famille recomposée. Il cuisinait souvent, faisait les courses, racontait des histoires drôles aux garçons avant la nuit… Il n'avait donc rien du mari pantouflard et excédé lisant le journal dans son fauteuil pendant que la mère de famille prépare le repas en surveillant les devoirs des gosses.

Isabelle avait élevé ses fils de manière ouverte, favorisant l'éclosion de leur curiosité, échangeant avec eux sur tous les sujets, suscitant le dialogue sur leurs préoccupations de gosses, de sorte qu'ils se montraient des convives agréablement diserts lors de repas animés. Il fallait en profiter avant qu'ils ne deviennent des adolescents taiseux, pratiquement toujours accrochés à leurs téléphones portables.

Un soir, pendant le repas, comme Isabelle avait inscrit Julien et Bastien au cours de catéchisme de la paroisse, la discussion dériva sur l'existence de Dieu. L'un des mômes demanda aux adultes ce qu'ils en pensaient. Isabelle répondit que bien sûr, il fallait y croire, mais Vincent conclut en affirmant de manière péremptoire que la venue de Jésus sur terre n'était qu'une légende.

Les deux gamins quittèrent la table en se bousculant et en riant, ayant déjà oublié les tenants et aboutissants de ce discours hautement philosophique. Isabelle et Vincent se resservirent un verre de vin rouge et poursuivirent la discussion.

– Vincent, tu me casses la baraque, là. On m'a toujours dit que les adultes devaient faire front commun pour emporter l'adhésion des enfants, éviter de créer des brèches dont ils vont immanquablement profiter.

– Mais justement pas ! Désolé ma belle, c'est un discours convenu ! Si tes gamins sont intelligents, ce dont je ne doute pas une seconde, alors ils peuvent appréhender la nuance, les différences de points de vue, participer à un débat contradictoire. Leur attribuer une certaine subtilité doit précisément contribuer à la faire se développer dans leur esprit en construction.

Isabelle éclata de rire et embrassa son compagnon. Finalement, elle appréciait le sel que Vincent apportait dans le dialogue intergénérationnel. Vincent aussi se délectait de cette nouvelle vie. Avant de vivre en famille, il aurait donné dix ans de son existence pour connaître un tel moment de bonheur. Il ne fallait rien gâcher, goûter le présent en s'assurant qu'il puisse durer, effacer peu à peu de sa mémoire le traumatisme ancien pour le remplacer par l'espoir de trouver la sérénité.

En remontant dans sa chambre, le flic, parfois impitoyable et cynique dans sa façon de considérer le genre humain, se demanda s'il méritait tout ce bonheur.

VI

Gilles appela Vincent pour lui dire qu'il allait s'occuper d'investiguer sur les suites possibles de l'empoisonnement du père de Gregor Gradowski. Il avait un ami qui officiait comme journaliste attaché aux affaires politiques pour le journal *Le Temps*, chargé de rapporter le contenu des nombreuses conférences tenues dans les locaux de l'ONU, et il espérait pouvoir obtenir la possibilité d'interviewer des diplomates polonais.

L'inspecteur Bonnard ne tarda pas à mettre sa promesse à exécution. Il appela dans la foulée son ami journaliste, Dominique Montand, et ce dernier lui proposa de l'accompagner lors de sa prochaine visite au palais des Nations Unies. Une conférence sur le climat était agendée deux jours plus tard et Dominique fournirait à Gilles une carte de stagiaire lui permettant de s'introduire dans la tribune de presse. Ensuite, il serait facile d'aborder le représentant de la Pologne pour solliciter une interview sous un prétexte quelconque.

C'est ainsi que le surlendemain, à l'issue de la conférence, Gilles put parler au diplomate Adam Borowski et lui demander la possibilité de l'interviewer en vue d'un article de commémoration du mouvement Solidarnosc à l'occasion du quarantième anniversaire de son lancement. Borowski lui répondit qu'il devait en référer à ses supérieurs hiérarchiques, et qu'il le rappellerait si c'était possible. Et le lendemain déjà, le diplomate rappela Gilles pour lui confirmer que le chef de la Mission de Pologne, un ancien jeune ouvrier des chantiers navals de Gdansk et grand admirateur de Walesa, non seulement accordait l'interview, mais se montrait très satisfait que la presse suisse prît la peine de relater ces événements décisifs pour le développement de son pays.

Gilles se rendit donc au rendez-vous à la Mission polonaise, au Grand-Saconnex. Borowski le reçut très aimablement et l'informa que le chef de mission, Boleslaw Dudek, assisterait à l'entretien. Heureusement, Gilles avait préparé son coup en lisant tout ce qu'il avait pu trouver sur les événements des années 1980.

– Tout d'abord, merci de me recevoir. Je vous pose d'emblée une question qui nous apparaît fondamentale : dans quelle mesure le mouvement Solidarnosc a-t-il tracé la voie d'une émancipation de la Pologne hors de l'empire soviétique, et la situation politique actuelle émane-t-elle directement de ce mouvement syndical ?

– Lech Walesa a senti qu'il pouvait s'appuyer sur un sentiment populaire défavorable au régime communiste du Général Jaruzelski et malgré les menaces d'intervention de la part de Moscou, le mouvement a pu continuer, notamment grâce au soutien de l'Église catholique et à l'élection du pape Jean-Paul II, et aussi en raison de la finesse stratégique de Walesa qui a su jouer avec Jaruzelski en accordant un certain nombre de concessions au pouvoir en place, surtout au moment du célèbre compromis de 1989. Avec l'appui de fins négociateurs, comme Geremek et Mazowiecki, il a obtenu que 35 % des sièges à la Diète soient octroyés au vote démocratique, les 65 % restants demeurant réservés au parti communiste.

– Est-il exact qu'une aile plus radicale de Solidarnosc, représentée par des personnes comme Anna Walentynowicz ou Bogdan Gradowski, a été écartée, voire menacée par le parti communiste de l'époque ?

– Certainement. La première que vous citez a même été condamnée à vingt ans de prison avant d'être libérée grâce à la pression populaire, puisqu'elle était la cofondatrice du mouvement syndical avec Walesa. Le second est beaucoup moins connu, mais il est exact qu'à un certain moment, il a joué un rôle assez important, avant de disparaître, après s'être mis à dos l'ensemble de la classe politique du pays en raison de son jusqu'au-boutisme sans nuances.

– Si je vous parle de cet homme, c'est que comme vous le savez certainement, il a été empoisonné à Genève en 1983. Était-il fréquent que des opposants au régime soient éliminés, à cette époque-là ?

À ce moment de l'interview, le chef de Mission reprit la main. Il ne laissa plus parler son subordonné et intervint sèchement :

– Monsieur Bonnard, tout d'abord, il n'a jamais été prouvé que le meurtre de Monsieur Bogdan Gradowski ait été perpétré pour des raisons politiques, et on n'a jamais pu identifier son auteur. Alors, restons prudents avec l'histoire.

– Oui, bien sûr. J'ai une autre question importante, si vous permettez. Récemment, le maire de Gdansk, Pawel Adamowicz, a été assassiné par un jeune fanatique d'extrême droite, en raison de ses prises de position progressistes. Il avait notamment proposé une loi pour la défense de la communauté LGBT. Y a-t-il une fracture dans la société polonaise actuelle entre les démocrates progressistes et les ultra-réactionnaires ?

– Disons que la majorité des citoyens représentent une population attachée à certaines traditions, notamment religieuses ; 372 des 460 sièges de la Diète sont occupés par des représentants des deux partis majoritaires, « Droit et Justice » et « Plate-Forme Civique », qui se caractérisent par un conservatisme de tendance néolibérale. Actuellement, les rues sont enflammées par les minorités, les ultra-progressistes d'une part, dont ne faisait pas partie Adamowicz, notamment ces derniers temps les féministes qui se sont opposées à une loi récente limitant drastiquement l'accession à l'IVG, et les extrémistes de droite d'autre part qui en profitent pour semer le chaos.

– Savez-vous que le fils de Bogdan Gradowski, le professeur Gregor Gradowski, vient d'être assassiné sauvagement dans notre ville ?

– Oui, nous l'avons lu dans les journaux.

– Pensez-vous que ce crime puisse être en lien avec les activités de son père ? En d'autres termes, existe-t-il encore une vendetta contre les opposants au régime ou leur famille, comme en Russie ?

– Cette hypothèse me semble hautement improbable. Je vous prie de bien vouloir éviter de faire part de supputations désobligeantes à l'égard de la Pologne dans votre article, monsieur. Sachez que l'immense majorité de nos concitoyens ne rêvent que de la paix dans une Europe unie. Le temps des guerres intestines est révolu chez nous. Nous ne faisons que subir les dérèglements de certaines minorités agitées, comme dans tous les autres pays qui nous entourent.

– Oui, bien évidemment, mon but n'est pas de ternir l'image de la Pologne, mais au contraire de glorifier le mouvement « Solidarnosc » qui a servi de révélateur et de modèle aux ouvriers de toute l'Europe, de plus en plus enclins à protéger leurs conditions de travail en adhérant à un syndicat. Je vous remercie de vos précisions qui me seront fort utiles pour rédiger mon article dont je vous ferai parvenir une copie pour approbation avant de le publier.

– Merci pour votre correction, monsieur Bonnard. À propos, depuis combien de temps travaillez-vous pour le journal *Le Temps* ? Mes services ne vous ont pas trouvé dans la liste des collaborateurs. Vous apparaissez comme inspecteur de la police judiciaire de Genève.

– Oh oui, je viens de donner ma démission de la police, et je termine mon stage probatoire au *Temps*, d'où l'importance pour moi de réaliser un article intéressant sur Solidarnosc. C'est un peu mon examen de passage !

– Alors bonne chance, et encore une fois, rappelez-vous que les relations entre nos deux pays sont au beau fixe ! N'y apportez pas le moindre nuage !

Gilles Bonnard, en retournant à l'Hôtel de Police, se dit qu'il avait fait preuve d'une incroyable naïveté en se rendant dare-dare à la Mission diplomatique de Pologne, comme si les ambassades et consulats recevaient n'importe qui sans se prémunir et se renseigner de manière précise sur l'identité réelle de leurs visiteurs.

Le lendemain, il commença sa journée de travail par une visite à son collègue Vincent.

– Voilà, Vincent, je suis allé interviewer les diplomates de la Mission de Pologne et j'y ai appris un certain nombre de choses intéressantes.

– C'est-à-dire ?

– Eh bien, le renseignement le plus marquant, c'est qu'ils ont admis que certains extrémistes pratiquaient encore l'assassinat politique. J'ai fait allusion au crime contre Pawel Adamowicz, le maire de Gdansk récemment poignardé en public, et ils ont reconnu que ce phénomène se produisait encore.

– Oui, mais en Pologne, pas en Suisse.

– Le plus intéressant dans l'affaire, c'est que Pawel Adamowicz a participé comme jeune étudiant au soulèvement mis en route par Solidarnosc. En creusant sur internet jusqu'à minuit hier soir, j'ai même trouvé que le père du maire de Gdansk a fréquenté la même école primaire que Gregor Gradowski dans cette ville, l'école no 50 Emilia Plater. Les deux familles devaient donc habiter proches l'une de l'autre et se connaître, en raison de l'identité de leur point de vue politique.

– Intéressant, Gilles. Moi, ce qui me frappe, c'est un autre détail : Pawel Adamowicz a soutenu la cause LGBT, et Gregor Gradowski a été accusé d'être gay. De là à penser qu'ils auraient pu être les deux la cible d'un détraqué homophobe, il n'y a qu'un pas.

– Tu as raison, d'autant plus que le parc des Bastions sert de terrain de chasse aux malades qui s'en prennent aux gays qui s'y donnent parfois rendez-vous. Il faudra creuser les deux pistes. Je te propose de me charger des investigations concernant un éventuel règlement de comptes politique, et toi, suis la piste homophobe, en commençant par aller trouver l'ancien assistant du professeur, Marcel Varonnier, l'auteur des allégations concernant les tentatives de harcèlement homosexuel de son patron.

Gilles retourna dans son bureau et téléphona à son ami journaliste. Il lui demanda de rédiger un article dithyrambique sur le syndicat Solidarnosc, sans faire aucune allusion au père de Gradowski afin de ne pas éveiller les soupçons d'un éventuel tueur polonais. Il faudrait ensuite l'envoyer au chef de la Mission de Pologne en le signant des deux noms, afin de persuader les diplomates de leur bonne foi journalistique, puis tout faire pour le publier le plus rapidement possible, bien entendu avec la seule signature de Dominique Montand.

VII

Vincent Dreyer eut de la peine à retrouver la trace de Marcel Varonnier. À la suite de son éviction de l'Université de Genève, ce dernier avait quitté la ville pour tout oublier et changer complètement de cadre. Il habitait à Paris, rue des Blancs-Manteaux dans le quartier du Marais.

Finalement, en interrogeant un ancien ami et collègue de Varonnier à l'université, Vincent put l'appeler sur son portable français. Il obtint un rendez-vous pour la semaine suivante, malgré les réticences de l'ancien assistant de Gradowski, en lui disant que s'il refusait de le rencontrer à Paris, alors il serait convoqué par le juge d'instruction à Genève.

Le jour fixé, Vincent prit le TGV à la gare Cornavin et arriva en gare de Lyon vers midi. Comme il avait rendez-vous chez Varonnier à 18 heures, il disposait de l'après-midi pour faire un saut à Beaubourg et un autre au musée Picasso. Il sauta dans une rame de la ligne no1 du métro jusqu'à Rambuteau, puis flâna dans le Marais, fit les visites qu'il avait projetées et se présenta chez Varonnier, 24 rue des Blancs-Manteaux, à 18 heures pile. L'ancien assistant de Gradowski lui avait donné le code de la porte et Vincent monta directement au troisième où Varonnier occupait un studio de charme sous le toit.

– Bonjour, inspecteur. J'espère que vous avez bien voyagé.

– Je vous remercie. Vous avez là un magnifique studio, dans un quartier vivant. Je vous envie, monsieur Varonnier.

– Monsieur Dreyer, je crains que vous n'ayez effectué le déplacement pour rien. Je n'ai plus eu aucun contact avec Gradowski depuis qu'il m'a fait renvoyer de l'université.

– Que les choses soient bien claires, nous ne vous soupçonnons de rien de particulier, nous voulons simplement comprendre un certain nombre d'éléments pour avancer dans notre enquête. À ce que nous en savons, vos rapports avec votre patron ne respiraient pas la sérénité...

– Non, en effet! Je me suis peu à peu rendu compte que sa réputation était largement surfaite. Il utilisait les travaux de mémoires ou les thèses de ses étudiants, parfois à la limite de l'erreur d'interprétation, pour les reformuler dans une langue il est vrai extrêmement châtiée et s'octroyer ainsi une renommée internationale d'originalité critique largement imméritée à mon sens.

– Je dois vous interroger maintenant sur la cause de votre licenciement. Vous avez répandu la rumeur du harcèlement homosexuel de Gradowski à l'encontre de ses étudiants. Était-ce pour vous venger, pardonnez-moi mais un peu bassement à mon goût, ou y avait-il quelque fondement à ces accusations?

– A posteriori, je vous avoue ressentir une certaine honte à avoir forcé le trait, en plus de manière anonyme, d'autant plus que je suis moi-même gay, de sorte que j'avais l'impression d'une part de jouer le rôle du corbeau, et de l'autre de trahir ma communauté sexuelle. Mais je ne pouvais juste plus supporter sa fatuité et sa méchanceté.

– Savez-vous encore si Monsieur Gradowski avait reçu des menaces, soit de la part de personnes homophobes, soit d'amants éconduits qui n'auraient pas supporté leur éviction?

– Je n'en sais strictement rien, mais je ne le pense pas, en tout cas à l'époque. Maintenant, j'ai quitté l'université il y a une quinzaine d'années, et mes amis qui y sont restés ne m'ont plus jamais parlé de Gradowski, connaissant mon ressentiment à son égard.

– Puis-je savoir ce que vous faites actuellement à Paris?

– Oh, j'ai reçu quelques contrats ponctuels dans des revues littéraires, j'ai ouvert un bureau de conseils pour les étudiants en lettres qui avaient besoin d'aide pour rédiger mémoires ou thèses, et maintenant, je travaille pour le journal *Le Monde* en collaborant à la rédaction de brochures « hors-série » comprenant un ensemble de jeux et de quiz basés sur la découverte des nuances de la langue, les synonymes, les paronymes, la recherche des racines grecques et latines... C'est passionnant. Et je travaille en collaboration avec mes anciens amis linguistes de l'Université de Genève.

– Pour en revenir à Gradowski, si vous deviez faire une hypothèse sur les raisons de son assassinat ?

– Franchement, un acte aussi barbare et lâche ne peut pas provenir de son milieu professionnel. Beaucoup de personnes le jalousaient dans le cadre de l'alma mater, mais de là à lui exploser la tête, à quatre et d'une manière aussi brutale, il y a un pas que je ne saurais franchir pour étayer une telle supposition. La plupart de ses ex-collègues le détestaient, de même que les jeunes docteurs qui souhaitaient obtenir un poste et l'ont vu s'accrocher au-delà de l'âge de la retraite. On dit souvent que les jeunes méprisent les personnes plus âgées, mais il faut aussi que les plus vieux apprennent à lâcher la main, à faire confiance aux générations montantes. Ce que je puis dire pour conclure, c'est que beaucoup des enseignants de l'université avaient développé une certaine antipathie à son égard, pour plusieurs raisons, mais qu'aucun de nous ne se serait montré capable de lui infliger une mort aussi atroce. Cela dit, si je n'ai pas débouché le champagne quand j'ai appris son décès, je n'ai pas pleuré non plus !

– Je vous remercie de votre franchise, monsieur Varonnier. Je vous rappellerai si j'ai encore besoin de vous.

Vincent Dreyer décida de passer une nuit à Paris. Il lui fut facile de trouver une chambre dans un petit hôtel du Marais. Il trouva une brasserie sympathique et s'offrit un salé aux lentilles avec une bière blanche, puis se promena dans les rues, au gré de son envie, sans but précis. Au cours de sa balade, il croisa à la fois des juifs haredim en tenue et des couples gays, et il se demanda comment deux populations aussi différentes pouvaient cohabiter dans le même quartier. De retour à l'hôtel, il se rendit au bar et commanda un Lagavulin pour ne pas déroger à ses habitudes de privilégié, puis s'assit dans un fauteuil en dégustant avec délectation le liquide aux relents fumés d'écume de mer.

Le lendemain, il rentra à Genève par le premier train et se mit en tête de retrouver l'un des amis de Marcel Varonnier travaillant encore à l'université. Il demanda au secrétariat dans quelle salle se tenaient les cours de linguistique, et on lui indiqua les salles 201 et 202 de l'aile Jura où enseignait généralement le professeur Jean Mettler. Il attendit la fin d'un cours et s'introduisit dans la salle. D'après le programme affiché sur la porte, le professeur venait de terminer un cours de prosodie. Il se montra surpris de l'intrusion d'un homme d'âge mûr ne correspondant pas au profil de ses étudiants.

– Bonjour, monsieur. Qui êtes-vous et que cherchez-vous?

– Inspecteur Vincent Dreyer, police judiciaire. Connaissez-vous Monsieur Marcel Varonnier qui a été assistant en faculté des lettres il y a une quinzaine d'années?

– Oui, très bien, nous avons commencé à peu près en même temps. C'est à quel propos?

– Je suis chargé de l'enquête sur l'assassinat du professeur Gradowski. À ce titre, j'ai dû interroger Monsieur Varonnier, son ancien assistant, et il m'a dit qu'il avait encore des amis ici qui pourraient confirmer ses propos. Alors je cherche quelqu'un susceptible de l'avoir bien connu à l'époque.

– Alors vous tombez bien. J'ai été très proche de lui pendant un certain temps, puis j'ai pris mes distances au moment du scandale de ses accusations anonymes contre Gradowski.

– Pourriez-vous m'accorder une demi-heure?

– Sans problème, mon prochain cours commence dans une heure.

– Merci. Alors attaquons d'emblée: selon vous, le corbeau avait donc tout faux?

– J'ai trouvé les tracts anonymes de Marcel répugnants parce qu'ils s'attaquaient sans preuve à son patron avec des propos homophobes d'autant plus incompréhensibles que lui-même était gay.

– Comment expliquer cette haine?

– C'est une longue histoire. Pour faire court, Varonnier se disait ulcéré d'avoir été remis en place à plusieurs reprises par Gradowski. Le professeur était son mentor pour le guider dans la rédaction de sa thèse, et il le rembarrait constamment, lui faisant reprendre systématiquement ce qu'il avait produit, à tel point que Marcel a fait un burn-out.

– Était-ce cruauté de Gradowski ou incompétence de Varonnier ?

– Un peu des deux, je crois. Mais le professeur avait un tel niveau qu'il ne supportait pas la médiocrité de son assistant et le lui faisait bien sentir. Il l'humiliait systématiquement devant les étudiants quand Varonnier jouait le rôle de juré lors des examens oraux.

– Marcel Varonnier, que je viens de rencontrer à Paris, m'a affirmé que la cote du professeur était largement surfaite, qu'il utilisait les travaux de ses étudiants pour les développer dans ses ouvrages.

– Balivernes, mensonges dus à l'aigreur et à la rancœur ! Gradowski était un immense savant, un puits de culture, une référence dans toutes les universités francophones du monde, un incomparable génie.

– A-t-il vraiment soumis ses étudiants à une forme de harcèlement sexuel ?

– Mais non ! J'ai moi-même suivi ses cours pendant quatre ans et n'ai jamais constaté d'attitude équivoque de la part du professeur à ce niveau-là. Il se montrait au contraire d'une rare bienveillance et respectait beaucoup ses élèves. Monsieur Gradowski n'était pas homosexuel.

– D'après vous, ces tracts odieux auraient-ils pu laisser des traces, même longtemps plus tard, selon l'adage qu'il n'y a pas de fumée sans feu, et dans ce cas attirer la haine d'un tueur homophobe ?

– Franchement, je ne le pense pas. La plupart des gens ont compris que Varonnier avait été mû par un désir de vengeance en diffamant son patron, mais si c'était le cas, alors Marcel aurait du sang sur les mains.

– Merci, professeur Mettler. Si quelque chose vous revenait en mémoire, voici ma carte. Bonne journée.

En s'en retournant à l'Hôtel de Police, Vincent continua sa réflexion pour lui-même. Selon toute vraisemblance, ce Marcel Varonnier avait bien mérité son exclusion de l'université et Gradowski avait été sali de manière honteuse. Était-il possible que l'assistant ait laissé passer quinze ans pour assouvir sa vengeance en commanditant le crime ? Pour pouvoir répondre à cette question essentielle, il faudrait remonter la piste des tueurs, fouiller dans les milieux de l'extrême droite homophobe par exemple, en tâchant de cerner la provenance d'un contrat : vengeance personnelle, élimination politique, ou autre chose encore.

VIII

Vincent était assis face à son ordinateur dans son bureau impersonnel de l'Hôtel de Police quand le téléphone interne le tira de ses rêveries.

– Bonjour Vincent, c'est Sauthier. Tire-toi en vitesse au Jardin anglais, on vient de retrouver une vieille femme massacrée de manière identique à celle utilisée pour tuer Gradowski. J'ai déjà prévenu la scientifique et le légiste Fragnière. Il y a un témoin qui est resté sur les lieux, tous les autres se sont tirés, terrorisés.

– Est-ce qu'on est vraiment sûr qu'il s'agit des mêmes tueurs ?

– À toi de creuser, mais je sais juste que deux mecs lui ont explosé la tête à coups de battes de baseball et se sont tirés à moto, après avoir sprayé sur le banc la même inscription : BAVE. Donc je pense qu'on a affaire à la même bande de dégénérés.

Dreyer sauta sur sa moto et fut sur place dix minutes plus tard. Trois policiers en uniforme tentaient de disperser les badauds et la scène de crime avait déjà été bouclée par les habituelles bandes jaunes et noires, une tente dressée à l'intérieur du périmètre pour cacher le corps qui n'avait pas été bougé du banc sur lequel il se trouvait, juste face au lac. Les jambes touchaient le sol, mais le tronc s'était affaissé. Le cadavre portait un pantalon et des cheveux courts, une veste coupe-vent, et la tête n'était plus qu'une masse sanguinolente, de sorte qu'il s'avérait impossible de déterminer ni le sexe ni l'âge de la victime au premier coup d'œil.

– Salut Fragnière, t'es tout seul ?

– Sauthier m'a dit qu'il t'avait appelé, et aussi Bonnard. Je vous ai attendus pour commencer. L'inspecteur Zanicolo de la scientifique est dans la tente, à la recherche des indices les plus proches du corps.

Vincent entra dans la tente.

– Salut Zan, tu fais bonne pêche?

– Salut Vincent. Oui, très bonne, même. Il y a trop de saletés: des quantités de traces de pas dans le sol boueux derrière le banc, des mégots, des chewing-gums, des cheveux, un mouchoir, des restes de pique-nique, et je ne te parle pas des déjections de chiens. A priori, rien qui n'ait appartenu de près ou de loin aux tueurs qui ont fait le boulot en deux minutes. Mais je te laisse creuser avec le témoin, le jeune gars assis sur le banc le plus proche en direction du pont du Mont-Blanc.

– Le mort, c'est un homme ou une femme?

– J'ai retiré son portefeuille de la poche intérieure de sa veste. Sa carte d'identité suisse indique Micheline Lantier, née en 1938.

Vincent rejoignit le jeune témoin encore sous le choc, tremblant légèrement, assis tête basse sur le banc voisin, les mains sur les cuisses, à la fois frigorifié d'attendre immobile dans l'humidité pluvieuse de cette fin d'après-midi de septembre et accablé par le spectacle épouvantable auquel il venait d'assister.

– Bonjour jeune homme. Puis-je vous demander votre identité?

– Christophe Maître. J'ai vingt-deux ans et suis étudiant en droit.

– Dites-moi ce que vous avez vu, sans omettre aucun détail.

– Eh bien voilà, je me promenais ici car c'est un endroit que j'aime beaucoup et souvent, après les cours, je profite de la fin d'après-midi pour me détendre avant de rentrer travailler à la maison. J'étais assis sur ce banc à regarder les cygnes et les canards sur le lac quand j'ai entendu un hurlement sur ma droite. Je me suis retourné et j'ai juste aperçu deux hommes cagoulés, vêtus de noir de la tête aux pieds, asséner une pluie de coups de battes de baseball sur la tête d'une pauvre femme assise sur le banc suivant, à peine à dix mètres de moi. C'était affreux. Je ne me suis pas levé pour la défendre, j'étais terrifié. Au bout d'une ou deux minutes, ils sont partis tranquillement en direction de la rive gauche du lac, sont montés sur une petite moto, ont enfilé leurs battes dans leurs blousons et sont repartis en direction du rond-point de Rive.

– Pouvez-vous me décrire ces hommes ?

– Impossible, monsieur, il faisait déjà un peu sombre et ils n'ont jamais enlevé leurs cagoules. À leur démarche, je peux juste affirmer qu'ils avaient l'air assez jeunes…

– Des ados ou de jeunes adultes ?

– Plutôt des hommes entre vingt et trente ans.

– Sauriez-vous décrire les battes ?

– Je dirais en bois clair avec une marque écrite en noir au milieu dans un ovale, commençant peut-être par un « S », mais je ne suis pas vraiment sûr, et une double lettre au milieu du mot, deux « q » ou deux « g », difficile à dire de manière certaine. C'est allé si vite, et j'ai détourné le regard après quelques secondes.

– Est-ce qu'il y avait d'autres promeneurs ?

– Pas vraiment. Je suppose que les tueurs ont attendu le moment propice. Je n'ai vu personne proche du lieu du crime à ce moment-là.

– Pardonnez ma question très directe, avez-vous pensé que vous risquiez d'être aussi attaqué comme témoin gênant à éliminer ?

– Bien entendu, j'en tremble encore, l'un d'eux s'est tourné vers moi et j'ai bien vu qu'il hésitait, je restais pétrifié, et je vous avoue que j'ai ressenti un énorme soulagement quand je les ai vus s'éloigner après que l'un des deux a écrit quelque chose sur le dossier du banc avec un spray.

– Rien d'autre ? Est-ce que vous les avez entendus parler par exemple ?

– Non, ils n'ont pas prononcé un seul mot. Je n'ai entendu que le premier cri de la victime, puis le bruit épouvantable de la boîte crânienne qui explosait sous les coups.

– Bien, rentrez chez vous maintenant. Je vous donne ma carte, si vous avez besoin d'une aide sur le plan psychologique, appelez-moi et je vous dirigerai sur un service approprié.

Donnez-moi votre numéro, j'aurai certainement besoin de vous réinterroger.

Le jeune empocha la carte de l'inspecteur, puis il griffonna un numéro de portable sur le dos d'un billet du bus, le tendit à Dreyer et s'en alla d'un pas lent, visiblement encore profondément choqué par le spectacle atroce auquel il avait assisté, et miné par le remords d'avoir laissé faire sans intervenir. Mais aurait-il pu agir autrement sans risquer d'y passer lui aussi, désarmé face à deux brutes impitoyables ?

Entre-temps, Gilles Bonnard était arrivé et parlait avec le légiste.

– Est-ce qu'elle a souffert ?

– Juste au tout début, mais la mort a dû intervenir très rapidement.

– Si tu as quelque chose de spécial à l'autopsie, tu m'appelles déjà avant de m'envoyer ton rapport.

– Ici le cas est clair : l'extrême violence des coups a provoqué d'importantes lésions au cerveau avec comme conséquence un œdème et des hématomes, et finalement une ischémie, soit une perte d'oxygène au niveau du tissu qui conduit à la mort cérébrale.

Vincent donna rendez-vous à Gilles et repartit sur sa moto pour le rejoindre au bureau vingt minutes plus tard. Là, ils se mirent à chercher des informations concernant Micheline Lantier. Il s'agissait d'une actrice de théâtre assez connue à Genève, qui s'était produite sur toutes les scènes importantes de la ville, aussi bien dans des rôles classiques à la Comédie de Genève que lors de pièces plus avant-gardistes au Théâtre de Poche par exemple. Malgré sa notoriété, elle devait avoir connu une retraite difficile sur le plan financier, comme la plupart des artistes souvent prétérités par l'intermittence de leurs contrats et peu soutenus dans les périodes difficiles, préférant l'intérêt de leur profession à l'opulence et de ce fait frisant parfois la précarité. Elle avait encore obtenu un rôle l'année précédente, celui de Claire Zahanassian dans *La Visite de la Vieille Dame* de Friedrich Dürrenmatt. Cette pièce avait été magnifiquement adaptée par le metteur en scène Jomar Protas et avait fait salle comble au

Théâtre Saint-Gervais. Gilles dit à Vincent qu'il connaissait bien l'éclairagiste de cette institution et que grâce à lui il pourrait certainement solliciter une entrevue avec ce Monsieur Protas. Ce qui fut rapidement fait et ainsi il put obtenir un rendez-vous pour le lendemain dans les locaux du théâtre.

– Bonjour monsieur Protas. Je suis l'inspecteur Bonnard de la brigade criminelle de la PJ de Genève. Vous avez certainement appris la mort atroce de celle qui avait interprété le rôle principal de la pièce de Dürrenmatt que vous avez montée l'an dernier ?

– En effet ! Quelle sauvage brutalité ! C'est incompréhensible.

– Pouvez-vous me dire tout ce que vous savez de Micheline Lantier, ses habitudes, ses fréquentations, sa famille, son caractère ? Je dois absolument pouvoir cerner le personnage pour tenter de trouver une piste.

– Certainement. Je connaissais bien Micheline avec laquelle j'avais souvent collaboré. Tout d'abord, elle était une actrice remarquable, très fine, pouvant endosser des rôles multiples et variés grâce à la palette étendue de son talent. Mais ces dernières années, elle était tombée dans une sorte de dépression, n'obtenait plus beaucoup d'engagements et avait sombré dans l'alcoolisme. Et c'est pour cela que je l'avais relancée, pour tenter de la sortir de ce cercle vicieux infernal dans lequel je la sentais s'enfoncer. Pour les acteurs, le vieillissement constitue une terrible plaie : ils voient les plus jeunes accaparer les contrats, se retrouvent sur la touche alors que leur notoriété passée avait flatté leur ego, c'est difficile à vivre !

– Était-elle mariée, avait-elle des enfants ?

– Divorcée de longue date. Elle avait trois fils et huit petits-enfants qu'elle adorait et qui la tiraient de sa morosité. Mais depuis une année ou deux, ses fils hésitaient à lui confier leurs enfants, précisément en raison de la dégradation de son état à cause de l'alcool et des narcoleptiques. Il est vrai qu'elle ne donnait plus tous les gages de sécurité quand elle avait les petits à sa charge. Parfois, elle oubliait même d'aller les rechercher à l'école.

– Et ses amis ?

– Ils n'étaient plus très nombreux. Je dois vous préciser qu'elle était dotée d'un sacré caractère. Elle s'est brouillée avec la ville entière. Elle était féministe au point de se mettre tous ses copains « mâles » à dos en les agressant constamment et les traitant systématiquement de sales machos, même les plus ouverts et modernes d'entre eux. Il lui restait encore quelques amies proches avec lesquelles elle entretenait des rapports cyclothymiques, du genre « je t'adore-je te déteste. »

– À part son activité de comédienne, avait-elle occupé d'autres fonctions ?

– Elle a mené une petite carrière politique au sein d'une formation d'extrême gauche – Solidarités –, mais là aussi, ses collègues de parti ont fini par l'exclure, lassés de se faire traiter de collabos ou de fachos !

– Dernière question, monsieur Protas, lui connaissiez-vous des ennemis, des personnes capables de vouloir la tuer ?

– Mais non, inspecteur, son unique ennemi, c'était elle-même. Elle se rendait la vie impossible en raison de son sale tempérament mais au fond tout le monde l'aimait bien, la plaignait plutôt, et s'en éloignait par lassitude de se faire envoyer sur les roses.

À la fin de l'entretien, en rentrant à l'Hôtel de Police à pied, Gilles se demanda si on pouvait faire un quelconque rapprochement entre les deux victimes. Et sa première idée le porta à considérer leur appartenance politique. La première, un éminent professeur, inscrit au parti socialiste, descendant d'un syndicaliste polonais ; la seconde, une actrice connue, ancienne affiliée à un parti d'extrême gauche ! La voilà la ressemblance : leur couleur politique. Et peut-être qu'ils avaient été les proies d'un groupuscule néonazi d'extrême droite, l'une de ces formations souterraines qui ne sortent de l'ombre qu'à l'occasion de rassemblements violents et haineux de jeunes rasés arborant tatouages et drapeaux décorés de croix gammées.

Il faudrait à coup sûr creuser cette piste, et interroger l'inspecteur Jean-Louis Greub qui avait dû infiltrer l'un de ces groupes de jeunes fascistes. Aussitôt arrivé dans « la grande maison », Gilles appela Greub, et comme ce dernier se trouvait dans son bureau, il l'y rejoignit sur-le-champ.

– Dis-moi, Jean-Louis, y a-t-il beaucoup de groupuscules d'extrême droite à Genève ?

– Principalement KP, « Kelvingrad Patriote », dont l'emblème est l'effigie de Guillaume Tell où une mitraillette remplace l'arbalète sur son épaule, mais ce groupe vient de décréter sa dissolution, lassé de ses problèmes avec la justice. Je connais bien ses membres pour avoir assisté à quelques réunions, mais j'ai fini par être soupçonné d'être une taupe et j'ai préféré ne plus m'y rendre.

– Comment qualifier ses membres, et que sont-ils devenus ?

– Des jeunes mecs, une ou deux filles, suprémacistes blancs, néonazis, farouchement racistes, antisémites, glorifiant la patrie et vomissant l'Europe. Mais jamais je ne les ai entendus projeter des assassinats.

– Ce groupe KP était-il lié à d'autres, suisses ou étrangers ?

– Oui, bien entendu. Au niveau helvétique à RH, « Résistance helvétique », et au niveau européen à une quantité d'autres groupuscules identiques, CP comme « Casa Pound » en Italie, GI comme « Génération identitaire » en France, « Mlodziez Wszechpolska » en Pologne. D'ailleurs, c'est peut-être l'un des membres de ce dernier mouvement qui a tué Pawel Adamowicz, le maire libéral de Gdansk.

– Cette information revêt une importance capitale pour notre enquête. Le professeur Gradowski est issu de la même lignée de progressistes polonais. Alors, si des jeunes du KP de Genève ont pu être liés aux fascistes polonais, nous devrons vérifier. Quelles sont les cibles prioritaires de ces groupes ?

– Les étrangers, surtout de couleur, les Juifs, les intellectuels de gauche, les vieux…

– Les vieux ? Mais pourquoi ?

– Des formations comme Génération identitaire où se regroupent passablement de jeunes chômeurs reprochent aux personnes âgées de confisquer les places de travail. Ce jeunisme exacerbé fait rage dans une formation affiliée à GI dans notre canton, le GNJG, le groupe nationaliste de la jeunesse genevoise, qui se réclame encore du fasciste Georges Oltramare ayant créé le parti « Union nationale » à la fin des années trente.

– Et tu es vraiment sûr que ces groupes n'ont jamais revendiqué de crimes commis à Genève ?

– Il s'agit plutôt d'une violence verbale ou de déprédations sur des cibles matérielles. Si tu veux mon avis, je ne pense pas que ces jeunes soient impliqués dans ton affaire.

Gilles fit immédiatement un saut dans le bureau de Vincent pour le mettre au courant de ces informations importantes. Après tout, c'était son enquête à lui, et il l'avait suffisamment exhorté au développement de son autonomie investigatrice pour ne pas trop lui mâcher le travail et le laisser avancer sur cette piste s'il le jugeait nécessaire.

IX

En fin de semaine, Vincent éprouva le besoin impérieux de se changer les idées et proposa à Isabelle d'aller camper une nuit à la campagne avec les enfants pour vivre une expérience de retour à la nature en famille.

– Isa, qu'est-ce que tu dirais d'une nuit de camping sauvage? Je connais un coin sympa près de Jussy où mon père m'emmenait parfois, et y retourner représenterait pour moi une sorte d'hommage posthume.

– C'est une excellente idée, Vincent, mais alors il faudra meubler, les gosses ne vont pas se croiser les bras assis dans l'herbe ou rester dans la tente sur leurs portables.

– Qu'est-ce que tu entends par « meubler » ?

– Je te propose que nous emmenions mon père, Victor. Ce sera l'occasion pour toi de faire plus ample connaissance avec lui.

– Ok, bonne idée! J'ai deux tentes, une petite canadienne pour nous deux, et Victor dormira dans la plus grande avec les garçons. Mais comment va-t-on occuper les mômes?

– Tu sais, j'ai toujours espéré que mon père parviendrait à construire une bonne complicité avec ses petits-fils. Alors je lui ai parfois demandé de les emmener aux champignons ou à la pêche. Au début, il renâclait, mais je crois qu'il commence à se prendre au jeu, même si l'éducation des enfants n'est pas sa tasse de thé.

– Alors c'est parfait, parce qu'on peut taquiner la truite dans la Seymaz et chercher des bolets dans les bois de Jussy. Appelle Victor et donne-lui rendez-vous pour demain matin vers 9 heures.

Le samedi matin, donc, tout se passa comme prévu. Le grand-papa se pointa avec son gros 4x4 Toyota, en tenue, veste de pêcheur verte aux poches nombreuses pour y ranger tout l'attirail nécessaire à la pêche en rivière. Il s'était aussi muni d'un gros panier en osier pour y collecter les bolets qu'on ne manquerait pas de trouver à cette période de l'année, d'autant qu'il avait bien plu les jours précédents et qu'un soleil radieux brillait depuis la veille. Il était arrivé vers 8h30, alors que la famille était en train de prendre le petit-déjeuner en pyjama.

– Papa, tu es en avance ! Je dois encore préparer le pique-nique !

– Pour qui me prends-tu, chère fille ? Tout est prêt. J'ai de quoi nous nourrir pour une semaine, sans compter les truites et les chanterelles à venir !

– Tu ne changeras jamais, Tartarin ! Ne vends pas la peau du lion trop vite !

– Si tu as de bons sacs de couchage en plumes, c'est la seule chose qui me manque, et on en aura bien besoin, les nuits sont déjà bien fraîches en septembre.

Une heure plus tard, Victor gara son gros véhicule tout-terrain le long d'un chemin de terre juste à la lisière du bois de Jussy. Et à quelques dizaines de mètres, à peine l'orée franchie, une magnifique clairière s'ouvrait aux rayons qui transperçaient la cime des arbres pour jouer avec leurs ombres. Les gamins aidèrent Vincent à monter la tente, puis les trois cherchèrent quelques pierres pour improviser un foyer. Victor s'était déjà mis à fouiner dans les alentours immédiats et après dix minutes revint triomphant avec une belle poignée de pieds de mouton. Puis il s'assit dans l'herbe et s'écria :

– Mes chers, venez tous vous asseoir près de moi. Conseil de famille : je vous propose un programme que vous pourrez amender si le cœur vous en dit !

– Ouh là, papa, tu te démocratises avec l'âge !

Il faut dire que Victor Bovet avait été pasteur de la paroisse de Begnins et avait habité le presbytère de Burtigny pendant de nombreuses années avant de s'établir à Bassins. Il avait rempli son rôle avec à la fois empathie et rigidité, à l'ancienne, guidé par sa bienveillance, mais aussi par des principes ne souffrant aucune discussion. Son épouse était décédée dans un accident de voiture lorsqu'Isabelle, leur fille unique, avait deux ans. Il lui avait semblé impossible de pouvoir élever la petite parallèlement à l'accomplissement d'un ministère exigeant de multiples déplacements dans une vaste commune, et s'était donc résolu à la placer à l'orphelinat Val Fleuri, où Isabelle avait connu Vincent[3]. À la suite du suicide récent de celui qui en avait été le directeur, le pseudo-abbé Étienne, ce redoutable gourou d'une secte satanique qui avait si bien caché son jeu pendant des décennies, il s'était mille fois excusé auprès de sa fille adulte de l'avoir confiée toute petite et innocente à ce fou qu'il aurait trucidé sans l'ombre d'une hésitation s'il avait découvert son infâme penchant pour d'épouvantables sacrifices rituels, disait-il avec emphase. Parce que bien sûr, personne n'avait pu soupçonner Vincent Dreyer d'avoir contraint le monstre et sa maléfique compagne à boire le poison. L'inspecteur n'en avait jamais parlé à qui que ce fût, même pas à Isabelle. Seul Gilles était au courant, et le commissaire Dupont avait supposé cette issue sans que Dreyer eût avoué. Chaque fois que Victor Bovet abordait le sujet avec sa fille, celle-ci assurait son père que si l'abbé Étienne avait eu deux visages, elle-même avait toujours pu profiter du meilleur, de sa gentillesse et de sa compréhension, de ses conseils de vie avisés. Le côté sombre n'avait jamais percé la carapace de bon pédagogue, et cela avait sans nul doute constitué pour lui la meilleure des protections.

– Alors voilà : pour ce premier repas, j'ai prévu une torrée.

– Qu'est-ce que c'est, grand-papa ?

– On fait un grand feu ; pendant qu'il brûle, on creuse un trou de cinquante centimètres de profondeur, puis on emballe un beau saucisson dans une feuille d'aluminium ; ensuite, on jette des braises au fond du trou, puis le saucisson, et de nouveau des braises, à la fin on recouvre le tout avec de la terre, et une demi-heure plus tard, on ressort le saucisson, et on l'accompagne d'une salade de patates. C'est délicieux !

– Et cet après-midi ?

---

3. C.f. *Les anges noirs*, du même auteur.

– Champignons ! Avant que les citadins n'envahissent la forêt.

– Et demain ?

– Pêche à la truite ! Je connais un endroit où la Seymaz est profonde et où se cachent les plus grosses. Et on les fera rôtir au gril.

Tout le monde approuva le programme. On trouva quelques magnifiques cèpes de Bordeaux qu'on fit griller avec de l'ail, du persil et de l'huile d'olive le soir. Puis, après un feu de camp, toute la famille regagna les deux tentes, Vincent et Isabelle entrèrent dans la canadienne, Victor et les deux garçons dans la grande. Le grand-père regardait d'un œil attendri ses petits-fils dormir profondément. Comme il ne parvenait pas à trouver le sommeil, il sortit s'asseoir dans l'herbe de la clairière. Il entendait Vincent ronfler et pensa que le bruit éloignerait les renards. Le ciel était dégagé et la lune éclairait les arbres. Le vieil homme se mit à penser au destin de sa fille et des deux petits, et il fut saisi par un sentiment d'angoisse diffuse. D'un côté, il se réjouissait de voir Vincent épauler les siens, mais de l'autre il craignait qu'ils n'aient à subir les contrecoups de sa vie de flic baroudeur. Tout à coup, il entendit un long hululement sinistre : une chouette blanche tachetée de noir était venue se poser sur une branche du sapin le plus proche. Elle fixait Victor de ses grands yeux jaunes. Le pasteur lui répondit en imitant son cri. C'était comme un dialogue désespéré. L'oiseau nocturne finit par s'envoler. Alors le vieillard se remémora tout ce qu'il avait appris sur la symbolique de la chouette, perçue par certains peuples comme annonciatrice de la mort, mais par d'autres, par exemple les Grecs anciens, comme détentrice de la sagesse due à l'âge et de la possibilité de voir dans la nuit. Il espéra que celle-ci ne lui avait pas notifié son décès proche, mais plutôt sa faculté à aider Vincent dans sa recherche de la solution des crimes dont il s'occupait.

Le lendemain, on attrapa quelques truites qui finirent aussi sur le gril, emballées dans l'alu après avoir été aspergées d'huile et de citron. Finalement, il fallut se résoudre à rentrer, au grand dam de Julien et Bastien qui s'étaient plus amusés dans les bois qu'en s'adonnant aux aventures virtuelles de leurs jeux vidéo.

Pour remercier Victor, Vincent l'invita à rester pour le repas du soir.

– Victor, tu nous as nourris pendant tout le week-end, maintenant c'est à mon tour d'être aux fourneaux !

Vincent avait anticipé : cinq belles entrecôtes, un gratin dauphinois et une coupe Danemark pour faire plaisir aux garçons. Quand les deux petits furent couchés, les trois adultes s'installèrent au salon. Vincent se réjouissait de mieux connaître ce vieil homme plein de ressources, et Isabelle se montrait intérieurement ravie de voir les deux hommes de sa vie se rapprocher. L'inspecteur servit trois verres de cognac et proposa un cigare Montecristo à Victor avant d'allumer le sien dans les règles de l'art. Isabelle se contenta d'une Camel.

– Victor, merci pour ce superbe week-end, tu devrais devenir GO pour le club Med !

– Tout ce que je déteste le plus ! Il faut peu d'argent aux amoureux de la nature pour passer du bon temps. Mais je vois que tu préfères le luxe, Vincent. Fais attention : tâche de privilégier le verbe « être » par rapport au verbe « avoir ».

La discussion aurait pu mieux commencer. Vincent nageait dans le fric, possédait sur le plan matériel tout ce dont un homme peut rêver : véhicules incroyables, comptes bien garnis dans plusieurs banques de la place, villa de charme donnant sur le lac… alors que le vieux pasteur avait toujours vécu avec parcimonie, se contentant de peu, se nourrissant de son dialogue avec Dieu et ses ouailles plutôt que d'ortolans et des biens matériels d'un monde capitaliste dont il se méfiait. Deux univers à l'opposé l'un de l'autre. L'épicurisme païen face à l'érémitisme calviniste. Et pourtant, le dialogue se noua. Plus la soirée avançait, plus les deux hommes se rapprochaient, au grand soulagement d'Isabelle qui avait craint le pire.

– Tu vois Vincent, je sens que ton job de flic te tient vraiment à cœur, d'après ce que ma fille m'en a dit. Et j'aime cette forme d'honnêteté qui consiste à s'impliquer corps et âme dans ce qu'on fait.

– Oui, Victor, mais si j'aime mon métier, je le trouve quand même très dur : la brigade criminelle nous fait côtoyer la lie de l'humanité, et j'aurais tendance à ne donner aucune circonstance atténuante aux monstres qui se permettent de s'attaquer à des innocents. J'ai souvent été en conflit sur ce point avec mon collègue l'inspecteur Gilles Bonnard, mon meilleur ami, qui lui me rappelle constamment que nous ne sommes pas des justiciers, mais des fonctionnaires au service d'un État de droit où tout le monde mérite d'être défendu.

– Et je crois qu'il a raison. Même les juges sont soumis à une certaine forme d'arbitraire quand ils prononcent le verdict. Laisse-les s'en tirer au mieux, en attendant le seul vrai jugement, celui de Dieu.

– Mais si Dieu n'existe pas, alors ces salopards s'en tireront à bon compte.

– As-tu une idée de la possible identité des criminels que tu recherches actuellement ?

– J'essaie de leur trouver un mobile en fouillant dans la vie des victimes, mais je t'avoue que pour l'instant, je ne vois pas trop, à part de considérer les éventuels agissements de détraqués d'extrême droite, puisqu'à la fois le professeur Gradowski et l'actrice Lantier avaient appartenu à différentes organisations marquées à gauche. Mais le crime politique n'est pas fréquent ici, donc assez peu probable dans ce cas.

– Je crois que tu as raison de rechercher les points communs des personnes tuées. Creuse, il doit y en avoir d'autres. Et entre nous, sois-en certain, Dieu existe et ces diables finiront par rejoindre leur maître en enfer.

– Peut-être, après tout, mais en tout cas, je préfère qu'ils attendent leur propre mort derrière les barreaux plutôt que dans le canapé de leur salon.

Victor s'en alla vers minuit, après avoir embrassé Vincent et Isabelle, et celle-ci fut envahie d'une joie intense et profonde de constater que son compagnon avait passé l'épreuve avec un certain brio. Il faisait maintenant partie des quelques rares privilégiés à avoir reçu le baiser d'un homme austère qui ne distribuait pas son affection à tout va. Et c'était mieux ainsi : les deux hommes de référence pour Julien et Bastien s'entendaient bien malgré leur grande différence. Elle en éprouva un immense soulagement.

X

Valérian entra dans l'immeuble du numéro 3 de la place de la Taconnerie qui abritait les bureaux du BCAS et découvrit sa tête de son sweat-shirt à capuche noir qu'il portait systématiquement sous son blouson, afin de ressembler à Frank Castle, le *Punisher* de la célèbre série auquel il s'identifiait. Le Bureau central d'aide sociale de l'Hospice général lui accordait une subvention, étant donné qu'il était devenu chômeur en fin de droits après son premier et unique emploi d'aide-cuisinier. Dès son adolescence, Valérian avait été estampillé « garçon dangereux ». Au collège, âgé d'à peine quatorze ans, il avait menacé une jeune remplaçante avec un cran d'arrêt et avait donc été placé dans un foyer de détention pour mineurs, où ses éducateurs avaient eu beaucoup de difficultés à le gérer. Depuis son plus jeune âge, sa mère n'avait jamais pu en faire façon. Elle élevait seule ses quatre enfants, et lorsqu'elle rentrait de son travail de caissière dans une grande surface, elle repartait très vite faire du baby-sitting ou des ménages pour compléter ses revenus insuffisants pour couvrir ses charges. La fille aînée aurait dû jouer le rôle de mère pour les plus jeunes, les aider à faire leurs devoirs, préparer le repas du soir, mais à partir de ses seize ans, elle se mit à descendre dans la cave de l'immeuble pour vendre ses charmes aux mâles du quartier qui lui donnaient vingt francs la passe, argent nécessaire à sa consommation de shit. Le père ne vivait plus avec eux, mais revenait parfois pour faire les fonds de tiroir et frapper le premier membre de la famille qui lui tombait sous la main s'il ne trouvait rien. Des « Thénardier » du XXIe siècle !

Valérian frappa à la porte du bureau de Madame Louvrier, l'assistante sociale chargée de le suivre.

– Bonjour madame.

– Salut Valérian. Tu sais déjà quelle question je vais te poser en premier : es-tu passé dans des restaurants pour chercher du boulot ?

– Oui, madame. Mais vous savez, je suis marqué. Le téléphone arabe fonctionne à plein régime dans le milieu de la restauration. À cause de ma sale réputation, personne ne me donnera une seconde chance.

– On peut aussi le comprendre : les chefs n'ont pas envie de se faire agresser comme ton ancien patron. Il a quand même dû être hospitalisé après que tu lui as cassé la figure.

– Mais il l'a mérité ! Il n'arrêtait pas de m'engueuler, de me rabaisser, de me répéter que j'étais nul. Il m'a cherché, alors il m'a trouvé.

– Valérian, si tu attaques tous ceux qui te critiquent, tu ne t'en sortiras jamais. Réponds avec des mots, pas toujours avec tes poings. Je pense même que des paroles bien choisies peuvent avoir plus de force que des coups.

– J'sais pas choisir des mots.

– Qu'est-ce que tu fais de tes journées ?

– De la musique avec mes potes. On a un local, un garage isolé que le père d'un copain nous prête, ou alors l'ancien atelier de menuiserie de mon grand-père.

– Et encore ?

– On se balade... Vous savez, avec l'enveloppe que vous m'donnez, j'peux pas faire grand-chose. Une toile de temps en temps avec ma copine, un MacDo par mois...

– Est-ce que tu vois encore ta famille ?

– Un peu ma grande sœur, les plus petits non, trop chiants.

– Et ta mère ?

– Jamais. Elle a pas su m'élever.

– Tu sais, ça n'a pas été facile pour elle d'assumer seule ses quatre enfants.

– Alors elle aurait pas dû les faire !

– Tu es dur.

– Non, réaliste.

– Il faut trouver un projet, Valérian, quelque chose qui te motive, une perspective, un but.

– Mais j'ai déjà un but: m'éclater avec mes potes, faire de la bonne musique…

– C'est bien, mais ça ne suffit pas. Tu dois pouvoir t'insérer de manière à trouver un job qui puisse te faire vivre. Par exemple déménageur, là on ne te demandera pas de CV, mais on appréciera ta musculature. Tu as maintenant vingt-deux ans, pour certains cela peut être l'âge de se marier et de fonder une famille.

– Pour ressembler à mon père? Frapper ma femme et mes gosses puis me tirer et les laisser dans la misère? Jamais! Plutôt crever!

– Mais ce n'est pas une fatalité, mon garçon! Ta volonté peut te faire changer, devenir responsable.

– Quand on a de la merde sous les semelles, elle colle, et c'est difficile de lever les pieds.

Jocelyne Louvrier esquissa un sourire, expression mêlée à la fois de dépit et de connivence avec ce jeune écorché qui, dans le fond, n'avait pas eu de chance. Elle lui tendit l'enveloppe contenant huit cents francs qu'il empocha prestement. Huit cents francs pour un mois dans l'une des villes les plus chères du monde, où la location d'un studio de vingt-mètres carrés coûte plus de mille francs, un plat du jour dix-neuf, une séance de cinéma dix-huit, l'assurance maladie cinq cents… mais heureusement tous ses frais administratifs étaient pris en charge par l'Hospice général et il habitait dans l'ancien atelier de son grand-père décédé. L'argent lui permettait de survivre.

À peine sorti des locaux du BCAS, Valérian renfila son capuchon noir, se remit dans la peau du méchant. Il leva la tête et contempla avec une grimace la plaque indiquant le nom de la place: «Taconnerie», et il ne put s'empêcher de penser qu'elle portait bien son nom. Il faisait semblant d'écouter cette dame Louvrier, mais ne venait que pour le fric que la société lui devait, puisque c'était elle qui l'avait rejeté.

Il se rendit directement dans le local en sous-sol de son grand-père qui était resté propriété de la famille après son décès. Il descendit les trois marches et entra. Un jeune dormait, déjà à moitié défoncé par le haschich et la bière à 11 heures du matin. Le local était assez sordide : un vieux lavabo à l'émail grisâtre dans un coin, des chiottes cachées par un drap sale, deux plaques électriques pour faire une bouffe sommaire, une minuscule lucarne ouvrant sur le macadam pisseux à ras le trottoir, deux matelas crasseux à même le sol, une table branlante et deux chaises volées sur une terrasse de bistrot, aux murs des posters représentant des groupes de rock à l'allure inquiétante. Valérian avait donné un double des clés à ses trois meilleurs potes, et de fait cet endroit délabré leur servait d'appartement.

Le jeune s'était réveillé et s'était déjà jeté sur son portable pour jouer.

– Adam, t'es qu'un gros con !

– Ah bon ? Merci ! Mais pourquoi tu me dis ça ?

– J't'avais demandé de planquer les battes de baseball, et elles sont toujours là, contre le mur. On peut même les voir depuis la lucarne, et en plus tu ne les as pas lavées. Si on s'fait serrer, elles seront une pièce à conviction, encore maculées du sang des loques qu'on a éclatées !

– Mais t'es givré, mec ! Qui va venir dans ce trou à rat ? Comment veux-tu qu'on fasse le rapprochement entre des tueurs et des types comme nous ?

– On n'sait jamais, Adam. J'te propose qu'on les planque à la cave.

– Mais on devra les remonter assez vite, mec. On doit finir le job, s'attaquer au toubib qui m'avait agressé. Et pourquoi t'as voulu qu'on bute les deux autres avant lui ?

– Pour qu'il ait peur longtemps avant d'y passer. Tu m'as bien dit que le prof et l'actrice étaient ses potes et avaient témoigné pour le défendre ?

– Les deux ont dit que leurs petits-fils avaient suivi une thérapie chez ce gros porc de psy sans jamais avoir été inquiétés. C'est pour ça que le doc a été condamné légèrement, au bénéfice du doute.

– Quand il apprendra que ses deux complices ont été butés, il comprendra. Faudra juste se méfier qu'il ne cherche pas à éliminer le danger, si tu vois ce que je veux dire. Parce que s'il fait le lien, il se souviendra aussi de nous, il saura que les deux premiers sont tombés sous nos coups.

Les deux garçons sortirent du taudis avec chacun deux battes et, depuis l'entresol, ils continuèrent à descendre les marches jusqu'aux caves. Valérian en ouvrit une, encore pleine des outils de son grand-père, et ils camouflèrent les armes des crimes dans une vieille armoire poussiéreuse, puis remontèrent à l'atelier et se mirent à écluser bière sur bière jusqu'au soir en écoutant leur groupe favori, *Strewdriver*, une formation anglaise de style skinhead, puis ils se laissèrent tomber sur leurs matelas crasseux et s'endormirent lourdement.

À minuit, les deux jeunes se réveillèrent. Leur rythme était passablement perturbé, ils passaient d'un état de veille à l'abrutissement, sans horaire fixe, au gré de leurs cuites ou de leurs trips.

– Valérian, il faut que j'te demande une chose : tu crois qu'on a vraiment besoin de Bruno et d'Éric pour continuer le travail ?

– Pourquoi ?

– Ils ne sont pas de notre monde, mec. Des bourges déguisés en loubards, je m'en méfie. Ils vont finir par craquer et nous balancer.

– Mais jamais, t'es malade. Écoute, ils ont le droit de changer de vie. Au contraire, c'est beau, mec, ils étaient dans la ouate et nous rejoignent dans la marge !

– Et autre chose : tu crois pas qu'on devrait s'affilier à un groupe genre KP ? J'ai un pote qui s'y trouve et qui m'a proposé d'y entrer.

– Non, Adam, eux sont patriotes, ils aiment leur pays. Nous, on est des loups solitaires, on a besoin de personne, et la Nation, on l'emmerde, elle nous a mis de côté, elle fait sans nous, alors on fera sans elle !

– Pour en revenir à Éric et Bruno, t'as bien vu que c'est plus facile de troncher une cible à deux qu'à quatre.

– Alors on changera le personnel, on brouillera les pistes, et j'irai une fois tout seul par exemple.

– Mais tu penses pas que ça suffit ? On a déjà eu les deux qui m'ont chié dans les bottes au procès du psy en le défendant, c'est déjà bien. En continuant, on augmente les risques de se faire choper.

– Rien à foutre ! Tu vois, ce que nous ont expliqué Éric et Bruno, c'est que les vieux intellos représentent les valeurs d'une société qui persiste à nous mettre à l'écart, je ne l'oublie pas. Pour eux, nous sommes les pauvres cons qui n'ont pas pu faire d'études, les épaves, les dégénérés qui n'ont aucune place dans leurs combines pourries. Il faut leur faire peur, leur montrer que le vent tourne, que nous sommes forts, surtout à ce salopard de psy qui doit commencer à penser que son tour va venir.

– Ces cons, ce sont ceux que Bruno appelle les « érudits » ?

– Yes, man, ceux qui ont été les meilleurs à l'école, puis à l'université, puis dans la vie professionnelle, on dit les « élites », mais en fait on devrait dire les voleurs, ceux qui prennent le pouvoir grâce à leurs connaissances.

– Comme le vieux prof et la vieille actrice ?

– Exactement ! Lui, il ne considérait que ses étudiants, tous les autres jeunes étaient pour lui des rebuts de la société. Et elle, elle se pavanait dans les théâtres pour répandre la culture bourgeoise, celle qui fait bon genre. Mais pour notre culture à nous, celle de la rue, que les « érudits » méprisent, y a plus de fric disponible. Alors on les punit, on les élimine. Et même si on a commencé par les deux qu'on connaissait, ça ne veut pas dire qu'on doit s'arrêter là. Parce que le principal salopard, c'est le médecin qui s'en est tiré avec un sursis. Nous, si on se fait serrer, on prendra perpétuité. Les vieux bourges s'en tirent toujours. Alors c'est la guerre, cousin, et elle n'est pas finie, on BAVE sur les vieux.

– T'as raison, Valé. On a bien choisi notre nom.

– Bon Adam. J'ai plus d'beuh, j'vais à L'Usine en acheter.

– Tu peux en prendre aussi pour moi ?

– Non mec, j'suis pas la Banque Cantonale de Genève ! Démerde-toi.

Adam se retourna sur son matelas pour se rendormir dans ce sous-sol sordide. Valérian enfila son blouson et sortit dans le froid de cette nuit pluvieuse d'octobre. Depuis le sous-sol du boulevard de la Cluse, il coupa par la place des Augustins, poursuivit par la rue Dancet, longea la plaine de Plainpalais où il s'approvisionnait souvent, puis enfila le boulevard Saint-Georges, tourna dans la rue des Rois jusqu'à L'Usine, haut-lieu genevois de la culture alternative, où il n'eut aucune peine à acheter une barrette de dix grammes pour cinquante francs au premier dealer venu. Puis il marcha jusqu'au pont Sous-Terre, descendit au bord du fleuve, s'assit dans l'herbe et se confectionna un joint avec sa rouleuse. Là il se mit à tirer lentement sur le cône, ferma les yeux, se détendit complètement, et rêva à sa prochaine victime.

Il ne lui manquait qu'une bonne bière glacée.

XI

Pendant les dix premières années de son job d'inspecteur à la brigade criminelle de la PJ de Genève, Vincent n'avait que rarement été responsable d'une enquête. Il était plutôt le jeune adjoint destiné à se faire les dents en accompagnant des flics plus âgés censés lui apprendre son métier sur le tas. Sa hiérarchie avait préféré utiliser ses compétences dans les sports de combat sur le terrain plutôt que ses capacités d'analyse investigatrice. On lui avait bien confié quelques affaires simples où les preuves de culpabilité avaient été soit évidentes, soit faciles à découvrir.

Aujourd'hui, dans son minuscule bureau, assis face à son ordinateur, les yeux dans le vague, il ne s'en sortait pas. C'était la première fois qu'il était nommé responsable d'une enquête criminelle de premier plan. En effet, la presse européenne avait repris les événements tragiques survenus à Genève, principalement en raison de la notoriété des victimes. Le professeur Gradowski était largement connu du monde universitaire francophone, l'actrice Micheline Lantier avait également eu son heure de gloire à Paris. Pendant quelques années, elle avait interprété le rôle de Madame Smith dans *La Cantatrice Chauve* d'Eugène Ionesco au Théâtre de la Huchette, pièce qui avait gardé l'affiche dans cette minuscule salle depuis la fin des années cinquante. Et à la suite de sa prestation remarquée, elle avait obtenu quelques rôles dans des séries télévisées, et même dans quelques films d'auteur, de sorte que le monde artistique parisien avait repris les comptes rendus de la presse helvétique.

Le chef de brigade Sauthier avait prié Vincent de le rejoindre dans son bureau afin de préparer l'organisation d'une conférence de presse destinée à noyer le poisson en faisant référence à des pistes sérieuses… qui n'existaient pas. Et l'heure de ce rendez-vous qu'il appréhendait avait sonné. Il se rendit donc d'un pas lent au premier étage du bâtiment et frappa à la porte du bureau de son patron.

– Ah, te voilà enfin, assieds-toi. Est-ce que tu as réfléchi à ce que je t'ai dit ?

– Oui, mais je ne sais pas vraiment ce que je peux leur balancer.

– Mais nom d'un petit bonhomme, Vincent, essaie de te prendre en main ! Tu ne dis rien de précis, tu les mènes en bateau. Je ne sais pas, moi, parle d'un règlement de comptes familial, d'une affaire d'héritage.

– Ah, quelle bonne idée ! Après une minuscule vérification, c'est moi qui passerai pour un rigolo. Gradowski et Lantier sont des patronymes trop différents pour appartenir à la même famille. Et quand on passe un contrat de ce type, on le confie à des tueurs professionnels qui utilisent des automatiques munis de silencieux, pas des battes de baseball !

– Bien, tu progresses, tu as déjà trouvé qu'on n'a pas affaire à des pros, mais alors à qui ? J'exige que tu me fasses un rapport de toutes les hypothèses auxquelles Gilles et toi avez pensé.

– Eh bien pour l'instant nous avons deux pistes : le père de Gregor Gradowski, Bogdan, ancien politicien polonais, a été empoisonné dans notre ville il y a une trentaine d'années. Il était un syndicaliste progressiste, son fils un membre influent du parti socialiste, et certains extrémistes fascistes polonais n'hésitent pas à flinguer leurs ennemis politiques.

– Mais les crimes politiques ne ressemblent jamais à ceux qui nous occupent, Vincent ! On aurait à nouveau employé le poison, ou un meurtre discret déguisé en suicide. De toute façon, si cette piste devenait sérieuse, mais je n'y crois pas trop, pas un mot ni à la presse ni à qui que ce soit, tu as bien compris ? Je devrais faire un rapport au DFAE qui confierait la suite de l'enquête au SRC[4]. Terrain miné ! Et l'autre piste ?

– Un crime homophobe contre Gradowski, accusé de harcèlement sexuel à l'encontre de ses étudiants. Mais alors il

4. Service de renseignement de la Confédération.

faudrait comprendre les raisons de l'élimination de l'actrice Lantier, qui n'a rien d'une lesbienne.

– Là aussi, n'en parle surtout pas aux journalistes ! Ces cons risquent de pondre un article qui mettrait le feu aux poudres et ferait monter au créneau toutes les associations de défense des droits LGBT.

– Alors, ce qui serait plus simple, chef, c'est que vous fassiez vous-même la conférence de presse.

– Non, Vincent, ça fait partie de ton apprentissage. Tu dois rester crédible comme inspecteur responsable de l'enquête.

– Que voulez-vous que je leur dise ?

– Utilise la langue de bois, bien sûr. Tu brodes pour ne rien révéler tout en pontifiant, rien de plus simple, du style : « nous sommes sur une piste très intéressante, nous avons quelques suspects, mais je ne peux rien dire de plus en vertu du secret de l'instruction, et bla bla bli et bla bla bla... »

Vincent se rendit dans la salle de conférences de l'Hôtel de Police où se tenaient déjà une dizaine de journalistes. Il fit un rapide topo de la situation, sans trop entrer dans les détails, et ne répondit aux questions fiévreuses des plumitifs que par une suite de poncifs sans aucun intérêt pour eux. Ils repartirent frustrés, privés de grain à moudre dont certains d'entre eux se servent pour faire mousser le sang des victimes dans des articles basés sur un voyeurisme odieux.

Le soir même, Vincent invita Gilles à le rejoindre à Cologny vers 21 heures, pour qu'ils ne soient pas dérangés par la turbulence des enfants.

– Gilles, aide-moi, je t'en prie. Je ne comprends rien à ces meurtres sauvages, j'ai besoin de ton avis précis sur la pertinence de nos deux pistes.

– Les deux principales qualités d'un enquêteur sont la patience et la méticulosité. Tu ne bénéficies ni de l'une ni de l'autre ! Change de métier ou alors tâche de progresser, Vincent. Tu me saoules !

– Laquelle de nos pistes te semble prioritaire ? Un crime politique ? Une agression homophobe, en tout cas dans le premier cas ? Ou simplement la divagation de jeunes connards en mal de sensations fortes ?

– Le retour d'un tueur polonais me semble fort improbable. Restent les deux hypothèses suivantes. Les lieux pourraient faire penser aux chasseurs d'homos, car tant le parc des Bastions que le Jardin anglais sont connus pour être des endroits de rencontres entre personnes du même sexe. Mais alors pourquoi ces deux victimes, dont on n'a aucune preuve de leur supposée homosexualité ? Donc, personnellement, je penche pour la troisième solution : des prédateurs fous, des loups qui égorgent des moutons simplement pour le plaisir de tuer, sans vouloir les manger, juste mus par un instinct sauvage de violence gratuite. Le problème, c'est de les trouver. Il faudrait surveiller les bandes de loubards de quartiers, mais il y en a tellement !

– En toute logique, d'après ce que tu dis, on pourrait tourner dans les deux parcs où ont eu lieu les crimes, pour repérer d'éventuels jeunes avides de continuer le carnage, et peut-être aussi interroger les éducateurs des maisons de quartiers les plus défavorisés qui pourraient nous aiguiller sur des bandes plus violentes que d'autres. Qu'en penses-tu ?

– Oui, bonne idée. On va se faire quelques soirées dans ces deux lieux publics, pour étudier les éventuels mouvements bizarres de plusieurs jeunes, puisqu'ils n'ont pas agi en solo jusque-là.

– Alors demain soir, je réserve une table au restaurant du Parc des Bastions. Tu es mon invité. On restera ensuite les deux sur un banc, serrés l'un contre l'autre, comme deux amoureux transis, servant d'appât aux crétins homophobes qui pourraient mordre à l'hameçon, prêts à dégainer et à arrêter les connards qui tenteraient de nous attaquer.

– D'accord, ma poule ! Mais ne compte pas sur moi pour te rouler une pelle !

Le lendemain, Gilles et Vincent se retrouvèrent dans le pavillon vitré du restaurant, se commandèrent deux plats magnifiques, souris d'agneau caramélisée pour l'un et pintade aux truffes pour l'autre. Miracle sur la carte des vins : un

Château La Gaffelière 2010. À la fin du repas, vers 22 heures, ils se promenèrent jusqu'au Mur des Réformateurs, puis ils s'assirent sur l'un des nombreux bancs qui bordaient l'allée centrale. Un groupe d'ados entra dans le parc par le grand portail de la place Neuve et ils s'installèrent bruyamment sur les bancs les plus proches des jeux d'échecs géants peints sur le sol. Deux d'entre eux entamèrent une partie, mais ils ne connaissaient pas vraiment les règles et très vite ils se mirent à donner des coups de pied dans les pièces de plastique représentant les tours et autres fous, chevaux, dames ou pions qui voltigèrent dans les airs et se fracassèrent sur le sol. La municipalité devait les changer pratiquement toutes les semaines, et personne à Genève ne s'en offusquait. La police municipale souffrait d'une situation de sous-effectif chronique, et les adultes n'osaient plus s'adresser aux jeunes violents commettant des déprédations gratuites de peur de se faire casser la gueule. Vincent et Gilles eurent l'idée d'utiliser l'incident pour les interpeller et tâcher de leur tirer les vers du nez sur les agressions, pensant qu'ils connaissaient peut-être les responsables des massacres commis dans les parcs de la ville. Ils se dirigèrent donc vers le groupe de jeunes excités et furent immédiatement pris à partie.

– Eh, les deux homos, vous venez jouer avec nous?

– Police judiciaire! Asseyez-vous tous sur ces deux bancs et contentez-vous de coopérer.

– Vous avez vos cartes de flics?

– On a même des menottes. Une patrouille va arriver dans une ou deux minutes, et ceux qui tenteront de fuir dormiront ce soir à La Clairière[5] avec des barreaux aux fenêtres. À partir de maintenant, vous vous taisez et vous ne parlez que quand on vous y invitera.

Le panier à salade entra dans le parc et stoppa à une vingtaine de mètres du groupe. Là, les ados n'en menaient plus large et se la coinçaient en regardant leurs pieds.

– Si vous répondez correctement à nos questions, alors vous pourrez rentrer chez papa-maman ce soir, mais si vous nous prenez pour des cons, on vous conduira au foyer pénitentiaire pour mineurs. Je m'appelle Vincent Dreyer, je suis

5. La Clairière: centre de détention pour mineurs à Genève.

inspecteur chargé d'une enquête pour un meurtre commis par des jeunes dans ce parc.

Alors une fille du groupe, genre « gothique » avec des Doc Martens noires aux pieds et un anneau dans le nez, s'avança en vitupérant :

– Non mais ça va pas ? Vous nous soupçonnez ? On n'a rien à voir avec ces conneries !

– Pour l'instant, je remarque juste que tu es lente à piger, alors je te répète une dernière fois de te taire et tu ne parleras que si je t'y invite. Qui est le plus âgé d'entre vous ?

– C'est moi, je m'appelle Marco, j'ai dix-neuf ans. On n'a rien fait de mal, monsieur, juste un peu de foot avec les pièces du jeu d'échecs, mais je ne crois pas que ça mérite tout ce cirque.

– Alors ça tombe bien, le cirque cherche des clowns et on les a trouvés.

La gothique poursuivit, de plus en plus enragée :

– Vous nous injuriez, je me plaindrai à mon père, il est avocat !

– C'est parfait, il pourra te défendre quand j'aurai déposé une plainte contre toi pour insultes à un policier dans l'exercice de ses fonctions. Je suis sûr que ça va lui plaire. Marco, tu réponds à mes questions, et rappelle-toi que si je juge tes propos adéquats, je vous laisserai partir. Dans le cas contraire, on poursuivra notre petite soirée à l'Hôtel de Police. Est-ce que vous venez souvent ici pour vous défouler ?

– Oui, de temps en temps, c'est un endroit assez calme, on y est bien.

– Pour quoi faire ?

– Discuter tranquillement, fumer, boire une ou deux bières, rien de mal.

– Vous arrive-t-il d'importuner des couples homosexuels, puisqu'ils fréquentent ce parc ?

– Bon, ok, on se fout de leur gueule, mais gentiment, on ne les a jamais agressés.

– Est-ce que vous avez assisté à des scènes violentes ?

– Une fois ou deux.

– Est-ce que vous connaissez des jeunes, peut-être un peu plus âgés que vous, qui seraient à la fois violents et homophobes ?

– Il y a bien les « 1201 » !

– C'est-à-dire ?

– Une bande de Sécheron, de Montbrillant, des environs de la gare, eux ils ne rigolent pas, mais on n'a rien à voir avec ces tarés.

– J'ai besoin de ton nom et de ton adresse, mais ne t'inquiète pas, uniquement pour te réinterroger si j'en ai besoin. Tu m'as bien répondu. Vous pouvez tous vous tirer, mais pour un certain temps, ne revenez plus ici et tenez-vous à carreau.

La gothique vint s'excuser auprès de Vincent, préférant ne pas brancher son paternel sur sa propre défense, puis les gamins se dispersèrent sans demander leur reste. Les deux inspecteurs retournèrent s'asseoir sur un banc pour continuer leur discussion.

– Qu'est-ce que tu penses de cette piste de la bande de Sécheron, Gilles ?

– Des groupuscules comme celui-là, il doit y en avoir une bonne trentaine dans le canton, mais pourquoi pas l'observer d'un peu plus près ? Avec un peu de chance, on pourra procéder à des recoupements pour isoler certains éléments plus dangereux que d'autres.

– Je pense aussi. Demain, j'irai interroger les éducateurs de la Maison de quartier de Sécheron, et ceux de La Clairière. Je traînerai aussi dans les parcs situés derrière la gare, et je te tiendrai au parfum si je trouve quelque chose d'intéressant.

– Dis-moi, Vincent, est-ce que tu as réfléchi à cette inscription BAVE peinte au spray sur les deux bancs ?

– Bien entendu, mais sans trouver de conclusion déterminante. J'ai simplement pensé à la bave comme symbole du mépris.

– Pourquoi en lettres majuscules ?

– Un peu comme un sigle.

– Si c'est le cas, que pourrait indiquer la première lettre ? « B » comme quoi par exemple ?

– Pour l'instant, je vois le « B » comme **b**otte de foin pour la difficulté, voire l'impossibilité d'y trouver un sens pour nous aiguiller !

– Voilà pourquoi il faut réfléchir, Vincent ! Le seul élément dont on soit certain, c'est que les tueurs opèrent en mini-bande, et qu'ils utilisent comme armes des battes de baseball, faciles à trouver dans n'importe quel magasin de sport, comme tous les petits délinquants qui les cachent dans le coffre des bagnoles qu'ils ont volées. Tu vois, on se focalise sur cette piste, la plus vraisemblable, et on développe, on imagine, on explore… Réveille-toi, fais preuve d'initiative, ne me laisse pas toujours te mâcher le travail.

– Ok, papa, merci pour la leçon ! Et maintenant, puisque tu es si intelligent, dis-moi quel est le rapport entre la lettre « B » et cette bande de petites frappes.

– Tu réponds déjà toi-même à la question : une **b**ande. Mais évidemment, une bande, c'est dépréciatif, alors quel mot commençant par « b » conviendrait mieux pour décrire quelques malades au service d'un idéal débile ?

– J'ai étudié la criminologie, pas la sémantique !

– Justement, libère-toi du carcan de ta formation, interroge plutôt ton imagination, ton flair, ton envie de percer le mystère. Tu vois, je me dis que tous les groupuscules d'extrémistes, qu'ils soient de gauche ou de droite, utilisent le même langage. Je pense par exemple à « FARC » pour « Forces armées révolutionnaires de Colombie », à « FAR » pour « Fraction armée rouge », à « BR » pour « Brigades rouges », et du côté de l'extrême droite à « BI » pour « Bloc identitaire », à « FNC » pour « Front national combattant ». Toujours cette double idée de groupe solidaire d'un côté et de lutte armée de l'autre. Dans cette optique, j'imagine que de jeunes paumés aient pu vouloir s'identifier à ces groupuscules de l'ombre. Si je considère les deux premières lettres du sigle « BAVE », j'extrapole ainsi : « BA » pour « Bras armé » ou « Brigade armée » ou « Bloc armé ».

– Penses-tu qu'on pourrait découvrir un nouveau mouvement de ce type ici à Genève ?

– Non, pas une organisation secrète bien rodée, mais plutôt une sorte de jeu d'imitation par de jeunes délinquants en mal d'émotions sanglantes.

– Gilles, encore une fois, tu me guides sur une piste intéressante, j'apprécie infiniment ton aide, mais je crois que je vais changer de métier. C'est désespérant de constater que je ne suis qu'un tas de muscles sans cervelle. Sans toi, je ressemblerais à une grosse tortue sur le dos, incapable de retrouver le sens de la marche.

– Déconne pas, Vincent ! Remets-toi vite sur tes pattes et fonce à la recherche de nouveaux indices.

XII

Vincent était enchanté. Grâce à l'intuition de Gilles, il pouvait suivre une piste, bouger de son bureau, aller interroger des gens, creuser un filon. Il voulait commencer par la Maison de quartier de Sécheron. Le mieux serait de s'y pointer en début de soirée, à l'heure où les jeunes paumés cherchent une idée pour tuer le temps. Vers 21 heures, il entra donc dans cette bâtisse moderne toute verte et chercha à s'orienter. Dans le hall principal, un panneau annonçait toute une série d'activités sportives ou culturelles pour enfants, adolescents ou adultes. Il aperçut une porte vitrée sur laquelle on pouvait lire en lettres noires « salle de loisirs » et y entra. Le local grouillait d'adolescents de treize à vingt ans, affalés sur des canapés en train de lire des BD ou agglutinés autour des babyfoots et des tables de ping-pong. Le brouhaha ambiant assourdissant empêcha Vincent de répondre à la question du jeune éducateur qui s'était approché de lui à pas feutrés, se rendant bien compte que le nouvel arrivant ne correspondait pas au profil des habitués du lieu. Une fois qu'il fut vraiment juste en face de l'inspecteur, le jeune homme réitéra sa demande :

– Monsieur, est-ce que je peux vous aider ? Vous cherchez votre fils ?

– Je cherche plutôt des renseignements. Vincent Dreyer, police judiciaire. Êtes-vous le responsable du lieu ?

– Non, il n'est pas là actuellement. Je suis un stagiaire éducateur et je m'appelle Polo. Si je peux vous être utile… Mais venez plutôt dans notre bureau, nous y serons plus à l'aise pour parler.

Ce garçon pouvait avoir vingt-cinq ans, il arborait une coiffure de dreadlocks retenues par un bonnet de laine aux couleurs arc-en-ciel, un T-shirt noir orné d'une grande feuille de cannabis et des pantalons bouffants. Une barbichette clairsemée lui ornait le menton. À vrai dire, il tenait davantage du jeune bohème amateur de fumette que de l'éducateur spécialisé. Vincent pensa que la tendance actuelle consistait peut-être à pousser les responsables à s'assimiler aux personnes qu'ils encadrent, ce qu'il trouvait déplacé. Pour lui, les représentants de l'autorité doivent marquer une différence à la fois de statut et d'apparence pour rester crédibles face à ceux dont ils ont la charge.

– Merci de bien vouloir répondre à mes questions, Polo. On recherche des adolescents ou de jeunes adultes susceptibles d'appartenir à une bande, par exemple celle des « 1201 » de votre quartier, capables d'actes barbares, d'une violence gratuite, et même de meurtres. Connaissez-vous quelqu'un qui correspondrait à cette description ?

– Franchement, inspecteur, notre clientèle ne ressemble pas à ce modèle, fort heureusement ! Nous avons des enfants qui viennent faire du théâtre ou de l'impro, des adolescents pour des cours de cinéma, des migrants pour des cours de langue… À part ça, quelques ados en marge qui fréquentent la salle de loisirs, comme vous avez pu le constater vous-même, mais pas d'assassins ni de monstres assoiffés de sang !

– Peut-être pourriez-vous identifier d'anciens habitués des lieux qui ont mal tourné par la suite ? Nous savons que certains jeunes adultes du quartier sont devenus violents, et vous devez forcément en avoir entendu parler dans votre milieu.

– Oui, mais ce genre de personnes ne fréquentent plus notre Maison de quartier. Ils se regroupent spontanément dans les parcs proches de la gare ou au bord du lac. Eux ne recherchent plus à se former culturellement, ils n'ont qu'une seule idée en tête : l'affrontement, la bagarre, parfois avec une issue létale pour certains, c'est vrai. Tous les prétextes sont bons : une histoire d'infidélité amoureuse, des insultes d'une autre bande sur les réseaux sociaux, un vol de moto… Et cela se règle à coups de couteau ou de barres de fer.

– Polo, je ne veux qu'un nom, celui de l'un de ces délinquants du quartier particulièrement violent.

– Monsieur, c'est délicat. Si je donne un nom, je deviens une balance.

– Personne ne le saura, c'est promis.

– Mais dans ce domaine, tout se sait. Peut-être que parmi les gamins qui nous ont vus parler ensemble se trouve le petit frère d'un membre de la bande. Bon, essayez de trouver celui que tout le monde appelle « le Barjot », de son vrai nom Gregory. Tous les dealers de la gare le connaissent. Mais je vous en prie inspecteur, je ne vous ai jamais parlé de lui.

– Merci Polo, vous n'avez rien à craindre !

– Si vous le dites…

Vincent remonta sur sa bécane, direction Cornavin. Il n'avait pas de raison de procrastiner, il était 22 heures, les dealers allaient commencer gentiment à traîner derrière la gare, entre la sortie-ouest et le parc des Cropettes. Il gara sa moto le long du parc et s'assit dans l'herbe sous un arbre. Aucune raison n'aurait pu pousser quiconque à s'installer dans cet endroit mal éclairé s'il n'avait pas cherché à se procurer de la came. Et ce fut en effet aussi efficace que de jeter du maïs dans une mare pour attirer les carpes : un jeune à capuche arriva vers lui à peine dix minutes plus tard.

– Salut mec, cocaïne, ecstasy, kétamine, ça te branche ?

– Moi c'est plutôt le chocolat ou les cacahuètes…

– Alors qu'est-ce que tu fous là, connard ? Casse-toi vite fait.

– Inspecteur Dreyer, police judiciaire. Assieds-toi calmement et écoute-moi bien. Si tu cherches à te tirer, t'es mort. Le parc est cerné. Alors choisis : soit tu réponds à mes questions, soit tu iras dormir à la prison de Champ-Dollon.

– Qu'est-ce que vous voulez ?

– Te demander des nouvelles d'un certain Gregory.

– Franchement, je ne connais pas de Gregory.

– Et si je te dis « le Barjot » ?

– Jamais entendu ce nom.

– Ok, j'appelle mes collègues, tu iras réfléchir en prison.

– Mais vous n'avez pas de flag ! Vous pouvez me fouiller, j'ai rien sur moi. On peut pas arrêter un citoyen suisse sans raison.

– D'accord, citoyen, mais la bosse dans la poche de ton jeans, c'est pas le cran d'arrêt que tu viens de me brandir sous le nez?

– Vous êtes assermenté?

– Justement, je n'ai pas le droit de mentir. Alors, ma parole contre celle d'un dealer, je te laisse deviner laquelle a le plus de poids.

– Tous mes potes du parc savent déjà que j'ai parlé avec un flic, et parmi eux, y en a pas mal qui connaissent bien le Barjot. Je vous laisse deviner mon sort s'il lui arrive quelque chose.

– Où je peux le trouver?

– Actuellement il a trouvé une chambre à La Clairière.

– Pourquoi?

– Il a planté sa lame dans le bide d'un connard des « 1213 » qui avait dragué sa meuf.

– Il a quel âge?

– Dix-sept.

– Qu'est-ce qu'il fait dans la vie?

– Rien. Il s'est fait renvoyer de l'école, il zone, c'est le chef des « 1201 ».

– Et toi, tu fais partie de sa bande?

– J'en ai fait partie avant, mais maintenant je suis clean.

– Ah oui, bien sûr, tu exerces un bon métier d'avenir.

– En tout cas, j'emmerde personne et jusqu'à présent, personne m'a fait chier, à part vous, pardon m'sieur.

– Alors tire-toi vite fait avant que je te montre de quoi je suis capable si je m'y mets!

Et le jeune vêtu de noir se fondit dans la nuit…

Le lendemain matin, Vincent se rendit directement à La Clairière à Vernier. Il connaissait bien le directeur, un certain Claude-Antoine Progins, que tous ses amis appelaient CAP. Claude-Antoine était un éducateur solide, à l'ancienne, la tête sur les épaules, à la fois ferme et bienveillant. La cinquantaine, cheveux rares et barbe grise, toujours une pipe en bouche, allumée ou éteinte. Son job représentait un sacerdoce pour lui. À ses yeux, aucun délinquant n'était définitivement perdu, il gardait toujours l'espoir de provoquer le déclic vers une réinsertion réussie. Il ressemblait à un roc au milieu d'une mer déchaînée qu'aucune vague ne parvenait à ébranler, et il ne se déparait jamais de son calme et de sa bonne humeur, ponctuant presque toutes ses fins de phrase d'un rire tonitruant.

– Salut Vincent, tu viens m'annoncer un futur client ?

– Salut CAP, non, cette fois, je viens juste rendre visite à l'un de tes protégés, le dénommé Gregory.

– Ah, le bien nommé Barjot. Alors lui, c'est du solide. Je t'accompagnerai et il faudra qu'on le menotte, je ne tiens pas à devoir t'apporter des chocolats à l'hôpital. C'est un ado hyper violent, il a blessé plusieurs personnes avec son cran d'arrêt.

– Tu oublies mon quatrième dan de karaté ! C'est plutôt le môme qu'il faudrait retaper.

– Bon, en fait, ne le touche surtout pas, son père a déjà déposé plusieurs plaintes pour mauvais traitement infligé à son ange, le monde à l'envers !

CAP demanda à un autre éducateur, un colosse de près de deux mètres, de les accompagner : trois adultes pour un môme de dix-sept ans. Vincent n'en croyait pas ses oreilles. Mais quand la porte de la chambre fut ouverte, il aperçut, allongé sur le lit, un jeune très grand, en marcel laissant apparaître des bras musclés couverts de tatouages, qui se leva d'un bond et fit face au groupe d'adultes, le visage déformé par un rictus de haine.

– C'est quoi ce bordel ? Qu'est-ce que vous venez me faire chier à trois ?

Le collègue de CAP, sans un mot, le coucha sur le lit, le retourna comme s'il pesait dix kilos, lui passa les pinces, et le remit en position assise. Vincent pensa qu'après tout, la présence du géant n'était peut-être pas superflue. CAP entama le dialogue :

– Gregory, je te présente l'inspecteur Dreyer, de la brigade criminelle de la police judiciaire, qui a quelques questions à te poser.

– Mais je n'ai tué personne, même si souvent c'est pas l'envie qui m'a manqué.

Vincent reprit le flambeau :

– Rassure-toi, Gregory, je ne te soupçonne de rien. J'aimerais juste t'interroger à propos de deux crimes récents dont on pense qu'il implique éventuellement des personnes que tu pourrais connaître.

– Le hic pour vous, c'est que j'suis pas le genre de blaireau qui va balancer des potes…

– Même si je te propose de parler au juge pour tenter de réduire ta peine et te donner une seconde chance ?

– Bon, si vous me prenez par les sentiments.

– Saurais-tu qui peut avoir explosé la tête de deux personnes âgées qui se reposaient sur le banc d'un parc public à coups de battes de baseball ?

– Eh ben on en a parlé entre nous. Franchement, ça, on ne l'a jamais fait avec ma bande de Sécheron.

– Connais-tu des gens qui utilisent ce genre d'arme ?

– J'en ai vu quelques-unes sortir lors de bagarres entre quartiers.

– Te souviens-tu de quelle bande il s'agissait ?

– Notamment les « 1205 » qui se regroupent dans un sous-sol de la rue des Battoirs. Et c'est en raison de cette adresse qu'ils utilisent des battes pour cogner leurs adversaires.

– Ok, merci pour ces renseignements, Gregory.

– N'oubliez pas votre promesse, monsieur.

– Tu peux compter sur moi.

Au moment de quitter Vincent sur le trottoir devant le foyer de détention, CAP lança encore à l'inspecteur :

– La juge pour mineurs qui s'occupe de Gregory s'appelle Claire Berger, mais tu auras de la peine à la convaincre, c'est une dure à cuire qui ne fait pas de cadeau !

– Mais CAP, je n'ai aucune intention de lui parler. Plus longtemps ton Barjot restera enfermé ici, mieux il se portera.

– Alors fallait rien lui promettre, c'est un peu salaud.

– Ne renverse pas les valeurs, CAP, le salaud, c'est lui !

Puis Vincent monta sur sa Harley, fit vrombir le moteur et s'éloigna lentement. CAP pensa que ses jeunes protégés ne méritaient pas de se faire ainsi rouler dans la farine et rentra dans son bureau la tête basse. Il se bourra une pipe, l'alluma, se mit sur son ordinateur et écrivit un mail à Madame la juge Berger pour lui signifier les excellentes résolutions du jeune Gregory Cavin pour lequel il sollicitait une réinsertion immédiate.

XIII

Gilles avait accepté d'accompagner Vincent dans ce sous-sol mal famé de la rue des Battoirs, au bout de la rue Dancet, juste avant d'arriver sur le quai Charles-Page. Ils prirent une voiture banalisée dans le parking de l'Hôtel de Police et rejoignirent en quelques minutes leur destination, toute proche. En arrivant devant l'entrée du garage sous-terrain, ils entendirent un impact sur la carrosserie, puis aperçurent deux gamins de treize-quatorze ans quitter leur cachette derrière un conteneur à ordures et aller se réfugier au fond du garage. Incroyable : ils avaient été caillassés par deux merdeux. Vincent plaça le gyrophare bleu sur le toit du véhicule, ils mirent leur brassard rouge « police » et se ruèrent au fond du sous-sol où ils n'eurent aucune peine à localiser les deux gamins, qui s'assirent tout penauds à même le sol de béton.

– Est-ce que vous savez ce que ça va vous coûter de jeter des pierres sur une voiture de police ?

– On pouvait pas savoir que vous étiez la police.

– Ah oui, alors ça signifie que vous pouvez attaquer des véhicules de particuliers ? Et si le conducteur avait fait un écart et renversé un cycliste, par exemple ?

– Y avait pas de cycliste, m'sieur.

– Ok, taisez-vous maintenant. Et répondez bien à nos questions, sinon on vous conduit chez vos parents pour leur infliger une amende salée. Est-ce que vous connaissez la bande des 1205 ?

– Ben oui, celle des grands. On est encore trop jeunes pour en faire partie.

– Mais c'est votre but, bien sûr.

– Ben oui !
– Qui est le chef de la bande ?
– Il s'appelle Florian, c'est mon frère.
– Alors tu me donnes ton nom et ton adresse.
– Yann Kürer, 18 rue Dancet.
– On va y aller ensemble. Debout !
Le deuxième gamin demanda :
– Et moi, j'peux m'en aller ?
– Ton nom !
– Martin Walser.
– Ne jette plus jamais de pierre sur un véhicule, sinon tu iras en maison de correction.
– Compris m'sieur. J'vous promets.
– Les promesses rendent les fous joyeux !
– Ah, alors vous êtes joyeux ?
Les deux éclatèrent de rire, puis le flic gara la voiture et tous se mirent en route pour rejoindre le domicile voisin du môme et de ses parents. La mère et l'aîné se trouvaient dans l'appartement. Après avoir informé Madame Kürer du comportement de son cadet, Vincent et Gilles exigèrent de pouvoir interroger l'aîné dans sa chambre.
– Florian, ton petit frère nous a dit que tu étais le chef de la bande des 1205. Est-ce bien exact ?
– Je suis l'un des meneurs, mais on n'a pas de chef, c'est la démocratie.
– Tu sais ce que c'est, la démocratie ?
– J'ai étudié le grec au lycée, c'est le pouvoir au peuple.
– Tu es encore au lycée ?
– Oui, je passe ma maturité cette année au gymnase, pourquoi ?
– Je suis surpris. Je pensais que les bandes de quartier concernaient plutôt des gars sans activité précise, déscolarisés.
– Pas la nôtre. Je ne suis de loin pas le seul étudiant.
– Quel âge as-tu ?
– Je vais bientôt avoir dix-huit ans.
– Alors tu sais que tu seras majeur et que tu risqueras des peines fermes de prison si tu commets des délits importants.
– Oui, je sais.

– Quels sont les buts de votre bande ?
– Nous défendre en cas d'agression.
– Mais est-ce que parfois vous êtes précisément les agresseurs ?
– Toujours en réponse à une provocation.
– Jamais de manière purement gratuite ?
– Jamais.
– Et les anciens, qui sont devenus de jeunes adultes ?
– Je sais que certains se voient encore pour fumer des joints, boire des bières, zoner dans le quartier, mais ils ne font plus partie de notre bande d'ados, ils trouvent ça ringard.
– Tu peux me donner quelques noms ?
– Je ne connais que les prénoms, et pardon, mais en principe, on ne balance pas chez nous.
– Mais là, tu vas le faire, sinon tes parents devront trinquer pour l'attitude de ton voyou de petit frère.
– Chantage ? Ce n'est pas joli-joli, monsieur l'inspecteur.
– Ferme-la et laisse-moi juger moi-même de ce qui est joli et de ce qui ne l'est pas.
– Moi, j'ai des principes, monsieur.
– Tu me donneras des leçons une autre fois. Maintenant accouche, ou je vais vraiment me fâcher et je vais devoir te convoquer comme témoin dans une affaire de meurtre sauvage.
– Je connais un peu deux frères du quartier, l'aîné a quitté notre bande depuis longtemps. Je sais juste qu'il est à l'uni depuis deux ou trois ans et se prénomme Éric, mais je ne connais ni son nom de famille ni son adresse. Lui il traîne souvent avec des mecs bizarres.
– Et ceux-ci, tu as leur nom ?
– Désolé, non, je les connais de vue, mais eux ne viennent pas de notre quartier, alors…
– Si jamais, on te recontactera pour te montrer des photos. Et maintenant, pas un mot à qui que ce soit, compris ?
– Compris, monsieur.
– Et dorénavant, sois poli avec les adultes.
– J'ai été poli, moi !
En s'en retournant dans la grande maison du boulevard Carl-Vogt, Vincent avoua à Gilles qu'il aurait bien giflé ce petit morveux de Florian trop sûr de lui, et son collègue lui rétorqua

que le jeune avait juste manifesté une bonne dose de bon sens. Il lui conseilla de faire preuve d'une plus grande correction à l'avenir quand il interrogerait des témoins n'ayant rien à se reprocher sur le plan pénal.

Vincent était fâché. Il ne supportait pas de passer pour un idiot aux yeux de son ami. Mais il ne put s'empêcher de penser que son caractère ne correspondait vraiment pas à celui d'un flic modèle, respectueux des formes et des procédures. Malgré l'évolution de sa situation personnelle comme père de famille de substitution, qui lui imposait de nouvelles responsabilités, il restait, au fond de lui-même, un écorché vif, un homme qui avait subi une adolescence terrifiante et qui avait dû se venger en faisant couler beaucoup de sang. Et cette première moitié de vie ne lui permettait pas encore le recul nécessaire pour se plier aux normes d'une attitude policière trop respectueuse à son goût des droits accordés aux délinquants.

Dès qu'ils furent arrivés à l'Hôtel de Police, Vincent salua froidement son collègue et partit se réfugier dans son minuscule bureau, ravalant sa colère. Pour un temps, il continuerait d'investiguer sans l'aide de Gilles. Sa méthode pour tirer les vers du nez de cette bande de petites frappes se montrerait autrement plus efficace que celle de son ami, « môssieur » le flic parfait, sans honte et sans reproche.

Vincent ressortit après avoir gambergé pendant dix minutes. Il fallait qu'il bouge. Il sauta sur sa moto direction le service de la population, route de Chancy, pour aller trouver son ami Oscar Pedretti, le chef de ce service, qui lui avait déjà souvent enlevé une épine du pied.

– Oscar, encore une fois, j'ai besoin de tes lumières.

– Si je peux résoudre ton problème…

– Je dois retrouver un jeune prénommé Éric.

– Mais Vincent, nous avons cinq cent mille habitants dans le canton. Attends un instant.

Et après avoir fouillé dans son ordinateur pendant trois minutes :

– En fait, le canton compte mille trois cent vingt-sept « Éric », mais si tu as la date de naissance, on pourra réduire drastiquement ce chiffre, d'autant plus que ce prénom, fort utilisé dans les années cinquante-soixante du siècle dernier, est quasiment tombé en désuétude.

– Le mien devrait être né en 2001.

Deux ou trois clics nerveux.

– Je t'annonce la naissance de dix-sept Éric en 2001.

– Et si on se limite à la ville, en excluant les zones suburbaines, car d'après ce que je pense, il doit s'agir d'un gamin de la cité dont le petit frère étudie au collège Calvin.

– En se référant à l'adresse des parents, il n'en reste que dix.

Oscar sortit deux listes, les noms et adresses actuelles des parents des dix-sept Éric du canton âgés de vingt-deux ans, puis une seconde incluant celle des dix Éric dont les géniteurs étaient censés habiter le centre-ville. De retour au bureau, Vincent se mit en devoir de téléphoner aux dix numéros de la seconde liste, en répétant toujours les mêmes mots :

« Bonjour, inspecteur Dreyer, police judiciaire. Suis-je bien dans une famille qui possède deux fils, un aîné de vingt-deux ans se prénommant Éric et un plus jeune de dix-sept ans ? »

Mais malheureusement, les dix réponses furent toutes négatives. Alors Vincent se résolut à contacter les sept numéros restants de la première liste, qui concernaient les habitants de la banlieue. Et au cinquième appel, après la question rituelle :

– Bonjour inspecteur. Oui, effectivement, ce sont bien mes deux fils, Éric l'aîné et Samuel, le cadet, qui prépare sa maturité au lycée Calvin. Mais mon Dieu, il ne leur est pas arrivé un malheur ?

– Non, rassurez-vous madame. Vous habitez bien à Satigny ?

– Moi-même j'habite à Satigny, mais depuis mon divorce, il y a cinq ans, les enfants vivent avec leur père en ville, c'est plus pratique pour les études.

– Alors madame, il faudra officialiser le changement d'adresse des garçons. Pouvez-vous me donner le nom et l'adresse de votre ex-mari ?

– Oui, bien sûr, Georges Tabarin, 12 rue du Pré-Jérôme. Mais s'il vous plaît, inspecteur, dites-moi pourquoi vous recherchez mes fils, qu'ont-ils fait de mal ?

– Rien, madame, nous procédons juste à un contrôle d'adresse. Pour l'État, vos fils habitent chez vous, et pour l'école, chez votre ex-mari. Il faudra simplement régulariser la situation.

– C'est délicat monsieur, l'aîné est majeur, mais j'ai la garde du cadet, et pour pouvoir continuer ses études au lycée Calvin, il doit être domicilié en ville. Il aura dix-huit ans dans trois mois, et là, il pourra habiter où il voudra, n'est-ce pas?

– En effet, ne vous faites aucun souci. Vu les circonstances, nous ne ferons rien avant la majorité de Samuel. Au revoir madame.

Vincent décida d'attendre le lendemain matin pour se rendre au domicile de Georges Tabarin et de ses deux fils. Pour être certain de les trouver tous les trois au nid, il s'y pointerait vers 7 heures, avant que le père ne parte au travail, que Samuel ne file au lycée, et alors que certainement Éric serait encore en train de dormir après une soirée de vadrouille. Il dut sonner trois fois, avant qu'une voix traînante ne susurre à travers la porte:

– Qu'est-ce que c'est?

– Désolé, police! Mais ne vous inquiétez pas, c'est juste un petit interrogatoire de routine.

La porte s'ouvrit sur un homme d'une cinquantaine d'années, encore ensommeillé, en robe de chambre grenat pardessus un pyjama rayé bleu et blanc, les cheveux en bataille.

– Désolé, monsieur Tabarin, je vous réveille?

– Pas grave, c'est le moment de se lever pour nous tous. Mais Bon Dieu, pour quelle raison vous venez à cette heure matinale?

– Pour être sûr de vous trouver.

– À quel propos?

– Je dois poser quelques questions à votre fils aîné Éric.

– Ah bon? Pourquoi?

– Il est susceptible de nous renseigner concernant des événements graves dont il n'est pas responsable.

– Événements graves, c'est-à-dire?

– Double assassinat.

– Nom de Dieu, mais qu'est-ce que mon fils peut avoir à faire avec cela ?

– Il a été décrit comme pouvant avoir fréquenté le ou les criminels.

– Vous plaisantez ? Mon garçon est un brillant étudiant en droit qui n'a aucune relation avec la pègre de notre ville !

– J'en suis convaincu.

– Entrez donc partager un café avec moi. Vous êtes monsieur… ?

– Vincent Dreyer, inspecteur à la police judiciaire.

Sur ces entrefaites arriva un ado aux cheveux longs, intrigué par le bruit de la conversation.

– Samuel, va réveiller ton frère. Il doit être à la cuisine dans cinq minutes au plus tard.

Quand Éric fut arrivé, Vincent lui signifia le but de sa visite.

– Bonjour Éric, je dois vous poser quelques questions dans le cadre d'une enquête criminelle. Vous n'êtes soupçonné de rien, simplement un éventuel témoin, et à ce titre, je vous signale que je vais vous enregistrer et que vous devrez faire extrêmement attention à ne pas formuler de faux témoignages.

– Mais qu'est-ce que c'est que ce cirque ? Je suis étudiant en droit, monsieur, et donc informé sur les procédures qui régissent une audition de témoin. D'abord, avez-vous un mandat pour vous être introduit chez nous ?

Alors le père intervint pour calmer son fils :

– Éric, c'est moi qui ai invité l'inspecteur à entrer.

Le garçon, visiblement troublé, poursuivit sur sa ligne défensive :

– Un juge a-t-il ordonné une commission rogatoire ?

– Jeune homme, détendez-vous. Je veux seulement vous poser deux ou trois questions, sans enclencher tout le processus judiciaire. Mais si vous y tenez, je m'en vais, et alors vous serez officiellement convoqué au commissariat, puis au tribunal en qualité de témoin, cette fois dans le cadre de la loi.

– Bon, allez-y, posez-moi vos questions, mais je ne vois vraiment pas où vous voulez en venir. Je n'ai jamais été mêlé à une affaire criminelle, et je crois que vous vous trompez d'adresse.

– Comme vous êtes majeur, vous avez le droit d'exiger d'être seul avec moi pour l'interrogatoire.

Alors Georges Tabarin, sur un ton où l'on sentait poindre l'agacement, pour ne pas dire la grogne, s'énerva :

– Monsieur Dreyer, non seulement vous venez nous réveiller à 7 heures du matin, mais vous voulez encore me chasser de chez moi ? Là, je dis stop. Je tiens à écouter ce que vous avez à dire à mon fils.

– S'il est d'accord, sans problème. Qu'en pensez-vous, Éric ?

– Mais mon père peut bien entendu assister à l'interrogatoire, je n'ai rien à cacher.

– Parfait, alors allons-y. Est-il exact que vous avez fréquenté, plus jeune, la bande de quartier « les 1205 » de Plainpalais ?

– Oh oui, mais pas longtemps, comme la plupart des ados du coin, jusqu'en 2018. Je l'ai définitivement quittée à ce moment-là, à l'âge de dix-sept ans.

– Quelles étaient les activités de ce groupe ?

– Comme pour toutes les bandes d'ados des quartiers, de petites guéguerres bravaches sans grande méchanceté.

– Est-il exact que l'emblème du groupe est la batte de baseball, en référence au local du sous-sol de la rue des Battoirs, et avez-vous utilisé ce genre d'instruments pour vous battre contre vos rivaux ?

– Plutôt pour impressionner, mais je ne me souviens pas d'avoir vu un pote l'utiliser contre quelqu'un.

À ce moment, le père devint cramoisi. Il hurla :

– Éric, je n'ai jamais su que tu fréquentais des délinquants ! Tu m'as bien roulé ! C'était donc ça tes nombreuses visites studieuses aux copains de ta classe pour préparer des examens ? Tu allais te battre contre les loubards de la ville ? Tu m'as pris pour un con, tu peux te tirer de chez moi, va retrouver ta mère.

– Mais tous les jeunes garçons passent par-là, papa, hein dis Samuel ?

– Quoi ? Toi aussi, Samuel ?

Vincent devait tenter d'éteindre l'incendie.

– Monsieur Tabarin, nous n'avons jamais reçu de plainte concernant vos fils, et dans la plupart des cas, les bandes de jeunes ne font rien de mal, si ce n'est de se retrouver pour écouter de la musique ou jouer au foot dans les préaux.

– Alors venez-en au fait, monsieur Dreyer ! Vous avez parlé d'actes extrêmement graves. De quoi s'agit-il ?

– Éric, répondez maintenant franchement à ma prochaine question : avez-vous toujours des relations avec d'anciens membres de votre bande, actuellement de jeunes adultes comme vous, qui seraient devenus beaucoup plus dangereux ?

– Non, inspecteur. Je ne revois plus personne. J'étais fasciné par certains de mes potes quand nous avions quinze ou seize ans, parce qu'ils savaient bien se battre par exemple, mais avec leurs poings. Maintenant, je les ai complètement perdus de vue, la plupart sont chômeurs ou dealers, je ne suis plus du même monde, moi je me suis rangé, je suis universitaire, je mène des études qui me prennent tout mon temps, je veux devenir avocat, c'est mon seul but. Désolé, je ne sais rien de plus.

– Pourtant, certains jeunes que nous avons interrogés nous ont affirmé que vous traîniez encore avec des gens bizarres…

– Quoi ? Mais qu'est-ce que c'est que ce délire ? Je ne fréquente que mes amis étudiants de la fac. Si ce sont eux, les gars bizarres, alors oui…

– Vous avez certainement entendu parler de ces deux crimes affreux, perpétrés par de jeunes hommes armés de battes de baseball, et comme votre ancienne bande semble avoir été vraiment spécialisée dans ce genre d'attaque, nous pensons que les criminels peuvent être d'anciens garçons de votre quartier.

Le père d'Éric reprit le flambeau de la discussion, pour dédouaner son rejeton :

– Inspecteur, si j'admets avoir été surpris d'apprendre que mes garçons ont fait partie de la bande du quartier, je puis vous assurer qu'Éric ne fréquente pas le genre de délinquants dont vous parlez actuellement. Je me porte garant de son sérieux et de sa présence quasi constante sur ses bouquins à la maison.

– Mais rassurez-vous tous, je n'ai jamais pensé qu'il était responsable de quoi que ce soit. J'espérais simplement qu'il aurait pu m'aiguiller sur la piste d'un éventuel coupable. D'ailleurs, Éric, si une idée vous revient, n'hésitez pas à m'appeler. Encore désolé d'avoir perturbé votre début de journée.

Vincent tendit sa carte au jeune homme et sortit de l'appartement, puis retourna à l'Hôtel de Police pour faire le compte rendu à Gilles de sa visite aux Tabarin. Il avait complètement oublié son ressentiment à l'égard de son ami et se réjouissait simplement de connaître son avis.

XIV

Éric stressait. Comment ce flic fouineur avait-il pu remonter jusqu'à lui ? Il fallait de toute urgence avertir Adam, Bruno et Valérian, et surtout arrêter ces crimes sauvages, puisque la police se trouvait sur la bonne piste. Il entra dans l'allée du 21, boulevard de la Cluse, descendit les quelques marches jusqu'à l'entresol où se trouvait la porte de l'atelier du grand-père de Valérian et frappa les cinq coups convenus. Aucune réaction. Cinq nouveaux coups, et la porte s'entrouvrit. Dès que Valérian eut reconnu Éric, il le fit entrer et referma prestement.

– Salut Valé. On doit appeler Adam et Bruno pour une réunion d'urgence. On est dans la merde !

– De quoi tu parles, mec ?

– Appelle-les tout de suite, dis-leur de rappliquer immédiatement, je ferai le topo quand on sera réunis tous les quatre.

Valérian téléphona à Adam et à Bruno qui se pointèrent dans la demi-heure. Malgré les sollicitations de Valérian, curieux, Éric s'était tu, il avait éclusé bière sur bière nerveusement, sans doute pour se donner du courage avant d'affronter la réaction de ses potes. Maintenant, les trois étaient face à lui, il se lança.

– Les gars, c'est la merde. Un flic a débarqué chez moi ce matin. Il soupçonne les anciens 1205 d'être mêlés aux deux crimes. Désolé, les mecs, je ne sais vraiment pas comment c'est possible.

Adam et Bruno restaient prostrés, assis sur le matelas, à tirer nerveusement sur leurs clopes, et ce fut Valérian qui entama la discussion avec Éric.

– Tu en as parlé à quelqu'un, espèce de connard ?

– Mais non, je te jure, à personne, c'est incroyable!

– Est-ce que le flic sait que tu es pote avec nous?

– Absolument pas. Impossible pour lui de faire le lien.

– T'as l'impression qu'il te soupçonne, ou il cherche simplement à s'informer sur ton ancienne bande?

– Tu sais, il a fait le rapprochement grâce aux battes de baseball, parce qu'il a su que nous les utilisions dans les affrontements avec d'autres bandes de quartier. C'est un fouille-merde hyper dangereux, mais pour l'instant il n'a rien de concret. Moi, je vous propose que nous allions déjà jeter les battes au Rhône, et que nous cessions de nous voir pendant un certain temps. Ensuite, il faut effacer nos noms et numéros respectifs de nos portables. Plus le temps passe, moins nous risquerons.

– Ok, t'as raison Éric. On suit ton plan, excellent. Maintenant casse-toi, et surtout ne dis plus rien à ce flic.

Éric sortit, soulagé de la réaction somme toute assez calme de Valérian, le chef de leur groupe. Certes, Bruno et Adam n'avaient rien dit, il ne savait pas ce que ces deux-là pensaient vraiment, mais c'était bien entendu l'avis de Valérian qui comptait surtout.

Bruno était né dans le confort d'un milieu bourgeois, avait échoué dans toutes les écoles privées qu'il avait fréquentées, puis commencé à se droguer à l'âge de treize ans, et ne s'était jamais adapté aux exigences de quelque formation que ce fût, vivant comme un zombie, ne parlant quasiment plus ni à ses parents ni à ses frères et sœurs. On l'avait contraint à suivre une psychothérapie, mais le mal était profond, il n'avait plus de contact avec la réalité, perdu dans sa musique et ses trips de plus en plus fréquents et violents. À tel point que finalement sa famille l'avait complètement rejeté, et qu'il avait dû se mettre à dealer pour acheter sa propre came. Il avait survécu à deux surdoses et passé quelque temps dans un foyer pour jeunes adultes où on avait tenté de le désintoxiquer, mais sans grand résultat. Il avait fini par refuser toute aide, se nourrissait grâce aux copains ou dans des squats, gagnait quelques sous en jouant de la guitare dans les Rues Basses et passait le plus clair de son temps à l'atelier du boulevard de la Cluse. Il avait vingt ans.

Adam, le plus âgé, vingt-cinq ans, était sans aucun doute le plus inquiétant des quatre. Méchant, vicieux, il avait été habité par un sadisme obscur dès son plus jeune âge. Enfant, il se complaisait en effet dans une indicible cruauté envers les animaux, allant jusqu'à attacher des chats, à les asperger d'essence et à les faire brûler vifs, ou encore à mettre des clous dans de la viande qu'il offrait aux chiens errants. Dès sa prime adolescence, il s'en était pris à ses camarades de classe, leur envoyant des messages anonymes haineux et menaçants, les accusant à tort auprès des profs de fautes graves qu'ils n'avaient pas commises, semant le doute et la destruction. Une véritable petite ordure. Son père, un ivrogne violent, s'était défoulé sur ce fils chétif et chafouin, et Adam, par une sorte de réflexe de compensation, se vengeait sur les autres de ce qu'il était contraint de subir à la maison. Même si Valérian était celui du groupe qui avait le plus d'ascendant sur les autres, c'était Adam qui avait proposé à ses trois copains de passer à l'acte, de devenir de vrais criminels, puissants, capables d'enlever la vie grâce à une pure folie meurtrière animée par l'appel du sang.

Après le départ d'Éric, les trois étaient restés là, abasourdis, choqués par les propos de leur camarade. Jusqu'alors, ils s'étaient sentis intouchables, et voilà qu'une menace se dessinait, qu'un flic avait flairé son gibier. Ce fut Valérian qui rompit ce silence pesant.

– Adam, Bruno, qu'est-ce que vous en pensez ?

De fait, Bruno ne pensait pas, suiviste sans consistance, toujours dans les vapes, en dehors du temps et des contingences de la réalité. Alors Adam se lança dans un monologue inquiétant :

– Pour moi, la situation est on ne peut plus claire. Je vous avais toujours dit de vous méfier d'Éric. Il n'est pas de notre monde. Lui il ne pense qu'à son avenir d'avocat. C'est pas un vrai dur. Il fait partie du groupe simplement parce qu'il est mytho et veut se prouver qu'il peut se montrer méchant, mais c'est du cinéma. C'est une fiote ! Vous avez bien vu comme il tremblait simplement parce qu'un flic lui a posé une ou deux questions. Il se voit déjà derrière les barreaux, et comme futur bavard, ça doit justement lui donner la diarrhée. Eh bien moi je vous le dis aussi sec : il va se coucher, le mec ! Il va nous balancer, ce chiard. Alors voilà, ce que je vais vous dire va vous paraître dur, mais on doit s'en débarrasser avant qu'il craque. On n'a pas le choix. C'est trop risqué de le laisser en vie. Ce flic va le faire suivre, et un jour ou l'autre le lien avec nous sera fait.

– T'es malade, Adam, on ne peut pas tuer un pote sous prétexte qu'il va peut-être nous dénoncer.

– Alors laisse-le vivre et prépare-toi à passer ta vie en prison !

– T'en dis quoi, Bruno ?

– J'm'en fous, faites comme vous pensez !

Les trois restèrent un moment sans parler, l'atmosphère était pesante. Au bout de quelques minutes, Adam reprit la parole :

– Écoutez, les gars, laissez-moi faire, je m'en charge. Vous n'aurez pas son crime sur la conscience et vous serez définitivement à l'abri. Alors maintenant cassez-vous et revenez demain matin. J'aurai effectué le travail.

Valérian et Bruno se levèrent et sortirent de l'atelier. Bruno n'avait aucun état d'âme, il était vide, n'éprouvait aucun sentiment, ni honte ni remords. Valérian, lui, se sentait mal. Il n'approuvait pas ce plan démoniaque, mais tout au fond de sa tête, quelque part, ça l'arrangeait bien que soit supprimée la seule possibilité d'un lien entre lui-même et les deux assassinats. Il savait qu'Adam avait en partie raison, que désormais Éric représentait un risque considérable que la police remonte jusqu'à eux. Et sa lâcheté avait finalement laissé s'estomper un dilemme moral qui ne l'avait pas perturbé trop longtemps. Ces loubards allaient faire disparaître un des leurs, le plus fragile, celui qui n'aurait jamais dû se trouver là, victime de la trahison de ceux qu'il avait cru pouvoir compter au nombre limité de ses amis les plus proches, mais qui dans le fond ne se révélaient être que des salopards sans foi ni loi.

Adam appela Éric.

– Éric, c'est Adam. Il faut que tu reviennes tout de suite à l'atelier ! On a un plan, et on doit en parler de toute urgence.

– Ok, j'arrive.

Dix minutes plus tard, Adam entendit les cinq coups sur la porte, ouvrit et fit entrer Éric.

– Écoute, mec, on a bien discuté avec Bruno et Valérian. On a décidé de faire une troisième victime.

– Alors sans moi, c'est trop risqué! Vous n'avez pas encore compris que les flics ont mis le pied dans la porte? Vous voulez vraiment finir vos jours en prison? Vous êtes cinglés ou quoi?

– T'as pas le choix, mec. Je te rappelle que nous sommes liés par un pacte signé de notre sang, et que nous devons assumer toutes les décisions prises à la majorité de trois d'entre nous.

– Bruno et Valé ne se rendent pas compte du danger?

– Si, mais c'est justement ce qui est excitant, frère. Valérian tient à l'équilibre dans le groupe. Nous étions les quatre pour le premier crime, le second a été commis par Bruno et Valérian, alors nous deux devons égaliser en tuant encore une fois. Après on sera quittes, on arrêtera la série pour un moment en attendant que la flicaille se calme.

– Non, pour moi, c'est terminé, je quitte le groupe.

– Mais tu sais bien que c'est impossible. Valérian ne te pardonnerait jamais une telle trahison. Tu sais ce que ça voudrait dire pour toi.

– Merde, Adam, on ne va pas commencer à se menacer entre nous!

– C'est pas une menace, frérot, c'est la loi.

– Qu'est-ce que tu proposes?

– J'avais déjà fait des repérages. Il y a un petit sentier qui longe l'Arve sur sa rive gauche entre le pont Wilsdorf et celui de Saint-Georges. J'y vais parfois avec des potes pour tirer un pétard, on est tranquilles, le soir, y a personne. Le comble, c'est à deux pas de la nouvelle maison poulaga, mais on les voit jamais, ils restent sagement sur leurs ordis, c'est plus tranquille pour eux. Pour nous aussi tu me diras! Et tous les soirs vers minuit, le psy qui nous avait tripotés, Bruno et moi, s'y promène avec son chien. On doit finir le job. D'abord les deux qui avaient adouci sa condamnation avec leurs témoignages à la con, maintenant ce porc. On l'avait prévu comme ça, alors on assume jusqu'au bout. Je me réjouis de cracher sur son cadavre.

Voilà, courage, mec, c'est le dernier job. Casse-toi et reviens ce soir.

Adam avait donné rendez-vous à Éric à 23 heures à l'atelier. Ils prendraient les battes et les cagoules dans un sac de sport et iraient se poster sur une petite plage de sable en contrebas du sentier qui longeait la rivière, attendant le moment propice pour passer à l'acte. Ensuite, ils jetteraient les battes à l'eau et se feraient oublier définitivement. Éric avait dû se résoudre à accepter, le couteau sous la gorge. Ce n'était pas la première tentative pour lui de quitter ce groupe qui devenait de plus en plus fou, mais il s'enfonçait toujours plus profondément dans des dérives qu'il n'assumait plus.

Comme prévu, il se pointa à 23 heures à l'atelier. Adam l'attendait en tenue de combat, tout de noir vêtu. Le sac de sport était prêt. Éric était habillé d'un jean clair et d'un polo blanc, et Adam lui prêta des habits sombres, pour qu'ils puissent se fondre le mieux possible dans l'obscurité. Un quart d'heure plus tard, ils fumaient un joint assis sur le sable des bords immédiats de la rivière, bien protégés de la vue depuis le sentier par un bosquet de buissons. Adam avait déjà préparé les deux battes, appuyées contre le tronc d'un arbre dans leur dos. Ils fumaient en silence, regardant les eaux grises de l'Arve s'écouler lentement sous les pâles rayons d'une lune voilée. Éric pensait à son destin étrangement bipolarisé: d'un côté sa vie d'étudiant modèle, ses cours intéressants à Uni-Mail, les discussions passionnées avec ses camarades étudiants, par exemple à propos de la réforme en cours du droit constitutionnel suisse sur laquelle leur prof préféré leur avait demandé de s'exprimer, buvant bière sur bière sur l'une des terrasses des bistrots de la rue de l'Ecole-de-Médecine, envahies par les vingt-trente ans de toute la ville de la fin de l'hiver jusqu'au début du suivant… et d'un autre côté, sa rencontre fortuite avec Valérian quand ils avaient quinze ans, son immixtion progressive dans le monde des jeunes délinquants désorientés, et cette descente inéluctable vers un véritable enfer dont il ne savait plus comment s'échapper. Éric avait fermé les yeux, il rêvait… Le léger clapotis des eaux de l'Arve l'avait emmené par association auditive sur une plage de sable blanc dans une crique émeraude où ses soucis s'envolaient dans l'évanescence d'un instant de bonheur fantasmé… Les yeux clos, il n'avait pas vu Adam se lever tout doucement pour aller chercher une des deux battes derrière eux et il ne l'entendit pas revenir à pas de loups. Il ne sentit même pas le premier impact d'une violence inouïe sur sa tempe droite qui le plongea dans le coma avant même que la pluie des coups suivants ne déferle. Il était resté assis, comme une statue de pierre dont on aurait massacré la tête.

Adam jeta les deux battes au milieu de la rivière où le courant les emporta, puis il remonta péniblement la pente abrupte et glissante, enjamba la barrière et se retrouva sur le sentier pédestre. Personne, aucun bruit… C'était parfait. En quelques minutes, il parvint sur le pont de Saint-Georges et remonta la rive droite de l'Arve jusqu'au pont de Carouge, et de là rejoignit son antre du boulevard de la Cluse. Il avait trucidé son pote de vingt-deux ans, sans état d'âme, froidement, éliminant un risque, pas un être humain. Cet assassinat sordide avait été perpétré entre les deux sièges généraux de la police genevoise, à cent mètres de l'un et trois cents de l'autre, pendant que les plantons de garde étaient fort occupés à dérouler les films des flashs de radars routiers ou à rédiger les rapports des visites qu'ils avaient effectuées à la suite des plaintes pour nuisances sonores après 22 heures.

Adam envoya le message suivant à Valérian et Bruno. « Le travail est terminé. Supprimez ce message. On se parle à l'atelier ». Puis il but une Heineken et s'endormit très vite sur son matelas pourri.

XV

— Allo Vincent, ici Sauthier. On a un troisième cadavre sur les bras. Une petite vieille a appelé ce matin, elle l'a découvert en promenant son chien aux aurores. Au bord de l'Arve, juste derrière le Théâtre du Loup, à deux pas de chez nous ! Le légiste et la scientifique sont déjà sur place. Dépêche-toi d'aller voir, et ensuite, reviens dans mon bureau. Il faut qu'on s'active avant que ces connards n'aient décapité la moitié de la ville !

– Ok boss. J'y cours.

Vincent s'y rendit à pied. En traversant le pont de Saint-Georges, il put entrevoir la tente blanche et la rubalise jaune et noire délimitant la scène de crime. En arrivant sur place, il aperçut l'inspecteur Zanicolo de la scientifique en train de fouiner avec des protège-souliers en plastique sur la petite plage à la recherche d'indices. Des flashes qui traversaient la toile de la tente lui indiquèrent que le photographe était en train de mitrailler le cadavre. Vincent resta en dehors de la zone proprement dite et interpella Zanicolo :

– Eh, Zan, salut ! Est-ce que Fragnière est là ?

– Il examine le corps.

Entendant son nom, le légiste sortit de la petite tente dressée pour préserver la victime de la curiosité malsaine des badauds qui commençaient à s'agglutiner sur le sentier, surtout des retraités en balade ou des joggeurs matinaux. Un policier en uniforme leur demandait de passer leur chemin.

– Salut Dreyer. On commence à se voir un peu trop souvent à mon goût ! Vivement qu'on arrête cette bande de fumiers.

– En effet ! Qu'est-ce que tu peux déjà me dire ?

– Viens déjà voir le corps, c'est impressionnant, on dirait une statue défigurée, assise dans une position de lotus comme pour méditer…

Vincent pénétra sous la tente et fut immédiatement frappé par l'aspect irréel de ce corps mutilé dont le tronc restait droit, les mains en appui sur les genoux. Le photographe s'était reculé pour les laisser s'approcher de la victime. Le légiste continua :

– La mort remonte aux environs de minuit, peut-être un peu avant ou un peu plus tard. C'est un jeune homme d'une vingtaine d'années. Comme le visage est méconnaissable, avec ces cheveux mi-longs, j'ai dû examiner le corps pour déterminer le sexe. Toutes les poches sont vides, et il sera difficile de l'identifier. Il porte une chaîne en or avec un petit bouddha et il a un angiome rubis sur le côté droit de la poitrine. La plupart des os du crâne et de la face ont été brisés, il est mort en quelques secondes.

– Et ces salauds ont osé perpétrer ce massacre quasiment sous nos fenêtres !

– Le troisième en un mois, à ce rythme, ça va avoir une incidence sur les courbes de population !

– Tais-toi, Fragnière, tu me fous la pression !

– Sérieusement, Dreyer, grâce à toi, je pourrai me payer de belles vacances avec toutes ces heures sup !

Vincent n'était pas d'humeur à supporter plus longtemps les sarcasmes du légiste. Il remonta sur le pont où une ambulance attendait de pouvoir emporter le corps juste en face, à l'Institut de médecine légale du quai Ernest-Ansermet, pour finaliser l'autopsie. Arrivé dans son bureau, il appela Gilles et le pria de le rejoindre.

– Gilles, aide-moi ! Je suis perdu. J'entends déjà Sauthier hurler que je fais du surplace, qu'il va me retirer l'enquête si je ne trouve rien. Et là, l'affaire se complique : le crime n'a pas eu lieu dans un parc, la victime est jeune, il n'y a pas d'inscription au spray. Est-ce que tu penses qu'il s'agit des mêmes auteurs ?

– Mais évidemment, Vincent ! Même modus operandi à quelques semaines de distance. Il n'y a pas eu de crime à la batte de baseball pendant des décennies à Genève, et tout à coup on en compterait trois de criminels différents ? Tu rêves, c'est impossible. Non, il s'agit bien de la même bande de tarés.

– Alors pourquoi cette fois-ci on n'a pas de signature ?

– C'est ce que nous devons découvrir.

– Et comment faire pour identifier au plus vite le cadavre ? On n'a rien, il n'avait pas de papiers sur lui, juste un signe distinctif, un angiome sur la poitrine, et une chaînette avec un bouddha autour du cou.

– On aura bien vite une signalisation de disparition, et avec ces indices et l'ADN, la réponse tombera, ce n'est qu'une question d'heures, au pire d'un jour ou deux.

– Je t'en supplie, viens avec moi chez Sauthier, je ne veux pas l'affronter seul.

Les deux montèrent à l'étage dans le bureau du chef de la brigade criminelle qui semblait davantage préoccupé qu'en colère, ce qui rassura Vincent.

– Les gars, c'est bien que vous veniez les deux. J'étais justement en train de réfléchir. Vincent, ne le prends surtout pas mal, mais je pense que Gilles doit se mettre au volant. Tu resteras avec lui bien entendu, comme copilote, vous ne serez pas trop de deux pour cette enquête de plus en plus difficile. Ce n'est pas que je n'aie pas confiance en toi, Vincent, mais j'ai besoin de l'expérience de Gilles sur ce coup.

– Je ne suis pas fâché, plutôt soulagé en fait. Je m'apprêtais même à vous en faire la demande.

Alors Gilles s'étonna :

– Vous décidez pour moi, bravo les gars, merci de me demander mon avis !

– Mais je ne te demande pas ton avis, Gilles, je décide parce que je suis le patron. Je veux des résultats rapides, avant que les journaleux ne se remettent à nous traiter d'incompétents !

Le lendemain, la *Tribune de Genève* faisait de ce troisième crime sa manchette : « Les tueurs à la batte frappent encore ! »

Et l'article, sur une page complète, relatait les trois crimes avec force détails, contribuant sans doute à alimenter la psychose qui commençait à planer sur la ville. Les gens n'osaient plus s'arrêter dans les parcs, les rumeurs les plus folles couraient dans les bistrots et les chaumières, la peur enflait de jour en jour, et avec elle l'impression que la police se montrait complètement dépassée par le phénomène, ce qui somme toute n'était pas si faux.

Gilles et Vincent décidèrent de retourner sur les lieux du troisième crime, même si la scientifique avait déjà ratissé les alentours et emporté dans des sachets plastifiés les moindres indices, mégots et papiers ou moulages de marques de semelles. Il y avait encore des traces de sang séché sur les galets, à l'endroit précis du massacre. Après avoir scruté le sol à la recherche d'un éventuel indice oublié, les deux hommes rejoignirent le sentier et décidèrent de rentrer à l'Hôtel de Police en faisant le tour complet, en continuant donc de remonter la rive gauche de l'Arve jusqu'au pont Wilsdorf, en direction de la piscine des Vernets. Ils n'avaient fait que quelques pas quand ils aperçurent un immense tag contre le vieux mur d'une bâtisse abandonnée. Ils s'en approchèrent, par simple curiosité, davantage pour en admirer la remarquable facture que pour autre chose. On y voyait un gros crapaud entouré de quatre animaux effrayants montrant leurs dents, prêts à mordre, au-dessus de l'amphibien un gorille et un ours, et au-dessous un lapin et un autre rongeur aux grandes oreilles. Les cinq avaient un œil normal et l'autre injecté de sang. À la base du dessin, l'inscription « Avengers Climatic ». Vincent poussa un cri :

– Nom d'un chien, Gilles, tu as vu ?

– Quoi ?

– Mais les trois lettres blanches visiblement rajoutées sur la fresque, un « B » dans la gueule du gorille, un « A » sur le museau du crapaud et un « V » dans la gueule de l'ours ! « BAV » !

– Une coïncidence !

– Mais tu plaisantes, Gilles ! D'abord il n'y a pas de blanc dans l'ensemble de l'œuvre picturale, ces lettres sont évidemment un ajout, et ensuite, c'est la signature des tueurs, à la nuance près qu'il y manque le « E ».

– Et pourquoi donc auraient-ils modifié leur signature ?

– À nous de trouver la réponse, mais ils nous ont sous-estimés, ils se plantent en nous narguant, on va les avoir !

– Ne t'emballe pas, Vincent. On n'a rien! Quelques lettres, c'est tout.

Les deux inspecteurs rentrèrent à l'Hôtel de Police et se firent un café dans le bureau de Gilles. Puis ils accrochèrent une carte de Genève au mur du bureau et entourèrent les trois lieux des crimes: le Jardin anglais, le parc des Bastions et les bords de l'Arve. Une traversée de toute la ville du nord-est au sud-ouest, en droite ligne. Puis ils décidèrent de regrouper sur un tableau dans une première colonne les éléments communs aux trois crimes, et dans l'autre les différences.

Éléments communs:
– Armes: battes de baseball (pour les crimes 1-2 et peut-être 3)
– Commando de plusieurs tueurs (pour les crimes 1 et 2)
– Inscription BAVE au spray (pour 1 et 2)
– Lieux publics (pour 1et 2)
– Victimes âgées (pour 1 et 2)
Éléments différents:
– Inscription BAV et non plus BAVE pour le crime 3
– Lieu isolé pour le crime 3
– Victime jeune pour le crime 3
En bas du tableau, Gilles avait encore écrit:
1. Piste d'un tueur polonais: très improbable
2. Piste homophobe: attendre l'identité du troisième cadavre et enquêter sur son orientation sexuelle.
3. Piste d'un groupuscule politique extrémiste: difficile à identifier à Genève.
4. Piste de jeunes délinquants violents: à creuser.

Après un long moment, Gilles rompit le silence:

– En comparant ces deux listes, on comprend immédiatement que le troisième crime n'a rien à voir avec les deux premiers. Si l'arme utilisée avait été très différente, par exemple un couteau ou un pistolet, alors je dirais assurément qu'il ne s'agit pas du même cas. La seule chose qui nous ramène à l'hypothèse de tueurs identiques, c'est uniquement l'impression d'un modus operandi similaire, mais il n'est pas du tout certain que l'arme ait été une batte dans le troisième cas. Il pourrait s'être agi de n'importe quel objet contondant. Auquel cas il faudrait assurément séparer les crimes 1 et 2 du troisième. Le seul élément commun serait donc cette pseudo-signature, assez différente dans les deux cas. Personnellement, je pense que les tueurs des deux premiers crimes n'ont rien à voir avec celui ou ceux du troisième.

– Désolé de te contredire, Gilles, mais il est absolument impossible que ces trois signatures sur les lieux des crimes ne les relient pas entre eux. La manière la plus simple de briser un crâne c'est avec une batte de baseball.

– Admettons que tu aies raison. Alors nous devons découvrir les explications de ces différences entre les deux premiers assassinats et le troisième : l'âge des victimes et la modification dans la signature.

– Il faut commencer par la signature, qui nous donnera la clé pour comprendre tout le reste. BAVE et puis BAV. Pour le « B », tu parlais d'un sigle guerrier, militant. Un Bloc ou une Brigade. Pour le « A », tu faisais référence à l'adjectif « Armé ». J'y ai réfléchi, et je vois aussi « Anti », pour introduire le type d'ennemis de ces malades, dont la première lettre serait un « V ». Brigade anti-vagabonds, brigade anti-valeurs, brigade anti-vermine, anti-vendus, anti-vicieux, bref, il faut peut-être chercher dans cette direction. Je t'avoue y avoir déjà beaucoup réfléchi, et être arrivé à une conclusion qui me paraissait intéressante, mais je n'étais pas certain de mes déductions et je voulais encore attendre un peu avant de t'en parler. J'avais pensé que le « V » de BAVE pouvait viser les « Vieux », en raison de l'âge des premières victimes. Et le « E » faire référence au type de vieux visés, par exemple les vieux enfoirés, ou je ne sais quel qualificatif né dans la tête de jeunes imbéciles… Mais là, ce troisième meurtre vient contredire cette hypothèse. À moins que ce jeune ne soit pas visé par les mêmes criminels, ou alors par les mêmes mais pour d'autres raisons. Je pense simplement que l'écheveau sera très compliqué à démêler.

– Bonne chance, Vincent !

– Tu me démoralises. Je crois vraiment que j'aurais dû choisir un autre métier. Mais n'oublie pas une chose, tu es devenu le responsable de cette enquête, et c'est toi qui as la pression face à Sauthier et à la presse. Alors bonne chance, Gilles.

XVI

Le père d'Éric avait eu un mauvais pressentiment. Son fils avait disparu et c'était la première fois qu'il ne réapparaissait pas depuis trois jours. En plus, il avait manqué le cours de droit constitutionnel et l'un de ses amis de la Fac avait appelé à plusieurs reprises. Le professeur s'était montré irrité car Éric aurait dû faire une présentation lors d'un séminaire sur les disparités de la fixation de l'âge de la majorité sexuelle dans les pays européens.

Monsieur Tabarin avait donc appelé la police. Le service des disparitions inquiétantes avait déjà été averti à l'interne que l'une d'elles pourrait concerner le jeune Éric Tabarin, de sorte que le planton avait dévié l'appel sur le numéro fixe de l'inspecteur Gilles Bonnard.

– Bonjour monsieur Tabarin. Je suis l'inspecteur Bonnard, de la brigade criminelle, un collègue de l'inspecteur Dreyer qui sauf erreur est déjà venu vous trouver.

– Qu'est-ce qui s'est passé avec mon fils?

– Pour l'instant, nous enquêtons sur l'affaire des crimes commis à la batte de baseball, et nous avons une troisième victime. Mais je dois vous poser quelques questions qui me permettront sans doute de répondre à votre demande.

– Je vous écoute.

La voix du père s'était mise à trembler. Gilles détestait ces moments de son job où il était contraint d'annoncer aux proches une nouvelle qui allait les détruire.

– Est-ce que votre fils avait un angiome sur le côté droit de la poitrine?

Monsieur Tabarin n'avait pas répondu. Il s'était mis à sangloter doucement, avec pudeur, le cœur déchiré par une douleur fulgurante.

– Et est-ce qu'il portait une chaîne avec un pendentif en or représentant Bouddha ?

– Puis-je voir le corps de mon fils ?

– Monsieur Tabarin, il est actuellement soumis à l'autopsie, mais je vous aviserai en temps opportun. Vous devrez venir procéder à la reconnaissance légale du corps. Je suis désolé. Pour l'instant, nous ne savons pas encore comment le crime a été commis, ni par qui. Mais nous ferons tout pour arrêter les responsables du décès de votre fils le plus vite possible, je vous le promets.

Georges Tabarin avait raccroché, trop perturbé pour conclure par une formule de politesse quelconque. Toute son âme était vouée à la douleur, le reste ne comptait plus.

Gilles fit immédiatement venir Vincent dans son bureau.

– Vincent, la dernière victime s'appelle Éric Tabarin, le jeune que tu as interrogé dernièrement.

– Nom de Dieu !

– Et ce crime dénote donc une rupture claire avec les deux premiers, puisqu'il ne s'agit plus d'une personne connue et âgée de la République.

– Ce qui me permet de revenir à notre réflexion lors de la découverte du corps : les mêmes auteurs, mais pour d'autres raisons. Et alors, pourquoi Éric n'aurait-il pas été l'un des membres du commando, qui serait devenu gênant pour une raison à déterminer ? Il a tout de même fait partie de la bande des 1205 qui jouaient de la batte… Il faudra éplucher toutes ses relations, creuser les moindres détails de sa vie.

– Dans ce cas, on pourrait penser que ton hypothèse d'une bande de tarés désirant s'en prendre aux vieux serait à réactiver pour les deux premiers assassinats.

– Quand j'ai pensé à cette éventualité, j'ai mené des recherches sur internet, et j'y ai lu que depuis l'Antiquité, il y avait toujours eu des relents de haine contre les plus âgés, objets d'une jalousie morbide de la part de jeunes déséquilibrés. Par exemple, Cicéron parle de ce problème dans son œuvre *De senectute*. J'irai parler au professeur Francis Roux qui enseigne le latin à l'université.

– Il faudrait aussi se renseigner auprès d'un club de baseball, afin de savoir quel type de battes sont utilisées par les joueurs, et si certains anciens membres du club avaient mauvaise réputation.

– Tu as raison. Et en parlant de cerner de plus près la personnalité d'Éric, il me vient en tête une idée importante, je crois. Tu te souviens du témoin du second meurtre, un certain Christophe Maître? Eh bien il a vingt-deux ans et étudie le droit à l'université, exactement comme Éric Tabarin. Impossible qu'il ne le connaisse pas. Et il pourra sans doute nous donner des renseignements sur ses habitudes et ses fréquentations. J'ai encore son numéro de portable au bureau.

– On a du pain sur la planche. Mais je crois qu'on suit un filon intéressant. Au boulot, mec!

– Ah, maintenant que tu es le chef de l'enquête, tu me mets la pression.

– Exactement, c'est pour que tu aies enfin le sentiment d'être utile.

– Tu n'es qu'un sombre idiot, à demain!

Les deux éclatèrent de rire en même temps. Vincent sortit sur le boulevard Carl-Vogt et monta sur la selle de sa japonaise. Il alternait les plaisirs: parfois le ronflement sonore de la Harley, parfois la fulgurance de la panthère verte et noire. Tout en conduisant son monstre, il réfléchissait. Il se rendait compte que son boulot de flic le motivait de moins en moins, depuis qu'il avait assouvi son besoin vital de vengeance en exécutant les tueurs de sa famille de sang. Non seulement il se contentait d'un rôle secondaire, mais il le souhaitait. Et c'était dangereux pour sa motivation. Il se sentait à un carrefour déterminant pour la suite de sa carrière professionnelle: soit il donnerait sa démission, soit il retrouverait un second souffle, tenterait de rallumer la flamme, tâcherait de développer son instinct de fouine pour débusquer ses proies en faisant renaître l'envie et pourquoi pas en mettant fin le plus vite possible à cette série de crimes barbares et vraisemblablement totalement gratuits. Et c'est ce dernier chemin qu'il décida d'emprunter.

XVII

Valérian avait les boules. Même si Éric ne parlerait plus, l'avoir éliminé comportait aussi des risques. Cela relançait l'enquête en les impliquant, lui et ses deux potes. La police se mettrait à fouiner, et remonterait peut-être un jour ou l'autre jusqu'à l'un d'eux. Il fallait s'organiser très vite, anticiper. Premièrement, se construire des alibis pour toutes les dates des crimes. Ce serait assez facile, il faudrait juste impliquer les copains les plus sûrs de leur réseau. Ensuite se séparer absolument, éviter tout contact les uns avec les autres, supprimer toutes les traces de liens antérieurs entre eux trois.

Pour mettre au point cette ultime stratégie, Valérian appela Bruno et Adam pour une dernière rencontre à l'atelier. Quand les deux furent arrivés, il prit la direction des opérations.

– Les gars, à partir de maintenant, on doit s'organiser. Écoutez bien mes recommandations. Adam tout d'abord, es-tu certain que personne ne t'a vu l'autre soir ?

– Personne. J'ai juste croisé de manière parfaitement anonyme quelques promeneurs tardifs en rentrant, mais pas directement sur les lieux, j'avais ma capuche sur la tête et aucun d'eux ne m'a dévisagé.

– Tu n'as rien laissé tomber sur place, pas de mouchoir, pas de mégot, et tu avais des gants ?

– Exactement.

– Toi, Bruno, tu n'as rien dit, tu ne t'es pas vanté de quoi que ce soit à qui que ce soit ?

– Mais non, mec. J'm'en fous complètement de vos conneries.

– Eh bien maintenant tu ne vas plus t'en foutre, espèce d'abruti ! Sinon on sera obligés avec Adam de t'envoyer rejoindre Éric, triple connard. Réveille-toi, on risque vingt ans de cabane au moindre faux pas.

– C'est bon, mec. Calme-toi !

– Non, je ne me calmerai pas, et je te tuerai moi-même si tu ne comprends pas l'urgence de la situation.

Cette violence verbale inhabituelle entre eux eut le mérite de réveiller Bruno, de le faire s'extirper avec difficulté de son état semi-comateux. Il posa sa bouteille de bière sur le sol, se redressa et fit mine d'écouter. Valérian poursuivit :

– À partir d'aujourd'hui, on ne se connaît plus. Vous n'avez jamais mis les pieds ici. Vous effacerez maintenant devant moi tous les messages que nous avons échangés, ainsi que nos numéros respectifs. Si vous devez absolument me parler, par exemple si un flic vous a interrogés, ou si vous avez vraiment besoin de quelque chose, venez discrètement poser un mot dans ma boîte aux lettres. C'est moi qui vous recontacterai avec le portable d'un pote. Maintenant, rendez-moi les clés, je ne veux plus vous voir ici.

– Ah bon, et où on va dormir ?

– Démerdez-vous, je ne vais pas vous materner toute votre vie ! Trouvez un squat, changez de quartier, oubliez-moi, oubliez cet endroit, oubliez que vous avez connu Éric.

À cet instant, Adam se lança dans une diatribe amère et désillusionnée :

– Mais tu as peur, Valé, t'es qu'un pauvre trouillard sans couilles, tu romps notre association à la première difficulté, on s'connaît plus, on s'oublie, circulez y a rien à voir, mais toi tu restes tranquille dans ton trou, alors que nous deux avec Bruno, on n'en a pas de trou, tu nous jettes à la rue comme des merdes, c'est ça la BAVE ? Une brigade de trois petites fiotes qui se séparent aux quatre vents parce que l'un des leurs a déconné et donc a morflé ?

– T'es trop con pour comprendre, Adam ? On doit juste se faire oublier pendant quelques mois. Après on recommencera. Pour moi c'est comme une drogue : le pouvoir d'enlever la vie nous grandit.

– Moi j'ai une autre idée.

– C'est-à-dire ?

– On s'attaque à ce fouille-poubelle de flic qui fait l'enquête. J'ai lu dans la *Tribune de Genève* qu'il s'appelle Vincent Dreyer. On trouve son adresse sur internet et on va le dégommer.

– Mais t'es encore plus taré que je croyais ! Aucun poulet ne dévoile ses coordonnées personnelles sur la toile. On pourrait aussi se pointer chez les flics avec nos battes, on demande à voir l'inspecteur Dreyer, on lui explose la tronche, puis on remercie poliment et on sort dignement du poulailler. C'est comme ça que tu vois les choses, tête de nœud ?

– Non, on le menace, on lui envoie une lettre anonyme, juste pour le faire hésiter.

– Pourquoi pas ? Tu vois que tu peux réfléchir, Adam. Cette idée, je la prends, mais laisse-moi faire. Je m'en occupe. Juste lui montrer qu'on n'a pas peur, qu'on sait où il habite avec sa femme et ses gosses. Il va flipper et relâcher la pression, nous lâcher la grappe pour un moment. Il faut que la lettre ne comporte aucun indice. Bon, les gars, maintenant, on se sépare. Attendez que je vous recontacte. J'accorde quelques mois de vacances à la BAVE.

Sur ce, Bruno et Adam se levèrent et quittèrent l'atelier sans un mot, visiblement perturbés par l'écroulement subit de tous leurs repères. Il allait falloir trouver un toit, se refaire des copains proches, changer complètement de cadre, et l'inconnu les angoissait.

Après le départ de ses deux compères, Valérian mit des gants de caoutchouc, puis prit une feuille blanche dans un bloc. Il y colla un autocollant représentant une tête de mort qu'il essuya soigneusement car il l'avait préalablement manipulé, puis il découpa les lettres « B », « A », « V », « E » dans un magazine qu'il colla comme signature en bas de la feuille. Cet inspecteur débile comprendrait immédiatement que sa vie était menacée. Cela le calmerait pour un certain temps. Il retranscrivit l'adresse de l'Hôtel de Police en lettres majuscules sur une enveloppe qu'il glissa dans la poche de son blouson. Puis il troqua les gants en caoutchouc contre d'autres en cuir et sortit. Il marcha jusqu'à l'hôpital et rejoignit la gare du CEVA de Champel, puis il monta dans une rame en direction d'Annemasse. Là, il acheta un timbre dans un kiosque et glissa l'enveloppe oblitérée dans une boîte aux lettres adossée au mur de la Poste centrale. Cette ruse grossière ne tromperait certainement pas le flic, mais aucune précaution ne semblait inutile à Valérian.

En rentrant, confortablement installé dans un compartiment du CEVA, il réfléchit à la suite. Sa confiance en Adam était absolue, lui il saurait se faire petit et se la coincer, d'autant qu'il était impliqué en première ligne pour avoir tué Éric. Mais celui qui l'inquiétait au plus haut point, c'était Bruno. Ce dernier n'avait plus aucun lien avec la réalité, zombie passant de la drogue à l'alcool sans jamais aucune séquence plus ou moins clean, et il y avait fort à parier qu'il finirait par se vanter à gauche ou à droite dans un moment de délire. Il faudrait le surveiller, et peut-être même utiliser les grands moyens si nécessaire. De toute manière, Valérian avait réfléchi au conseil d'Adam de remplacer Éric et Bruno par d'autres potes plus fiables. Il les avait d'abord admirés d'avoir changé de bord, mais réflexion faite, il admit finalement le raisonnement d'Adam : on ne pouvait pas vraiment tuer des bourgeois quand on était soi-même issu de cette classe de nantis. On ne pouvait pas non plus éliminer les érudits quand on étudiait en fac de droit comme Éric ou quand ses deux parents étaient profs, comme ceux de Bruno. Les vraies victimes de la société, dans leur groupe, se nommaient Adam et Valérian. Lui-même avait dû faire sans ses parents, et Adam avait subi les pires sévices de la part de son père. Tous les deux, ils avaient de bonnes raisons d'en vouloir à la société des privilégiés.

On arrivait à la fin du mois. Valérian pensa qu'il devait aller trouver l'assistante sociale du BCAS, cette Madame Louvrier dont il faudrait une fois encore se farcir le discours moralisateur en hochant docilement la tête, c'était le prix à payer pour pouvoir empocher l'enveloppe. Et avec les huit cents francs qu'il recevrait, il avait l'intention de se payer un flingue au marché noir. « On ne sait jamais, les prochaines semaines risquent d'être chaudes », pensa-t-il.

Puis il songea à se changer les idées. Alors il appela Agnès, sa copine gothique, et lui fila rancard pour 22 heures à l'atelier. Il l'attendit en écoutant du hard rock à se faire péter les tympans. Elle arriva à l'heure dite dans sa tenue noire, avec ses chaussures montantes, son perfecto, les ongles peints en noir, un anneau sous les narines, des piercings dans les sourcils et sur la langue. Il se jeta littéralement sur elle, la déshabilla violemment, la chevaucha brutalement au son de « Paranoid » de Black Sabbath, l'un de ses morceaux préférés depuis toujours. Dix minutes plus tard, l'acte était consommé. Davantage un viol qu'un acte sexuel consenti. Agnès reniflait. Humiliée. Lui fumait sans la regarder. Elle se rhabilla en vitesse.

– Tu me prends pour ta pute, sale connard ! Tu ne me verras plus jamais. Va t'acheter une poupée gonflable, espèce de taré !

– Casse-toi, tu m'emmerdes !

Elle sortit dans un claquement de porte qui dut résonner jusqu'en haut de l'immeuble. Mais les voisins n'appelaient plus les gendarmes, ce qui n'avait aucun effet, ils s'étaient habitués à supporter le bruit, craignant les représailles de cette bande de dingues qui leur pourrissaient la vie.

Valérian s'endormit en deux minutes.

XVIII

Vincent tournait et retournait cette feuille morbide dans tous les sens, cherchant le moindre indice, une tache, une marque de doigt, un cil. Il considéra l'écriture de l'adresse avec une moue de dégoût: les doigts de quel taré avaient-ils tracé ces lettres ? Et l'oblitération française dénotait-elle vraiment l'origine de l'envoi, ou était-ce un artifice grossier qui le poussait à penser que l'auteur de la lettre était précisément, au contraire, un Genevois?

Vincent était réellement ébranlé. Normalement, ce montage naïf n'aurait pas dû lui faire peur, mais l'histoire se répétait. Il se sentait marqué par le destin. Sa première famille avait été décimée, la seconde était menacée à son tour. Cela ne finirait donc jamais? Qu'avait-il en lui pour attirer la mort sur ses proches, systématiquement? Il songea à tout abandonner, à proposer à Isabelle et aux enfants d'émigrer aux États-Unis, de commencer une nouvelle vie. Mais de quel droit déraciner trois êtres humains en raison de ses propres problèmes? De les contraindre à tout abandonner, à quitter leur milieu et leurs amis parce que sa profession le menait sur les routes de l'enfer? Il en était à ce point de ses réflexions quand il entendit la voiture d'Isabelle, qui ne tarda pas à entrer dans la maison avec un grand rire perlé qui faillit faire oublier ses problèmes à Vincent.

– Salut chéri, tu as l'air soucieux. Que se passe-t-il?

– Dis-moi, Isa, est-ce que ça te plairait de changer complètement de vie? Que nous nous exilions pour toujours, toute la famille, aux States ou en Australie par exemple?

– Tu as bu ou tu as fumé?

– Réponds sérieusement!

– Tu perds la boule ? Tu me vois lâcher mon job de bibliothécaire qui me passionne ? Tu imagines Bastien et Julien perdre tous leurs copains et se retrouver dans un pays dont ils ne connaissent pas la langue ? Mais pourquoi tu me poses cette question, d'abord ?

– Je suis vraiment désolé. Je viens de recevoir une lettre de menace. Je ne peux pas imaginer l'éventualité qu'il vous arrive quelque chose, à toi et aux enfants. Il suffit d'une fois.

– Vincent, quelle menace ? Sois plus explicite !

– Regarde toi-même.

Il tendit la feuille à Isabelle, qui réagit d'une manière qui surprit totalement son compagnon :

– Vincent, tu ne vas pas t'inquiéter pour ce torchon, n'importe quel imbécile a pu te l'envoyer. Ce n'est pas sérieux.

– Isabelle, l'imbécile dont tu parles a tué trois fois. Il est réellement dangereux. Alors voilà déjà ce que je te propose dans un premier temps : tu vas aller habiter à Bassins chez ton père, de manière strictement confidentielle, avec les deux garçons, jusqu'à ce que la situation se décante. Et je te promets que ça ne sera pas long. Je suis sur une piste très chaude, et l'affaire sera réglée d'ici quelques semaines, au pire quelques mois.

– Et mon job, et l'école des enfants ? C'est insensé !

– Ce n'est que transitoire, Isa. Tu pourras continuer à venir travailler à Genève, tu ne seras qu'à trente minutes de voiture. Et Victor donnera les leçons à ses deux petits-fils, il va adorer.

– J'entends les gamins qui arrivent de l'école, je te laisse leur présenter ton plan foireux.

– Isa, je t'en supplie, il y a vraiment danger, et tu dois m'appuyer. J'ai besoin de ton soutien pour les convaincre.

Les garçons s'étaient rués dans la cuisine à la recherche du goûter que leur mère ou Vincent ne manquaient jamais de préparer pour eux quand ils rentraient plus tôt à la maison, puis ils vinrent se vautrer dans le canapé du salon en mordant joyeusement dans leurs tartines.

– Faites attention de ne pas mettre des miettes partout, Bastien et Julien, et maintenant, écoutez Vincent, il a quelque chose d'important à vous dire.

– Voilà, les enfants. On va devoir quitter la maison pendant un mois ou deux. Des ouvriers vont venir changer les tuyaux du gaz, et on ne peut pas rester pendant les travaux, à cause des émanations toxiques. Alors maman et vous deux irez habiter chez grand-papa Victor à Bassins.

– Oh non, jamais, et l'école ? Et les entraînements de foot ! hurla Julien.

– Et mes cours de violon ! geignit Bastien.

– On va s'arranger pour ça. Ton prof de violon viendra à Bassins, Bastien, et le samedi, je te conduirai à ton match, Julien. Je m'arrangerai pour que tu puisses suivre des entraînements avec les juniors du FC Genolier-Begnins. Pour l'école, ce sera grand-papa qui s'en chargera. Votre grand-maman était institutrice et Victor a encore tous les programmes scolaires.

– Vincent, on pourrait dormir sous tente dans le jardin !

– Mais on est en hiver, c'est impossible !

– Ou alors dormir chez des copains...

– Arrêtez de ronchonner, on n'a pas le choix !

– Et toi, tu viendras avec nous ?

– Non, j'ai loué une chambre d'hôtel, je dois rester pour surveiller les travaux.

– Mais tu vas t'intoxiquer !

– On met des masques à gaz spéciaux.

– Ben voilà, nous aussi on pourrait mettre des masques...

– Si vous ne faites pas d'histoire, les garçons, je vous emmènerai à Disney World en Floride l'été prochain.

– Yes, génial, alors ok. Et le samedi ou le dimanche, tu nous conduiras chez nos copains ?

– Promis. Mais vous ne devrez dire à personne où vous habiterez.

Restait à convaincre le grand-père. Vincent l'appela immédiatement.

– Victor ? Vincent à l'appareil. Est-ce que je peux venir te trouver maintenant ?

– Bien sûr, Vincent. Mais que me vaut l'honneur ?

– C'est un peu long à expliquer par téléphone.

– Alors je t'attends.

Une heure plus tard, les deux hommes se retrouvaient dans le salon de la vieille ferme retapée de Victor Bovet à Bassins, devant un verre de vin blanc.

– Voilà Victor, j'irai droit au but : tu vas devoir héberger ta fille et tes deux petits-fils pendant un mois ou deux. J'ai reçu une lettre de menace très inquiétante et il est hors de question de leur faire courir le moindre risque.

– Laisse-moi le temps de réfléchir, de m'organiser, et je te donnerai ma réponse d'ici quelques jours.

– Ils arrivent demain.

– Tu sais, je donne des cours de catéchèse trois fois par semaine à Genève de 20 heures à 23 heures pour un groupe de six adultes qui se convertissent au protestantisme, et ce job me tient à cœur. Mon collègue le pasteur Froidevaux compte sur moi et…

– Isabelle rentrera tous les soirs à 17 heures, et rien ne t'empêchera de poursuivre ta mission de formation. En revanche, je vais avertir les autorités scolaires que tu te chargeras de l'enseignement des enfants.

– Quoi ? Comment veux-tu que je fasse ? Je ne connais pas les nouveaux programmes et…

– Reprends les anciens de ta femme, ils seront de toute façon plus efficaces que les nouveaux.

– Es-tu sûr que la famille court un risque ?

– Les tueurs sont une bande de jeunes délinquants qui ne reculent devant rien. Ils ont déjà éliminé un professeur d'université à la retraite, une ancienne comédienne et vraisemblablement l'un des leurs, un dénommé Éric que j'avais interrogé et qui devenait dangereux pour eux. Tiens, regarde ce que j'ai reçu !

Et Vincent tendit à Victor la fameuse feuille, avec cette tête de mort et la signature « BAVE ».

– Qu'est-ce que ça veut dire, BAVE ?

– Si tu as une idée… On pourrait penser à « Brigade antivieux ». Pour le « E », mystère ! Là aussi, communique-moi tes hypothèses, si jamais. Le troisième crime, celui du jeune homme, a été signé BAV, sans le « E ».

– C'est une histoire de fous. Trouve-moi ces salopards le plus vite possible. Et en attendant, sois tranquille: je veillerai sur la famille.

Le lendemain, Isabelle, Julien et Bastien s'installaient dans la ferme de Victor Bovet. Le surlendemain, un camion débarquait un grand trampoline de jardin, deux buts de football, un billard et une table de ping-pong. Vincent avait pensé qu'il convenait de faire passer la pilule. Les gamins jubilaient, mais pas l'ancien pasteur qui voyait sa belle ferme isolée se transformer subitement en Luna Park.

Au fond de lui-même pourtant, le grand-papa avait le cœur en joie.

XIX

Vincent et Gilles s'étaient réparti la suite du travail: Gilles irait interroger le responsable du club de baseball des «Geneva Tigers» et Vincent reprendrait contact avec le témoin du crime de Micheline Lantier, le jeune étudiant en droit Christophe Maître.

En hiver, les Tigers s'entraînaient à la rue Jean-Robert-Chouet, juste derrière la ludothèque du quartier de la Servette. Gilles poussa la porte de la salle d'entraînement. Les gars venaient de terminer une séance de musculation et discutaient entre eux avant d'aller prendre une douche. Un homme plus âgé, en tenue de ville, s'approcha de l'inspecteur.

– Bonjour monsieur, ce lieu est privé. Vous cherchez quelque chose?

– Inspecteur Bonnard, brigade criminelle de la PJ. J'aimerais parler à l'un des responsables du club.

– J'en suis le président, je vous écoute.

– Vous avez certainement entendu parler de la série de crimes qui viennent d'être commis au moyen de battes de baseball dans notre ville et…

– Je vous arrête tout de suite, inspecteur, chez nous, les battes servent uniquement à jouer.

– Rassurez-vous, monsieur, nous en sommes persuadés. Nous tenons simplement à vous poser quelques questions techniques qui nous aideraient dans la recherche des coupables. Et par exemple, tout d'abord, un témoin nous a dit avoir vu la lettre S comme première lettre de marque de la batte, avec au milieu du nom deux g ou deux q. Avez-vous une…

– Une batte *Louisville Slugger*. Cela va de la simple batte de débutant en frêne à des modèles à trois cents francs pour les pros, en alu ou en érable. Nos joueurs utilisent plutôt des battes *Rawlings* ou *Marucci*.

– Est-ce qu'on peut acheter des battes pas trop chères dans le commerce ?

– Bien sûr, dans n'importe quel magasin de sport ou sur Amazon, vous trouvez des modèles pour quelques dizaines de francs.

– Pardon de vous poser cette question, mais vous est-il arrivé de devoir vous séparer de joueurs devenus de petites frappes utilisant leur batte lors de bastons ?

– Le baseball que nous pratiquons est un sport exigeant, qui nécessite une préparation physique intense et qui est régi par un code d'honneur strict, comme la plupart des autres sports d'élite. Nous n'avons strictement rien à voir avec les délinquants qui utilisent des battes à d'autres fins que la pratique sportive.

– Avez-vous entendu parler d'une bande de quartier de Plainpalais qui utilise la batte comme emblème ?

– On a eu une fois un gars de cette bande qui s'est présenté chez nous, mais il a vite compris que l'amalgame avec notre sport n'était tout simplement pas possible. Il est venu trois fois, puis ne s'est plus jamais présenté.

– Pouvez-vous me donner son nom ?

– Je ne m'en souviens plus.

– Vous n'avez pas de trace ? Un formulaire d'inscription par exemple ?

– Suivez-moi.

Le président ouvrit une porte métallique qui donnait dans un bureau minuscule dont les étagères étaient remplies de coupes et de classeurs. Il ouvrit l'un d'eux, et au bout de quelques minutes, tendit à Gilles un formulaire d'inscription établi au nom de Lucien Delvaux. Par bonheur y figurait l'adresse du jeune homme, ainsi que sa date de naissance et sa photo.

– Voilà, vous pouvez prendre ce formulaire, il ne m'est plus d'aucune utilité.

– Merci, président. Et bon vent pour la suite de vos compétitions.

– Venez nous voir jouer ce printemps au centre sportif de Vessy !

– Je n'y manquerai pas. Encore merci pour votre aide précieuse.

Gilles décida de se rendre immédiatement au domicile du jeune Lucien Delvaux, quai du Cheval-Blanc. Ce fut la mère du garçon qui répondit, une femme d'une cinquantaine d'années, toute menue, avec un visage exprimant une infinie tristesse, comme si la vie l'avait épuisée. Son fils vivait avec sa copine, mais par chance il allait arriver d'une minute à l'autre pour le repas de midi, comme tous les mardis. Elle fit entrer Gilles et le jeune homme arriva dans la foulée. Il se montra très docile et répondit volontiers aux questions de l'inspecteur.

– Lucien, avez-vous bien tenté de vous inscrire dans le club de baseball des Geneva Tigers il y a quatre ans ?

– Oh oui, en effet, mais ce n'était pas ce que je pensais. Je n'ai fait que deux ou trois entraînements, puis je n'y suis plus jamais retourné.

– Quel âge aviez-vous ?

– Seize ans, puisque vous dites que c'était il y a quatre ans et que j'en ai vingt aujourd'hui.

– Qu'est-ce qui ne vous avait pas plu dans le club ?

– C'était trop sérieux. Il faut dire qu'à l'époque, je faisais partie des 1205, et je comptais m'améliorer dans le maniement de la batte que nous utilisions parfois dans nos bagarres. Mais pourquoi toutes ces questions ?

– Parce qu'on recherche des amis de l'un des anciens membres de la bande, un certain Éric Tabarin, que tu as dû connaître.

– Oui, Éric, l'intello ! Mais il était assez isolé dans le groupe. On se méfiait un peu de lui, il était collégien, il ne nous ressemblait pas trop. Et souvent il nous faisait la morale. On le sentait partagé : d'un côté la baston, et de l'autre le respect de l'adversaire.

– Est-ce que tu l'aurais vu parfois avec des gars qui ne faisaient pas partie de votre bande ?

– En fait, il a quitté notre bande des 1205 assez vite. Après je le croisais parfois dans le quartier. Il était toujours avec les mêmes, des mecs bizarres, pas nets, du genre de ceux qui te regardent de travers. Lui, il n'était pas habillé comme eux, plutôt genre à la mode, toujours propre. Alors que les trois autres ressemblaient aux racailles de banlieue, habillés en noir, souvent la casquette à l'envers, marchant en roulant les épaules. Mais je pense qu'Éric ne me reconnaissait même plus. On avait changé en quatre ou cinq ans.

– Lucien, tu vas devoir te concentrer : peux-tu me décrire plus précisément ces copains bizarres ? C'est très important.

– Difficile, monsieur. Je les ai croisés trois ou quatre fois peut-être. Un maigrelet à cheveux noirs et longs. Et un beau gosse blond avec des yeux de camé. Ah oui, un autre genre « méchant », avec toujours son capuchon de sweat noir sur la tête. Il était toujours avec l'un de ces trois. Parfois ils se retrouvaient tous les quatre sur un banc au bord de l'Arve pour boire des bières et tirer un joint.

– Tu pourrais me donner des noms ?

– Non, je ne les connais pas. Mais si je me souviens bien, une fois, j'ai entendu Éric appeler le gros dur « valet ». Je m'en souviens parce que ça m'avait fait marrer, parce que le valet, c'était plutôt Éric qui suivait l'autre comme un toutou suit son maître, et le gros dur, c'était lui le roi. Voilà ce que j'avais pensé. C'était comme s'ils avaient inversé les rôles.

– Merci Lucien. Si un nom te revient, appelle-moi tout de suite. Ou si tu revois quelqu'un qui connaîtrait mieux ces trois copains d'Éric, n'hésite pas à me contacter.

Gilles n'était pas certain que ces garçons soient ceux qu'il recherchait, mais il convenait de suivre toutes les pistes.

XX

Vincent avait recherché pendant une heure le billet de bus sur lequel il avait griffonné le numéro du portable de Christophe Maître. Finalement, il mit la main dessus au fond d'un tiroir, sous une pile de documents. Il donna rendez-vous au jeune homme chez Remor, le célèbre café de la place du Cirque, situé à mi-chemin entre Uni-Mail et l'Hôtel de Police.

– Bonjour inspecteur, avez-vous arrêté les meurtriers?

– Non, justement, je vais faire appel à ton intelligence, ou plutôt à ta mémoire. Est-ce que tu connais un étudiant en droit de ton âge qui s'appelle Éric Tabarin?

– Mais bien sûr! Nous suivions le même séminaire de droit constitutionnel. Et récemment il devait nous faire un exposé et il ne s'est pas présenté. Le prof était furax! Depuis, on ne l'a plus revu. Je pense qu'il n'a pas osé revenir. Mais de toute façon, c'est un touriste. Il vient épisodiquement. Parfois on ne le revoit plus pendant quinze jours, puis il réapparaît comme si de rien n'était.

– Est-ce qu'il t'a déjà parlé de ses copains hors fac?

– Il ne me parle pas, on n'est pas assez proches.

– Alors est-ce que tu l'aurais aperçu avec un garçon qui n'était pas un étudiant?

– Une fois, sur la terrasse de L'Éléphant dans la Canette. Il buvait bière sur bière avec un pote, ils avaient l'air complètement bourrés. J'étais sur la table d'à côté avec un ami, mais il ne m'a même pas vu, ou alors il m'a ignoré. Et comme c'était il y a une quinzaine de jours en arrière, je m'en souviens encore bien. Son camarade était mince, avec des cheveux longs et gras, une gueule de fouine, et il lui disait: «T'es qu'un gros connard, Éric».

Et je me souviens même de la réponse de mon camarade de la fac: «Et toi, t'es qu'une pomme, Adam», et je l'entends encore s'étouffer de rire à la suite de sa blague nullissime. Mais c'est pour cette raison que je m'en souviens. Et il en rajoutait: «Dis-moi, le matin, tu te brosses, Adam?» Et il continuait à pouffer de rire en crachant sa bière, alors que l'autre ne bronchait pas, et même semblait particulièrement irrité par les blagues brillantes d'Éric. Puis la fouine s'est levée et est partie sans saluer son pote qui est resté tout seul comme un con devant les deux verres de bière encore à moitié pleins. Mais au juste, monsieur l'inspecteur, pourquoi me parlez-vous d'Éric?

– Parce qu'il vient d'être tué, de la même manière que la vieille dame à l'assassinat de laquelle tu as assisté.

– Mais ce n'est pas possible!

– Christophe, je te demande de n'en parler à personne. L'enquête est en cours et la discrétion est de rigueur. Si tu repenses à quelque chose qui pourrait nous aider, tu dois me rappeler immédiatement.

– Bien entendu, monsieur.

Vincent revint presque en courant à l'Hôtel de Police. Il se précipita dans le bureau de Gilles.

J'ai le prénom d'un copain d'Éric: Adam. Il ne doit pas y avoir dix mille Adam à Genève.

– Bien joué, Vincent. Et moi, j'ai le surnom d'un autre de ses potes: le «valet». Attention: d'une part, ils ne seront pas faciles à identifier, et d'autre part, ils n'ont peut-être rien à voir avec les crimes. Mais c'est déjà un point de départ.

Vincent se souvint qu'il avait retrouvé Éric grâce à son ami Oscar Pedretti, directeur du Service des habitants. Il fallait le consulter à nouveau, cette fois pour obtenir une liste de tous les «Adam» âgés de vingt à vingt-cinq ans. Il informa Gilles de sa démarche et enfourcha sa moto pour rejoindre le service cantonal des habitants, route de Chancy. Oscar Pedretti se permit d'éclater de rire en entendant son copain Dreyer revenir à la charge avec ses histoires de prénom.

– Tu aurais dû choisir Caïn ou Abel, j'aurais trouvé tout de suite. Mais Adam, c'est devenu un prénom à la mode, surtout ces dernières années. En plus, c'est aussi un nom de famille.

Tout en parlant, il naviguait sur son ordinateur.

– Tu vois, il y a treize familles Adam à Genève. Il faut savoir que parfois les jeunes s'appellent par leur nom de famille. Mais si tu recherches vraiment un prénom, à titre indicatif, cette année, on a eu la naissance de vingt-deux Adam à Genève. On pourrait extrapoler et penser que sur une durée de cinq ans, entre 1997 et 2002, si ton client a entre vingt et vingt-cinq ans, il devrait en exister un peu plus d'une centaine. Attends, je regarde. Tu as de la chance, il y a vingt ans, ce prénom était beaucoup moins à la mode. J'en trouve quatre en 1997, huit en 1998, dix en 1999, trois en 2000, sept en 2001 et neuf en 2002. Ce qui fait quand même quarante et un candidats actuellement âgés de vingt à vingt-cinq ans. Je demanderai à ma secrétaire de te rechercher les adresses et les numéros actuels de ces quarante et un bonshommes, certains habitant encore chez leurs parents, d'autres non. Et j'y joindrai la liste de ceux dont « Adam » est le patronyme. Maintenant, si tu cherches un junkie, il se peut qu'il ne crèche pas à l'adresse de ses géniteurs, mais au fond d'un squat pourri ou sous un pont. Bonne chance, mec !

De retour dans son bureau, Vincent se dit que finalement, la tâche ne s'avérait pas si compliquée que cela. Il commencerait par ceux qui habitaient près de chez les Tabarin, ce qui augmentait les chances que les deux jeunes se soient connus. Mais par quel biais entrer en contact sans mettre la puce à l'oreille de l'éventuel membre de la BAVE ? Vincent tournait et retournait le problème dans tous les sens dans sa tête, et finalement, il en vint à se dire qu'il n'y avait qu'une seule solution : il ne téléphonerait pas, mais jouerait sur l'effet de surprise. Il irait sonner chez les gens, et alors soit il tomberait directement sur l'oiseau rare, un maigrelet aux cheveux longs avec une tête de fouine, ou alors sur ses parents qu'il pourrait cuisiner : « Avez-vous un fils d'un peu plus de vingt ans, aux cheveux longs ? Si oui, nous le recherchons activement pour l'interroger. » Il décida de s'y mettre dès le lendemain.

La journée suivante fut donc consacrée au début des visites. Vincent put en réaliser cinq. Mais aucune ne fut concluante : il tomba directement sur trois « Adam » qui ne correspondaient pas du tout à la description de Christophe Maître : un grand escogriffe élève à l'École d'architecture, un rouquin au visage poupin, un homosexuel au langage châtié, puis sur une maman dont le fils se trouvait à l'école de recrue depuis deux mois, et enfin sur un papa en pleurs qui lui apprit que son fils avait eu un accident de scooter en se rendant à son travail et qu'il se trouvait en rééducation depuis déjà un mois à l'Hôpital Beau-Séjour.

Vincent fut gagné par le découragement. Il décida de ne pas retourner au bureau, même s'il n'était que 14 heures. Il remonta à Cologny, se jeta dans son fauteuil préféré et se versa un plein verre de whisky. Il lui restait trente-six visites à faire, un travail d'une semaine à plein temps pour un résultat aléatoire. Métier de merde!

La sonnerie du téléphone l'arracha à sa morosité.

– Allo Vincent? C'est Victor. Les petits vont bien, Isabelle aussi, mais elle se trouve en bas avec eux, alors je voulais juste en profiter pour te dire qu'elle se sent un peu seule ici... Si tu passais un peu plus souvent?

– Oui, Victor, je sais, mais cette foutue enquête me prend un temps fou et...

– Tu avances, j'espère, j'adore ma fille et les garçons, mais moi aussi j'ai des obligations pastorales!

– Je ne sais pas si je peux me vanter d'avancer. J'ai juste appris que l'un des potes du jeune Éric assassiné s'appelle Adam, et qu'un autre a comme surnom «le valet», mais je ne suis même pas certain qu'ils soient impliqués. À vrai dire, je fais du surplace. J'ai un peu moins de pression car je ne suis plus directement responsable de l'enquête, c'est un ami qui a pris le leadership et je deviens son adjoint.

– Tu n'es pas vexé?

– Plutôt soulagé.

– Ne te décourage pas! Tu vas finir par tomber sur un indice important. Bon! Je te passe Isabelle.

Puis il hurla depuis son bureau:

– Isa, Vincent au téléphone! Prends la communication en bas!

Elle saisit l'appareil mural d'un geste nerveux.

– Vincent, tu nous as déjà oubliés? Tu m'avais promis de prendre des nouvelles chaque jour!

– Désolé, Isa. Je suis empêtré dans cette enquête pourrie à suivre des pistes incertaines. C'est frustrant. Comment vont les garçons ?

– Bien, puisque tu les as achetés avec tes jeux, sale démago !

– C'est déjà ça de gagné. Et Victor, il supporte ?

– Il revit ! Il joue au foot et au ping-pong avec eux, c'est tout juste s'il ne va pas sauter sur le trampoline ! En fait d'école, c'est surtout la récréation presque toute la journée. Pour l'instant, je laisse aller, mais il faudra bien qu'il leur fasse suivre le programme, je crains qu'ils ne décrochent.

– Fais-lui confiance, il va s'y mettre. Je pense que ce temps d'adaptation ludique les aidera à digérer le déracinement.

– Le ciel t'entende, mon chéri. Tu me manques. Viens me rejoindre de temps en temps !

– Toi aussi tu me manques. À quelle heure les petits se couchent-ils ?

– Vers 21 heures.

– Alors je fais un saut ce soir à 22 heures. C'est mieux que les garçons ne me voient pas, qu'ils fassent vite la coupure.

– À ce soir Vincent, je t'aime !

C'est ainsi qu'il prit l'habitude de revenir plus souvent chez Victor, parfois tard le soir en toute discrétion, parfois aussi en fin d'après-midi pour manger avec Isabelle et les garçons.

L'inspecteur Vincent Dreyer, ex-célibataire égoïste, se transformait en un être tendre, capable de donner et de recevoir une forme nouvelle d'amour profond. Il en ressentit une immense fierté. Il tenait un trésor, il ne fallait surtout pas le perdre en privilégiant son métier par rapport à sa relation avec Isabelle.

Toutefois, il continuerait à jouer sur les deux tableaux, sa nouvelle expérience familiale, mais aussi son job, qu'il devait apprivoiser en le rendant de plus en plus intéressant, en se l'appropriant, en développant son indépendance et ses prises d'initiative, même s'il avait encore besoin du soutien de Gilles.

XXI

Vincent décida d'appeler sans plus attendre ce Francis Roux, professeur de grec et de latin à l'université, pour l'interroger sur la vision de la vieillesse au Ier siècle avant Jésus-Christ. Il pensait que peut-être les sentiments de haine exprimés par les jeunes rebelles romains à l'égard des vieux sénateurs de l'époque, comme ceux de Catilina à l'encontre de Cicéron, trouveraient un écho dans ceux des délinquants actuels qui se défoulaient en massacrant des personnes âgées de Genève.

Le professeur répondit à la deuxième sonnerie et invita Vincent à venir le trouver à son domicile privé dans la foulée, puisqu'il était justement chez lui, rue de Miremont. Il craignait en effet que la venue d'un inspecteur de police sur son lieu de travail fût mal interprétée. L'inspecteur sonna à la porte de son appartement situé au dernier étage d'un immeuble résidentiel de ce quartier proche du Palais des Nations Unies. Le professeur le fit entrer. Le salon était entièrement occupé par un immense réseau de rails, avec des tunnels et des gares : un jeu de train de la marque Märklin dont les locomotives et les wagons reproduisaient un design absolument parfait.

– Vous voyez inspecteur, je suis resté un grand enfant, les trains représentent pour moi une passion aussi forte que l'amour des langues anciennes. Il faut aussi savoir détendre son esprit, n'est-ce pas ?

– Oui, bien sûr, professeur !

Et Francis Roux se mit à genoux pour actionner la télécommande et lancer le train dans une course folle avec force sifflements à l'abord des passages à niveau. Le professeur gloussait de plaisir, visiblement au septième ciel. Quand on était, comme lui, célibataire endurci à quarante-cinq ans, il fallait trouver ailleurs que dans le sexe et les relations sentimentales le moyen de se faire plaisir. Il arrêta le train dans une gare, se releva, et ouvrit un coffre dont il sortit des rouleaux de papier reproduisant des manuscrits en grec et en latin.

– Permettez-moi juste de vous montrer ce qui m'occupe actuellement. J'ai fait photocopier par un spécialiste les manuscrits d'un auteur du Ve siècle après Jésus-Christ, Zosime, qui vivait à Constantinople. Cet historien païen, adversaire virulent du christianisme, nous a laissé un témoignage capital sur la vie des empereurs romains. Il attribue la fin de l'Empire à l'impéritie des derniers empereurs et aux avancées du christianisme qui tua la prospérité romaine basée sur le culte des dieux. J'ai eu l'immense privilège d'avoir pu proposer ma propre traduction de la version latine du XVIe siècle de son *Histoire nouvelle* écrite en grec, agrémentée de mes commentaires, pour une publication dans la collection des Belles-Lettres dont je prépare une réédition améliorée.

– Toutes mes félicitations, professeur. Mais en fait, je suis venu pour vous demander ce que Cicéron pensait de la vieillesse. Je crois savoir qu'il a composé un ouvrage en réponse à certaines accusations de jeunes violents qui s'en étaient pris à lui à cause de son âge.

– Oui, en effet. Là nous sommes plus loin dans le temps, au moment de la République, au Ier siècle avant Jésus-Christ. Cicéron a demandé l'exil d'un jeune noble qui s'appelait Catilina, qu'il avait battu aux élections pour le consulat. Catilina avait décidé par deux fois d'ourdir une conspiration pour tuer non seulement son ennemi juré, mais aussi d'autres vieux sénateurs qui faisaient barrage à son ascension de jeune loup ambitieux.

– Et que dit précisément Cicéron dans son ouvrage *De senectute* ?

– Il y met en scène un vieillard, Caton, qui alerte deux jeunes hommes, Lélius et Scipion, contre les arguments de ceux qui tentent de dénigrer les personnes âgées jusqu'à vouloir les tuer, prétendant que la vieillesse comporte quatre tares rédhibitoires : premièrement, elle écarte de la vie active, deuxièmement elle affaiblit le corps, troisièmement elle prive des plaisirs, et enfin elle est proche de la mort. Cicéron répond sur les quatre points : tout d'abord, les affaires se règlent grâce aux conseils des vieux sages pour réparer les erreurs des jeunes inexpérimentés. Ensuite, l'esprit compte plus que le corps, et on peut rester jeune dans sa tête en exerçant sa mémoire et en se plongeant dans la lecture. De plus, les plaisirs charnels et la passion nous écartent de la sagesse que nous retrouvons, plus âgés, au contact de la nature et de la vertu. Et enfin, après la mort, l'âme survit et continue de guider les vivants.

– Bon, mais ces jeunes conjurés violents, à Rome, ont voulu tuer des vieux par ambition politique, pas gratuitement !

– En effet, mais pourquoi cette remarque, inspecteur ?

– Parce que nous avons actuellement affaire à une coalition de quelques jeunes malades qui tuent des vieux, semble-t-il davantage par instinct de prédation que pour une raison précise, simplement attirés par l'odeur du sang. Et nous voulions savoir si cette tendance avait des racines dans l'histoire qui nous précède.

– En ce qui concerne les attaques contre Cicéron et d'autres sénateurs âgés, c'était surtout pour faire de la place à la soif de pouvoir de jeunes ambitieux sans scrupule.

– Je vous remercie, professeur.

Vincent ressortit de chez Francis Roux songeur. Ainsi, il y a plus de deux mille ans, avant même la naissance de Jésus-Christ, il y avait déjà des gérontophobes qui cherchaient à se débarrasser des aînés, quelles que fussent leurs motivations. La nature humaine cultivait dans la durée les zones d'ombre de ses fous.

Au moment de remonter sur sa moto, Vincent aperçut un stade de football où se déroulait un match de gamins d'une dizaine d'années. On était mercredi, jour de congé scolaire destiné aux activités sportives ou culturelles des enfants. Il décida d'aller jeter un coup d'œil, car il avait pris l'habitude de suivre les rencontres de Julien, le fils aîné d'Isabelle. À un moment, l'un des joueurs fut fauché par-derrière et se roula sur le sol en pleurant toutes les larmes de son corps, visiblement touché assez violemment au niveau de la cheville. Le jeune entraîneur, un ado d'environ dix-huit ans, hurla au petit de se relever et d'arrêter son cinéma. Le gamin se remit debout et sortit du terrain en boitant et se jeta dans les bras d'un homme aux cheveux blancs qui se tenait sur la touche.

– Papy, j'ai mal.

– La douleur va passer, mon chéri. Viens à la buvette, je vais t'offrir un chocolat chaud.

Alors le jeune entraîneur reprit de plus belle :

– Ryan, reviens immédiatement ! Tu te crois où, au cirque ? Ici, c'est moi qui commande. Alors serre les dents et rentre sur le terrain.

Le grand-père, indigné, l'interpella :

– Vous ne vérifiez même pas s'il a besoin de soins ?

– Le foot, c'est pas pour les pleurnichards ! Autrement, qu'il aille s'inscrire à un cours de danse !

Vincent sortit du stade en se disant que décidément, les personnes âgées avaient leur place auprès des tout jeunes et que les grands-parents joueraient toujours un rôle essentiel pour panser les plaies causées par la bêtise ou la cruauté du monde des adultes. Et il se remémora sa propre enfance, lorsqu'à douze ans il s'était retrouvé seul, à la suite du massacre de toute sa famille. Sans grand-père pour le consoler. Heureusement, il avait pu compter sur Déborah, sa vieille voisine, qui lui avait apporté un réconfort vital pour lui. Et maintenant, le père d'Isabelle jouerait le rôle de protecteur dont sa compagne et ses deux fils avaient tellement besoin.

Vincent ne put s'empêcher de penser que Cicéron, il y a plus de deux mille ans, avait vu juste : les vieux se montreraient toujours indispensables. Et il se rappela avoir lu que d'autres continents que l'Europe sont des modèles dans le domaine du respect des aînés : les Africains considèrent les anciens comme gardiens des traditions, des mythes et des légendes de leurs peuples ; en Chine, l'obligation d'assistance aux aïeux est inscrite dans le code pénal ; et dans bien des pays d'Asie, il n'est pas rare qu'on voie cohabiter harmonieusement trois, voire quatre générations.

Vincent se souvint de quelques visites à des seniors dans des établissements spécialisés, et il se dit qu'il ne se réjouissait pas de vieillir en Suisse. Il se projetait plutôt, à quatre-vingts ans, assis devant une case au Sénégal pour écouter un concert de tam-tam plutôt qu'en train de faire la danse du canard dans un home sous les injonctions d'animateurs jouant mal leur rôle forcé d'amuseurs publics.

XXII

Un beau vieillard aux cheveux blancs comme neige entra dans le hall de l'hôtel Mandarin Oriental du quai du Seujet, que tous les Genevois appellent encore de son ancien nom : l'Hôtel du Rhône. Il loua une chambre, puis monta dans l'intention de se reposer un peu. Une fois étendu sur le lit, il saisit le bouquin qu'il avait posé sur la table de nuit et se mit à lire en souriant, et même en gloussant de plaisir à plusieurs reprises. Il s'agissait du *K*, un recueil de nouvelles de Dino Buzzati, un auteur à l'humour grinçant qu'il avait toujours adoré. Il relisait pour la dixième fois sans doute l'histoire intitulée « Chasseurs de vieux » dont il appréciait tout particulièrement le retournement de situation final.

Lecteur quotidien de la *Tribune de Genève*, son attention avait été attirée par le dernier article concernant ces meurtres à la batte, en fait la simple relation de l'ultime conférence de presse menée par l'inspecteur Gilles Bonnard, qui avait fait référence à ces signatures bizarres, deux fois BAVE et une fois BAV. Il en avait déduit que la police, qui normalement ne dévoile pas les secrets de l'enquête, avouait ainsi son incompétence en espérant susciter quelques pistes de lecteurs plus malins ou mieux informés. Dont il pensait faire partie, avec une certaine fierté. En effet, en comparant les deux premiers crimes et le troisième, il avait vite compris que BAV signifiait « Brigade anti-vieux », ce que la police avait aussi bien interprété, mais que ce sigle se doublait d'une signature puérile d'adolescents bravaches et simplets, de sorte que le dernier « E » du sigle manquait évidemment après l'assassinat du jeune dont la presse avait indiqué les initiales : « E.T. », soit par exemple Emile Trottet, ou tout autre prénom et nom commençant par « E » et « T ». Il en avait logiquement déduit que la bande avait comporté quatre membres dont les trois restants possédaient des prénoms qui commençaient par « B », « A » et « V ». Après avoir consulté sur internet les listes de prénoms usuels, il constata que les moins nombreux étaient de très loin ceux en « V ». C'est donc par là qu'il commencerait son enquête destinée à démasquer les délinquants qu'il imaginait du même âge que les voyous de la nouvelle de Buzzati.

Après s'être recoiffé à la salle de bains, le vieil homme distingué descendit dans le hall où par miracle se trouvait encore une cabine téléphonique. Une aubaine : normalement, ce genre de service avait disparu, tombé en désuétude. Mais aujourd'hui, cela l'arrangeait bien qu'on ne pût l'identifier grâce à son appel.

– Allo, suis-je bien au BCAS[6] ?

– Oui monsieur, que désirez-vous ?

– Docteur Jean Dufournet. Je suis extrêmement ennuyé. Je viens d'avoir la visite d'un jeune patient chômeur dont je pense qu'il est l'une des personnes dont vous vous occupez. Or il est parti de mon cabinet sans remplir la fiche d'identité auprès de ma secrétaire.

– Mais quel est le rapport avec nos services ? Comment voulez-vous que nous sachions si votre patient fait partie des gens que nous suivons ?

– Il m'a dit être aidé par le BCAS en me priant de vous envoyer la facture directement. Mais telle n'est pas la raison de mon appel. Je viens de recevoir le résultat de ses analyses sanguines et il souffre d'une anémie gravissime qui met ses jours en danger s'il ne reçoit pas de transfusion dans les quarante-huit heures.

– Mon Dieu, mais comment faire ? Pouvez-vous le décrire ? Avez-vous un moyen de nous mettre sur la piste ?

– Il m'a donné son prénom. Je me souviens qu'il commençait par un « V », mais était-ce Virgil, ou Valentin ou encore un autre ? Je ne parviens pas à me souvenir exactement.

6. Bureau central d'aide sociale.

– Écoutez, je vous passe Madame Louvrier, qui s'occupe plus spécialement des jeunes chômeurs qui correspondent au profil de celui que vous recherchez. Un instant s'il vous plaît…

– Voilà, Jocelyne Louvrier à l'appareil.

– Bonjour madame, docteur Dufournet. Je recherche activement un jeune patient chômeur qui m'a dit dépendre de votre service, dont le prénom commence par un « V ». Il a omis de remplir sa fiche auprès de mon secrétariat et…

– Docteur, je vous arrête tout de suite, nos services ne prennent plus en charge les frais médicaux, il faut vous adresser à…

– Madame, pardon de vous couper à mon tour, le paiement de la consultation est le dernier de mes soucis. Je viens de recevoir le résultat des analyses sanguines de ce garçon qui court un grave danger si l'on n'intervient pas immédiatement.

– Attendez une seconde, je consulte mon listing. Par « V » vous avez dit ? J'ai un Vasco, un Vito, un Vladan et un Valérian.

– Pouvez-vous me donner les quatre adresses, s'il vous plaît ?

– Je vous donne plutôt les numéros de portable, vous les atteindrez plus rapidement.

Après avoir scrupuleusement noté les quatre numéros, le pseudo-Docteur Dufournet remercia Madame Louvrier pour sa diligence et raccrocha. Ensuite il utilisa l'application de localisation qui fonctionna pour les portables des numéros de Vincent, de Vito et de Vladan, mais pas pour celui de Valérian. C'était pour lui le signe que ce dernier avait peut-être supprimé cette fonction sur son appareil afin de se protéger. Il commencerait donc par surveiller ce Valérian, mais pour cela, il convenait d'obtenir son adresse. Il fallait ruser à nouveau.

– Allo, Police secours. Comment puis-je vous être utile ?

– Bonjour monsieur, docteur Dufournet. J'ai un grave problème pour lequel j'espère que vous pourrez m'aider.

– Je vous écoute.

– Je viens de recevoir les résultats très inquiétants d'une analyse de sang concernant un jeune patient qui a oublié de remplir la fiche d'identité auprès de ma secrétaire. Il ne m'a laissé que son numéro de portable, mais je suppose qu'il n'a pas payé sa facture et que l'appareil a été coupé car il ne répond pas. Je n'obtiens qu'un disque qui m'annonce que ce numéro ne peut pas être atteint pour le moment. Or je dois pouvoir le joindre immédiatement, car il a un taux d'hémoglobine à 4 et il risque de mourir s'il n'est pas transfusé dans les vingt-quatre heures. Pouvez-vous me donner son adresse à partir de son numéro? Je sais encore qu'il s'appelle Valérian.

– Un instant, je vous passe la ligne du service qui peut vous répondre.

Il attendit trois minutes, et puis une voix de femme se fit entendre:

– Bonjour docteur, mon collègue m'a expliqué le problème. Donnez-moi le numéro, et nous nous chargerons d'aller récupérer ce Valérian.

– C'est très gentil, madame, mais je crains que nous ne soyons obligés de gagner du temps. Chaque minute compte, et dès que j'aurai l'adresse, j'enverrai immédiatement une ambulance avec un médecin pour commencer la transfusion avant qu'il n'arrive à l'hôpital. Le numéro est le suivant: 075 348 12 33.

– En raison de cette situation particulière, je vous transmets les coordonnées. Un instant.

Et une minute plus tard:

– Ce numéro correspond à un certain Valérian Vernet, domicilié aux Avanchets. Parfois, il habite un sous-sol au boulevard de la Cluse 21, d'après un rapport de police à la suite d'une intervention pour tapage nocturne. J'imagine qu'il doit plutôt séjourner actuellement dans ce dernier lieu. Vous avez de la chance, c'est à 500 mètres des urgences de l'Hôpital universitaire. Bonne chance docteur.

– Merci madame, vous aurez contribué à sauver une vie!

Le faux docteur Dufournet était un homme âgé, fort bien habillé d'un costume italien gris clair, avec une chemise impeccable serrée aux poignets par des boutons de manchette en or blanc et ornée d'une cravate de soie bleu clair qui provenait plutôt de chez Dior que d'une boutique de seconde main. La classe. Il remonta dans sa chambre et se mit en devoir de composer son nouveau personnage. Tout d'abord, il enfila sur sa tête un masque de vieillard en caoutchouc parfaitement réaliste, laissant apparaître ses propres yeux, mais fort différent de son véritable faciès, ridé, avec une calvitie laissant une couronne de cheveux blancs et longs tomber sur ses épaules, orné d'une moustache gauloise, affublé d'un gros nez épaté, qui le faisait ressembler à un clochard, aux antipodes de son maintien habituel. Il changea ensuite complètement de vêtements : pantalons élimés, pull troué, godasses tordues et grand manteau. Il avait acheté l'ensemble de sa tenue pour vingt francs au marché aux puces de la plaine de Plainpalais. La transformation se révélait totale : en deux minutes, le businessman qui aurait pu être président d'un conseil d'administration s'était métamorphosé en SDF. Il passa son Canon muni d'un téléobjectif autour de son cou, puis referma son large manteau mité. L'appareil était la seule fausse note de son déguisement, mais il en avait besoin et personne ne le verrait, il s'en assurerait quand il devrait l'utiliser.

Il ouvrit la porte de sa chambre d'hôtel, jeta un coup d'œil rapide dans le corridor vide et emprunta l'escalier de service qui débouchait sur une porte latérale peu fréquentée utilisée comme sortie de secours, munie d'une barre d'ouverture horizontale actionnée par une simple poussée de haut en bas. De toute façon, même si quelqu'un l'avait aperçu, il ne risquait rien : personne n'aurait pu l'identifier.

Il se rendit à pied dans le quartier de Plainpalais. C'était une belle journée. Il ignorait si ce Valérian était bien la personne qu'il recherchait, mais il avait tout son temps. S'il ne constatait rien de louche en l'observant, alors il suivrait les trois autres « V ». Et si là encore la filature ne se révélait pas concluante, il chercherait une autre piste. Mais sa détermination le confortait dans sa quête, même si celle-ci risquait de se révéler longue et difficile. Il arriva vite au 21, boulevard de la Cluse. Par bonheur, juste en face, il trouva un petit bistrot avec une terrasse ouverte malgré l'hiver, le Café Mutin. Il commanda un verre de Gamay et attendit. Après trois verres, engourdi à la fois par le froid et l'alcool, il s'était endormi. La serveuse, une petite Africaine avec des tresses, se pointa sur la terrasse.

– Désolé, papy, aujourd'hui on ferme à 22 heures. Il faut payer !

– Très bien madame, tenez vingt francs, gardez la monnaie.

La serveuse ouvrit de grands yeux : un SDF qui laissait un pourboire de cinq francs, ce n'était pas logique. Quoique… elle avait entendu dire que certains vagabonds cachaient une véritable fortune au fond de leur sac crasseux : des riches que la vie avait brisés, la mort d'un enfant, le départ d'une épouse avec un autre, et on sombrait volontairement dans la cloche pour fuir une réalité insoutenable.

Le vieil homme entra dans les toilettes publiques de la place des Augustins, se changea, mit ses frusques dans son sac à dos et renfila son costume légèrement froissé. Une loque y était entrée, un bel homme en sortit, sûr de lui, montant dans le tram 12 en direction du centre-ville. Là, les jambes élégamment croisées, il se mit à lire *Le Monde* qu'il avait sorti de la poche de son imper. La vieille femme élégante assise en face de lui pensa que si elle n'avait pas juré fidélité éternelle à son défunt mari, elle aurait bien partagé la vie de ce dandy dont les habits de classe mais juste défraîchis lui conféraient un charisme vraiment particulier. Elle descendit troublée à l'arrêt suivant. Le vieil homme ne l'avait pas regardée, perdu dans sa lecture passionnante du compte rendu d'un énième procès intenté à un ancien chef d'État.

XXIII

La seule piste de l'inspecteur Dreyer, c'était cet Adam de malheur aux longs tifs. Problème : les jeunes changent de coupe de cheveux comme de chemise, et peut-être même encore plus souvent de coiffure que de polo. Peut-être arborait-il maintenant une boule à zéro genre skinhead ? Et que signifiait vraiment une « tête de fouine » ? Vincent avait consulté internet pour voir à quoi ressemblait cet animal. Il en avait déduit que l'expression qualifiait un visage émacié et pointu. Puis il était allé trouver le préposé aux portraits-robots de la police, le jeune graphiste Jules qui utilisait un logiciel de dessin très performant.

– Salut Jules, j'ai besoin de toi. Dessine-moi un jeune mec de vingt et quelques années, avec des cheveux longs foncés en filasse et une tête de fouine.

– Dreyer, qu'est-ce que tu veux dire par « tête de fouine » ?

– Je n'en sais rien.

– Tu es sûr que ce n'est pas un blaireau ?

– Justement, un blaireau avec une tête de fouine !

Les deux hommes éclatèrent de rire.

– Allez, on va lui faire des joues creuses, une figure de squelette, quoi.

La tête qui sortit de l'ordinateur ressemblait à Paul Stanley quand il était jeune, l'un des chanteurs du groupe Kiss. Dreyer empocha le portrait-robot et se dit qu'il pourrait toujours essayer de l'utiliser comme appui à sa description.

Il continua d'aller sonner aux adresses de la liste d'Oscar Pedretti pendant toute la journée, sans succès. Le lendemain, il se remit au travail, avec ténacité. Et enfin il tomba sur le gros lot.

– Bonjour madame Bonvin, inspecteur Dreyer de la police judiciaire. Vous avez bien un fils qui s'appelle Adam ?

– Tout d'abord, je ne m'appelle plus Bonvin. J'ai repris mon nom de jeune fille. Pas question que je porte le même nom que ces deux salauds, mon ancien mari et mon dégénéré de fils. D'ailleurs, il faut absolument que je pense à changer la plaque sur la porte. C'est à quel propos ?

– Nous devons le protéger, il a reçu des menaces de mort très inquiétantes. Puis-je lui parler ?

– Non. Il n'est plus à la maison depuis longtemps. De toute façon, pour moi, il est déjà mort.

– Que voulez-vous dire, madame ?

– J'ai obtenu le divorce car mon mari nous frappait tous les jours, Adam et moi. Mon ex dort à Champ-Dollon pour encore une année, mais je sais que dès sa sortie, il voudra venir me tuer. Alors j'ai acheté un flingue et je le buterai par surprise, ce triste individu. Et mon fils, je ne veux plus jamais le revoir. Alors, qu'il soit mort ou vivant…

– En ce qui concerne votre ex-mari, je vous conseille plutôt d'anticiper et de demander une protection pendant quelques mois, juste après sa libération. Il finira par se lasser, ou alors il trouvera un autre punching-ball. Et pourquoi Adam est-il parti ?

– Mon fils s'est mis à me frapper à son tour. Je crois bien que la méchanceté, c'est héréditaire. Alors j'ai fait changer la serrure de l'appartement. Depuis, je ne l'ai plus jamais revu, et je m'en porte beaucoup mieux.

Vincent sortit son portrait-robot.

– Est-ce qu'Adam ressemble à ça ?

– À peu près, à part qu'il a les deux sourcils qui se touchent et une grosse boucle d'oreille à gauche.

L'inspecteur sortit un feutre et rallongea les sourcils jusqu'à ce qu'ils se rejoignent au-dessus du nez, puis il dessina la boucle d'oreille.

– Comme ça ?

– Il faut encore lui agrandir la bouche.

Vincent corrigea et remontra le dessin à la mère.

– Là, on pourrait dire que je commencerais à entrevoir sa sale bouille.

– Vous n'aimez plus du tout votre fils, madame ?

– Si vous aviez un chien qui vous mord tous les jours, vous ne le feriez pas piquer, vous ?

– Peut-être, mais un chien et un enfant, ce n'est pas tout à fait la même chose.

– Non, vous avez raison, en général, un chien aime son maître, alors qu'un enfant comme le mien ressemble au diable.

– Est-ce que vous savez où j'aurais des chances de le trouver ?

– Qu'est-ce que j'en sais, moi ? Là où traînent les drogués et les voyous… ou sous un pont.

Vincent repartit pensif. Il se demandait ce qui était pire : son ancienne situation d'enfant et de jeune homme sans famille, ou un cadre aussi délétère où chacun agresse les autres dans une atmosphère de haine et de peur constantes. Concernant son affaire, il avait fait un pas de géant. Il avait un portrait ressemblant et un nom complet : Adam Bonvin.

Il se mit immédiatement au travail. Les lieux où il devait chercher le garçon n'étaient pas légion : les environs de la gare, L'Usine, les bars de la rue de l'École-de-Médecine, quelques squats dont il avait l'adresse… Impossible de se présenter comme flic, il n'obtiendrait rien. Il fallait réfléchir. Il se dit qu'il pourrait peut-être acheter des balances. Il passa au bancomat et retira dix billets de cent, ça pourrait toujours servir. Puis il se mit à chercher l'oiseau rare.

Pendant plusieurs jours, Vincent écuma les lieux interlopes de la ville, les bars de jeunes, les zones de non-droit, les places de deal, il présenta son portrait-robot cent fois, mais fut tout de même surpris de faire front à un mutisme absolu. Ses billets de cent n'y faisaient rien. Soit les personnes qu'il cuisinait ne connaissaient vraiment pas Adam, soit ils en avaient une peur bleue et estimaient que leur vie valait davantage qu'un billet de banque.

Alors Vincent eut une autre idée : impossible qu'une petite frappe de l'envergure de ce Bonvin junior n'ait pas été client d'une maison de correction ou de l'un des services sociaux qui veillaient à la réinsertion des délinquants. Il décida donc de retourner à La Clairière voir son ami Claude-Antoine

Progins, le dénommé CAP pour les intimes. Il le trouva dans son bureau, la mine morose.

– Alors CAP, tu n'as pas la tête des grands jours. Des soucis?

– Tu sais, Vincent, des soucis, ici, on en a toujours, mais des plus ou moins importants. Aujourd'hui, c'est le pompon!

– Ah bon, pourquoi?

– J'ai deux ados qui se sont échappés, et ils sont introuvables. C'est un stagiaire naïf qui les a laissés sortir dans le jardin. Il était sûr d'avoir gagné leur confiance, ce petit merdeux idéaliste sans expérience, et comme je vais le couvrir, c'est moi qui vais en prendre plein la gueule.

– CAP, laisse-le se débrouiller, comme ça il apprendra. Si tu le protèges systématiquement, il ne progressera pas.

– Oui, mais il attend incessamment son évaluation finale, et ce coup-là lui vaudrait à coup sûr un échec.

– Chez nous, on est peut-être trop laxistes avec les fonctionnaires incompétents. Soucie-toi de défendre ceux qui le méritent parce qu'ils sont injustement attaqués, mais laisse les nuls trouver un job qui leur corresponde mieux. Ton stagiaire pourrait faire papa de jour ou animateur de crèche. Bon, il se ferait peut-être tordre par les bambins de quatre ans!

– Quel renseignement es-tu venu pêcher ici, Vincent?

– J'aimerais savoir si tu as eu comme pensionnaire un certain Adam Bonvin, dont voici le portrait-robot.

– Garde ton portrait, pas besoin. Un vrai dur, un cas. Irrécupérable. Sans aucun principe. Dieu sait si j'ai confiance en certains jeunes qui peuvent changer, évoluer dans le bon sens, mais lui, tu fais tout pour le sauver et il te poignarde dans le dos. Je crois qu'il est le pire gamin qui soit passé dans nos murs.

– Donc, tu ne serais pas surpris d'apprendre qu'il fait partie de la bande des tueurs à la batte?

– Attention, je ne suis pas en train de te dire qu'il a forcément tué des gens, mais plutôt que la chose est envisageable. Je ne pourrais tout de même pas l'accuser dans le vide. Mais pour répondre à ta question, en effet, je ne serais pas surpris si tu m'annonçais que tu en as la preuve.

– Maintenant, tu vas m'aider. Concrètement, où puis-je trouver l'animal?

– C'est qu'il a de bons terriers. Il s'est aussi échappé d'ici quand il avait dix-sept ans et on ne l'a plus aperçu nulle part depuis cette date. Imagine-toi: aucun service social n'a plus jamais eu de ses nouvelles, on a complètement perdu sa trace. Un fantôme. Et il se montre d'une telle violence que ses rares potes ne le balanceront jamais, trop risqué. Donc il croupit chez un copain ou dans un squat perdu. Désolé de te mettre la pression, Vincent, mais tu ne le trouveras jamais, il est bien trop malin.

– Merci pour tes encouragements, CAP.

– Appelle quand même Jocelyne Louvrier au BCAS. C'est elle qui s'occupe de tous les jeunes paumés de la ville. Une sainte. Elle se prend pour leur maman, et les loups la font tourner en bourrique. On ne sait jamais, elle saura peut-être ce qu'Adam est devenu.

Vincent suivit le conseil de CAP, et sitôt arrivé au bureau, appela l'assistante sociale.

– Bonjour madame, c'est l'inspecteur Dreyer de la PJ.

– Bonjour, inspecteur.

– Est-ce que vous connaissez un jeune du nom d'Adam Bonvin?

– Oui, bien sûr. Qu'a-t-il encore fait?

– On ne sait pas encore s'il est impliqué dans une affaire de meurtre, on doit l'interroger. Pouvez-vous me donner ses coordonnées?

– Laissez-moi rire, cher inspecteur, ses coordonnées? Cela fait trois ans que je ne l'ai pas revu. Il n'est plus jamais venu chercher l'allocation de huit cents francs à laquelle il a droit chaque mois, et je garde dans mon coffre-fort une enveloppe à son nom qui doit contenir approximativement la somme de trente mille francs. Si vous voulez mon avis, monsieur Dreyer, soit il est mort, soit il s'est réfugié en Thaïlande ou en Inde, mais vous ne le trouverez pas à Genève. Cherchez un autre coupable. Désolée.

– Merci madame. Si jamais il réapparaissait…

– Jouez à l'EuroMillions, vous aurez plus de chance de gagner!

Vincent raccrocha et se prit la tête dans les mains. La lassitude regagnait du terrain.

XXIV

– Comment vous appelez-vous, madame?

– Fatoumata, monsieur.

– Oh c'est un joli prénom! Et de quel pays êtes-vous originaire?

– Du Sénégal. Je viens d'une petite île située au sud de Dakar appelée Niodor. Vous savez, monsieur, pas besoin de me laisser un trop gros pourboire comme la dernière fois. Je gagne bien ma vie et mon boulot me permet de vivre correctement. Je ne veux aucune pitié.

– Ah mais non, non, rassurez-vous, je ne vous ai pas prise pour une pauvre Africaine à qui on fait l'aumône! Quand une personne me sert bien, avec gentillesse, je donne toujours un gros pourboire.

– Vous êtes un drôle de bonhomme, pardon, et comment vous appelez-vous?

– On m'appelle «l'Ours blanc», j'ai perdu mon vrai nom en même temps que mes illusions.

– Vous me plaisez bien, l'Ours blanc. Vous ne voulez pas entrer au chaud?

– Non, vous savez, je vis toute l'année dehors. Servez-moi plutôt un verre de Gamay, s'il vous plaît!

Le faux SDF but un verre, puis deux, et il s'assoupit. Somme toute, ce petit bistrot du boulevard de la Cluse lui plaisait bien, et sa filature ne lui pesait absolument pas, car il appréciait cette sensation de chaleur lui montant progressivement au cerveau grâce au vin rouge, et il trouvait Fatoumata adorable. Par bonheur, au moment où il ouvrit les yeux pour commander son troisième verre, il aperçut un jeune débraillé qui tapait le code de la porte du numéro 21, juste en face du bistrot. Il fallait retrouver sur-le-champ sa lucidité, se tenir sur ses gardes, tous les sens en éveil.

Au bout d'une minute, le jeune ressortit. Le vieux avait juste eu le temps de déboutonner son gros manteau et de se saisir de son appareil déjà muni du téléobjectif. Par chance, il se trouvait seul sur la minuscule terrasse, Fatoumata riait à l'intérieur avec deux ou trois habitués. Il s'était approché de la barrière et put prendre une seule photo entre les barreaux. Malheureusement, le jeune homme s'était recouvert la tête d'une capuche, comme le font tous les ados qui veulent se donner le genre du loubard de banlieue. Il l'avait eu de profil, mais le gamin avait-il entendu le clic de l'appareil distant de quelques mètres seulement ? Toujours était-il qu'il avait tourné brièvement la tête dans la direction du vieil homme, puis avait disparu dans le noir de la nuit tombante, filant comme une ombre furtive le long des immeubles.

Ce ne devait pas être Valérian, qui serait resté chez lui. À moins qu'il eût oublié quelque chose et changé de plan au dernier moment. Mais une vieille femme s'approchait du 21 en ralentissant son pas, tirant sur sa laisse un petit caniche qui désirait sentir encore quelque urine le long du mur. Le SDF sortit un billet de vingt qu'il jeta sur la table et courut de l'autre côté de la rue, suffisamment vite pour se trouver derrière la vieille à l'instant où la porte s'ouvrait et il s'engouffra dans l'allée à la suite du chien. La femme prit l'ascenseur et il monta l'escalier jusqu'au premier, puis redescendit en vitesse pour consulter les boîtes aux lettres. Pas de Valérian Vernet. Les deux portes palières du rez-de-chaussée étaient munies de plaques indiquant d'autres noms. C'est alors qu'il remarqua l'escalier menant à l'entresol. Il descendit les trois marches et se trouva devant une porte sur laquelle était collée une simple étiquette avec un double « V ». Bingo ! Devait-il frapper ? Il décida de ne rien précipiter. Il n'était pas armé et incapable de se défendre en cas d'agression. Il remonta silencieusement les quelques marches, réexamina les boîtes aux lettres et constata alors que l'une d'entre elles ne comportait aucun nom. En soulevant le clapet d'ouverture, il aperçut un bout de papier à l'intérieur. La feuille A4 montait suffisamment haut pour qu'il pût la pincer entre deux doigts et l'extraire de la boîte. Il la déplia: «Appelle-moi, c'est urgent! Bruno»

Bruno, Valérian! Génial, B et V, deux des lettres du sigle de la signature des meurtres. Avec le «E» de la troisième victime, ne manquait plus que le «A» pour compléter le sigle BAVE dont il avait pris connaissance dans le compte rendu de la dernière conférence de presse de cet imbécile d'inspecteur – comment déjà, ah oui, Bonnard, il aurait plutôt dû s'appeler Bonasse ou Connard –, qui n'avait encore rien compris. Le vieil homme glissa la feuille dans sa poche. Il pensait que peut-être, le fait que ce Bruno se fût déplacé indiquait qu'ils avaient renoncé à utiliser leurs portables, un indice probable de leur culpabilité. Sans réponse de Valérian, Bruno, acculé, n'aurait pas d'autre choix que de revenir, et alors, cette fois, il pourrait le suivre jusqu'à son repaire.

Pour la deuxième fois en une semaine, le SDF alla se soulager dans les toilettes publiques de la place des Augustins et en ressortit en banquier retraité pour regagner le bel hôtel du quai du Seujet. Il prit une douche brûlante, se coucha, lut encore une nouvelle de Buzzati et s'endormit comme un sac de plomb.

XXV

Vincent n'avait plus aucune envie de rentrer chez lui après le boulot. Il arrivait dans une maison vide, qui lui avait convenu avant d'y accueillir Isabelle et les enfants, mais maintenant, les rires et les éclats de voix de sa nouvelle famille lui manquaient cruellement. Alors, en fin d'après-midi, il traînait devant son ordinateur jusqu'à 19 heures, puis il allait manger une pizza ou un plat de pâtes au Vecchia Napoli, juste à côté. Ce soir-là, comme tous les autres d'ailleurs, il continuait à penser à son enquête qui le hantait jour et nuit. Il ressentait l'urgence d'en finir, surtout depuis qu'il avait reçu ce torchon menaçant. Alors après le café et le limoncello, il se mit à écrire sur la nappe en papier: BAVE-EVAB-VABE-VEBA... Ces quatre lettres dansaient à la fois dans sa tête et devant lui sur la table... Et tout à coup il hurla:

– Mais bien sûr, crétin que je suis!

Les convives de la table d'à côté se tournèrent dans sa direction avec un sourire étonné, mais il ne les voyait pas. Il se mit à écrire fébrilement sur la nappe: A = Adam; E = Éric; V = Valet.

– Comment est-ce possible de ne pas y avoir pensé plus tôt?

Il jeta un billet de cinquante sur la table et se rua à l'Hôtel de Police. Tout en rejoignant le garage sous-terrain, il appela Gilles:

– Rejoins-moi immédiatement chez moi!

– Mais qu'est-ce qui se passe, Vincent, tu fais un infarctus?

– Presque. Dépêche-toi!

Ils arrivèrent dans la maison de Cologny quasiment en même temps. Et Vincent éructa ses conclusions en gloussant nerveusement. Gilles fit retomber le soufflé:

– Bon, c'est possible, mais ça ne nous avance pas beaucoup...

– Comment? Mais tu es dingue, ma parole! On a deux prénoms, un surnom, et la première lettre du quatrième prénom, B!

– Adam, Éric et le valet, on les avait déjà. Et un prénom commençant par B, bonne pêche les mouettes... Bernard, Baptiste, Bruce, Boris, Bertrand, Benjamin, Benoît... Tu m'arrêtes quand tu veux!

– Hé Gilles, j'y pense maintenant, et si ce n'était pas valet mais Valé, comme diminutif de Valentin ou Valère ou Valérian?

– Alors là je signe! Et tout compte fait, Vincent, ta découverte me semble intéressante! À vrai dire, j'ai honte de ne pas y avoir pensé. C'était une évidence qui nous crevait les yeux, surtout après la mort d'Éric et la signature BAV sans le « E », et on n'y a vu que du feu.

– Si notre hypothèse se confirme, alors il faut vite retrouver Adam et lui faire cracher les noms de ses deux complices, l'un par V et l'autre par B, et lui faire avouer l'endroit où on pourra les retrouver.

– Oui, mais ça ne sera pas une mince affaire. Rappelle-toi ce que Madame Louvrier nous a dit: il ne s'est plus pointé au BCAS depuis des lunes.

– Peut-être, mais Christophe Maître l'a vu récemment en train de parler avec Éric Tabarin sur une terrasse de bistrot. Dès demain, je repars en chasse. On finira bien par mettre la main sur ce taré.

Et le jour suivant, Vincent décida d'écumer les zones où il serait susceptible sinon de trouver l'oiseau rare, au moins de recueillir un témoignage le mettant sur une piste. Il était passé au Département de l'aménagement et des constructions pour obtenir la liste de tous les squats de la ville, dont la majorité se situaient dans le quartier des Pâquis. Le chef de service qui avait reçu Vincent lui avait signifié que de cent cinquante squats dans les années quatre-vingt, la liste était passée à trente lieux occupés illégalement à Genève, ce qui laissait tout de même entrevoir une bonne semaine de boulot pour les visiter tous. Mais qu'à cela ne tienne, Vincent avait retrouvé l'enthousiasme nécessaire pour accomplir ce travail. Il devrait éviter de se présenter comme inspecteur de police, bien sûr, et jouer au paumé qui recherche un abri pour une nuit ou un pote pour partager son pinard ou sa dope. Il tira son plus vieux jean du fond de son armoire, dans lequel il fit quelques trous, puis s'acheta un blouson de nylon usé et un pull douteux au marché aux puces. Il avait aussi trouvé un sac de toile verte dans lequel il avait glissé une bouteille de Côtes du Rhône à trois francs cinquante et une barre de shit qu'il avait demandée à un pote des stups. Il se mit en chasse, mal rasé, affublé de son accoutrement délabré, utilisant les transports publics, et commença sa tournée par les huit squats des Pâquis. Le premier de la liste était situé rue Sismondi, au-dessus du sexshop le Player's. Par bonheur, le fonctionnaire du Département des constructions avait ajouté le code d'entrée de toutes les allées des squats, sauf pour les cinq anciennes villas désaffectées de la liste. À Genève, plus aucun immeuble ne se passait d'un code, même le plus pourri.

Vincent était descendu du tram 15 à la gare Cornavin et avait poursuivi à pied. Il arriva devant le numéro 13 de la rue Sismondi en quelques minutes. L'entrée de l'immeuble jouxtait celle du sexshop et il croisa un ado boutonneux qui sortait timidement avec un sachet serré sous le bras, de peur de le perdre ou qu'on aperçoive son contenu. Une fois dans l'allée, Vincent monta au dernier étage et redescendit à pied. Il avait vu trois portes sans plaque nominative, dont une au troisième qui devait être la bonne, recouverte d'affiches et de tracts gauchistes. Il mit son oreille contre la porte et entendit des pleurs de bébé. Alors il frappa trois coups. Ce fut une jeune femme qui vint ouvrir. Elle était belle, cheveux longs frisés, jean rouge, polo vert moulant ses seins libres de soutien-gorge.

– Bonjour monsieur, qui êtes-vous ? Un flic ou un huissier ?

– Est-ce que j'ai vraiment cet aspect-là ? Vous me désolez, madame ! Non, je cherche simplement un pote dont on m'a dit qu'il avait créché ici par le passé ?

– Possible, mais actuellement, il n'y a que mon copain et notre bébé. Comment s'appelle votre pote ?

– Adam. C'est un jeune aux cheveux noirs et longs avec un visage en lame de couteau et un sale caractère.

– Inconnu au bataillon.

– J'ai vu sur votre porte un tract d'Extinction Rébellion, et j'aimerais bien m'affilier à ce groupe dont je partage les idées. Savez-vous comment faire?

– Alors vous tombez bien! Je suis la secrétaire du groupe pour Genève. Nous cherchons des adhérents, et si vous voulez, je peux vous inscrire, avec plaisir!

– Volontiers.

– Entrez donc une minute.

Vincent pénétra dans un appartement quasiment vide: un grand salon avec une ancienne cheminée de marbre et un beau plancher de chêne, mais seulement deux poufs et un grand matelas par terre, dans un coin un berceau où le petit s'était endormi. À côté, une cuisine rudimentaire avec un réchaud à gaz posé à même le sol. Pas de frigo, pas de cuisinière. La jeune femme pria Vincent de s'asseoir sur l'un des poufs et prit place sur le deuxième.

– C'est un peu le Bronx, ici. La régie a installé des compteurs d'électricité individuels et le nôtre a évidemment été coupé. Nous vivons sans lumière et sans chauffage. Les bougies et les lampes à pétrole suffisent largement, et comme les appartements du dessus et du dessous sont chauffés, il fait tout de même entre quinze et dix-huit degrés en hiver. Avec un bon pull, ça passe. Et pour notre petit Noé, pas de problème, au contraire: il s'est habitué au froid et n'est jamais malade.

– Et vous ne payez rien?

– On verse deux cents francs par mois sur un compte bloqué pour être couverts légalement, mais plus, ce serait impossible. J'ai stoppé mes études de médecine après avoir échoué aux premiers examens et mon compagnon passe d'un petit boulot à un autre, sans assurance aucune et pour des salaires de misère. C'est dur, mais on s'y fait, on survit.

– Et vos parents ne vous aident pas?

– Ceux de mon ami l'ont abandonné petit et les miens m'ont jetée à la porte après mon échec universitaire.

– C'est dur!

– Non, c'est la vie! Nous sommes heureux, nous ne comptons que sur nous-mêmes et nous militons pour que Noé ait un avenir heureux dans une planète propre. Alors si vous voulez rejoindre notre mouvement de lutte contre le réchauffement climatique, je vous inscris. Donnez-moi votre nom, prénom, adresse et numéro de portable.

– Je m'appelle Robert Magnin, on me nomme plutôt Bobby, je n'ai ni adresse fixe ni portable, désolé!

– Pas grave, c'est bien, vous échappez à la société de consommation. Si vous avez besoin de quoi que ce soit, venez nous trouver, nous essaierons de vous aider. Et pour connaître l'agenda de nos actions, appelez-moi.

La jeune femme griffonna sur un bout de papier son prénom, Lucy, et un numéro de portable. Puis elle tendit le billet à Vincent. À cet instant, le bébé se réveilla en pleurant, alors elle se leva, le prit dans ses bras, se rassit avec lui, releva son T-shirt et lui tendit un sein gonflé de lait que le petit se mit à gober goulûment. Vincent fit un petit signe de la main et se retira doucement. En descendant l'escalier, pensif, il se dit que ce couple méritait toute son admiration: ils n'avaient pas été gâtés par la vie, comme lui auparavant, mais la différence entre lui et eux, c'était que maintenant il se vautrait dans le luxe, alors qu'eux devaient cravacher pour survivre. Grâce à cet entretien avec Lucy, il réalisait qu'il n'avait fait que venger sa famille, tuer des salauds, mais qu'il n'avait encore rien construit de positif dans sa vie, si ce n'était sa nouvelle famille, mais sans véritable projet, sans un but à atteindre, se laissant simplement vivre dans un univers de privilégié économique. Il avait changé sur le plan affectif, c'était déjà un premier progrès, mais il prit la résolution de se transformer aussi socialement, de devenir plus responsable.

Il visita encore quelques squats, sans récolter le moindre renseignement concernant Adam Bonvin. À 17 heures, il décida que le prochain serait le dernier. Il se situait 11 rue de Fribourg, au quatrième étage, sous le toit. L'homme qui lui ouvrit la porte n'avait rien à voir avec les marginaux précédents. C'était un gros gaillard barbu et le crâne rasé, avec une boucle d'oreille en or à l'oreille droite et un regard méchant.

– T'es qui, toi ? Qu'est-ce que tu veux ?

– Salut. Je m'appelle Bobby. C'est un pote qui m'a donné ton adresse. Je suis recherché par les flics et j'ai besoin d'un endroit pour me cacher une nuit ou deux.

– On est déjà quatre dans deux pièces ici, mais les ennemis des flics sont mes amis. Entre un moment, on va trouver une solution.

Vincent s'introduisit dans le minuscule appartement et comprit immédiatement qu'il était tombé sur un repaire très intéressant pour lui : au mur des affiches clairement d'extrême droite, croix gammées et groupes de skinheads. Un monde plus compatible avec le jeune taré dangereux qu'il coursait. Vincent entreprit de se mettre le facho dans la poche.

– Toi, tu t'appelles comment ?

– Si on te demande, tu diras que tu ne sais pas.

– Tu peux avoir confiance en moi, à ce que je vois sur les murs, on est du même bord.

– Tout le monde m'appelle Pablo.

– J'ai une bouteille de pinard et du shit, ça te branche ?

– Et comment mon frère ! Sors ta camelote.

Après avoir éclusé la bouteille et fumé deux joints tassés, le gros Pablo avait desserré le frein à main et s'était mis à décrire son job de videur dans une boîte de nuit du quartier. Vincent jugea qu'il était mûr pour l'interview.

– Dis-moi, Pablo, est-ce que par hasard tu connaîtrais un jeune gars d'une vingtaine d'années, peut-être un peu plus, que je dois retrouver, un certain Adam, un maigrichon aux cheveux longs ?

– Je n'connais qu'un seul Adam, celui qu'on appelle « Nectar ».

– Ah bon, pourquoi Nectar ?

– Parce que son vrai nom est Bonvin. Mais Nectar rime avec connard. Une nuit, il nous a piqué du fric et s'est tiré. On ne l'a plus jamais revu. Si je le retrouve, je le crève, ce con.

– Alors c'est lui ! Il m'a aussi piqué du blé et je veux lui mettre la main dessus. Tu sais où il crèche, ce salopard ?

– Nectar, c'est un fantôme. Disparu de la circulation. Il a même coupé les ponts avec ses potes les plus proches. Personne ne sait ce qu'il est devenu. Je l'ai aperçu une fois à l'arrêt du tramway 14 de la gare de Cornavin, il y a quelques mois, mais il s'est engouffré dans la rame et m'a échappé.

– Bon, Pablo, merci pour ton accueil. Je vais tâcher de le retrouver et si j'y parviens, je lui ferai recracher le fric qu'il vous a piqué.

– Pas nécessaire, c'était cinquante balles, mais c'est pour le principe, il mérite une sacrée correction. À part ça, fais quand même gaffe : le môme est toujours armé d'un cran d'arrêt et c'est un violent. Si tu veux dormir ici, on peut se serrer.

– Merci Pablo, j'ai une autre solution. Si elle foire, je repasserai. Content de t'avoir connu, mec.

Vincent remonta jusqu'à la gare, sauta dans le bus 1 et en redescendit au tout début de la plaine de Plainpalais, entre la Migros et le Moulin Rouge. Puis il prit le boulevard Saint-Georges et marcha dix minutes pour retrouver son bureau de l'Hôtel de Police. Il croisa quelques collègues ahuris de le voir dans cette tenue puis entra dans le bureau de Gilles.

– Mais qu'est-ce qui t'arrive, Vincent ? Tu tiens un stand aux puces ?

– Non, mais j'ai retrouvé la trace d'Adam Bonvin !

Gilles faillit tomber de sa chaise.

XXVI

L'Ours blanc était revenu plusieurs fois au café Mutin, pour sa filature évidemment, mais aussi pour la compagnie de Fatoumata. Le supposé comparse de Valérian n'était pas encore réapparu, et le SDF commençait à douter, mais comme c'était sa seule piste, il s'était obstiné à la suivre. Et ce soir-là, il fut récompensé. Le jeune homme arriva vers 18 heures, encapuchonné et rasant les murs, comme la dernière fois. Il s'engouffra dans l'allée et en ressortit prestement. Le vieil homme se leva, jeta sur la table son habituel billet de vingt et suivit le gamin. Peu lui importait de lire le nouveau message, il aurait tout loisir de revenir plus tard le piquer dans la boîte aux lettres de Valérian Vernet. Il avait mémorisé le code de l'allée quinze jours plus tôt, lorsqu'il avait vu la petite vieille au chien le taper juste devant lui : 1649.

Le jeune marchait vite, le SDF avait peine à le suivre, tout en respectant la distance de sécurité nécessaire pour ne pas être repéré. Bruno longea la rive droite de l'Arve jusqu'au pont de Saint-Georges qu'il traversa, puis tourna immédiatement à droite et emprunta la route des Péniches pour continuer de suivre la rivière sur sa rive gauche, sous le Bois de la Bâtie. Au bout d'environ un kilomètre, il entra dans une petite cabane de bois située entre le chemin et la rivière.

Le vieil homme s'arrêta à une cinquantaine de mètres du chalet en ruine. Il avait dans son sac tout le matériel nécessaire à la poursuite de son plan. Alors il se décida, s'approcha de la porte de la cabane et frappa. Aucune réponse. Bruno devait se demander comment réagir. Le vieux frappa encore en criant :

– Ouvrez sans crainte, jeune homme, je ne vous veux aucun mal. Je suis le grand-oncle de Valérian, le frère de son grand-père. Je dois impérativement le retrouver pour lui transmettre une très bonne nouvelle: il a hérité d'une grande somme d'argent et le notaire l'attend.

La porte s'entrouvrit et Bruno passa juste la tête pour voir qui se trouvait devant sa porte, la main sur la poignée pour refermer immédiatement si nécessaire. À la vue de ce vieillard à la bonne bouille, il ouvrit complètement et s'effaça pour le laisser entrer. Il faisait chaud, grâce à un radiateur électrique à bain d'huile, et l'intérieur était somme toute assez agréable comparé au délabrement du toit et des murs extérieurs.

– Monsieur, comment m'avez-vous trouvé ici, et comment savez-vous que je connais Valérian ?

– Écoute jeune homme, je suis passé vingt fois chez Valé sans jamais le trouver. Je suis même inquiet, je me demande bien où il a pu passer. Et ce soir, je l'attendais sur la terrasse du petit bistrot d'en face, et je t'ai vu entrer et ressortir immédiatement. Alors j'ai tout de suite compris que tu devais être un de ses amis, et je t'ai suivi jusqu'ici. Pardonne-moi, mais c'était important pour moi de pouvoir retrouver mon petit-neveu et lui donner de quoi repartir d'un bon pied dans la vie.

– Moi non plus, je ne l'ai jamais trouvé chez lui. Je me pose les mêmes questions que vous.

– Et toi, comment t'appelles-tu ?

Après deux secondes d'hésitation, il répondit sans conviction :

– Marc.

– Et comment connais-tu Valérian ?

– C'est juste un pote d'enfance. On ne se voit plus trop, mais comme je passais devant chez lui, je me suis dit que je pouvais lui faire un petit bonjour.

– Sais-tu où je pourrais le trouver ?

– Pas la moindre idée.

– Bon, je vais te laisser, Marc. Je te donne juste mon numéro de portable au cas où.

Le vieillard griffonna un numéro en haut de la page du journal qui traînait sur la table, arracha le morceau et le tendit au garçon. La *Tribune de Genève* était restée ouverte sur le dernier article concernant les tueurs à la batte. Cette fois, le SDF n'avait plus aucun doute.

– J'aimerais te demander encore un petit service : peux-tu faire chauffer un peu d'eau et m'offrir un thé ? Je suis frigorifié !

– Bien sûr monsieur.

Bruno alluma un petit réchaud à gaz et fit bouillir de l'eau dans une casserole, puis sortit deux bols d'une armoire et les posa sur la table. Il mit un sachet de thé par bol.

– Vous prenez du sucre ?

– Volontiers !

Au moment où le garçon se retourna face à l'armoire pour prendre le sucre, le vieil homme, rapide comme l'éclair, saisit une petite fiole dans son sac et il en versa une belle rasade dans le bol de Bruno. Il avait commandé sur internet un flacon de Rivotril, une solution buvable de clonazépam qui provoque un endormissement quasi immédiat. Ce médicament était teinté de bleu pour qu'on ne puisse pas l'utiliser à des fins criminelles, mais dans le thé, impossible de le détecter. Le vieillard but son bol en entier, le jeune également. Au bout de quelques instants, celui-ci se mit à cligner des yeux. Il put encore balbutier quelques mots, puis s'écroula sur sa chaise, inconscient. Le vieil homme renversa doucement la chaise, puis il saisit le jeune homme sous les jambes et la nuque et le coucha sur le lit qui se trouvait dans un angle de la pièce unique. Par chance, ce lit avait une armature de barreaux où il put attacher le garçon par les pieds et les mains avec de la bande adhésive.

Le SDF attendit une demi-heure. Puis il sortit, trouva un vieux sceau qui traînait derrière le cabanon, s'approcha de la rivière pour le remplir, et rentra. Il jeta le contenu glacé au visage du jeune homme qui se réveilla en s'ébrouant, puis en jetant des regards épouvantés sur ses membres attachés.

– Bonjour Bruno, as-tu bien dormi ?

– Comment savez-vous mon nom ? Qui êtes-vous ? Qu'allez-vous me faire ?

– Je m'appelle Roberto Saggini. Si tu réponds correctement à mes questions, je ne te ferai qu'une petite injection qui te plongera dans le sommeil pour une heure ou deux, et je te détacherai. Tu ne me reverras jamais. En revanche, si tu me mènes en bateau, je te torturerai puis je te tuerai.

– Mais pourquoi, qu'est-ce que je vous ai fait ? Vous êtes dingue !

– Là tu commences mal. Continue comme ça et je passe tout de suite au plan B.

– Non, non, monsieur, je vais répondre à vos questions !

– C'est bien petit. Alors allons-y. Pourquoi avez-vous tué le professeur et l'actrice ?

– De qui parlez-vous ? Je ne comprends rien.

– Bon, ok, assez perdu de temps, puisque tu ne veux pas coopérer. De toute manière, j'ai vos quatre noms et je vais les communiquer à la police.

Ce disant, le vieil homme sortit de son sac un ancien rasoir à manche. Il releva la chemise du garçon et appliqua la lame tranchante juste au-dessus du nombril et se mit à inciser lentement la peau. Le jeune poussa un hurlement horrifié, mais personne pour l'entendre dans ce coin perdu.

– Arrêtez monsieur. Je vais parler. C'était une idée de Valérian et d'Adam, mais Éric et moi on n'a rien fait.

– Mais vous étiez les quatre pour tuer le professeur.

– Là, Valérian nous avait obligés. Mais ensuite, on n'a plus voulu continuer Éric et moi. Et ils ont tué Éric. Moi je me sentais aussi menacé, je savais qu'ils allaient aussi m'éliminer. Alors j'ai décidé d'opérer un chantage à la dénonciation pour qu'ils me laissent tranquille.

– Je sais que tu t'appelles Bruno, mais il me faut ton nom de famille.

– Lescureux.

– C'était Éric comment ?

– Je ne sais pas trop, Tabourin, ou Tabouret. On ne s'appelait jamais par nos noms de famille.

– Et Adam ?

– Bonvin, lui je sais parce que tout le monde l'appelle Nectar.

– Valérian t'a dit quand il serait de retour chez lui au boulevard de la Cluse ?

– Non, on avait juste décidé de ne plus se voir et il voulait se faire oublier.

– Et Adam ? Où je peux le trouver ?

– Oh mais lui, c'est un fou. Un tueur. Un fantôme. Personne ne sait où il va. Depuis quelque temps, il vivait à l'atelier de la Cluse avec nous, mais avant ou après, mystère. Je sais juste qu'il allait parfois à Sézenove où il avait déniché une ancienne villa à l'abandon, mais il se sentait toujours traqué et changeait très souvent d'endroit pour dormir.

– C'est bien. Tu as joué le jeu, alors maintenant, je vais te faire une petite injection pour te faire dormir une heure, puis je te détacherai et tu ne me reverras jamais.

Le vieil homme sortit de son sac un garrot et une seringue pleine. Il appliqua le lacet de caoutchouc sur le biceps de Bruno, trouva avec peine une veine sur le bras bleu et tuméfié par les injections précédentes de ce pauvre camé, et vida le contenu de la seringue, une dose létale d'héroïne. Le jeune se mit à trembler, à transpirer, puis à vomir. Le SDF resta sur sa chaise à contempler l'agonie qui ne durerait pas longtemps, vu la dose injectée. Une fois que le cœur eut dit stop, le vieux détacha le cadavre. Il lui glissa un petit caillou noir dans la bouche, avec peine car la mâchoire s'était refermée.

Le vieil homme regarda longuement le beau visage de ce gamin d'une vingtaine d'années, encore imberbe, encadré de boucles blondes. Un démon à l'apparence angélique. Puis il mit les deux bols dans son sac, ainsi que son matériel médical. Il ouvrit légèrement la porte, risqua un œil : personne. Il repartit d'un pas lent dans la nuit. Il restait deux pierres noires au fond de son sac.

XXVII

Vincent avait raconté à Gilles son entrevue avec le gros facho de la rue de Fribourg qui connaissait Adam, et qui affirmait l'avoir vu monter dans le tram 14 à la gare. Et Gilles avait vite réfléchi.

– Vincent, le tram 14 relie la gare Cornavin à Bernex. Il faut que nous comparions les adresses de ta liste de squats avec les arrêts proches d'elles sur cette ligne de tram.

– Bonne idée.

Ils dressèrent la liste des arrêts et constatèrent qu'un des squats se situait près de l'arrêt Petit-Lancy-Place, un autre près de celui d'Onex-Salle communale, et enfin et surtout l'une des villas abandonnées près de Bernex, le terminus.

Les deux flics décidèrent d'aller visiter ces trois lieux immédiatement. L'un des serruriers qui travaillaient pour la police avait expliqué à Gilles comment crocheter une serrure et lui avait remis un kit contenant tout le matériel nécessaire. Dans le premier appartement de Lancy, ils trouvèrent trois potes étudiants qui n'avaient franchement pas l'air de loubards ; dans celui d'Onex, personne. Gilles avait ouvert en deux minutes, mais le petit trois-pièces était vide et ne semblait pas avoir été occupé récemment. Tout était recouvert de poussière, le frigo ne contenait plus rien, pas de draps sur les lits. Ils continuèrent donc jusqu'au terminus. Pour rejoindre la villa abandonnée, il fallait traverser Bernex, puis prendre l'une des dernières petites routes transversales qui menait au village de Sézenove. Ils devaient marcher environ vingt minutes pour rejoindre la bicoque située en plein champ juste avant le petit village. Dès qu'ils l'aperçurent, ils comprirent qu'ils n'y trouveraient personne. Le toit était éventré, toutes les fenêtres avaient été brisées, ils étaient face à une ruine inhabitable, dont la porte avait été murée pour empêcher quiconque d'y pénétrer au risque de se blesser. Ils firent le tour du bâtiment et à l'arrière découvrirent qu'une fenêtre du rez-de-chaussée avait été fermée par une plaque métallique pivotant sur des gonds scellés dans le mur sur un côté et attachée à un anneau par une chaîne cadenassée de l'autre.

Gilles sortit de sa sacoche un minuscule crochet grâce auquel il parvint à ouvrir le cadenas sans l'abîmer, et ils s'introduisirent sans peine dans la villa. Mais à l'intérieur ils ne virent qu'un amas de gravats constitué par l'éboulement des anciennes parois, et aucun signe laissant supposer que quelqu'un ait pu vivre récemment dans un endroit aussi délabré et insalubre. Ils allaient repartir lorsque Vincent remarqua une grande plaque de bois croisé dans un angle de ce qui avait dû constituer le salon. Il la souleva et tomba sur une trappe qu'on pouvait ouvrir grâce à un crochet en laiton. Un escalier de bois menait dans une cave. Vincent alluma sa lampe de poche et se mit à descendre prudemment, prêt à soutenir une attaque du jeune fou qui devait sans doute se terrer dans ce sous-sol. Il parvint dans une pièce de terre battue froide et humide, mais qui contenait un vieux matelas, un seau puant plein d'urine, un gros cageot retourné, utilisé comme table, où traînaient des restes de joints, une cuillère à soupe, du papier d'argent… Bref, le repaire sordide d'un drogué vivant en marge de la société. L'oiseau ne se trouvait pas dans son nid glacial et inconfortable. Les deux hommes ressortirent de cette ruine par le même passage, refermèrent le cadenas et restèrent un moment devant la maison sans rien dire, perplexes… Au bout d'un moment, Gilles prit la parole :

– Si c'est bien Adam qui habite ici, vu l'insalubrité des lieux, il ne doit pas y faire de longs séjours et ne venir s'y cacher qu'en cas d'absolue nécessité.

– Je le pense aussi, ce qui complique singulièrement la filature. En plus, comment se planquer ici, au milieu de rien, à découvert ? Je ne vois pas trop comment procéder.

– J'ai une idée: tu vois cet arbre à dix mètres de l'entrée, on peut y cacher une caméra.

– Ok, bien vu Gilles, on revient demain avec un technicien.

En rentrant à Carl-Vogt dans leur voiture banalisée, les deux flics tentèrent de faire un premier bilan de l'enquête.

– Le problème, Gilles, c'est qu'on en est réduits à faire des hypothèses. De manière certaine, on sait qu'un jeune homme nommé Éric Tabarin a été tué au moyen d'un objet contondant et qu'il connaissait Adam Bonvin puisqu'il a été vu en train de boire un verre et de déconner avec lui. Tout le reste n'est que supposition de notre part: il y aurait un groupe de quatre jeunes, complété par un certain Valet ou Valé et un dernier garçon dont le prénom commencerait par un « B », et cette bande formerait la BAVE ayant décidé de tuer Gregor Gradowski et Micheline Lantier.

– Oui, et nous n'avons pas le début d'une explication des motivations des assassins, pour autant qu'ils en aient eu et n'aient pas tué au hasard.

– Et toute cette construction hypothétique tombe s'il n'y a aucun rapport entre les deux premiers crimes et le troisième. Éric a pu être tué pour un bête règlement de comptes entre drogués, par exemple.

– Quand même… N'oublie pas qu'Éric a fait partie de la bande aux battes… Et cette signature « BAV » sans le « E » près de son cadavre… Peut-être un peu trop pour des coïncidences.

– Mais aucune preuve pour corroborer nos déductions. Et Sauthier qui nous met la pression… Bref, si la caméra cachée nous permet de coincer Adam, il faudra le faire parler, par tous les moyens.

– Vincent, ne te relance pas dans ton délire, s'il te plaît! De toute façon, maintenant, c'est moi qui suis responsable de l'enquête, toi tu ne risques rien, caché derrière mon dos.

– C'est un dur ce jeune Bonvin, il ne parlera pas si on ne l'y force pas. Alors je m'en occuperai, mais je veux bien essayer de le mener en bateau en lui promettant des conneries s'il se met à table, du genre « on te laisse libre si tu nous donnes les deux noms qui nous manquent ».

– Tu sais très bien que tu n'obtiendras rien comme ça.

– Et donc je ferai autrement.

– Sans moi.

– Sans toi, pauvre chiard.

L'ambiance devenait tendue. Ils ne parlèrent plus, et une fois garés au sous-sol de l'Hôtel de Police, chacun remonta dans son antre.

Gilles trouva un simple petit mot sur son bureau.

« Salut Gilles, appelle-moi de toute urgence. Louis »

Louis Balsiger était un inspecteur des stups. Qu'avait-il de si intéressant à lui dire ? Bonnard composa le numéro interne de son collègue sans grand enthousiasme car il le trouvait prétentieux.

– Balsiger.

– Bonnard. Salut. Qu'est-ce qui est si urgent ?

– On a trouvé un gosse d'une vingtaine d'années mort d'une overdose.

– Oui, et quel rapport avec mon enquête ?

– Je ne sais pas, mais c'était tout près du lieu où le jeune Tabarin s'est fait trucider, au bord de l'Arve, juste un peu plus loin.

– Ah bon, mais une overdose, c'est un suicide accidentel, pas un crime !

– Mais quand tu te suicides, tu n'as pas de marques de liens aux jambes et aux poignets, et pas forcément non plus un caillou gravé dans la gueule !

– Ok, ne bouge pas, j'arrive dans ton bureau. Tu m'expliqueras tout en détail.

Gilles se rua auprès de son collègue qui lui fit un résumé assez complet de la situation : le directeur du Théâtre du Galpon avait téléphoné pour annoncer le décès de l'un de ses collaborateurs, le jeune Bruno Lescureux. Ce dernier était employé à des tâches diverses allant de la manutention à la confection de décors, et en contrepartie, il pouvait occuper gratuitement un local proche du théâtre, en fait un chalet qui avait été une sorte de loge pour l'ancien concierge parti à la retraite. Comme il ne répondait plus sur son portable, le directeur était allé voir au chalet et avait découvert le cadavre de Bruno. L'autopsie avait révélé une surdose massive d'héroïne, mais, constatation troublante, le légiste avait remarqué de légères meurtrissures aux chevilles et aux poignets, ce qui laissait supposer que le garçon avait été ligoté. Par ailleurs, il avait trouvé un caillou noir dans sa bouche : sur une face, on avait gravé « RS », et sur l'autre « SR ».

Gilles Bonnard rejoignit Vincent au plus vite pour lui annoncer la nouvelle.

– Vincent, un jeune a été tué à quelques centaines de mètres de l'endroit où on avait retrouvé le cadavre d'Éric.

– Tué comment ?

– Vraisemblablement par injection létale d'héroïne.

– Qu'il s'est fait lui-même…

– Difficile avec les pieds et les poignets liés.

– D'accord !

– Et avec un message gravé sur un caillou dans la bouche : « RS » d'un côté et « SR » de l'autre. Une signature du tueur sans doute.

– Mais on est dans un film d'horreur pour tarés, ma parole ! Et comment s'appelle-t-il ?

– Bruno ! Bruno, Adam, Valé, Éric. Cette fois on a la signature complète.

– Quatre tueurs… ou deux tueurs et deux victimes.

– Impossible de déterminer si les deux jeunes assassinés l'ont été par une bande rivale… ou par les deux survivants, Adam et Valé ou Valet…

– Une histoire de fous !

– Qu'il va nous falloir comprendre, et vite !

XXVIII

Le vieil homme avait pris le tram 14 jusqu'à Bernex-Vailly, puis le bus 47 depuis l'arrêt Confignon-Croisée jusqu'au village de Sézenove qu'il avait traversé à pied en scrutant l'état des maisons. Mais il ne vit que d'anciennes fermes rénovées par des bobos friqués… pas l'ombre d'une villa abandonnée. Il s'apprêtait à reprendre le bus dans le sens inverse quand il aperçut un écriteau au début d'une petite route transversale indiquant: carrosserie Bittard. Il emprunta cet axe et sortit très rapidement du village pour tomber sur une sorte de grand hangar devant lequel dormaient quelques bagnoles à retaper. Un peu plus loin, au milieu d'un champ, une vieille bicoque visiblement abandonnée. Voilà qui l'intéressait davantage. Il voulut s'en approcher lorsqu'il aperçut deux hommes qui arrivaient dans le sens inverse sur la route et qui s'arrêtèrent devant la villa en ruine. Bizarre… Heureusement, ils ne l'avaient pas aperçu car il était encore caché derrière la carrosserie. Il s'assit sur un vieux banc de bois d'où il put observer les deux inconnus sans être vu par eux, à travers les vitres sales du hangar. C'était un point d'observation parfait, et heureusement, le propriétaire devait faire la sieste ou être à la retraite, car personne ne se trouvait à l'intérieur de la carrosserie dont la porte restait fermée. L'Ours blanc vit les deux hommes contourner la villa et comme ils ne réapparaissaient pas, il en déduisit qu'ils y étaient entrés, pour n'en ressortir qu'un long moment plus tard. Une fois qu'ils furent repartis, le faux SDF se précipita vers la maison abandonnée et en fit le tour. Il découvrit la plaque de métal qui obstruait une fenêtre, mais ne savait pas comment venir à bout du cadenas. Alors il retourna sur le banc, sortit une pipe qu'il bourra de tabac et attendit. Le soir tombait, et il commençait à faire froid. Il entourait le fourneau de la pipe de ses deux mains pour les réchauffer un peu, et se mit à somnoler. Ce fut le bruit métallique de la plaque retombant sur le mur qui le réveilla en sursaut. Le jeune salopard était sans doute rentré. Le vieux s'approcha prudemment de la villa, en fit le tour. Le cadenas était resté ouvert, impossible à refermer depuis l'intérieur. Devait-il entrer et tenter de surprendre le gosse ? Et si ce n'était pas celui qu'il recherchait ? Les jeunes ont parfois des adresses qu'ils se passent et les utilisent à tour de rôle… Non, il attendrait le lendemain matin, en espérant qu'Adam, si c'était lui, ne ressortirait pas trop tard. Et tant pis pour sa nuit à l'Hôtel du Rhône.

Vers 2 heures du matin, comme il souffrait vraiment du froid, le vieillard retourna jusqu'à la villa abandonnée, en fit le tour, et décida d'y entrer. Si le jeune ne dormait pas, il trouverait un prétexte à son intrusion, du type : « Pitié pour un vieux SDF, gamin ». Il ouvrit le panneau métallique et s'introduisit lentement dans la maison. Personne… Il n'aperçut qu'un tas de gravats. L'escalier menant à l'étage était en ruine et impraticable. Ce fut alors que dans la pénombre il remarqua la trappe ouverte dans un coin de ce qui avait été la pièce principale. Il descendit prudemment l'escalier de bois, sur ses gardes. À peine arrivé dans la cave, il devina une forme humaine affalée sur un matelas. Il s'approcha et actionna son briquet… Un jeune homme qu'il estima âgé d'environ vingt-cinq ans dormait profondément, couché sur le dos. Son visage en lame de couteau gardait un aspect inquiétant dans le sommeil, même si ses cheveux longs et gras le lui cachaient partiellement. Un sac à dos traînait sur le sol. Le vieux l'ouvrit, y trouva un portefeuille de cuir usé qu'il ouvrit pour en extraire deux billets de vingt francs et une carte d'identité : Adam Bonvin… et la photo ne laissait planer aucun doute.

Le SDF sortit un cran d'arrêt de la poche de son grand manteau. Le clic de l'ouverture de la lame résonna un peu, et Adam tourna légèrement la tête. Il devait rêver être en train de se battre contre un quelconque ennemi et le planter, car l'Ours blanc vit un sourire mauvais étirer encore le rictus sauvage de sa grande bouche.

Le vieil homme plaça la pointe du couteau sur la poitrine d'Adam et l'enfonça tranquillement jusqu'à la garde, puis il répéta son geste trois fois. Le jeune homme n'ouvrit même pas les yeux, le sang apparut à la commissure de ses lèvres, il fut secoué d'un bref tremblement... Ensuite le bourreau trancha encore la carotide du voyou. Puis il saisit un caillou noir dans son sac, grava de la pointe de son cran d'arrêt « RS » d'un côté et « SR » de l'autre, puis l'introduisit dans la bouche ouverte du jeune mort. Toute l'opération n'avait duré que quelques minutes.

Michaël Regard, le boulanger de Sézenove, habitait en ville, mais tous les matins, entre 2 et 3 heures, il se rendait dans l'atelier situé à l'arrière du magasin pour commencer à pétrir la pâte pour ses pains. Il empruntait toujours la même petite route reliant Bernex à Sézenove. Cette nuit-là, il fut extrêmement surpris de croiser une sorte de vieil échevelé dont la tignasse blanche volait au vent. L'homme avançait péniblement, dans un grand manteau noir, apparition fantomatique surgissant de nulle part dans le halo de ses phares sur cette petite route toujours déserte à cette heure de la nuit. Il ralentit, pensa s'arrêter pour demander au vieil homme s'il avait besoin de quelque chose, mais quand il fut assez proche pour le dévisager, il lut dans son regard une sorte de détermination inquiétante et accéléra, en proie à un certain malaise.

L'Ours blanc pensa que plus personne ne le croiserait. Il enleva son masque de vieux clown et son grand manteau, sortit de son sac une veste et un imper, se rhabilla et remit son accoutrement dans le sac, puis il reprit sa marche et arriva aux abords du village de Bernex. Par chance, il put pénétrer dans le garage souterrain d'un immeuble pour s'y reposer à l'abri des regards jusqu'à 6 heures. Puis il descendit sur la route de Chancy et reprit le bus en direction de la ville. Il se sentait fatigué mais pleinement satisfait.

Il n'y avait plus qu'une seule pierre noire au fond de son sac.

XXIX

Comme la veille, Gilles, Vincent et un technicien de la police arrivèrent à Bernex et garèrent la voiture banalisée sur le petit parking de la banque Raiffeisen. Les deux inspecteurs dirent au technicien qu'ils l'appelleraient si la maison était vide et alors il pourrait s'approcher avec le matériel à installer. Puis ils continuèrent à pied et en arrivant à la villa, ils furent surpris de constater que le cadenas était resté ouvert. Cela signifiait que le garnement dormait encore, certainement épuisé par une nuit de vadrouille. Ils dégainèrent et descendirent à la cave prudemment. Ils furent horrifiés par le spectacle du garçon égorgé. Son T-shirt blanc était maculé de sang.

– Gilles, appelle Sauthier pour qu'il convoque tout le monde.

– Oui, évidemment, mais d'abord, on va gagner un peu de temps !

L'inspecteur Bonnard sortit une paire de gants en latex de son sac à dos et farfouilla à l'intérieur de la bouche du garçon pour finalement retirer un caillou noir et aplati, un galet, sur lequel on pouvait distinguer « RS » sur une face et « SR » sur l'autre. Ensuite il replaça le caillou gluant dans la bouche restée ouverte sur un rictus effrayant.

– Vincent, à ton avis, qu'est-ce que ces inscriptions peuvent bien vouloir dire ?

– Elles sont à la fois une signature et un message. En effet, l'inversion des lettres n'est pas un hasard, elle symbolise un retournement de situation, et donc peut-être une menace pour le ou les suivants qui en comprendraient le sens.

– Tu cherches trop loin. Pour moi, une simple signature : par exemple Ralph Sauvage et Sauvage Ralph.

– Heureusement que Sauthier s'appelle Antoine et pas René par exemple, sinon il deviendrait notre suspect numéro un ! Gilles, ton explication me paraît trop simple.

– En tout cas, on est sûrs d'une chose : quelqu'un de l'extérieur cherche à éliminer les quatre garçons de la bande. Ce troisième crime nous prouve qu'il ne s'agit pas d'un règlement de comptes interne. Jusqu'alors, on pouvait penser que deux mecs sur quatre voulaient se venger des deux autres, ou peut-être que les deux les plus sauvages ont voulu se prémunir du danger que représentait la faiblesse des deux autres et le risque qu'ils se mettent à table.

– Oui, et dans cette dernière hypothèse, l'ultime membre de la bande n'aurait eu aucun risque à laisser vivre Adam, cette brute sans foi ni loi.

– Ce qui nous annonce le décès programmé de « V » dont on ne tardera donc pas à connaître l'identité.

– Gilles, encore une chose, penses-tu vraiment que les trois meurtres de jeunes ont été commis par la même personne ?

– Mais bien sûr que non ! Éric a été massacré à coups de battes et n'avait pas de caillou dans la bouche. Il faut donc séparer le crime du premier garçon de la bande de celui des deux autres, commis avec beaucoup plus de doigté, si j'ose dire.

Sur le chemin du retour, Vincent et Gilles firent la synthèse de tous les événements récents : les assassinats de Gregor Gradowski, Micheline Lantier et Éric Tabarin avaient été commis à la batte, donc par toute la bande des quatre pour le premier, deux d'entre eux pour le second, alors que pour le troisième, il était impossible de déterminer le nombre des tueurs. Mais ces trois crimes étaient à coup sûr imputables à la BAVE, alors que les deux derniers semblaient être le fait d'une tierce personne, « RS », dont on ignorait tout. Et quel était le mobile de « RS » ? Était-il un serial killer fou, un délinquant qui cherchait à se venger d'une bande rivale, un ancien membre éconduit, par exemple ?

En tout cas, les deux amis conclurent qu'assurément, les crimes d'Éric, de Bruno et d'Adam n'augmentaient en rien la pression qu'ils auraient dû subir de la part de la presse et de leur hiérarchie. En effet, pour l'heure, personne n'avait encore fait le rapprochement entre les deux premiers assassinats et la découverte de ces gamins tués d'une autre manière, vraisemblablement des règlements de comptes entre toxicomanes, monnaie courante dans une ville infestée par la drogue. En revanche, ils étaient partagés sur l'attitude à avoir concernant le dernier élément de la bande, « V », ce « Valet » ou ce « Valé », l'ultime survivant de cette association de tueurs, dont la vie ne tenait plus qu'à un fil. Gilles pensait qu'il fallait mettre les bouchées doubles pour arrêter « RS », sauver le jeune tout en l'envoyant pour une vingtaine d'années en prison, et Vincent au contraire préférait laisser le destin accomplir son œuvre et punir une horrible personne représentant un danger pour notre société.

Une fois de retour dans son bureau, l'inspecteur Dreyer appela Jocelyne Louvrier du BCAS.

– Bonjour madame Louvrier, ici l'inspecteur Dreyer.

– Ah, bonjour inspecteur.

– J'ai gagné le gros lot à l'EuroMillions !

– Pas possible ! Où se cachait-il, ce garnement ?

– Au fond d'une cave abandonnée, la gorge tranchée et le cœur transpercé !

– Mon Dieu, pauvre gosse !

– S'il vous plaît, madame, ne plaignez pas un sauvage qui a massacré des innocents en leur faisant exploser la tête à coups de batte !

– Je pense que la société a une grosse part de responsabilité dans la dérive de ces jeunes abandonnés de tous, leurs parents, leurs éducateurs, ceux qui n'ont pas su ou pas pu leur transmettre de l'amour pour les premiers ou l'envie de s'intégrer pour les seconds.

– Madame Louvrier, la société fait ce qu'elle peut, mais elle n'est pas responsable de la dérive de ces tarés.

– Que Dieu ait son âme !

– Que Lucifer l'accueille dans son brasier !

– Vous ne connaissez pas le pardon ?

– Certainement, mais dans le cas d'Adam, ce serait à lui d'en implorer les familles de ses victimes. Il ne peut plus le faire. Pas de deuxième chance. Je ne le plains pas.

– Je suis désolée inspecteur Dreyer, mais votre analyse souffre de sa simplicité. Nous devons procéder à un examen de conscience sociétal et collectif. Pourquoi pensez-vous que les bergers des montagnes d'Arcadie ont vécu plusieurs siècles sans violence? Parce que tous les enfants y recevaient la consigne de garder les troupeaux dès leur plus jeune âge. Nous, nous ne savons pas responsabiliser positivement nos marginaux.

– Madame, vous rêvez, nous ne sommes plus dans la Grèce antique, nous vivons dans des sociétés où la violence explose et nous devons la contenir par tous les moyens pour protéger les citoyens. Toute la classe politique se retrouve sur ce point, de la gauche à la droite. J'aimerais encore vous prodiguer un conseil, si vous le permettez. Je vous suggère d'utiliser l'argent des allocations non perçues contenu dans l'enveloppe d'Adam Bonvin pour faire placer des plaques commémoratives en l'honneur du professeur Gradowski à l'université et à la gloire de l'actrice Lantier dans le hall de la Comédie de Genève.

Sur ce, il raccrocha rageusement, sans attendre la réponse de l'éducatrice. Elle l'avait considérablement énervé, même si ses remarques n'avaient pas été dénuées d'intelligence.

XXX

À la grande surprise de Vincent, Jocelyne Louvrier le rappela le lendemain de leur conversation houleuse sur les causes et les responsabilités de la délinquance. Il lui avait raccroché au nez la veille et supposa qu'elle voulait lui demander des explications sur son manque de courtoisie. Mais il s'agissait de tout autre chose, en fait d'une révélation qui allait complètement relancer l'enquête :

– Monsieur Dreyer, excusez-moi, j'ai l'esprit d'escalier, mais notre discussion sur les délinquants m'a fait repenser à un fait troublant, qui n'a probablement aucun lien avec votre travail, mais je me dois de vous en faire part.

– Tout d'abord, madame, veuillez accepter mes excuses pour mon comportement inacceptable d'hier. Je vous ai quittée de manière fort peu civile, sans même vous saluer. Je suis désolé, même si nos professions n'empruntent pas forcément le même chemin face aux jeunes voyous : vous devez les intégrer, et nous les arrêter.

– Oui, en effet, les assistants sociaux préfèrent la prévention à la répression, mais je ne vous rappelle pas pour reprendre cette discussion, simplement, je me suis souvenue d'un téléphone bizarre que j'ai reçu dernièrement. Un médecin m'a contactée pour me demander le nom d'un jeune dont il prétendait qu'il était en grand danger à cause du résultat alarmant de ses analyses sanguines. Il affirmait que le jeune homme lui avait dit être soutenu par nos services, mais qu'il avait quitté son cabinet sans remplir la fiche d'identité. Tout juste se souvenait-il que son prénom commençait par un « V ». Je lui ai transmis les noms des quatre jeunes que nous suivons dont les prénoms commencent par un « V », soit Vasco Silva Pereira,

Vito Scalesi, Vladan Boric et Valérian Vernet. Or ce dernier garçon m'a confié une fois être l'ami de cet Adam Bonvin que vous recherchiez…

– Nom de Dieu ! Pardon, madame, mais ce que vous m'apprenez là revêt une importance capitale ! Et qui était ce médecin ?

– Justement, c'est ce qui m'a paru vraiment bizarre, il s'est présenté comme le docteur Jean Dufournet. J'ai donc voulu vérifier dans l'annuaire des médecins de la ville, mais pas de docteur Dufournet. Absent également sur internet. Ensuite, j'ai oublié… Et je n'y ai repensé qu'hier, après notre entretien téléphonique.

– Savez-vous où habite ce Valérian Vernet ?

– Son adresse officielle est celle de ses parents, mais ceux-ci ont coupé les ponts avec lui depuis fort longtemps. Je ne sais pas vraiment où il loge. Vous savez, ces jeunes marginaux font preuve d'une certaine solidarité et se refilent les bons coups, les adresses d'un soir.

– Est-ce qu'il travaille quelque part ?

– Il était commis de cuisine, mais il s'est fait virer trois fois, et depuis, plus personne n'a voulu l'engager.

– Comment vit-il alors ?

– Grâce à nos allocations.

– Madame Louvrier, on ne va pas reprendre notre dialogue de sourds, mais je suis consterné : en somme, ce sont les impôts de nos concitoyens qui font vivre ceux qui vont les tuer…

– Mais ces jeunes ne sont que des marginaux, monsieur, pas des tueurs !

– Je soupçonne votre Valérian de faire partie de la bande qui a massacré plusieurs personnes à coups de battes de baseball.

– Mon Dieu ! Fasse le ciel que vous vous trompiez, inspecteur.

– Au revoir, madame. Je vous tiendrai au courant.

Vincent se rua dans le bureau de Gilles.

– Gilles, je viens de recevoir des informations capitales de la part de Madame Louvrier du BCAS.

– Ah oui ? Lesquelles ?

– L'un de leurs protégés s'appelle Valérian Vernet et son pote… Adam Bonvin !

– Alors là, chapeau Vincent. On tient finalement ce Valé.

– Pas si vite ! Il risque d'être difficile à dénicher. Il doit se terrer au fond d'un trou, terrorisé, ou même avoir déjà quitté la Suisse, surtout s'il a appris que les autres étaient morts, les nouvelles se répandent vite dans ce milieu de paumés.

– Comment faire pour le retrouver ? On a juste son nom, mais aucune piste.

– S'il est à court de fric, il risque de retourner au BCAS.

– Jamais de la vie, il se sent traqué, on ne le verra plus.

– Je dois encore te raconter la suite : un certain docteur Jean Dufournet a contacté Jocelyne Louvrier pour tenter de retrouver un jeune dont le prénom commençait par un « V », sous le prétexte fumeux qu'il courait un danger de mort vu son état, et elle lui a fourgué quatre noms, dont celui de Valérian. C'est d'autant plus louche que ce docteur n'apparaît pas au registre des médecins genevois, ni sur internet.

– Voilà une piste à suivre ! Ce faux médecin pourrait bien se révéler être le tueur des garçons. Mais comment retrouver sa trace sur la base d'un simple nom d'emprunt ?

– Il faudra chercher dans le domaine médical. De toute évidence, l'assassin des délinquants a su faire une injection à Bruno et trouver l'espace intercostal idoine pour transpercer le cœur d'Adam.

– Bon, Vincent, j'ai une idée : je vais chercher parmi tous les médecins genevois lesquels ont un nom de famille commençant par « S » et un prénom par « R », puis l'inverse. Et on pourra déjà fouiller cette liste pour dénicher un éventuel docteur Maboule.

– On n'est pas pressés, Gilles. Que le docteur Jekyll se transforme en abominable mister Hyde pour tuer ce quatrième connard, ça ne me déplairait pas trop.

– Tu resteras toute ta vie un justicier de série télévisée !

Gilles n'avait pas tort. Vincent n'avait pas encore intégré les mécanismes d'un État de droit chargé d'arrêter les criminels, pas de les éliminer.

XXXI

Gilles avait passé une journée entière à établir la liste des praticiens genevois dont les initiales étaient « RS » ou « SR ». L'annuaire des médecins de Genève lui en avait donné une trentaine. Mais que faire de cette liste ? Par quel bout la prendre ? L'inspecteur se mit à taper les noms sur internet. À chaque fois apparaissaient la spécialité, l'adresse, le numéro de téléphone, parfois un article spécial sur une distinction à la suite d'une publication, rien de forcément captivant...

Au bout de trente minutes de ce travail inutile, l'inspecteur Bonnard changea son fusil d'épaule. Il imagina qu'un médecin cherchant à se venger devait probablement avoir été soumis à des attaques de la part d'anciens patients, peut-être même avoir été condamné pénalement à la suite de leurs révélations. Alors il tapa sur Google les mots « RS – médecin – condamné – plainte – abuser – erreur médicale », et un article du journal *Le Temps* apparut à l'écran :

« Le médecin abusait de ses jeunes patients. Le psychiatre R.S. a été condamné à une peine de trois ans de prison dont deux fermes à la suite d'un jugement concernant des actes de pédophilie commis sur ses anciens jeunes patients. Ce médecin réputé, ancien professeur au Département de psychiatrie des Hôpitaux universitaires de Genève, spécialiste du traitement des patients adolescents en détresse psychique, a été confondu par le témoignage de plusieurs jeunes qu'il avait pris en charge, la plupart envoyés chez lui par les services sociaux de l'État. Deux d'entre eux ont déposé une plainte pénale contre lui. Même s'il ne s'est agi que d'attouchements, la juge Clémentine Voisard a retenu contre ce praticien les circonstances aggravantes dues au fait que les deux plaignants principaux étaient mineurs au moment des faits et que sa fonction lui conférait un ascendant moral sur ses jeunes victimes. »

Gilles éteignit son ordinateur et appela l'un de ses collègues des mœurs qui retrouva immédiatement l'identité du médecin en question. Il s'agissait du docteur Roland Schweingruber qui avait été radié de l'ordre à la suite de son procès. Toutefois, d'après l'inspecteur interrogé, cet éminent psychiatre consultait toujours à titre privé dans sa propre maison, surtout une clientèle d'étrangers fortunés davantage attirés par sa réputation médicale que par sa déontologie professionnelle.

Gilles proposa à Vincent d'aller trouver le docteur Schweingruber qui habitait le petit village d'Aire-la-Ville dans la campagne genevoise. Ils arrivèrent devant une ancienne ferme rénovée. La sonnette se trouvait juste sous une grande plaque de laiton :

Professeur Roland Schweingruber
Psychiatre FMH et psychothérapeute

Ce fut une élégante bourgeoise en tailleur gris qui vint ouvrir la porte, probablement l'épouse du médecin, qui avait certainement tenu son rôle malgré les couleuvres qu'elle avait été contrainte d'avaler à la suite des déboires judiciaires de son mari.

– Bonjour messieurs, que puis-je faire pour vous ?

– Bonjour madame, nous sommes inspecteurs de la police judiciaire et souhaiterions parler au docteur Schweingruber.

– Il n'est pas ici en ce moment. Puis-je lui laisser un message ?

– Oui, volontiers. Nous n'aurions pris que quelques minutes de son temps pour lui poser une ou deux questions, mais s'il est absent, alors il sera convoqué à l'Hôtel de Police pour un interrogatoire.

– Un instant s'il vous plaît. Je reviens vers vous tout de suite.

Elle referma la porte, puis la rouvrit cinq minutes plus tard.

– Veuillez entrer, le docteur va vous recevoir.

Madame Schweingruber les accompagna dans une pièce richement meublée dont les murs étaient ornés de tableaux d'art abstrait particulièrement laids. Le médecin ne tarda pas à se présenter, visiblement agacé, sur ses gardes.

– Que venez-vous faire chez moi, messieurs ? La moindre des choses eût été de me prévenir de votre visite.

Gilles se chargea de l'interrogatoire.

– Nous devons simplement procéder à une vérification de routine. Êtes-vous bien le professeur Schweingruber condamné il y a quatre ans pour des attouchements sur vos jeunes patients ?

– Ah non, de grâce, ne recommencez pas avec ces sornettes. J'ai déjà bien trop payé pour quelques caresses dans les cheveux de ces gamins que je cherchais juste à consoler.

– Du calme, docteur, nous n'avons pas l'intention de revenir sur cet épisode de votre carrière, mais simplement de vous poser quelques questions concernant une enquête qui implique de jeunes garçons dont certains risquent d'avoir été vos patients. Rien à voir donc avec votre propre condamnation. Vous avez payé – à tort ou à raison, ce n'est pas notre problème à nous – et en principe, nous n'avons aucun motif de faire resurgir des faits anciens. Tout d'abord, avez-vous soigné un patient du nom d'Adam Bonvin ?

– Ce nom ne me dit rien.

– Ou deux autres qui s'appellent Bruno Lescureux et Valérian Vernet.

– Mais enfin messieurs, soyons sérieux, comment voulez-vous que je me souvienne de tous mes patients ? Ceux qui suivent une longue thérapie, bien sûr que oui, mais ces jeunes marginaux qui la plupart du temps ne se présentent que deux ou trois fois... peut-être ce Bruno Lescureux, un drogué velléitaire...

– Oui, un beau blondinet aux cheveux bouclés, une sorte d'ange. Il a dû vous plaire particulièrement !

– Vous n'êtes qu'un mufle, monsieur. Maintenant, dites-moi si vous avez un chef d'accusation contre moi, une convocation pour une garde à vue, que sais-je ? Êtes-vous légitimés à vous introduire dans mon domicile privé ? Ai-je commis un acte illégal dont vous auriez la preuve ?

– Certainement, docteur. Vous continuez à pratiquer la médecine malgré votre radiation de l'ordre, ce qui constitue un délit passible de la prison ferme. Encore une dernière question, monsieur Schweingruber : que faisiez-vous les soirs du 23 octobre et du 5 novembre derniers ?

– Je devais certainement être en train de tuer d'anciens patients, comme vous le suggérez avec une grande finesse…

Le psychiatre hurla à l'intention de sa femme qui était remontée à l'étage, terrorisée :

– Dorothée, pourrais-tu descendre mon agenda qui se trouve sur la table de mon bureau ?

Madame apporta l'objet demandé et le tendit à son époux avec un sourire difficile à interpréter : cachait-il son appréhension ou trahissait-il une forme de contentement amusé ? Schweingruber feuilleta nerveusement le calepin.

– Alors, le 23 octobre, je jouais au bridge chez nos voisins les Fargier, et le 5 novembre, j'ai passé toute la soirée en compagnie de ma charmante épouse.

– Bien, monsieur. Merci pour votre collaboration. Nous vérifierons votre premier alibi. Ah, juste en passant, sachez tout de même que Bruno Lescureux a été tué par injection létale et qu'Adam Bonvin a été égorgé comme un porc. Souhaitons pour vous qu'ils ne fassent pas partie des jeunes loubards menteurs qui ont causé votre perte. À bientôt cher docteur. Madame, nos hommages.

Sur ce, les deux flics quittèrent le couple tétanisé et muet.

XXXII

Vincent ne supportait plus sa solitude dans la grande maison de Cologny. Le contact chaleureux d'Isabelle, son corps contre le sien dans le grand lit conjugal, les rires des enfants… tout cela lui manquait terriblement. Par ailleurs, il estimait que le danger s'était considérablement amoindri : il ne restait que ce Valérian dont le principal souci actuel devait être de se protéger lui-même plutôt que d'agresser d'autres personnes. Aussi prit-il la décision de rapatrier sa compagne et les deux garçons.

– Allo, Isa, comment allez-vous, les enfants et toi ?

– Eux, ils vont très bien. Ils adorent leur grand-père et se sont déjà fait de nombreux amis par ici. Tu sais, Piaget définit la faculté d'adaptation comme le premier critère de l'intelligence des enfants et les nôtres ne sont pas trop stupides ! Alors…

– Oui, c'est bien, ils vont donc encore une fois s'adapter à leur retour à Cologny.

– Ah bon, tu nous ramènes au bercail ? Il n'y a plus de risque ?

– Non, c'est bon maintenant. Il est grand temps que les petits reprennent sérieusement leur cursus scolaire.

– En effet, mon père leur a donné davantage d'affection que de cours ! Et comme il part souvent pour ses séances de catéchèse, je me sens parfois bien seule, comme avant que nous fassions ménage commun.

– Pardon Isabelle de nous avoir contraints les deux à cet éloignement pénible. On se rattrapera. Je viendrai vous rechercher demain soir. Prépare l'indispensable, et nous repasserons prendre le reste plus tard.

– Il faudra un camion de déménagement, mon père ne voudra plus ni du trampoline, ni de la piscine, ni des buts de foot.

– Bon, j'ai compris, je vais devoir faire abattre mes cèdres pour qu'on puisse installer toutes ces attractions à Cologny-Parc. Allez, je te laisse. Je viendrai demain à 18 heures. Bisous.

Vincent s'installa dans son fauteuil préféré. À travers la grande baie vitrée du salon, il pouvait admirer les reflets gris argenté du lac Léman. Ce paysage hivernal dégageait une beauté triste et glacée. Il s'alluma un *Cohiba robusto*, ferma les yeux, et se mit à réfléchir. Fidel et le Che ne fumaient que des Cohiba. Les *campesinos* cubains ne pouvaient certainement pas s'en offrir. Est-ce que ces dirigeants communistes s'étaient montrés hypocrites en prêchant la Révolution et en vivant comme les plus riches de l'époque du dictateur Batista ? Vincent se dit que tout pouvoir politique corrompt, quelle qu'en soit la couleur. Et qu'alors, l'avenir de l'humanité devrait se passer des luttes idéologiques pour tenter de retrouver un humanisme à caractère social, réunissant toutes les femmes et tous les hommes dans un idéal commun basé non plus sur les bénéfices monstrueux de quelques-uns mais sur le partage des fruits du travail, non plus sur la croissance aveugle, ni sur la décroissance, d'ailleurs, mais sur l'apport de richesses obtenues grâce à des investissements novateurs et respectueux de l'environnement et de l'équité, en évitant la dilapidation d'énergies dangereuses pour la planète et en respectant la nature. Il se demanda comment on pourrait passer des bonnes intentions affichées par tous, y compris les plus gros pollueurs menteurs, à des actions concrètes et réellement efficaces. Et sa conclusion était limpide : ne plus se faire dicter la loi par les autorités, mais imposer le changement par des décisions individuelles dont la somme finirait par modifier obligatoirement l'approche des gens de pouvoir. En repensant à sa propre situation, se sentait-il prêt à remplacer sa grosse BMW par une modeste voiture électrique, sa Harley-Davidson par un vélo ? Pourrait-il abandonner le luxe pour une vie plus saine, cesser de bénéficier du privilège de l'argent ? Même s'il se disait apolitique, c'était facile pour lui de penser à gauche et de continuer de vivre à droite.

Il recomposa le numéro d'Isabelle.

– Désolé, Isa, tout à l'heure, j'ai oublié de te poser une question : serais-tu d'accord que je vende la maison et qu'on s'achète un appartement dans un immeuble géré par une coopérative ?

– Mais Vincent, qu'est-ce qui te prend ?

– Je te parle d'un beau et grand appartement. Tu sais, je pense aux enfants. Ils seraient bien plus heureux dans une habitation commune avec plein d'autres amis, un jardin dont s'occuper, plutôt qu'isolés dans une grande maison tristement bourgeoise.

– Vincent, j'ai été élevée dans un protestantisme sobre qui abhorre l'étalage des richesses et prône la mesure et la simplicité, alors c'est surtout toi qui te sentiras frustré.

– Bon, on en reparlera. Si tu es d'accord, et les enfants aussi bien sûr, je souhaiterais qu'on subventionne la création d'une école dans une région du monde qui en manque avec le bénéfice généré par une partie de la vente de la maison de Cologny.

– Mais Vincent, quelle mouche t'a piqué ?

– Isa, j'ai attendu plus de trente ans pour commencer à changer. Tu connais ma vie antérieure, et je suis enchanté d'avoir pu transformer l'ancien macho en un compagnon qui te respecte et que toi aussi tu considères comme un égal, sans violence ni abus de pouvoir de l'un sur l'autre. Pour moi, il s'agit d'une victoire majeure. Je veux aussi changer sur le plan social.

– Tu sais, mère Teresa n'avait qu'une robe de bonne sœur et l'abbé Pierre a passé sa vie dans les taudis de Paris. Tu as encore du chemin à parcourir avant qu'on te vénère comme eux, père Vincent !

– Tu es un peu dure de te moquer. Je ne tiens pas à devenir pauvre artificiellement, mais j'aimerais contribuer au bien-être d'autres personnes qui en ont vraiment besoin, tout en gardant une grande partie de mes biens. J'irai pas à pas vers une nouvelle vie, mais j'irai.

– Alors je t'accompagnerai.
– Je t'embrasse. Je t'aime.

Vincent descendit au garage, il s'installa sur le siège confortable de sa BMW, saisit le volant de bois brillant sur lequel il fit jouer ses mains. Il adorait l'odeur du cuir, la sensation de froid du volant d'acajou laqué. Parviendrait-il vraiment à se passer de cela un jour ? Il remonta ensuite au salon, se versa un verre de vieux rhum qu'il dégusta lentement, puis pénétra dans la salle de bains de marbre gris pour se prélasser un moment dans son jacuzzi. Quelle force intérieure lui ferait-elle renoncer à une partie de ses privilèges ?

Le lendemain, un samedi, Vincent prit la route pour Bassins. Il arriva à la ferme de Victor vers 10 heures. Les garçons jouaient au foot dans le jardin. Ils interrompirent leur jeu pour se précipiter dans les bras de celui qu'ils considéraient désormais comme l'homme de référence, plus proche d'eux que leur propre père parti avec une autre femme. Isabelle regarda la scène depuis le seuil de la maison, le cœur empli de félicité. Sa vie avait repris un sens nouveau depuis qu'elle avait choisi Vincent comme compagnon. Elle ne put s'empêcher de courir dans les bras tendus et ouverts de son homme, qui la fit tourner comme dans un carrousel, sous le regard amusé des enfants. Puis les quatre entrèrent dans la ferme où Victor les attendait, assis droit comme un i dans un fauteuil en osier. Il avait déjà ouvert une bouteille d'Epesses et remplissait trois verres du liquide doré et glacé. Ils se désaltérèrent en silence. Le pasteur semblait visiblement ému, les yeux humides et rougis, redoutant le départ de sa fille et des deux gamins qu'il s'était mis à aimer profondément, bien plus qu'auparavant, puisqu'il ne les voyait pratiquement pas. Puis toute la famille prit place dans la voiture et Vincent démarra. Il vit dans le rétroviseur le grand-père agiter la main et les deux garçons lui répondre. Avait-il bien fait de causer tous ces chamboulements familiaux pour un risque qu'il avait sans doute surestimé ? Il ne le savait pas vraiment. Toutefois, il était impatient que ce Valérian soit retrouvé et mis hors d'état de nuire. Alors seulement, il pourrait dormir tranquillement sur ses deux oreilles.

XXXIII

Le docteur Roland Schweingruber se souvenait parfaitement de ce jeune Bruno Lescureux, celui dont la déposition avait causé sa perte lors de son procès. Et il avait effectivement profité du fait que cet adolescent se fût montré parfaitement docile, comme si les attouchements et les caresses ne lui avaient fait ni chaud ni froid. Il faut dire qu'il commençait les séances en lui proposant un joint sous prétexte que cela le détendrait et lui permettrait de procéder à une meilleure introspection. En somme, il encourageait son jeune patient à une addiction qu'il aurait dû combattre et soigner, mais il se moquait du résultat de sa thérapie pourvu qu'elle lui fournît l'occasion de laisser libre cours à ses penchants pervers. Pendant les six années qui avaient suivi son procès, il n'avait cessé de penser à se venger des deux crapules qui avaient témoigné contre lui. Ils avaient brisé sa carrière et sa réputation. Il s'était même mis à dessiner dans un carnet, de manière parfaitement puérile, des ados pendus ou transpercés de flèches. Pour un psychiatre censé soigner des malades sur le plan psychique, c'était particulièrement inquiétant. Et voilà que ces deux flics de malheur avaient fait le rapprochement entre les cadavres de deux de ses anciens patients et lui-même. De sorte qu'avec un mobile aussi évident, il était fait comme un rat. La police ne se poserait même pas la question de savoir s'il s'agissait d'une coïncidence. Et par manque de chance, il n'avait pas d'alibi en béton pour les dates indiquées par ces deux inspecteurs. Il devrait commencer par appeler ses voisins pour les persuader de bien vouloir témoigner que son épouse et lui-même avaient joué aux cartes chez eux le 23 octobre pendant toute la soirée. Son collègue et ami le docteur Claude Fargier donnerait son accord immédiat sans chercher à comprendre, mais sa femme Ludivine, avec laquelle il avait eu une relation cachée avant de la laisser tomber quelques mois plus tard, risquait de tout compromettre par esprit de vengeance. Elle trouverait là l'occasion rêvée de nuire à son amant cruel sans devoir avouer à Claude ses anciennes infidélités. Quant à la soirée du 5 novembre qu'il avait prétendu passer en sa compagnie, il priait le ciel que Dorothée ne finisse pas par avouer qu'il ne la touchait plus et qu'ils faisaient chambre séparée depuis la nuit des temps. Cette garce lui paraissait capable de vouloir elle aussi se venger. Dans l'immédiat, il devait faire disparaître ce maudit carnet contenant des dessins susceptibles de l'accuser clairement. Il monta dans sa chambre, ouvrit son coffre, prit le carnet puis redescendit au salon. Il prépara un feu dans la cheminée, l'alluma et y jeta le carnet. Voir disparaître dans les flammes ce qui aurait pu être considéré comme une preuve lui procura un certain soulagement qui ne dura pas. Il avait peur. Dorothée était sortie en ville avec une amie et il se trouvait seul, ce qui l'arrangeait bien à ce moment-là. Il but un verre de cognac, puis un deuxième. Il fermait les yeux et dans une semi-somnolence cherchait les moyens de se tirer de ce fichu pétrin. Mais aucune idée concrète ne jaillissait de son esprit désormais embrumé par l'alcool, car il avait continué à remplir son verre, encore et encore…

Il remonta péniblement dans sa chambre et se coucha sur son lit, tout habillé. Puis il se leva pour se rendre à la salle de bains. Il voulait oublier ses soucis et prendre un ou deux comprimés d'un barbiturique quelconque dans la pharmacie. Il saisit la boîte de Phénobarbital et décacheta deux comprimés qu'il avala rapidement. Puis il replaça la boîte mais se ravisa, la reprit et en avala encore deux. Et encore deux. Ensuite il tituba dans le couloir et, parvenu sur le seuil de la chambre à coucher, sous le double effet de l'alcool et de l'antidépresseur, il s'affaissa.

Dorothée était allée manger une fondue aux bains des Pâquis avec une ancienne camarade de classe. Ce lieu fort convivial lui plaisait énormément et, chaque fois qu'elle en avait l'occasion, elle y conviait ses amis. Elle ne ressentait plus aucun sentiment à l'égard de son mari, à part son dégoût de le savoir habité de pulsions malsaines, et elle multipliait les occasions de revoir ses amies, principalement pour éviter la compagnie d'un homme pour lequel elle était passée de l'indifférence au mépris. Les tables étaient dressées dans une sorte de grand hall situé entre les bassins et les cabines. Une douzaine de personnes se retrouvaient à la même table et finissaient par échanger, dans la bonne humeur. Les serveurs couraient dans la travée centrale en portant des caquelons de fondue fumants dans un brouhaha sympathique de conversations amicales et de rires. Là, Dorothée oubliait sa vie feutrée de bourgeoise frustrée. À minuit, elle reconduisit son amie chez elle et reprit la route en direction d'Aire-la-Ville. Quand elle découvrit le corps inanimé de son mari devant la porte de sa chambre à coucher, elle partit d'un rire sardonique quasiment démoniaque. En effet, ils n'avaient pas d'enfants, elle savait donc qu'elle allait hériter de l'intégralité de la belle fortune de son époux. Elle avait mille fois souhaité la mort de cet homme tyrannique. Elle allait enfin pouvoir voyager librement et vivre la vie dont elle avait toujours rêvé.

Dorothée s'assit calmement dans un fauteuil au salon, et composa un numéro sur son portable.

– Bonsoir, c'est moi, je te dérange? Viens immédiatement. Je crois que Roland est mort.

L'homme arriva. Ils remontèrent à l'étage et en redescendirent une demi-heure plus tard. Le mystérieux visiteur s'esquiva dans la nuit noire. Alors elle composa le numéro 117.

– Allo, Police secours, je vous écoute.

– Bonjour monsieur. Je m'appelle Dorothée Schweingruber. J'étais sortie avec une amie et en rentrant j'ai retrouvé mon mari mort par terre.

– Quelle est votre adresse, madame?

– 4 chemin du Mussel à Aire-la-Ville

– Ne touchez surtout à rien, nous arrivons.

Aux alentours d'une heure du matin, on sonnait à la porte de la grande maison. Deux ambulanciers et un médecin firent irruption dans la ferme rénovée et s'approchèrent du cadavre. Au bout de cinq minutes, le médecin revint au salon et dit à Dorothée qu'il devait appeler la police, car monsieur était peut-être décédé d'une crise cardiaque, mais les causes de la mort demeuraient douteuses et il conviendrait certainement de faire une autopsie et une enquête. Il composa un numéro sur son portable et expliqua la situation, puis, s'adressant à Dorothée :

– Désolé, madame, mais vu les circonstances, vous ne pourrez pas dormir correctement cette nuit. Les inspecteurs et le légiste de garde seront ici dans une demi-heure.

– Mon Dieu, est-ce que Roland a été assassiné ?

– On ne peut rien dire pour l'instant, sinon que sa mort ne paraît pas naturelle. Il s'agit probablement d'un suicide.

Dorothée Schweingruber était restée de marbre. Pas le moindre signe de tristesse ou de désarroi. Elle se rassit, tira une cigarette d'un étui en argent qu'elle alluma calmement.

Quand le légiste et les inspecteurs furent sur place, elle les laissa accomplir leur travail et resta tranquillement installée dans son fauteuil. Ils revinrent au bout d'un quart d'heure déjà et ce fut le légiste qui s'adressa à elle :

– Madame, votre mari s'est probablement suicidé en ingurgitant une dose massive de barbituriques dont nous avons retrouvé les emballages vides dans la poubelle de la salle de bains. Nous allons procéder à la levée du corps et les inspecteurs de police souhaitent vous poser quelques questions. Veuillez accepter mes condoléances, madame.

– Merci docteur.

Ce fut ensuite au tour des deux inspecteurs de garde de s'approcher de la femme, qui continuait à faire preuve d'un calme fort étonnant en la circonstance. Le plus âgé commença l'interrogatoire.

– Madame, tout d'abord, est-ce que votre mari était dépressif ?

– En temps normal, il fait preuve d'un aplomb certain en toutes circonstances et ne se soucie absolument pas des autres personnes de son entourage. Rien ne semble l'émouvoir. Et pourtant, ces derniers jours, il m'a semblé qu'il avait peur. Son comportement avait notablement changé.

– Est-ce qu'il avait des soucis ?

– Il avait été condamné pour pédophilie mais niait sa culpabilité. Toutefois, depuis la visite de deux inspecteurs de la PJ récemment, je l'ai senti extrêmement préoccupé.

– Deux inspecteurs ? Pour quelle raison ? Pouvez-vous nous donner l'identité de ces confrères ?

– Leur identité, non, désolée, ils n'ont pas laissé de cartes. En revanche, j'ai compris qu'ils soupçonnaient Roland de quelque chose de grave, car ils lui ont demandé s'il avait un alibi pour deux dates précises, le 23 octobre et le 5 novembre.

– Ont-ils dit clairement de quoi il s'agissait ?

– Du meurtre de deux jeunes qui avaient été les patients de mon mari psychiatre. Ils ont laissé planer le doute sur le fait que les victimes pouvaient bien être ceux qui avaient dénoncé Roland pénalement.

– Et votre mari avait un alibi pour ces deux soirées ?

– Oui, mais totalement bidon. Pour le premier soir, il a dit que nous avions joué aux cartes chez nos voisins, ce qui est totalement faux ; et pour le second, il a prétendu qu'il avait passé la soirée avec moi, laissant sous-entendre que nous avions eu un rapport intime. Or il ne m'a plus touchée depuis vingt ans !

– Pensez-vous que votre époux ait pu se venger en tuant ces deux jeunes ? Vous en a-t-il fait l'aveu, par exemple ?

– Il ne m'a rien avoué. Mais ce qui est sûr, c'est que lors des deux dates en question, il est sorti et n'est rentré que très tard dans la nuit. Je ne sous-entends pas qu'il puisse être le meurtrier. Il sortait souvent pour voir des prostituées. Mais en tout cas, ces deux soirs-là, je me souviens m'être couchée après minuit et il n'était toujours pas rentré.

– Madame, aimiez-vous votre mari ?

– À vrai dire, pas vraiment. Nous ne partagions plus rien, et à partir du moment où j'ai appris qu'il était soupçonné de tripoter des gosses, mon indifférence à son égard s'est transformée en mépris.

– Bien, merci madame Schweingruber. Nous serons bien évidemment contraints de vous réinterroger dans les prochains jours. Veuillez donc ne pas quitter le territoire du canton. Bonne fin de nuit. Soyez forte.

– Merci messieurs, mais je n'ai pas besoin de force pour supporter le décès d'un tyran domestique.

Sur ce, après le départ de tous les intervenants, elle referma la porte et monta dignement se coucher. Si quelqu'un avait pu observer son visage juste avant qu'elle ne s'endormît, il y aurait vu un sourire trahissant une profonde satisfaction.

XXXIV

Le chef de la brigade criminelle, le capitaine de police Anthoine Sauthier, avait compris depuis un certain temps que Gilles et Vincent ne lui avaient pas dit toute la vérité. Quand il apprit que ses subordonnés avaient cuisiné un médecin réputé qui s'était suicidé dans la foulée, il les convoqua dans son bureau.

– Messieurs, vous êtes en train de me rouler dans la farine, mais je vous avertis que vous allez me le payer, et très cher ! Ou bien vous me donnez tous les détails de vos élucubrations, ou alors je vous envoie au tri des archives pour deux ans !

L'inspecteur Bonnard se fit tout petit et d'un ton mal assuré :

– Patron, ne vous fâchez pas ! Nous ne voulions pas vous fournir de fausses informations. Nous avons juste attendu d'en savoir plus nous-mêmes.

– Gilles, de grâce, ne me prends pas pour un con. Je te donne dix minutes pour m'affranchir. Et je veux tous les détails ! Tout d'abord, qu'est-ce que vous êtes allés faire dans une villa abandonnée à Sézenove ? Vous pensez peut-être pouvoir faire intervenir le service technique dans mon dos ? Non mais qu'est-ce que vous croyez, que je ne sais pas ce que vous fabriquez toute la sainte journée ? Et quel rapport avec ce docteur Schweingruber ? Qu'a-t-il à voir avec votre enquête ? Je reçois quotidiennement des appels de journalistes qui veulent savoir si on avance dans la recherche des assassins à la batte. Vous n'allez pas attendre dix ans avant de me communiquer le rapport exact de vos avancées !

– Je pense que nous en savons désormais assez pour organiser une conférence de presse qui va calmer les esprits. Mais il reste un pan encore non élucidé de l'affaire, ce qui nous ennuie beaucoup. Nous aurions préféré boucler l'enquête avant de vous transmettre notre rapport final et de donner des explications à la presse.

– Cesse immédiatement de jouer au crétin avec moi. Les meurtres ont eu lieu en septembre, nous sommes fin novembre. Il y a plus de deux mois que vous me baladez avec vos rapports intermédiaires lacunaires ou mensongers.

À cet instant, Gilles se tourna vers son collègue.

– Vincent, fais un rapport exhaustif au patron de tout ce que nous savons vraiment.

Dreyer se racla la gorge, puis se lança :

– Eh bien voilà, Antoine. À l'origine, la BAVE est une association de quatre petites frappes de quartier qui ont voulu s'amuser à semer la terreur dans la ville en massacrant des vieux, avec l'unique motivation de se venger de ceux qui représentent pour eux la réussite qu'ils n'obtiendront jamais dans une société qui les a rejetés. L'inscription qu'ils ont laissée sur le lieu de leurs crimes, BAVE, est un acronyme à triple lecture : ils crachent sur leurs victimes, ils forment une Brigade anti-vieux érudits, et ils signent enfin de leurs véritables prénoms, à savoir Bruno, Adam, Valérian et Éric.

– Oui, bon, tout cela, vous me l'avez déjà répété vingt fois. Bravo pour vos déductions intelligentes, mais maintenant, ce que je veux savoir, c'est la suite. Quel rapport y a-t-il entre les morts de ces gamins avec une pierre dans la bouche et ce vieux toubib ?

– J'y viens, chef. Nous avons compris que le dénommé Éric Tabarin a été assassiné par ses propres complices qui craignaient qu'il ne parle après que je l'ai interrogé. En revanche, lorsque Bruno et Adam ont été tués à leur tour, il fallait trouver un mobile pour imaginer une piste qui nous conduise jusqu'à l'assassin. Et la manière avec laquelle ils ont été éliminés nous laissait penser que le meurtrier avait des connaissances dans le domaine médical. Alors nous avons pensé à un médecin condamné pénalement cherchant à se venger de ceux qui l'avaient dénoncé, et grâce aux initiales « RS » gravées sur les pierres noires enfilées dans la bouche des deux morts, nous avons retrouvé celui dont nous pensons qu'il est l'assassin, le psychiatre Roland Schweingruber, radié de l'ordre des médecins à la suite de comportements douteux sur ses jeunes patients... dont Bruno Lescureux et vraisemblablement Adam Bonvin, qui avaient probablement déclenché le procès en déposant plainte contre le docteur. Encore une fois, la mégalomanie d'un tueur l'aura poussé à titiller la police en signant ses crimes pour nous provoquer. Mais quand il a compris que ses alibis pour les deux soirs des meurtres ne tiendraient pas la route et que son arrestation devenait imminente, il a préféré se suicider.

– Alors l'affaire est résolue. Qu'attendiez-vous pour me mettre au parfum ?

– Il manque une dernière pièce au puzzle. Nous ignorons ce qu'est devenu le quatrième larron de la bande, le dénommé Valérian Vernet.

– Eh bien il ne risque plus rien cet oiseau-là, si Schweingruber était bien le tueur.

– À notre avis, Vernet était le chef de la bande. Il reste doublement menaçant, surtout s'il apprend le suicide du psychiatre. Il se croira sauvé, et cherchera peut-être à mettre à exécution les menaces proférées contre ma famille.

– Quoi ? Quelles menaces ? Vincent, pourquoi ne m'en as-tu jamais parlé ? Puis-je vraiment vous faire confiance, espèces d'abrutis que vous êtes tous les deux ?

– Je ne voulais pas que vous m'éloigniez de l'enquête pour me protéger.

– Et ainsi tu m'as exposé à de lourdes sanctions pour ne pas vous avoir placés en sécurité, ta famille et toi, si un malheur s'était produit ! Vous êtes vraiment de vrais gamins ! Il faut qu'on puisse désormais se faire confiance, je refuse de continuer dans ces conditions. Je suis votre chef direct et à ce titre vous devez tout me dire, sinon je devrai vous enlever l'enquête.

– Désolé, patron, cela ne se reproduira plus.

– Bon. Maintenant, je considère l'affaire comme résolue. On peut organiser une conférence de presse. Gilles, tu diras que la BAVE est démantelée. Trouve un joint pour relier les meurtres de Gregor Gradowski et de Micheline Lantier avec tous les autres, invente une histoire de double vengeance liée au procès du docteur Schweingruber, par exemple. Sans parler de ce Valérian qu'on finira bien par arrêter et faire condamner sous un autre prétexte. Les habitants de la ville seront soulagés d'apprendre qu'ils ne risquent plus rien et les plumitifs nous ficheront une paix royale!

Gilles, qui n'avait rien dit depuis un bon moment, formula une conclusion qui fit retomber le soufflé:

– Sauf si Valérian Vernet reconstitue une bande pour se remettre à tuer des vieux…

Sauthier était devenu rouge. Il ne parvint pas à masquer sa rage et hurla:

– Eh bien justement, je vous donne deux semaines pour le coincer. En attendant, Gilles, je convoque la presse pour demain matin à 10 heures. Tu sais ce que tu dois leur dire. Maintenant, tirez-vous!

XXXV

Valérian, terrorisé par la mort de ses deux amis de la BAVE, imaginait que le psychiatre ferait tout pour le retrouver, et il ne pouvait en aucun cas se réfugier dans l'atelier du boulevard de la Cluse. Ce cochon de médecin devait être un sacré fureteur. Il risquait de tomber sur d'anciens potes ou d'ex-copines qui connaissaient l'endroit. Trop risqué ! Incroyable que ce toubib de malheur ne soit pas qu'un pédophile, mais un tueur psychopathe. Il lui avait certainement été facile de dénicher Bruno. Beaucoup trop de monde savait qu'il travaillait pour le Théâtre du Galpon. Après qu'un autre marginal employé par le théâtre eut averti Valérian de la mort de Bruno, Valérian avait rappelé Adam et ils s'étaient vus au bord du Rhône, sous les falaises de Saint-Jean. En se parlant, ils avaient vite fait le tour des possibilités et compris que le médecin qu'Adam lui-même et Bruno avaient dénoncé par l'intermédiaire des services sociaux, plus par bravade que sous l'effet d'un traumatisme psychologique qu'ils n'avaient pas subi, tentait maintenant de se venger. Adam avait ri et déclaré qu'il était certain de pouvoir planter ce vieux toubib avant qu'il n'ait pu esquisser la moindre attaque contre lui. Valérian au contraire avait fait part de son inquiétude et avait répondu qu'il tenterait de disparaître de la circulation avant que ce fou ne le retrouve. Et maintenant, il se disait qu'il avait bien fait de se terrer dans un squat à Annemasse.

Valérian avait appris la mort d'Adam par un de leurs potes communs, un jeune également suivi par Jocelyne Louvrier à qui elle avait avoué la vérité. Alors il avait décidé de rester en France pour une longue période. Comment ce toubib fou avait-il pu dénicher et tuer Adam, un loup solitaire et dangereux, une ombre malfaisante qui avait remporté tous ses combats de rue? Valérian passait ses journées assis devant Monoprix à jouer de la flûte assis par terre, mais la casquette posée devant lui restait désespérément vide. Il n'avait plus un sou en poche et la faim lui tordait les entrailles. On lui avait parlé de la Maison Coluche à Ambilly qui offrait des repas chauds et parfois un lit pour la nuit. Il décida de tenter sa chance. Une dame sympathique lui répondit qu'il pourrait manger sans problème, mais que pour la nuit le dortoir affichait complet. Après avoir avalé trois assiettes d'une excellente soupe de légumes, il repartit dans la nuit. Et subitement lui revint à l'esprit son projet de faire peur à cet inspecteur fouineur, ce dénommé Vincent Dreyer. Il marcha jusqu'à Moillesulaz et monta dans le tram 12. À l'arrêt Grange-Falquet, une brigade de six contrôleurs investit le véhicule. Les agents se répartirent dans la rame en exigeant la présentation des titres de transport. Évidemment, Valérian n'en avait pas, il dut décliner son identité, son adresse officielle, et le contrôleur le pria de quitter le tram à l'arrêt suivant. La mère de Valérian avait l'habitude de recevoir ces contraventions, et elle payait. C'était le seul lien qui existait entre son fils et elle. Ainsi, elle se berçait de l'illusion de se montrer encore utile à ce garçon perdu. Valérian se retrouva devant une clinique, au bord d'une grande route faiblement éclairée par des lampadaires qui diffusaient une lumière orange particulièrement sinistre. Il monta dans la rame suivante et descendit à la place de Rive. À 23h20, il grimpa dans le bus A et arriva sur le quai de Cologny un quart d'heure plus tard. Il lui restait environ dix minutes de marche pour atteindre la villa de l'inspecteur Dreyer, dont il connaissait l'adresse pour l'avoir discrètement suivi depuis l'Hôtel de Police sur la moto qu'un copain lui avait prêtée pour l'occasion. Mais il était encore trop tôt. Il partit à pied en direction de Vésenaz et emprunta peu après un petit chemin qui descendait vers le lac. Il suivit un écriteau indiquant « la Belotte », ouvrit un petit portail resté ouvert sur un parc au bord du lac. Cet endroit lui sembla idéal pour attendre jusqu'à 2 ou 3 heures du matin. Il voulait absolument éviter de se trouver nez à nez avec le flic éveillé. Non, il lui faudrait compter sur l'effet de surprise. Il y avait là quatre ou cinq petits chalets, vraisemblablement des abris de pêcheurs à voir les nasses traînant sur le pré entre les constructions de bois et les bateaux munis de filets amarrés au ponton du petit port. Valérian s'assit sur un banc adossé à la paroi d'un chalet. Bercé par le clapotis des vagues contre le mur qui bordait le lac, il ne tarda pas à s'assoupir. Une heure plus tard, le froid piquant de cette nuit hivernale le réveilla. Il se mit alors à réfléchir à un plan d'action. Il tenterait de s'introduire dans la maison, et laisserait un mot sur la table. Ou alors il le scotcherait simplement sur la porte d'entrée. Il ne voulait pas tuer ce connard de flic, juste lui mettre la pression, lui flanquer une trouille bleue. Il sortit un bloc-notes de son sac, un crayon-feutre noir, et inscrivit simplement ceci :

– AVEC LES COMPLIMENTS DE LA BAVE –

À 2h30 du matin, il remonta le chemin jusqu'à la grand-route. Il continua à suivre cette rampe en direction de Vésenaz, et deux cents mètres plus loin environ, emprunta une petite route qui redescendait vers le lac. Là, il enfila sa cagoule et se retrouva très vite devant un grand portail blanc surmonté d'une petite caméra dont le point rouge indiquait qu'elle était active. Il suivit le mur d'enceinte sur trente mètres environ. En escaladant un sapin, il n'eut aucune peine à se hisser sur la crête du mur et sauta à l'intérieur de la propriété, puis s'approcha de la grande demeure bourgeoise à pas de loup. Il remarqua immédiatement que la porte du garage n'avait pas été complètement fermée et il la fit coulisser jusqu'à son ouverture complète. Le système était parfaitement huilé et la porte avait suivi le rail sans produire le moindre son. Valérian s'entendit glousser de plaisir dans sa cagoule. Il monta prudemment les marches qui menaient au rez-de-chaussée. Arrivé au salon, tétanisé, il s'arrêta net : il apercevait un rai de lumière passer dans l'entrebâillement de la porte de la cuisine… puis il entendit le claquement typique de la porte d'un frigo qui se referme et vit un petit ado ressortir un verre de lait à la main. Dès que le gamin aperçut l'ombre noire sur le seuil du salon, il lâcha son verre qui tomba sur le tapis en n'émettant qu'un son mat inaudible pour les dormeurs du premier. Étonnamment, le gosse restait bouche bée sans crier, paralysé par l'effroi. Valérian s'approcha de l'enfant, qu'on aurait dit une statue de marbre, et lui susurra à l'oreille :

– Ne crains rien, je ne te ferai aucun mal, je t'emmène juste faire un petit tour. Si tu cries, je sortirai un flingue de mon sac et je tuerai toute ta famille. Je te jure que je ne veux que leur faire peur et que je te relâcherai sous peu. Dis-moi juste ton nom.

Alors, parvenant enfin à desserrer les lèvres, le garçon lâcha d'une petite voix tremblante :

– Julien.

Puis Valérian sortit de son sac son papier et son stylo-feutre et rajouta sous l'inscription BAVE la phrase suivante :

– « J'emmène Julien en vacances ».

Ensuite il prit la main du garçon et lui glissa tout doucement :

– Est-ce que tu as une chambre pour toi tout seul ?

– Oui.

– Alors on va y monter tout doucement, tu vas t'habiller, et on ira faire un tour.

– Non, j'veux pas.

– Si tu cries, si tu fais le moindre bruit, je te tue.

Ce disant, il sortit un cran d'arrêt de sa poche qu'il ouvrit.

– Et après, je descends toute la famille avec mon flingue muni d'un silencieux. C'est ce que tu veux ?

– Non m'sieur.

– Bien. Alors allons-y !

Ils montèrent silencieusement. Julien enfila un jean et un polo, puis une doudoune qui traînait sur une chaise, il sauta dans sa paire de baskets. Ils redescendirent jusqu'au garage.

– Julien, est-ce que la porte du portail s'ouvre automatiquement devant la voiture ?

– J'sais pas, m'sieur.

– Oui tu sais, et ne me fâche pas, sinon je te plante.

– Oui, elle s'ouvre.

– Et où se trouvent les clés de cette belle voiture ?

Julien s'était mis à pleurer silencieusement.

– Elles sont là au crochet sur le mur. Partez, mais laissez-moi ici, s'il vous plaît !

– Tu dois juste me faire confiance. Je te relâcherai dans quelques jours.

Valérian fit monter Julien sur le siège avant, se mit au volant, démarra... Le bruit de la BMW résonna terriblement, amplifié par les parois de béton toutes proches. Il fallait faire vite maintenant. La voiture s'engagea sur le chemin menant au portail qui s'ouvrit à son approche. Valérian aperçut une lumière s'allumer dans une pièce du premier, puis il franchit le portail et disparut dans la nuit. Cette fois, Julien se lâcha et éclata en sanglots.

XXXVI

Vincent se rua dans l'escalier, descendit les marches quatre à quatre, lut le mot sur la table basse du salon, remonta en hurlant :

– Isabelle, réveille-toi, va vite contrôler les chambres des enfants !

Il enfila son jean, laissa son haut de pyjama, passa son holster sur son épaule avec son arme de service chargée, enfila son blouson de cuir, ses mocassins, et rejoignit sa compagne dans la chambre de Julien. Elle s'était mise à crier :

– Où est mon fils, mon Julien, au secours, Vincent, ramène-le, je t'en supplie !

Puis elle se jeta sur le lit vide de son aîné et se mit à pleurer en hurlant de douleur. Entre-temps, Bastien s'était réveillé et se tenait tout ensommeillé et ébouriffé sur le pas de la porte de la chambre de son frère.

– Maman, qu'est-ce qui se passe ?

– Ton frère a disparu !

– Comment ça ?

– Je ne sais pas, Vincent est parti à sa recherche. Viens dans mes bras, mon chéri...

Et le petit se mit aussi à pleurer, perdu sur le sein de sa mère.

Vincent avait sauté sur sa moto et fonçait dans la nuit en direction de la ville. Sur les quais, où la vitesse était limitée à 60 kilomètres heure, il roulait à 200, déclenchant les uns après les autres les flashs des nombreux radars qui jalonnaient cet axe protégé. Il scrutait l'horizon devant lui en espérant apercevoir les feux arrière de sa voiture, mais au fond de lui, il savait que le kidnappeur avait trop d'avance pour être rattrapé. Et peut-être, sûrement même, avait-il quitté la route côtière pour se perdre dans des chemins de traverse perpendiculaires à l'axe principal. À l'entrée de la ville, aux abords du Jardin anglais, il comprit que sa course-poursuite n'avait plus aucun sens. Il gara sa machine sur le trottoir et s'assit sur un banc du parc, face au lac. Il se retrouvait dans ce lieu doublement maudit, là où Micheline Lantier avait été massacrée, et là où il réalisait que le fils de sa compagne avait été enlevé par un tueur fou. Il fallait réagir sans tarder. Il téléphona à Police secours :

– Bonjour, Police secours, en quoi puis-je vous être utile ?

– Je suis l'inspecteur Vincent Dreyer de la police judiciaire. Le fils de ma compagne vient d'être kidnappé par un assassin que je recherche activement, appelé Valérian Vernet. Il roule à bord de mon propre véhicule qu'il a volé dans mon garage, une BMW bleue. Il a quitté Vésenaz aux alentours de 3 heures du matin.

– Très bien inspecteur. Que pensez-vous que nous puissions faire dans l'immédiat ?

– Alertez tous les postes de la ville pour qu'ils contactent les patrouilles de garde et qu'elles se mettent à la recherche du véhicule concerné. Je vous en supplie, faites vite, chaque minute compte. Il faut les retrouver avant que l'homme n'abandonne le véhicule pour se cacher avec le petit.

– Ok inspecteur. Je lance l'alerte. Vous aussi, parcourez la ville, à cette heure, il y a encore peu de véhicules en mouvement, vous pouvez tomber dessus.

– Merci. Au revoir.

Vincent remonta sur sa moto. Il suivit les conseils du plancton, mais savait bien qu'il n'avait pratiquement aucune chance de retrouver Valérian et Julien. Il ne lui restait qu'à espérer que ce psychopathe dangereux ne fasse pas de mal à l'enfant. Au bout de quatre heures à tourner en rond dans le centre-ville, au hasard, n'en pouvant plus, rongé par l'angoisse et le chagrin, il se rendit jusqu'à l'Hôtel de Police, gara la Ninja, et se dirigea d'un pas chancelant vers le petit bar du boulevard qui ouvrait ses portes tôt le matin pour servir les premiers cafés du jour. Affalé sur une chaise en formica, il se prit la tête entre les mains et se mit à sangloter doucement. La serveuse s'approcha et lui mit la main sur l'épaule.

– Alors, monsieur, qu'est-ce qui ne va pas?

– Rien, madame, c'est gentil. Donnez-moi un express, s'il vous plaît.

Ensuite il retourna sur son lieu de travail. Comme il avait un passe électronique, il put regagner son bureau facilement. Là, il s'installa devant son ordinateur et ouvrit l'adresse du groupe d'urgence qui passait par canal prioritaire dans tous les commissariats de la ville:

– «Information urgente: un délinquant dangereux, nommé Valérian Vernet, vient de kidnapper un jeune garçon de douze ans, Julien Bovet, de corpulence mince, cheveux blonds, yeux bleus. Prière de tout mettre en œuvre pour tenter de retrouver l'enfant le plus vite possible. L'enlèvement a eu lieu cette nuit à 3 heures du matin juste avant Vésenaz et le kidnappeur est parti au volant d'une BMW volée de couleur bleue immatriculée GE 555678. Merci. Inspecteur Vincent Dreyer, PJ.»

Vincent reprit sa moto pour remonter à Cologny. Il se devait de consoler Isabelle et Bastien, de les accompagner dans ce moment insupportable. Il les retrouva dans les bras l'un de l'autre, assis sur le canapé du salon, ébahis de stupeur, recroquevillés, accablés par leur terrible chagrin.

– Maintenant, il faut se montrer courageux. Nous devons rester concentrés et lucides pour entreprendre les recherches qui nous permettront de retrouver Julien.

– Mais ce fou l'a peut-être déjà tué!

– Isabelle, je t'en prie! Nous ne devons pas céder à la panique ni imaginer le pire. Je pense au contraire qu'il veut me donner une leçon mais qu'il finira par relâcher Julien. Ou alors exigera-t-il une rançon.

– Je t'aime, Vincent, mais c'est dur de comprendre que ta situation professionnelle interfère avec notre vie de famille et nous fait vivre de tels risques. Nous aurions dû rester plus longtemps chez papa.

– Tu as certainement raison, mais je n'en pouvais plus de ne pas vous voir, vous me manquiez tellement, et la situation aurait voulu que de traqueur ce délinquant soit devenu traqué. Je me suis trompé. J'ai pensé qu'il ferait profil bas et ne sortirait plus de l'ombre.

– Oh Vincent, je t'en supplie, retrouve Julien et envoie cette ordure en prison pour toujours.

– Je te le promets, Isabelle.

Cette fois, ils s'étaient mis tous les trois à pleurer. Au bout d'un long moment de tristesse digne et silencieuse, Vincent dit d'une voix qu'il s'efforça de rendre calme :

– Je pense que nous devons reprendre le cours normal de nos vies. Bastien doit retourner à l'école, et toi Isabelle poursuivre tes activités à la bibliothèque. Et moi je vais contrôler que tout est bien mis en œuvre pour remettre la main le plus vite possible sur ce voyou et libérer Julien.

Avec courage, Isabelle se leva, elle prit Bastien par la main, descendit au garage et conduisit son cadet à l'école avec sa Mini Cooper, puis elle se rendit à son travail. Et Vincent retourna à l'Hôtel de Police. À peine fut-il arrivé que Sauthier l'emmena dans son bureau où se tenait déjà une cellule de crise. On lui expliqua que sa voiture avait été retrouvée abandonnée sur un trottoir du quartier des Pâquis. Et ce fut Gilles qui eut le courage de lui avouer la suite :

– Vincent, tu dois être fort. Je te dois la vérité. Il y avait du sang sur le cuir du siège avant. On l'a envoyé au labo pour analyse.

– Ne dites rien à Isabelle, par pitié !

XXXVII

Valérian conduisait en silence, le visage fermé, et Julien ne pouvait plus s'arrêter de pleurer, la tête appuyée contre la vitre. Les platanes du quai défilaient si vite qu'on aurait dit la lisière compacte d'une forêt. Entre deux sanglots, le petit réussit à lâcher une plainte de sa petite voix terrorisée :

– Monsieur, vous roulez trop vite, vous allez nous tuer.

– Ferme-la, et arrête de pleurer !

Mais les larmes de Julien redoublèrent. Valérian roulait à plus de 200 sur la route heureusement pratiquement déserte. Les rares véhicules dépassés lançaient des appels de phares indignés. Vernet emprunta le pont du Mont-Blanc et remonta les quais de la rive droite, puis il bifurqua à gauche, s'enfonça dans le quartier des Pâquis et gara la voiture sur un trottoir.

– Viens, gamin, tu me donnes la main. Si on nous arrête et qu'on nous parle, je suis ton grand frère. Je m'appelle Simon Donnier et toi Pierre Donnier. On va prendre le tram 15 à la gare, mais pas tout de suite. La première course est à 4 heures.

– Non, je veux rester dans la voiture

– Tu viens ou je te tue !

– Non, je reste ici.

Valérian asséna un coup violent du revers de la main sur le visage de l'enfant qui se mit à saigner du nez, puis il sortit du véhicule, en fit le tour, ouvrit la portière de droite et tira littéralement le gosse sur le trottoir. Ils marchèrent environ cinq minutes, puis Valérian tapa le code d'une porte d'allée, vraisemblablement l'adresse d'un des nombreux squats du quartier. Ensuite, il emmena Julien au sous-sol dans la buanderie de l'immeuble. Ils s'assirent sur le béton froid.

– Maintenant tu m'écoutes, petite tête. Je t'explique ce qui va se passer. On ressort d'ici à 7h30 et on prend le tram. Je suis ton grand frère et je te conduis à l'école.

– Non, mon frère s'appelle Bastien. Toi tu es un méchant qui m'a kidnappé.

La gifle partit comme un réflexe immédiat à la réplique du gosse que son ravisseur prit pour de la provocation, mais le petit otage ne broncha pas. Il se mit à fixer Valérian pour lui montrer qu'il était prêt à lui résister. Le voyou changea alors de tactique.

– Excuse-moi, si tu es docile, je ne te frapperai plus. Tu me pardonnes ?

Pas de réponse. Julien restait contre le mur, les bras autour de ses genoux repliés contre lui, le visage fermé.

– Fais pas la gueule, petit. Désolé pour la baffe, mais tu m'as énervé. Faut pas. Si tu m'obéis, tu ne resteras pas longtemps prisonnier. Je te relâcherai bientôt. T'as quel âge ?

– Douze.

– Rappelle-toi que pour encore un moment, tu es Pierre Donnier. Tu dormiras cette nuit dans ma maison, demain matin je te relâcherai. Alors tu retrouveras ta famille et ta vie recommencera comme avant.

– Promets !

– Je te le jure.

Vaincu par la peur et l'émotion, Julien s'affaissa de tout son long sur le sol glacé et s'endormit instantanément. Valérian se mit à réfléchir : comment pourrait-il se sortir de ce pétrin ? Devrait-il relâcher le môme ou le tuer ? Et ensuite, comment se mettre à l'abri ? Toutes ces questions tournaient en boucle dans sa tête, mais il n'avait pas de solution. Il avait agi à l'instinct, il devait maintenant assumer ses actes et trouver une issue, et ça ne serait pas facile. La police le recherchait activement, c'était une certitude, et il fallait vite décider où il devait se cacher avec le gosse. En tout cas pas à l'atelier de la Cluse pour l'instant, car trop de gens connaissaient le lieu et les flics finiraient par tomber sur une balance qui le trahirait. Et s'il demandait une rançon contre la libération du gamin ? Avec le fric, il pourrait s'acheter de faux papiers et se tirer dans un bled à l'autre bout du monde et se refaire une vie tranquille avec son blé... Il finit aussi par s'endormir et se réveilla en sursaut à 8 heures du matin. Il fallait se dépêcher pour que l'alibi de conduire son petit frère à l'école reste vraisemblable. Il passa la main dans les cheveux du gosse, presque affectueusement, et dans l'instant, il se dit qu'il ne devait pas se laisser aller à le prendre en pitié, que ce merdeux restait le fils de son pire ennemi, ce sale flic qui avait tout fait pour lui pourrir la vie. Il décida d'aller planquer le gamin dans un local désaffecté attenant à un ancien garage dans la zone industrielle des Acacias. Ce lieu avait longtemps été loué par le père de Bruno qui l'avait utilisé comme atelier de peinture dans une période où il s'était pris pour un représentant de l'art brut, puis cette lubie passée, il avait prêté ce petit local à son fils qui avait monté un orchestre de rock avec ses copains. Et Valérian avait fait partie du groupe et possédait toujours la clé. Il s'y était d'ailleurs planqué quelques jours récemment, par sécurité, au moment où Éric avait parlé aux flics.

– Debout Julien ! On est partis ! Rappelle-toi : comment tu t'appelles ?

– Julien.

La gifle claqua entre les murs de béton.

– Comment tu t'appelles, crétin ?

– Pierre. Mais tu m'as menti ! Tu as juré de ne plus me faire de mal, et tu continues.

– Non, petit morveux, j'ai juré de te relâcher, mais si tu joues au débile, toi aussi tu romps le contrat et alors je devrai me débarrasser de toi. Maintenant on se casse d'ici, et plus un mot jusqu'à ce qu'on arrive chez moi, sauf si on te parle. Mais je crois que maintenant tu connais enfin ton rôle !

Ils marchèrent côte à côte jusqu'à la gare, sans un mot, sautèrent dans le tram 15. Valérian craignait qu'une brigade de contrôleurs ne montât dans la rame car ils n'avaient pas de billet, mais tout se passa bien. Ils descendirent à l'arrêt Acacias, puis continuèrent sans encombre à pied à travers les rues désertes de la zone industrielle. Ils entrèrent dans une sorte de petite construction basse attenante à un ancien garage semblant désaffecté, vraisemblablement dans l'attente d'être remplacé par un immeuble de rapport dans cette zone en pleine mutation.

– Je vais faire quelques courses, je reviens dans une demi-heure. Inutile de crier, on se trouve dans un endroit inhabité, personne ne t'entendrait.

Valérian sortit, referma la porte de l'extérieur, et alors Julien lâcha la bride à son désespoir. Son visage était noyé de larmes. Il se mit à frapper le sol de ses mains jusqu'à se faire mal, à hurler de toutes ses forces, mais effectivement, personne ne pouvait l'entendre, et peu à peu, une peur sourde se mit à remplacer sa détresse : il avait compris qu'il était prisonnier d'un malade.

XXXVIII

Vincent était déprimé. Le lendemain matin, il n'était pas allé au bureau, affalé sur le canapé, mal rasé, une bouteille de whisky à ses pieds. Étonnamment, Isabelle s'était ressaisie. Elle s'approcha de lui, avec un air déterminé, les sourcils froncés.

– Vincent, écoute-moi maintenant, il faut que je te parle.

– Je n'ai pas envie, laisse-moi, chérie.

– Vincent, ou tu m'écoutes, ou je pars définitivement, hurla-t-elle soudain. Je ne tiens pas à ce que Bastien voie notre relation se déliter lentement. J'ai perdu mon aîné, mais je dois protéger le petit.

– Isa, tu n'as pas perdu Julien. Je te jure de le retrouver.

– En restant assis à te saouler comme une larve ? Réveille-toi ! Comment oses-tu nous lâcher tous les trois ?

Elle monta l'escalier comme une furie et se jeta sur le lit pour inonder le coussin de ses larmes. Vincent l'avait suivie. Il se coucha à côté d'elle et lui passa la main dans les cheveux, sans un mot, répétant ses caresses qui finirent par la calmer. Alors elle s'assit, les genoux contre la poitrine, repliée, pitoyable, attendrissante dans son désespoir juste refoulé. Elle saisit une lingette sur la table de nuit et se moucha bruyamment, longtemps, comme pour faire sortir sa colère dans le bout de papier.

– Chéri, Bastien et moi avons un besoin vital de te retrouver tel qu'on te connaît depuis le début, fort, courageux, débordant d'initiatives, et à plus forte raison maintenant, pour pouvoir garder espoir, nous reposer sur tes épaules solides et entrevoir une solution. Ne nous entraîne pas dans ta déprime, mais au contraire tire-nous à la surface, je t'en supplie Vincent.

– Oui, tu as bien sûr raison. Mais j'ai pensé que j'étais marqué à vie par un destin diabolique. Ma première famille exterminée, puis maintenant la seconde touchée de plein fouet, uniquement à cause de moi, suis-je condamné à entraîner la peur et la mort dans mon sillage?

– Pas si tu réagis, pas si tu recommences à chercher, pas si tu retrouves Julien.

– Je m'y attelle dès maintenant, je te le promets. J'ai une idée: je vais retourner à l'endroit précis où on a retrouvé ma voiture, sans doute proche d'un refuge temporaire que le ravisseur a choisi. Le fait de tirer un enfant par la main pour marcher sur une longue distance à 3 heures du matin comportait plus de risque que d'indiquer la proximité d'un abri pour quelques heures. Car je pense que maintenant, les deux se cachent dans un lieu plus sûr, à l'abri des regards indiscrets. Mais ce salopard a certainement dû attendre la fin de la nuit pour passer inaperçu dans des rues plus animées.

– Oui, Vincent, tu me fais du bien, là, maintenant. Tu retrouves de l'énergie et tu me redonnes de l'espoir.

L'électrochoc avait fonctionné. L'inspecteur avait reçu la souffrance d'Isabelle en pleine poire, comme un boomerang salvateur. Il se sentait toujours coupable de l'enlèvement de Julien, mais il devait se contraindre à ne pas en rajouter en plongeant sa compagne et Bastien dans le désespoir. Une heure plus tard, il déambulait à la rue de Berne, où la BMW avait été abandonnée. Il était 10 heures du matin, mais certaines prostituées battaient déjà la semelle sur le macadam glacé, leurs belles jambes fuselées protégées par des bas résille noirs, la plupart avec une fourrure courte jetée sur les épaules.

– Alors, beau gosse, on est du matin?

– Non, en fait, je suis inspecteur de police, et j'aurais besoin d'un renseignement.

– J'ai mes papiers en règle, si t'es venu pour m'emmerder.

– Ne crains rien. Je veux juste savoir si vous travaillez en extérieur toute la nuit.

– Bien sûr, notre job, c'est pas de roupiller quand les mecs se baladent.

– Est-ce que toi tu étais dehors entre 3 et 4 heures du matin?

– Non, mais Jane oui, je le sais, parce qu'elle m'a dit qu'elle s'était gelée toute la nuit pour un seul client vers 4 heures.

– Où est-ce que je peux la trouver ?

– À cette heure-ci, elle doit se réchauffer un moment en haut de la rue, au Post'café.

– Merci. Bon vent !

– Tu sais, le vent, quand il souffle, c'est juste pour nous refroidir les os, on l'trouve jamais bon !

En entrant dans le café, Vincent aperçut trois filles dont l'allure ne laissait planer aucun doute sur leurs activités.

– Bonjour, puis-je parler à Jane ?

– C'est moi, pourquoi ?

– Inspecteur Dreyer, police judiciaire. Je dois te poser quelques questions.

– En général, je réponds aux questions des clients, mais pas aux poulets.

– Fais un petit effort, parce qu'il s'agit de retrouver un gosse de douze ans, enlevé dans cette rue, vers 3h30.

– Alors là j'collabore, mais j'ai rien vu rien entendu, et pourtant j'étais dehors.

Sa voisine, une petite blonde à la mine chafouine, prit doucement la parole :

– Mais moi oui…

– Comment t'appelles-tu ?

– Tania.

– Qu'est-ce que tu as vu ?

– D'abord j'ai entendu un bruit de moteur. C'était une belle voiture bleue qui est montée sur le trottoir. Moi je me trouvais juste en face, dans le renfoncement d'une porte cochère. Alors j'ai entendu un cri étouffé, puis j'ai vu un homme tirer un enfant hors de la voiture et l'emmener de force. Je les ai suivis de loin et ils sont entrés au numéro 10 de la rue de Fribourg. J'ai hésité à appeler les flics, puis je me suis dit que c'était pas mon problème.

– Merci Tania.

Vincent se rua au numéro 10 de la rue de Fribourg. Il attendit une demi-heure en cherchant des indices sur le trottoir, mais rien. Quand une dame sortit de l'allée, il se précipita pour lui tenir la porte et pénétra dans l'immeuble. Il monta les quatre étages à pied en inspectant toutes les plaques nominatives, mais aucune ne semblait suspecte. Que des M. et Mme Machin. Alors il eut l'idée de descendre à la cave. En arrivant à la buanderie, son cœur faillit exploser. Il aperçut immédiatement un mouchoir en papier maculé de sang à même le sol, et autour quelques éclaboussures à peine perceptibles à l'œil nu. Il prit le mouchoir, le mit dans sa poche, s'assit contre le mur, et éclata en sanglots. Mais en même temps, il pleurait de soulagement ! Si Julien avait saigné dans cette cave, qu'il s'était essuyé, cela voulait dire qu'il était vivant, et que le sang sur le siège de sa voiture ne signifiait plus qu'il était mort.

XXXIX

Vincent s'était parfaitement remobilisé après ce bref coup de blues et s'était mis à réfléchir avec acuité. Il y avait de fortes chances pour que Valérian eût rejoint le quartier de Plainpalais où il devait avoir une planque, étant donné qu'il avait été vu en compagnie d'Éric Tabarin par les petits morveux de la rue des Battoirs et dans l'un des bistrots de la rue de l'École-de-Médecine par Christophe Maître, l'étudiant en droit témoin du crime de Micheline Lantier. Mais comment tenter de le retrouver ? La première condition pour l'identifier, c'était de savoir à quoi il ressemblait. Et la seule personne qui pouvait le décrire précisément était Jocelyne Louvrier du BCAS. Vincent sauta sur sa bécane direction la place de la Taconnerie et dix minutes plus tard, il se trouvait devant la porte de l'assistante sociale.

– Bonjour Madame Louvrier.

– Bonjour inspecteur. On m'a informée du décès d'Adam. Pouvez-vous me dire dans quelles circonstances c'est arrivé ?

– Oh, on ne sait pas encore exactement, l'enquête est en cours. Il a vraisemblablement été assassiné par un autre délinquant, peut-être pour un conflit lié à la drogue. On l'a retrouvé égorgé dans une maison abandonnée près de Bernex.

– Oh mon Dieu, quelle sauvagerie ! Comment faire pour les tirer de ce monde délétère ?

– Je reconnais la difficulté de la tâche, madame Louvrier. En fait, je ne viens pas ici pour Adam, mais pour le jeune Valérian Vernet. On pense qu'il est lié de près ou de loin au meurtre d'Adam. Nous le recherchons activement, or nous n'avons aucun dossier le concernant, et donc aucune photo de lui. Pourriez-vous me le décrire ?

– Oui, bien entendu, mais que vous dire de précis ? Il est de stature moyenne, environ un mètre septante-cinq, crâne rasé, yeux bruns, un nez assez épais. Son visage est constamment renfrogné, fermé, boudeur, je dirais presque méchant, on lit dans son regard toute son agressivité refoulée. Il s'habille toujours de noir et porte des docks aux pieds. Il marche très vite, le dos légèrement voûté, comme une ombre pressée.

– Vous n'auriez pas une photo de lui ?

– Non, nos dossiers n'en comportent pas. Ah mais attendez, je dois avoir quelque part un CV que nous avions rédigé ensemble pour une place d'aide-cuisinier. J'y avais adjoint une photo-passeport, puis j'avais fait une photocopie du dossier avant de l'envoyer. Je dois peut-être le retrouver quelque part. Un instant s'il vous plaît.

Jocelyne Louvrier se rendit dans un bureau annexe et en revint quelques minutes plus tard avec une feuille à la main.

– Voilà, inspecteur, j'ai retrouvé ce document. Mais la photocopie très sombre se révèle de mauvaise qualité.

Elle tendit la feuille à Vincent dont la moue trahit immédiatement sa vive déception.

– Désolée, je n'ai rien de mieux. Essayez de vous rendre dans sa famille, sa mère et ses frères et sœur habitent l'un des immeubles de la cité des Avanchets sur la commune de Vernier. Je vous note l'adresse précise. Peut-être auront-ils une meilleure photo de Valérian ?

– Merci madame Louvrier.

Vincent roulait vite, trop vite dans une ville déjà fort encombrée, se faufilant entre les files de voitures, utilisant au besoin les présélections réservées aux transports publics. Il arriva une demi-heure plus tard devant la cité, sorte d'îlot fermé sur l'extérieur, avec ses blocs de couleurs vives, ses terrains de sport, ses écoles, comme un petit monde clos et bien protégé. Il sonna à la porte des Vernet et une grande fille vint ouvrir.

– Bonjour mademoiselle. J'aimerais parler à Madame Vernet.

– Vous êtes qui ?

– Inspecteur Dreyer, police judiciaire.

– Si vous cherchez Valérian, on ne l'a plus vu depuis deux ans.

– Votre maman est-elle ici ?

– Non, elle travaille, mes frères et sœurs sont à l'école, je suis seule ici.

– Tu ne vas pas à l'école ?

– Non, à l'École de culture générale, si tu manques trop souvent, ils finissent par te virer.

– Écoute, je ne vais pas t'ennuyer trop longtemps. Il me faut absolument une photo de Valérian, on doit le retrouver le plus vite possible.

– Mais qu'est-ce qui me prouve que vous êtes flic, et pas quelqu'un qui lui veut du mal ?

Vincent sortit sa carte et la brandit sous le nez de la jeune fille.

– Attendez, je vais voir.

Elle revint après une minute.

– Vous savez, nous, les photos… On n'est pas une famille à faire des albums de vacances, on n'y va jamais en vacances. Je peux juste vous montrer une photo sur mon portable.

Ce disant, elle faisait défiler les photos sur son téléphone et finit par s'arrêter sur l'une d'elles.

– Bon, voilà, c'est tout ce que je trouve, j'l'ai pas souvent pris en photo.

Elle tendit l'appareil à Vincent. Le garçon tirait la langue, il avait les cheveux longs, et la tête d'un ado de seize-dix-sept ans plutôt que celle d'un skinhead jeune adulte. Mais c'était mieux que rien. Il demanderait à son collègue préposé aux portraits-robots de l'adapter. Alors il prit une photo avec son propre portable, remercia la sœur, redescendit les marches quatre à quatre, se remit en selle et fit rugir la Ninja jusqu'à l'Hôtel de Police. Il fallait gagner du temps. Chaque minute comptait. Gilles n'était pas dans son bureau. Alors il se rendit chez Jules, le jeune inspecteur graphiste, qui utilisa un programme ad hoc sur son ordinateur.

– Enlève-lui les cheveux et rajoute-lui cinq ans et un air brutal !

Lorsque Jules eut terminé le travail, Vincent prit le portrait, retourna dans son bureau et posa la feuille devant lui. Il se mit à lui parler :

– Où que tu sois, petite ordure, je te retrouverai, et si tu as touché ne serait-ce qu'à un cheveu de Julien, je te couperai en morceaux que j'irai donner à manger à des chiens affamés.

Puis il imagina Julien entravé dans une cave ou un grenier et son cœur se serra. Et il se mit à frapper des deux poings le portrait-robot, à lui cracher dessus, et finalement à en faire une boule et à le piétiner de toutes ses forces en hurlant. Sa rage passée, il se rassit et ne put empêcher ses larmes de monter. Au bout de quelques minutes, il retourna dans le bureau du graphiste.

– Julot, tu peux me retirer le portrait du mec ?

– Mais tu es barje, je viens de te le faire !

– C'est le salaud qui a enlevé mon beau-fils, alors il a déjà fallu que je le flingue virtuellement en attendant de l'étriper pour de vrai. Désolé !

– Merde, je comprends Vincent.

Ce disant, il avait réactivé la photocopieuse et le deuxième portrait sortait de l'imprimante.

– Tiens, voilà, et coince-le vite, ce salopard.

– En fait, tu sais, ton portrait-robot, je n'en ai même pas besoin, la tête de ce fumier est gravée à jamais au fond de mes rétines.

XL

Sauthier avait convoqué la presse pour 10 heures. Tous les journaux de Suisse romande étaient représentés, et même ceux de Suisse alémanique, du Tessin et quelques-uns de l'étranger. Un certain nombre d'informations avaient fuité, notamment le lien entre la dernière victime des tueurs à la batte, Éric Tabarin, et Adam Bonvin, retrouvé égorgé à Bernex. Ce qui avait contraint la police à trouver une explication qui tienne la route à défaut de correspondre à la réalité. Le but se révélait fort simple : travestir la vérité de manière à présenter l'affaire comme définitivement résolue, et, partant, calmer ainsi les esprits inquiets de la population en même temps que la curiosité des médias. Ce fut le chef de brigade qui introduisit la séance :

– Mesdames et Messieurs, je vous remercie de votre présence. Nous sommes en mesure de vous annoncer que l'affaire des tueurs à la batte, qui a secoué de manière gravissime la quiétude de notre ville, a été résolue au plus vite grâce aux moyens importants que nous avons engagés dans cette enquête. Je passe donc la parole à l'inspecteur principal Gilles Bonnard qui va vous expliquer les tenants et aboutissants de cette sombre affaire.

– Je vous remercie. Voilà : tout part en fait de la condamnation d'un célèbre psychiatre de notre ville, le docteur Roland Schweingruber. Il y a cinq ans, ce praticien, pédopsychiatre reconnu, s'est vu retirer l'autorisation de pratiquer la médecine en raison d'une accusation d'attouchements inappropriés sur ses jeunes patients. Il s'était souvent occupé de mineurs pris en charge par les services sociaux de l'État. Or, deux de ses jeunes patients ont finalement déposé plainte contre lui, par l'intermédiaire des assistants sociaux qui en avaient la charge.

Il s'agit des dénommés Adam Bonvin et Bruno Lescureux. Par ailleurs, il se trouve que les deux premières victimes des tueurs, le professeur Gradowski et l'actrice Lantier, étaient le grand-père et la grand-mère de deux garçons également pris en charge par le même psychiatre. Comme l'avocat du médecin avait essuyé une fin de non-recevoir de la part des parents qui refusaient de venir témoigner à la barre, il avait réussi à convaincre les grands-parents. En effet, cela avait été sur leurs conseils que les petits-enfants avaient été envoyés chez Schweingruber, car dans les deux cas, le médecin était pour l'un et l'autre un vieil et fidèle ami. Le professeur Gradowski et l'actrice Lantier avaient ainsi certifié que leurs propres petits-fils avaient été suivis pendant plusieurs années par le docteur Schweingruber sans avoir subi le moindre attouchement, ce qui décrédibilisait les accusations d'Adam et de Bruno. Finalement, grâce à ces derniers témoignages, le médecin a obtenu le sursis, mais a tout de même été radié de l'ordre, ce qui a ruiné sa carrière. Quelques années plus tard, les jeunes Bonvin et Lescureux, devenus délinquants, se sont retrouvés. Ils étaient toujours scandalisés que le médecin ne soit jamais allé en prison. Ils se sont donc associés à deux autres garçons de leur âge pour former une bande vengeresse qui s'est chargée dans un premier temps de tuer les deux témoins responsables de la quasi-impunité d'un homme qui les avait certainement agressés. Une fois leurs crimes commis, le jeune Éric Tabarin, l'un des deux complices qui avaient complété la bande, a été interrogé par l'un de nos inspecteurs, et Valérian et Adam l'ont tué de peur qu'il ne parle. Entre-temps, le psychiatre, ayant compris qui avait massacré les deux anciens témoins de sa défense, a pensé qu'il devait attaquer et tuer les responsables de sa déchéance sociale avant qu'ils ne l'agressent lui aussi. Il est parvenu à retrouver leur trace et à les éliminer tous les deux. On ignore s'il est passé lui-même à l'acte ou s'il a commandité les meurtres auprès d'un tueur professionnel. Ensuite, sachant qu'il serait confondu, il s'est suicidé. Quant au dernier membre de cette association de quatre jeunes assassins, le jeune V.V., il a disparu et tout nous laisse penser qu'il est décédé lui aussi. Je vous prie donc de bien vouloir jouer votre rôle en rassurant la population genevoise. Ce triste épisode est clos, tous les protagonistes sont morts ou ont définitivement disparu de la circulation. Je vous remercie de votre attention. Si vous avez des questions, nous y répondrons dans la mesure où le secret de l'instruction le permettra.

Après quelques questions sans aucun intérêt, tous les journalistes s'étaient retirés dans leurs rédactions respectives pour pondre un article qui mettait un terme définitif à deux mois d'une angoisse légitime de la population. Les personnes âgées de Genève pourraient à nouveau se promener dans les beaux parcs de la ville sans craindre que leur cervelle ne gicle sous les coups de battes d'une bande d'aliénés gérontophobes.

XLI

Après sa conférence de presse, Gilles téléphona à Vincent. Ce dernier lui annonça qu'il était gagné par le découragement parce qu'il se sentait impuissant. Gilles le secoua :

– Réveille-toi, Vincent. On n'a pas de temps à perdre ! Je te rejoins, pour t'expliquer ce que j'ai dit en conférence de presse, et pour établir un plan d'action. J'ai déjà une nouvelle rassurante du labo : le sang sur le siège de ta bagnole et sur le mouchoir est bien dans les deux cas celui de Julien. Alors il a besoin de nous, on doit absolument le retrouver, et le plus tôt sera le mieux.

Gilles arriva vingt minutes plus tard.

– Tu vas mieux, Vincent ? Tu es d'attaque ?

– Mais oui, je me suis ressaisi, tu as eu les bons mots.

Bonnard fit un résumé complet de la version bidon qu'il avait fourguée à la presse, et à la fin, il rajouta :

– Donc pas le choix : on doit coincer ce malade, d'abord bien sûr pour sauver Julien, et accessoirement notre réputation avant qu'il recommence à jouer de la batte pour nous narguer !

– J'ai réfléchi : chaque fois qu'il a été vu, c'était dans un périmètre assez restreint du quartier de Plainpalais. Je vais donc consacrer quarante-huit heures non-stop à tourner dans un cercle d'environ deux kilomètres de rayon. J'ai une description précise de lui et un portrait-robot établi à partir d'une photo. Si je le vois, je ne pourrai pas le louper.

Il fut donc convenu que Gilles interrogerait toutes les caissières et les vendeurs des magasins d'alimentation du quartier dans un périmètre de quelques kilomètres carrés. Il en avait établi la liste qui comptait quatre grandes surfaces et six petites épiceries. Et Vincent, lui, avait photocopié le portrait-robot établi par leur collègue Jules. Valérian, s'il se cachait dans les environs, devait bien se nourrir. Et les employés des points de vente du quartier se souviendraient peut-être d'un jeune à l'allure si particulière, crâne rasé, habits noirs, dos voûté et regard méchant. Il se mit donc au travail. Mais personne ne reconnaissait Valérian. On lui donnait des réponses évasives, à peu près toutes les mêmes, du genre « vous savez, monsieur, des jeunes rasés et habillés de noir, il en passe dix par jour… ». Soit c'était vrai, soit certains l'avaient bien vu, mais ils connaissaient peut-être le client et ne voulaient pas prendre le risque de le balancer.

Vincent avait décidé de se promener jour et nuit pendant quarante-huit heures dans cette zone proche de l'Arve et de la rue des Battoirs. Il se souvenait que les petites frappes qui l'avaient caillassé avaient avoué avoir vu Éric et ses drôles de copains fumer des pétards sur les bancs situés sur le quai Charles-Page, au bord de la rivière. Il devait être 17 heures. Il s'assit précisément sur l'un de ces bancs et suivit le mouvement de la rivière dont les eaux grises tourbillonnaient juste à la sortie d'une petite cascade en emportant des morceaux de bois dont la vitesse sur l'eau indiquait la force incroyable du courant. Un héron cendré se tenait sur une grosse pierre qui émergeait au milieu des eaux tumultueuses. Tout à coup, le grand volatile s'élança avec une vitesse phénoménale, fondit sur l'eau, et en ressortit avec une truitelle dans le bec, puis il retourna sur sa pierre, leva la tête au ciel et secoua vigoureusement son long cou pour faire descendre le poisson. Vincent pensa que l'oiseau lui envoyait un message : lui aussi devait atteindre sa proie, vite, car le temps coulait comme cette rivière furieuse. Mais grâce à sa détermination, à son sens aigu de l'observation, il ne laisserait passer aucun signe.

Un bruit de rires et d'une conversation joviale le tira de sa réflexion. Un groupe d'ados longeait le trottoir et arrivait dans sa direction. Il ne fallait en aucun cas rater cette occasion. Dès qu'ils furent à sa hauteur, Vincent se leva, sortit sa carte de police, et leur demanda de s'arrêter.

– Inspecteur Dreyer, ne craignez rien, je ne vous veux aucun mal, juste vous poser quelques questions.

– Mais monsieur, objecta un grand gaillard dégingandé, on n'a rien fait de mal. Laissez-nous tranquilles!

– Si vous m'écoutez, ok, il n'y aura pas de problème. Mais si vous partez, j'appelle une patrouille, on fouillera vos poches, et gare à vous si on y trouve de l'herbe, des couteaux, ou pire encore.

– Qu'est-ce que vous voulez savoir?

– Vous connaissez tous Valérian Vernet, un jeune qui habite le quartier. Est-ce que vous l'avez vu récemment?

Le grand dadais se tourna vers ses camarades:

– Vous le connaissez, vous? Moi pas.

– Ne jouez pas à ce petit jeu-là, je sais que vous voyez de qui je parle. C'est un caïd du quartier, impossible que vous ne sachiez pas qui il est. Alors ou vous me répondez, ou je vous fais embarquer pour une fouille en règle au poste.

Alors l'une des filles du groupe prit la parole:

– Eh bien moi je le connais, cet enfoiré. J'étais sa copine. Il me traitait comme une chienne. Mais on ne peut pas l'avoir vu, et si vous êtes vraiment de la police vous devriez le savoir, j'ai lu dans le journal ce matin qu'il était très probablement mort.

– Oui, tu as raison, mais justement, on doit absolument savoir où et quand il aurait rendu l'âme, et dans cette optique, il faut qu'on sache qui l'a vu vivant pour la dernière fois.

– Pas moi, c'est sûr, je l'ai quitté il y a bien un mois.

– Et tu peux me dire où il habitait? Il nous faut chercher des indices dans son appartement.

– Non, je n'ai jamais su où il créchait, l'animal. Toujours à gauche ou à droite, dans les squats pourris de la ville. Il me donnait rendez-vous à chaque fois dans un autre lieu.

– C'est très important, la dernière fois, c'était où?

– Près de la gare, dans le quartier des Grottes.

– J'ai besoin de ton nom et de ton numéro, je vais devoir te rappeler.

Vincent tendit à la fille un calepin et un stylo où elle nota un nom et un numéro.

Le groupe s'éloigna rapidement. Ils ne tenaient visiblement pas à se faire fouiller et risquer ainsi de passer une nuit dans un foyer pour jeunes délinquants, car évidemment, ils avaient les poches pleines de beuh et étaient même en possession d'un couteau à cran d'arrêt. Alors le grand dadais se tourna vers la fille :

– Agnès, t'es une vraie conne ! Qu'est-ce que tu avais à donner ton nom et un lieu ? La prochaine fois, ferme ta gueule ! Si certains potes de Valé apprennent qu'on a parlé de lui aux flics, ils ne vont pas aimer !

– Tu me prends pour une débile ? J'ai marqué Eve Dunand et un numéro bidon. Et la dernière fois que j'ai vu ce sale type de Valé, c'était dans l'atelier de son grand-père au boulevard de la Cluse.

XLII

Valérian revint trois quarts d'heure plus tard avec un grand sac dont il sortit une petite cuvette en plastique, une chaîne métallique, deux cadenas, un rouleau de bande adhésive, un gros paquet de chips, une bouteille de coca, quelques pommes et du pain. Puis il secoua Julien qui avait sombré, vaincu par l'émotion. L'enfant se réveilla instantanément, s'assit, et à la vue des objets posés sur le sol comprit immédiatement le sort qui lui était réservé. Valérian commença par entourer la cheville droite du gosse avec la chaîne, qu'il referma serrée avec un premier cadenas, puis il fixa l'autre bout à un tuyau de radiateur au moyen du second cadenas.

– T'as faim, p'tit con? Mange et bois! Et tiens cette cuvette pour faire tes besoins.

L'enfant se rua sur la nourriture et le coca, mangea et but goulûment. Puis, d'une voix courroucée:

– Pourquoi tu me dis p'tit con?

– Parce que tu me compliques la vie, je n'aurais jamais dû t'emmener!

– J'suis d'accord. C'est toi qui as été con.

– Fais-moi pas la leçon, je sais ce que je fais: je t'ai promis de te relâcher, mais auparavant, je vais demander une rançon à ton père. Il nage dans le fric, ce fumier.

– C'est pas un fumier, et c'est pas mon vrai père non plus.

– Arrête de me contredire, tu veux une nouvelle gifle, t'as pas encore assez saigné du nez avec la première? Bon, assez perdu de temps. Je dois ressortir un moment. Dépêche-toi de finir de manger et gare à toi si tu ne te tiens pas sage en mon absence.

Une fois que Julien eut terminé de se restaurer, Valérian prit le rouleau de toile adhésive et bâillonna complètement sa bouche en tournant trois fois autour de son crâne, lui lia les mains dans le dos, puis enfila un sweat-shirt noir, mit la capuche sur sa tête, un blouson de cuir par-dessus. Ensuite il sortit, sans oublier de refermer la porte à double tour de l'extérieur. Julien commença à gamberger. Comment pourrait-il s'enfuir ? Il avait vu que Valérian avait mis les clés des cadenas dans la poche droite de son pantalon, et celle de la porte pendait à une chaînette attachée à sa ceinture et placée dans sa poche gauche. Mais comment atteindre les pantalons du voyou ? Tout d'abord, est-ce qu'il dormirait ici cette nuit, avec lui ? Et même si c'était le cas, enlèverait-il son pantalon ? De toute façon, même s'il l'enlevait et qu'il dorme profondément, attaché comme il était, il ne pourrait certainement pas l'atteindre.

Julien passa toute la journée assis contre le radiateur froid, dans une position inconfortable, ne pouvant respirer que par le nez. Il observa minutieusement tout ce qui se trouvait dans cette pièce d'environ trente mètres carrés. Contre l'un des murs, une armoire, fermée. Appuyées à une paroi, deux guitares électriques, quelques pièces de batterie et un haut-parleur. Dans l'angle opposé à celui où il était attaché, un matelas avec des couvertures et deux oreillers. Visiblement, le local de musique avait également servi de chambre à coucher.

Valérian rentra certainement très tard. En tout cas, lorsqu'il ouvrit la porte, Julien put voir qu'il faisait déjà nuit noire. L'homme referma de l'intérieur, s'approcha du gamin, lui enleva son bâillon et lui détacha les mains.

– Alors, petit, tu ne t'es pas trop ennuyé sans ton grand frère ?

– Quand vas-tu me libérer ?

– Du calme, je te relâcherai si ton père verse la rançon que je vais exiger, mais s'il ne paie pas, alors je te laisserai crever de faim tout seul dans ce trou où personne ne te trouvera. Bon, maintenant, je vais dormir. Je ne te rebâillonne pas, mais si tu ouvres la bouche, alors tu n'y couperas pas.

Puis il se dirigea vers l'armoire, l'ouvrit et en sortit un pack de bières. Il se coucha sur le matelas, but d'une traite une bouteille qu'il jeta sur le sol, puis une seconde, et une troisième. Ensuite, il enleva son jean, le laissa en boule au pied du matelas, puis s'emmitoufla dans une couverture et s'endormit. Julien s'aperçut immédiatement qu'une des bouteilles avait roulé jusqu'au centre de la pièce. Et Valérian avait laissé le rouleau de bande adhésive à côté du radiateur. Alors il attendit une heure, pour être sûr que Valérian dorme profondément, puis il tendit la chaîne au maximum et se coucha sur le ventre de manière à pouvoir se saisir de la bouteille. Ensuite, il l'entoura plusieurs fois de bande adhésive jusqu'à en faire une sorte de grosse boule, puis laissa environ quatre mètres de bande qu'il tressa en la tordant pour en faire une corde qui pendait à la suite du goulot. Il saisit l'extrémité de la corde et lança la boule sur le pantalon, puis la ramena doucement. Malheureusement, la bouteille n'était pas assez lourde pour emporter le pantalon d'un seul coup, mais avec de la patience, et si Valérian ne se réveillait pas, à raison de quelques centimètres à chaque essai, il finirait par tirer le jean d'environ deux mètres en direction du centre de la pièce, et là il pourrait se remettre à plat ventre pour s'en saisir. Même si le bruit de l'atterrissage de la bouteille était étouffé par la couche de bande adhésive, il suffit quelques fois à faire se retourner Valérian dans son sommeil, mais jamais jusqu'à le réveiller. Au bout de deux heures d'effort, le pantalon se trouva suffisamment près de Julien pour qu'il pût s'en saisir en se couchant à plat ventre au bout de la chaîne tendue. Il prit les clés des deux cadenas pour se libérer, puis détacha celle de la porte de la chaînette fixée à la ceinture, sortit à pas de loup, et referma la porte de l'extérieur. Puis il se mit à courir comme un fou, hurlant de joie et de soulagement au milieu de cette zone inhabitée, à 3 heures du matin. Il finit par arriver sur une grande artère illuminée, la route des Acacias, où quelques véhicules roulaient déjà. Il se mit sur la chaussée pour arrêter une fourgonnette sur laquelle il avait aperçu l'inscription « Python Sécurité ». Le conducteur, un gardien de nuit faisant sa tournée de contrôle, comprit immédiatement l'incongruité de la situation : se trouver nez à nez avec un gamin affolé en pleine nuit n'avait rien de normal. Il sortit de son véhicule.

– Mais qu'est-ce que tu fais là, mon petit ?

– Monsieur, au secours, je me suis échappé. J'ai été kidnappé par un fou. Je m'appelle Julien, je suis le fils de la copine de l'inspecteur de police Vincent Dreyer.

L'homme appela immédiatement le 117 et, au bout d'une dizaine de minutes, une voiture de police emmenait Julien au centre de la Gravière où les gendarmes de service lui apportèrent un chocolat chaud. Une heure plus tard, Isabelle et Vincent arrivèrent, ils prirent tour à tour l'enfant dans leurs bras sans qu'aucun des trois ne pût s'arrêter de pleurer.

XLIII

Vincent savait qu'il faudrait agir extrêmement vite s'il voulait pouvoir arrêter Valérian dans ce local. Aussi exigea-t-il la mise sur pied immédiate d'une patrouille d'intervention : un fourgon blindé – on ne savait pas si le délinquant était armé – et quatre membres de la BIS, la brigade d'intervention spéciale chargée des missions les plus dangereuses. En attendant leur arrivée, Vincent s'approcha d'Isabelle qui s'était assise un peu à l'écart et buvait un café.

– Isa, il va falloir que j'emmène Julien.

– Mais tu es complètement cinglé, tu ne vois pas qu'il est traumatisé par ce qui vient de lui arriver ? S'il te plaît, Vincent, un peu de bon sens.

– Désolé, on a besoin de lui pour retrouver le lieu de sa captivité, et ainsi on pourra arrêter le dernier représentant de cette bande d'assassins. Ensuite, toute menace sera définitivement écartée.

– Alors tu le laisseras à l'abri avec deux hommes pour le protéger quand vous donnerez l'assaut.

– C'est promis !

Sur ce, la brigade se pointa : quatre Robocops noirs avec des combinaisons de protection et des casques munis d'infrarouges, armés de mitraillettes. Ils descendirent au parking du sous-sol, embarquèrent tous puis le fourgon blindé se mit en route. Ils rejoignirent l'endroit précis où le vigile de nuit avait rencontré le gamin, tout au bout de la rue des Acacias, entre le parking de l'Étoile et le MacDo.

– Voilà, Julien, maintenant concentre-toi au maximum. D'où es-tu arrivé ? Tu dois reconstituer ton chemin dans le sens inverse de celui que tu as suivi pour t'échapper.

– Oui, c'est facile ! Je crois que je suis arrivé ici dans ce grand carrefour, mais je ne sais plus si c'était du côté du MacDo ou de l'autre côté, vers le parking.

– Julien, je t'en prie ! C'est quand même facile de t'en souvenir...

– Ne me gronde pas, j'sais plus vraiment, je courais comme un automate, sans rien regarder, j'voulais juste m'éloigner le plus vite possible !

– Excuse-moi. C'est la route des Jeunes, celle-ci. On va d'abord la prendre dans la direction de la Jonction et, si tu ne reconnais pas les lieux, on opérera un demi-tour et on la parcourra dans l'autre sens.

Le fourgon blindé s'engagea tous feux éteints sur une rue parallèle à la grande, longeant de près de petites entreprises dont la plupart semblaient désaffectées, dans l'attente de la transformation de cette zone artisanale en logements.

Julien ne reconnaissait pas les lieux. Vincent tâcha de camoufler son exaspération. Chaque minute qui passait rendait l'arrestation de plus en plus aléatoire. Il hurla à l'intention du chauffeur :

– Demi-tour le plus vite possible ! On va inspecter la route de l'autre côté du carrefour !

Le fourgon rejoignit l'artère principale et franchit allègrement la double ligne blanche pour repartir dans la direction opposée. Il passa sous le carrefour dans un court tunnel pour ensuite longer une zone de conteneurs. Julien fixait le trottoir de l'autre côté de la grande avenue dans l'espoir de reconnaître l'endroit par lequel il s'était échappé. Et tout à coup, il cria :

– Vincent, là, je reconnais ce bâtiment orange, je suis arrivé par-là !

– Tu es sûr ?

– Oui, mais je venais d'une petite rue, plus loin.

Le fourgon avait ralenti. Julien était hyper concentré.

– Là, là, c'est là que je suis arrivé sur la grande rue, je reconnais le skatepark.

Pour reprendre la route des Jeunes dans le bon sens, le fourgon dut passer sous une bretelle d'autoroute et il s'engagea immédiatement dans la ruelle perpendiculaire à l'axe principal. Il roulait au pas dans cette zone industrielle complètement morte à cette heure de la nuit.

– Vincent ! C'est ce hangar, au fond à droite. Je le reconnais.

Dreyer demanda au chauffeur de s'arrêter, à environ cent mètres de la petite construction. Il ordonna à deux policiers de rester dans le véhicule avec le gosse et de tirer sans hésiter si Vernet déboulait d'une cachette quelconque. Puis il sortit avec les deux autres flics et le petit groupe s'avança prudemment jusqu'au hangar. Au bout de quelques minutes, Julien et ses gardiens entendirent un hurlement désespéré :

– Meeeeeeerde ! Le salaud ! Il s'est enfui !

En effet, les trois hommes se retrouvèrent tout penauds devant la porte que Valérian n'avait pas eu grand mal à défoncer à coups de pied. Ils pénétrèrent à l'intérieur du local, vide évidemment. Et Vincent aperçut tout de suite une feuille de papier posée sur le sol au milieu de la pièce : « Fumier de gamin, je te retrouverai pour te tuer ».

Vincent la roula en boule et la mit dans sa poche, et se tournant vers les trois flics :

– Pas un mot de cette merde de papier, à personne !

Les deux solides gaillards acquiescèrent d'un signe de tête et le petit groupe dépité reprit place dans le fourgon.

Pendant le très court trajet qui les ramenait à l'Hôtel de Police de la Gravière, Vincent gambergeait : comment annoncer la disparition de Vernet à Isabelle sans l'inquiéter outre mesure ? Et surtout, comment protéger sa famille ? Ce dingue ferait tout pour se venger, et tant qu'il courrait en liberté, il faudrait se montrer d'une vigilance sans faille afin d'éviter le pire.

XLIV

Isabelle avait arrêté de fumer depuis plusieurs mois, mais après ces événements stressants, elle ne put s'empêcher de recommencer. Elle était assise sur le canapé du salon face à Vincent qui se rendait compte de la dégradation psychologique de sa compagne. Chaque fois qu'elle secouait la cendre de sa cigarette au-dessus du cendrier débordant sur la table basse, il voyait sa main trembler légèrement lorsqu'elle remontait la clope jusqu'à sa bouche. Elle ne parlait quasiment plus, s'était mise à boire plusieurs whiskys par jour, bref, Vincent ne supportait plus de la voir se détruire à petit feu.

– Isa, je t'en prie, retrouve ton état normal ! Ça ne peut pas durer comme cela. Les enfants ont besoin de la bonne humeur de leur mère.

– Quoi ? La bonne humeur ? Tu plaisantes, j'espère ! Mais tu ne comprends pas que ce dingue va nous attaquer à nouveau ?

– On a retrouvé Julien, c'est quand même le principal, non ?

– Pour le reperdre encore une fois, et Bastien avec lui ? Non, Vincent, notre vie est foutue. Tant que ce malade rôde en liberté, je ne trouverai pas le sommeil.

– On pourrait demander à Victor de vous cacher à nouveau.

– Non, ne mêlons plus mon père à cette histoire. Et de toute façon, je pense que ce Valérian finirait par remonter jusqu'à lui. Pas si compliqué de retrouver mes origines puisque j'ai repris mon nom de jeune fille.

– Je cherche une solution, mais en attendant, je vais nous mettre sous protection.

– Tu sais, Vincent, je te dois la vérité : je ne parviens plus à savoir si je préfère encore ma situation de vie actuelle à celle qui a précédé.

– Explique-toi, bon sang !

– Tu me forces à décrypter moi-même le message ? Tu ne comprends pas ? Je crois que si j'avais le choix, j'aimerais mieux rester seule et frustrée dans mon rôle monoparental, sans homme avec qui partager une relation sentimentale riche, mais sans crainte non plus pour mes deux garçons. Désolé Vincent, tu es l'homme de ma vie, mais tu nous entraînes dans un maelström de peur et de violence que je ne supporte plus.

– Tu vois quelle solution ?

– À toi de la trouver, mais vite !

Dès le jour suivant, trois gendarmes furent affectés à la surveillance de la demeure de Cologny, jour et nuit, par tournus des équipes, avec une voiture de police en évidence devant la porte d'entrée, pour décourager toute nouvelle tentative malveillante de la part de l'assassin en cavale. Isabelle avait dû modifier ses horaires de bibliothécaire afin de pouvoir conduire ses enfants à l'école et les ramener à la maison en toute sécurité. Difficile pour la famille de vivre sereinement dans cette situation. Les moments si importants de rigolades à quatre avaient complètement disparu.

Vincent se rendait bien compte que ce système de protection policière constituait un pis-aller nécessaire, mais ne satisfaisait ni sa compagne ni les enfants. Cette intrusion de flics dans la propriété rassurait, bien sûr, mais rappelait dans le même temps une menace qui planait sur leur tête, comme l'épée du roi Damoclès. Vincent surtout avait eu le cœur brisé par les propos d'Isabelle. Il comprenait son dilemme entre l'amour qu'elle lui portait et son ressentiment face aux dangers qu'il avait introduits dans le cercle familial, même si cette situation catastrophique avait complètement échappé à son contrôle ou à sa volonté. Il ne voulait pas la perdre, il se sentait aussi responsable d'incarner une image d'homme cadrant aux deux garçons. Alors une idée germa dans son esprit inquiet, mais pour la mener à bien, il lui fallait du temps, quelques jours en tout cas, peut-être une semaine, à plein temps.

Un jour qu'Isabelle était allée conduire les enfants à l'école puis repassa à la maison pour se préparer, prendre une douche et rejoindre son travail, elle fut surprise de trouver Vincent assis dans le salon devant un café.

– Mais qu'est-ce que tu fais encore ici, chéri, tu vas être en retard à ton travail !

– Merci de m'appeler ainsi, donc tu ne me mets pas encore à la porte.

– Cesse de dire des conneries, Vincent. Je t'ai demandé de trouver une solution, pas de jouer à la victime.

– Justement, Isa, je l'ai trouvée, la solution. Mais je dois m'assurer de sa faisabilité, et j'ai besoin de quelques jours pour l'activer.

– Et je pourrais la connaître, ta recette miracle ?

– Fais-moi confiance, je ne désire pas t'apporter de faux espoirs avant d'être sûr que mon projet peut se réaliser.

– Alors fais vite, Vincent, l'équilibre de notre famille est en jeu.

– J'en suis conscient. Allez, j'y vais. Le plus tôt sera le mieux, en effet.

Arrivé à l'Hôtel de Police du boulevard Carl-Vogt, Dreyer ne rejoignit pas son bureau mais monta immédiatement au premier étage pour frapper à la porte de son supérieur direct, le chef de brigade Sauthier.

– Salut Vincent. Que me vaut cette visite, de courtoisie j'espère ?

– Antoine, j'ai vraiment besoin de vous. Je dois vous demander une faveur, vitale pour moi, mais aussi pour mon foyer.

– Là, tu me fais peur, grosse responsabilité !

– En effet ! J'ai besoin d'une semaine de congé.

– Mais tu es devenu fou, au moment crucial de ton enquête avec Gilles, alors qu'on est dans l'obligation d'arrêter ce malade le plus vite possible pour ne pas devenir la risée des médias s'il récidivait… Non, Vincent, tout mais pas ça !

– Patron, ma femme va me quitter, ses enfants tremblent de peur, il me faut ces quelques jours pour nous mettre tous les quatre en sécurité. Je dois modifier notre cadre de vie précisément avant qu'on arrête Vernet, immédiatement, et Gilles va continuer à le poursuivre avec acharnement.

– On est mardi, Dreyer, je te laisse jusqu'à la fin de la semaine.

– Merci Antoine, vous êtes un père pour moi.

– Doucement Dreyer, je n'ai pas de fils ici, que des subordonnés qui cherchent à me berner. Je peux savoir ce que tu vas faire ?

– Je dois vendre ma maison.

– Pardon ? Tu ne te rends même pas compte que tu habites un endroit merveilleux ?

– Quoi de plus merveilleux que la paix de l'âme ?

– Amen !

Sauthier vivait dans un appartement bruyant le long de la plaine de Plainpalais, et s'était toujours montré un brin jaloux de constater que l'un de ses jeunes collaborateurs pût habiter une maison de rêve face au lac dans la zone résidentielle la plus prisée de la ville. Il détestait les fils à papa qui avaient hérité de biens considérables avant d'avoir ne fût-ce que commencé à travailler. Il possédait sa carte du parti socialiste et avait milité pour que Genève modifie la loi cantonale sur les successions qui octroie aux héritiers une totale exonération.

Vincent appréciait son chef, un homme âgé qui aurait pu être son père. Et ce qu'il lui avait dit à propos de la vente de sa maison le travaillait. Même lui, un socialiste, l'avait traité de cinglé de vouloir vendre sa belle demeure. Pourtant, plus d'une fois, il l'avait mis en garde en lui conseillant de ne pas vivre replié sur lui-même et pourri par le luxe. Or là, au cours de cet entretien, il s'était montré surpris de sa décision de vendre. Cela lui semblait contradictoire. Fallait-il en conclure que d'après Sauthier, il reste toujours possible de profiter des biens de ce monde tout en se montrant attaché à d'autres valeurs que celles liées au confort et à l'argent ? En son for intérieur, il espérait que cela serait possible. Le beurre et un peu moins que l'argent du beurre. Les plaisirs de la vie, mais dans un esprit de partage et de solidarité.

Vincent appela son ami Antoine Regali, promoteur immobilier :

– Salut Antoine, j'ai besoin de toi, urgemment.

– Salut Vincent ! De quoi s'agit-il ?

– Peux-tu vendre ma maison en quelques jours ?

– Normalement, il faut quelques mois pour finaliser une tractation immobilière importante, mais en raison du caractère exceptionnel de ta villa, dix minutes suffiront !!! Tous les acteurs et les princes richissimes de la planète souhaitent devenir propriétaires d'un bien immobilier dans cette zone. J'ai une longue liste d'attente !

– Alors tu dois m'en tirer le maximum, car je dois investir dans un double projet coûteux. À combien estimes-tu ma propriété ?

– Combien de mètres carrés, ton terrain ?

– Six mille.

– Et l'intérieur de la maison ?

– Trois cent cinquante.

– Avec un port privé, bien sûr ?

– Cela va de soi.

– Comme ça, à vue de nez, je dirais vingt millions. Mais il faudra affiner.

– Alors affine vite. Tu peux vendre en mon nom, le courtage est pour toi si l'affaire se réalise dans les quarante-huit heures. Fais ce qu'il faut pour accélérer le processus s'il te plaît.

Vincent ressortit sur le boulevard. Il réfléchissait à cent à l'heure, dans l'urgence, pressé de trouver la solution à un problème qui le concernait financièrement, mais qui impactait aussi directement sa nouvelle famille qu'il ne pouvait pas perdre. Il se rendit au Vecchia Napoli, chez son ami Franco, prit un café et tout à coup s'écria : « Mais oui, bien sûr, Olivier ! c'est lui qu'il faut que j'appelle !

– Allo, Olivier ? Salut mec, c'est Vincent. Comment vas-tu ?

– Ça fait une paie, vieux ! Que me vaut cet honneur ?

– J'ai besoin de toi.

Olivier Morard était un architecte spécialisé dans la construction de coopératives d'habitations. Vincent et lui ne s'étaient plus revus depuis l'époque de leur adolescence où ils avaient fréquenté la même classe au sein de l'institut Val Fleuri.

Isabelle le connaissait aussi, bien sûr, et elle l'avait beaucoup apprécié comme camarade au foyer.

– Vas-y, Vincent, dis-moi pourquoi tu m'appelles, je t'écoute.

– J'aimerais acheter un appartement dans l'un des immeubles que tu as construits.

– Oui, c'est possible, il faut qu'on en parle. C'est pour cette année ?

– Non, pour cette semaine !

– Tu es tombé sur la tête ! C'est un long processus, il faut participer à des séances avec les colocataires, donner tes motivations, et eux doivent voter pour accepter ou non votre candidature.

– Est-ce que tu as un planning de ces réunions dans les coopératives que tu as construites ?

– Oui, bien sûr, j'y participe toujours, je dois souvent établir des devis pour les transformations ou les réparations nécessaires. Attends une seconde, je vais chercher mon planning.

Il reprit le fil quelques instants plus tard.

– Tu as une chance incroyable : j'ai une séance ce vendredi à Lancy, et je sais qu'un appartement est justement à vendre dans l'immeuble.

– Tu peux m'y emmener et me présenter aux colocataires ?

– Normalement, on doit inscrire toute nouvelle demande à l'ordre du jour, mais je pourrai arranger le coup en disant que ta candidature est arrivée juste trop tard pour figurer dans l'envoi.

– Merci Olivier, tu me sauves la vie !

Le lendemain, Antoine Regali rappela Vincent. Il avait évidemment trouvé trois acheteurs, et de ce fait avait pu faire jouer la concurrence pour fixer le prix définitif à vingt-cinq millions.

Le vendredi suivant, Vincent se rendit à l'assemblée des colocataires de l'immeuble « La Voie Verte » à Lancy. Lorsque le président de l'Association eut donné la parole à Olivier Morard, celui-ci expliqua que par bonheur, il avait trouvé une candidature idéale pour occuper très vite le cinq-pièces vacant, ce qui aurait le double avantage d'éviter à la fois l'accroissement des charges et celui des obligations communautaires pour les autres habitants de l'immeuble si l'appartement restait vide trop longtemps. Puis il passa la parole à Vincent, chargé de se présenter et de faire état de ses motivations.

– Je vais tâcher de ne pas vous prendre trop de temps. En fait, c'est assez simple: Isabelle et moi-même formons une famille de quatre, avec deux garçons de dix et douze ans. Actuellement, nous habitons une grande maison isolée au bord du lac. Nos motivations pour vous rejoindre sont multiples: tout d'abord, ma femme et moi avons décidé que le luxe dont nous disposons nous détourne des vraies valeurs et nous empêche d'accorder suffisamment de poids aux sentiments profonds que nous ressentons les uns pour les autres au sein de la famille. De plus, nous vivons actuellement en vase clos et sommes avides de connaître une existence communautaire, ouverte sur d'autres personnes. Enfin, nous partageons votre souci de contribuer à la préservation de la planète dans une maison construite pour limiter au maximum les dépenses en énergie, grâce au travail remarquable de notre ami Olivier Morard. Je dois juste ajouter que je souhaite m'investir personnellement dans le financement de l'amélioration des infrastructures suggérée et approuvée à la majorité des habitants de l'immeuble.

À la suite de ce discours aussi habile que percutant, pour ne pas dire démagogique, la candidature de la famille de Vincent Dreyer fut acceptée à l'unanimité. Il appela son notaire, lui donna les références de l'acheteur de la maison de Cologny et du président de l'Association « La Voie Verte » pour l'acquisition de l'appartement, le priant de faire diligence pour tout régler dans un délai d'une semaine. Le notaire déclara que ce délai relevait de l'utopie, qu'il faudrait attendre au minimum un mois pour obtenir les papiers nécessaires de l'État, mais qu'il pouvait faire signer une convention entre les parties pour qu'elles puissent investir les locaux en avance par consentement mutuel.

Quand il arriva à Cologny le vendredi soir, il trouva Isabelle confortablement installée devant un feu de cheminée avec un bouquin. Grâce à son intuition, elle avait compris que Vincent, dont la surexcitation devenait de jour en jour davantage perceptible, préparait activement la sortie de crise.

– Vincent, je sens bien que tu mijotes quelque chose d'important. Je crois que tu pourrais sans problème me mettre au parfum, non ?

– Je voulais juste attendre que tout soit sûr, Isa, et maintenant c'est ok, je vais t'en parler.

– Vas-y, je veux savoir !

– Va chercher les enfants à l'école, je vous exposerai mon plan à tous les trois. Je te demande juste d'être enthousiaste devant eux, car pour obtenir leur adhésion, nous devons impérativement nous brancher sur la même longueur d'onde.

– Ne me force pas à rompre un accord devant eux si je juge ton idée farfelue, expose-moi ton délire en deux mots.

– On déménage d'ici une quinzaine de jours dans une coopérative d'habitation dont les plans ont été dessinés par Olivier.

Isabelle ne parla plus et se replongea dans sa lecture. En fait, l'idée lui plaisait bien, mais elle devait s'y habituer : finis les bains dans le jacuzzi, le bronzage au bord de la piscine, les balades en bateau sur le lac… Par ailleurs, elle était vexée que Vincent eût décidé d'un tel changement de vie pour toute la famille sans les consulter. Mais sur le fond, cette réorientation radicale lui convenait bien, surtout pour Bastien et Julien. Elle sentait qu'ils commençaient à se complaire dans le luxe, et surtout qu'ils manquaient de contact social avec d'autres enfants de leur âge.

Au bout d'un moment, elle se leva.

– Bon, il est l'heure d'aller chercher les enfants à l'école.

– Tu ne me dis rien ?

– Je réserve mon avis, j'attends de voir la réaction des garçons.

Une demi-heure plus tard, tout le monde fut réuni dans le salon pour un conseil de famille.

– Voilà, les enfants. Votre maman et moi, nous avons décidé de déménager.

Isabelle se mordit les lèvres. Elle ne disposait que de quelques secondes pour décider si elle déjouait la manipulation de Vincent, au risque de tout faire capoter, ou si elle se taisait, mais dans ce dernier cas, elle ne manquerait pas de lui faire comprendre qu'elle ne supporterait plus jamais d'être utilisée de manière malhonnête. Et elle se tut. Alors l'aîné se lança dans une série de questions précises auxquelles Vincent fut le seul à répondre, forcément, puisqu'Isabelle ne connaissait rien des détails du projet. L'enfant voulait savoir ce que cela impliquait :

– D'abord, on déménagerait où et quand ?

– À Lancy, dans la banlieue de Genève, bientôt.

– Est-ce qu'il y aura une piscine ?

– Notre maison sera située à deux cents mètres de la piscine communale, qui possède un grand plongeoir.

– Je serai dans la même chambre que Bastien ?

– L'appartement sera très grand et vous aurez chacun votre chambre, comme ici.

– Mais au fait, pourquoi on déménage ?

À ce moment du dialogue, Isabelle relaya Vincent :

– Pour des tas de raisons, Julien. La première, afin de vivre dans un endroit où le salaud qui t'a enlevé ne nous retrouvera jamais. Ensuite, pour vous deux surtout, parce que dans cet immeuble, vous rencontrerez plein de gamins de votre âge pour jouer. Et enfin parce que cette maison est une coopérative d'habitation. Vous savez ce que c'est ?

– Non.

– C'est un endroit où les gens se mettent d'accord sur des projets, comme créer un jardin potager sur le toit, construire un terrain de foot sur la pelouse au pied de l'immeuble, bref, où chacun peut donner des idées, même les enfants.

– Super ! Alors pourquoi on n'y est pas allés plus tôt ?

– Tu sais Julien, c'est une idée qui a gentiment germé dans l'esprit de Vincent et maman, et il a fallu attendre que chacun y trouve son compte, après de nombreux échanges. N'est-ce pas chéri ?

– Heu, oui, oui, bien sûr, au départ c'était une idée de maman, mais maintenant, moi aussi je la trouve géniale. Montez un moment faire vos devoirs dans vos chambres. Rendez-vous à 19 heures pour le repas.

Les deux adultes restaient assis l'un en face de l'autre, se toisant, sans parler. Vincent mort d'inquiétude dans l'attente d'un flot de récriminations, Isabelle ravalant sa rage d'avoir été manipulée mais pleine d'espoir devant la perspective de se trouver à l'abri à court terme, et à moyen et long terme dans un projet de vie qu'elle estimait extrêmement profitable au développement futur de ses deux fils. Et finalement elle s'écria :

– Tu n'es qu'un horrible salopard, mais je t'aime.

Elle se leva pour embrasser son homme, fougueusement. Puis elle vint se rasseoir face à lui :

– Bravo de savoir maîtriser ton goût pour le luxe au profit de valeurs que j'estime importantes, pour nous et les enfants, mais promets-moi d'évoluer aussi dans ta relation de couple, et de ne plus penser, comme un vieux macho détestable, que tu peux tout décider seul sans me consulter.

– Désolé, Isa, il y avait urgence.

– Taratata... L'urgence, maintenant, c'est de nous respecter, moi et les gosses.

Il n'y avait rien à répondre à cela. Vincent avait compris la leçon. Mais il se montrait fort satisfait d'avoir fait aboutir son plan. Il se servit un Lagavulin et regarda la nuit tomber sur le lac. C'était l'une des dernières fois qu'il jouirait de ce spectacle hallucinant. Et il se demanda s'il avait eu raison d'aller aussi loin dans sa remise en question.

XLV

Valérian n'avait plus d'autre choix que celui de se replier dans l'atelier du boulevard de la Cluse. Ses plus proches copains étaient morts, ne restaient que quelques gars et deux ou trois filles connaissant les lieux, mais une sorte de faune qui ne serait jamais en contact avec la police. En plus, ces personnes, il les avait perdues de vue depuis longtemps, et on ne pourrait jamais les relier à lui. Il enrageait. Ce môme de douze ans l'avait roulé, et par ailleurs il avait grillé l'une de ses deux planques. Il lui en voulait terriblement. Il devrait le retrouver et l'éliminer. On ne se moquait pas sans risque de Valérian Vernet, le Punisher, le Frank Castle de la banlieue. Et par la même occasion, il tenterait de buter son père, ce flic de malheur qui lui pourrissait la vie.

Alors un soir, il prit le bus jusqu'à Vésenaz. Il avait emporté un flingue qu'un pote lui avait refilé pour s'en débarrasser, car l'arme avait servi et était donc devenue dangereuse si elle tombait aux mains de la police. Cette fois, il ne ferait que pénétrer dans la maison et tirer, sans se lancer dans une folle chevauchée comme lors de sa première visite. Tuer et se casser. Simple, clair, net et précis. Il descendit la rampe jusqu'à la Belote et se réfugia au même endroit que lors de sa première visite, dans une propriété où se trouvaient quelques chalets de pêcheurs, inhabités à cette heure tardive, et il attendit minuit sur l'un des bancs adossés aux petites constructions de bois. Puis il remonta lentement les quelques centaines de mètres qui le séparaient de la maison de ce Dreyer de malheur. Il longea le mur d'enceinte de la propriété et monta sur le même arbre que la dernière fois, mais alors il aperçut une voiture de police et deux flics en civil devant la porte d'entrée. Merde. Impossible d'entrer. Il se laissa glisser sur le sol, au comble de la frustration. Il serait difficile, voire impossible de se venger. Il termina la nuit, frigorifié, sur le banc de la propriété des pêcheurs, et sauta dans l'un des premiers bus du matin, vers 6 heures, pour retourner en ville.

Une semaine plus tard, il décida de retenter l'expérience. Impossible de continuer à vivre sans assouvir sa vengeance et par là même se débarrasser du flic qui, très probablement, voulait avoir sa peau. Même parcours en bus, même attente, dans le même lieu. En passant devant le portail, il se rendit compte qu'un détail avait changé : à la place de l'ancienne petite caméra au-dessus du vantail gauche, deux grosses caméras, une de chaque côté. L'ancienne boîte aux lettres avec le nom Dreyer avait disparu. Quand il monta sur « son » arbre, il fit craquer une branche et aussitôt un molosse accourut en aboyant et deux silhouettes en costume sombre, l'arme au poing, apparurent sur le perron soudainement éclairé. Les deux malabars ne ressemblaient pas à des flics, plutôt à des gardes du corps d'un personnage important. Devant la maison, une Mercedes et une Land Rover, deux véhicules qu'il n'avait jamais vus ici. Il fallait se rendre à l'évidence : de nouveaux propriétaires avaient investi les lieux. Ce maudit flic avait quitté sa maison avec sa famille, et un richissime nouveau propriétaire s'y était déjà installé, mieux gardé que Poutine dans sa résidence secrète de Sibérie. Encore raté !

De retour dans l'atelier, il se jeta sur le matelas et dormit jusqu'à midi. Une fois réveillé, après deux ou trois bières, il se mit à réfléchir aux moyens de se venger. Une idée de génie lui traversa l'esprit. Il se souvenait d'avoir lu un article dans la *Tribune de Genève* où le journaliste expliquait que la bande des tueurs à la batte avait été anéantie. Dans un premier temps, cette fausse nouvelle l'avait bien arrangé. Peut-être qu'après tout, les flics s'étaient trompés et avaient interprété la mort d'un jeune quelconque comme celle du quatrième tueur. Mais en y regardant de plus près, Valérian avait vite compris la manœuvre : calmer la population pour ensuite lui régler son compte discrètement. Alors s'il tuait à nouveau quelqu'un avec sa batte de baseball, au hasard, peu importait qui, il mettrait ce sale flic dans l'obligation de révéler son incompétence et ses mensonges. Il la tenait, sa vengeance, plus cruelle encore qu'une simple balle dans la tête de cet enfoiré. Il se souvenait qu'Adam lui avait parlé de promeneurs nocturnes le long de la rive gauche de l'Arve, prétexte qu'il avait utilisé pour emmener Éric dans une pseudo-expédition contre le psychiatre. Mais ce qu'il avait annoncé à l'époque, à savoir que ce chemin non éclairé était utilisé par les propriétaires de chiens, devait certainement correspondre à la réalité. Et il n'est un secret pour personne que ces animaux ont besoin de pisser tous les soirs. Alors cette nuit, il réglerait son compte à n'importe quel vieux con qui aurait le malheur d'emprunter cette promenade aux environs de minuit. À 23h45, il descendit prudemment à la cave, remonta l'une des deux dernières battes cachées dans une armoire, la mit dans un sac de sport et partit dans la nuit, tout de noir vêtu, ombre menaçante qui ne croisa personne jusqu'au petit chemin qui longeait la rive gauche de la rivière après le pont Wilsdorf en direction du Bois de la Bâtie. Juste après les grands baraquements du centre sportif de la Queue d'Arve, il s'assit contre un mur en retrait, invisible dans la profonde noirceur de la nuit. Il ne dut attendre qu'une dizaine de minutes.

– Viens Bibiche, on doit rentrer maintenant.

Il aperçut un homme tirant nerveusement la laisse de son chien – probablement une chienne avec ce nom –, qui s'arrêtait à chaque arbre pour renifler les jets d'urine des précédents quadrupèdes. Valérian avait déjà la batte en main et suivit l'homme et l'animal à pas feutrés, et quand il fut à deux mètres :

– Pardon monsieur !

L'homme s'arrêta et se retourna. Le coup partit avec une extrême violence et l'atteignit à la tempe. Il vacilla et Valérian eut encore le temps de frapper une seconde fois de toutes ses forces. Il entendit le crâne du vieil homme se casser dans un horrible craquement, puis il retourna calmement vers son sac, y remit la batte et s'en alla tout tranquillement. La chienne s'était mise à lécher le visage du mort en jappant de détresse. Le jeune tueur se retourna et lui lança :

– Bonne nuit Bibiche !

Il laissa tomber au sol la batte désormais inutile, comme une sorte de signature, et il se fondit dans la nuit.

XLVI

— Allo Gilles ?

– Oui chef ?

– On est dans le pétrin jusqu'au cou ! Cet enfoiré de Vernet a récidivé. J'ai immédiatement fait monter une tente pour cacher le cadavre.

– L'endroit ?

– Près de la Gravière, le long de l'Arve, au dos du centre sportif. Il continue à nous narguer.

– Comment faire pour cacher la chose à la presse ?

– Mais c'est ton boulot, mon petit Gilles, c'est pour ça que tu es payé ! Tu ne vas pas chaque fois me demander ce que tu dois faire. Un peu d'inventivité ! Je n'ai pas encore appelé le légiste Fragnière. Vous avez donc le temps de chercher une solution et vous lui téléphonerez plus tard.

– Comment ça, Antoine ?

– Mais débrouillez-vous Vincent et toi pour arranger un peu les choses, merde ! Impossible de ne pas cacher cette récidive d'assassinat à la batte.

– Bon, j'ai compris, je vais voir, je fonce là-bas. Je vous tiendrai au courant.

Gilles appela Vincent et les deux se rendirent sur place à pied. Dix minutes plus tard, ils étaient sous la tente. Spectacle désolant que celui de ce vieillard innocent massacré par simple désir de provoquer la police. La petite chienne avait été attachée à un arbre et jappait de désespoir. Vincent appela la SPA et une employée arriva une demi-heure plus tard. Elle s'approcha de Bibiche pour la caresser et lui dire des mots doux, et la chienne se mit à lui lécher les mains et à battre de la queue. La résilience des animaux n'a pas d'égale, pensa Vincent : aucune dignité, aucune reconnaissance émue devant la disparition de son maître qui pourtant s'en était certainement occupé avec tendresse depuis fort longtemps.

Gilles et lui s'étaient assis sur des blocs de béton, à l'écart de la scène de crime.

– Creuse-toi les méninges. On doit transformer ce crime en accident.

– Quoi ? Tu es devenu dingue, Gilles ? Je ne pense pas que ça soit simple, et surtout, ce camouflage constitue une faute professionnelle grave.

– Pas de problème, si jamais, on se déchargera sur Sauthier, c'est lui qui m'a donné carte blanche pour maquiller l'assassinat en accident.

– Alors c'est facile : on déplace vite la tente de dix mètres pour qu'elle se situe sous l'auvent du toit de la halle de sport, et on appelle Jean Gern du service technique : c'est un ancien cascadeur. Il saura gravir la façade extérieure et redescendre une tuile du bord du toit juste au-dessus du nouvel emplacement. Mais qu'est-ce qu'on fait de la batte ?

– Jette-la dans la rivière.

– Et si quelqu'un voit Jean en train de monter ?

– Aucun problème, il avait la mission de contrôler l'état du toit pour établir les responsabilités.

– Bien vu, camarade !

Heureusement, à cette heure matinale, et avant l'arrivée du légiste, il n'y avait encore personne sur ce chemin. Vincent descendit au bord de l'Arve et y jeta la batte. Ensuite il rejoignit les deux agents qui avaient monté la tente.

– Les gars, il faut pousser la tente de quelques mètres contre la paroi, pour libérer le passage, ordre du chef. Alors vous porterez le cadavre pendant que l'inspecteur Bonnard et moi-même prendrons les piquets pour nous déplacer en même temps que vous, afin que personne ne puisse apercevoir le mort.

Ainsi fut fait. Puis le flic cascadeur arriva. Lui, il fallait le mettre au parfum, mais il serait l'unique complice du maquillage. Il ne posa aucune question, docile, et acquiesça d'un seul sourire. Gilles lui demanda de redescendre une tuile située au bord du toit juste au-dessus de la tente, non sans avoir omis de déplacer ses voisines afin d'accréditer la thèse d'une déstabilisation partielle du toit. Le technicien monta en une ou deux minutes jusqu'au toit à l'aide de grosses ventouses munies de poignées qui accrochaient parfaitement sur la paroi métallique de la halle de sport, souleva trois ou quatre tuiles puis en redescendit une. Elle était massive et devait bien peser cinq kilos. C'est fou, quand même, le danger que représente une simple tuile qui tombe d'une hauteur de quinze mètres. Ensuite, les deux inspecteurs entrèrent sous la tente avec la tuile. Vincent la frotta sur le crâne explosé, de sorte que du sang la macula, puis il arracha une touffe de cheveux du cadavre pour les coller sur la tuile.

– Gilles, j'y pense, qui a fait la découverte du mort ?

– Une petite vieille à moitié gâteuse, pas de problème de ce côté-là.

– Et quand même, les deux gendarmes qui ont monté la tente…

– Laisse-moi faire !

Gilles rejoignit les deux flics dont la tâche consistait à détourner les éventuels badauds trop curieux, mais par bonheur, il n'y en avait pas.

– Messieurs, on a juste un petit problème : notre responsable vient de me rappeler. Il s'est rendu compte qu'il a fait une gaffe en nous demandant de déplacer la tente avant l'arrivée du légiste. Alors motus et bouche cousue, je crois que c'est mieux pour nous tous. D'accord ?

– Oui, bien sûr inspecteur, on a trouvé le vieux où il est maintenant !

Éclat de rire complice des deux pandores visiblement fiers de participer à cette ruse inoffensive qui leur épargnerait d'éventuels problèmes.

Tout était prêt, alors Gilles appela le légiste et quand il arriva, les deux inspecteurs étaient un peu tendus. N'avaient-ils commis aucune faute grossière lors du maquillage ? Visiblement pas. Le médecin ressortit au bout de dix minutes :

– Bon, cas limpide, cet homme a été tué par une tuile qui s'est détachée du toit.

– Ok, merci doc.

Une fois de retour dans le bureau de Sauthier, les trois firent mine de rien. Le chef de brigade prit la parole :

– Alors, cet accident, stupide, non ?

– Incroyable, boss, une tuile de cinq kilos qui tombe de quinze mètres… Le légiste n'a pas été surpris : mort assurée.

– Je pense que vu les circonstances, il faut avertir les responsables des faits divers des agences de presse.

Dès le lendemain, la presse locale avait consacré un entrefilet destiné à relater un accident stupide qui avait coûté la vie à un paisible veuf retraité dont le seul tort avait été de se trouver au mauvais endroit au mauvais moment.

Par ailleurs, les enfants de la victime avaient perçu une indemnité importante de la part de l'assurance responsabilité civile de l'Association sportive de la Queue d'Arve et avaient reçu la nouvelle comme une aubaine tombée du ciel, c'était le cas de le dire. Ils avaient complètement coupé les ponts avec leur « vieux » qui commençait à perdre la boule, et ce départ subit les arrangeait bien, car il les dispensait de devoir chercher une place dans un établissement pour personnes dépendantes qui en plus aurait considérablement fait diminuer le tas de foin de son bel héritage. « Pauvre papa, au moins il n'aura pas souffert ! », chuchotèrent entre eux ces dignes rejetons à la sortie du service funèbre.

À vrai dire, Vincent était partagé entre deux sentiments contradictoires. D'un côté, il était content d'avoir déjoué la tentative de Vernet de ridiculiser la police et de replonger la population dans les affres de la peur, mais de l'autre, il craignait de mettre de l'huile sur le feu du besoin de vengeance de ce taré. Heureusement, Valérian aurait besoin de temps pour retrouver sa trace et celle de sa famille, puisqu'ils avaient déménagé et se trouvaient cachés dans un nouveau cadre de vie qui les comblait doublement.

XLVII

Isabelle et les garçons revivaient : leur nouvel environnement leur plaisait. Julien et Bastien s'étaient déjà fait plusieurs bons copains, et leur mère avait lancé l'idée d'une bibliothèque qu'elle avait aménagée dans l'un des locaux du sous-sol. Tous les mercredis après-midi, elle se tenait à la disposition des enfants et des ados de l'immeuble pour leur conseiller et leur prêter des livres de jeunesse qu'elle avait ramenés de son lieu de travail parce qu'ils avaient été remplacés par des exemplaires neufs. À partir de 17 heures et jusqu'à 20 heures, après les gosses, c'était au tour des adultes de venir s'approvisionner en lectures de toutes sortes, en profitant des conseils professionnels de la bibliothécaire.

Julien et Bastien avaient retrouvé le sourire. Oubliées ces heures sombres qui avaient plongé toute la famille dans un désarroi profond. L'immeuble comptait une bonne vingtaine de filles et de garçons de leur âge, et ils étaient constamment les uns chez les autres, la responsabilité de leur surveillance passant de certains adultes à d'autres dans un rapport de confiance mutuelle assez extraordinaire : l'adulte en présence de gosses devenait ipso facto leur référent, quel qu'il fût. Et cela fonctionnait.

Devant l'immeuble s'étendait une belle pelouse et la première dépense assurée par le fonds créé par Vincent consista en l'achat de deux buts de foot. Tous les soirs, des parties endiablées réunissaient tous les garçons de la coopérative, et de plus en plus de filles également dont certaines jouaient vraiment bien. On répartissait les joueurs de manière à équilibrer les équipes en fonction de l'âge et du niveau des participants. Malgré quelques chicanes passagères, les enfants s'autogéraient dans cette activité sportive sans adultes de façon assez remarquable.

Par ailleurs, un grand de dix-huit ans, Matteo, étudiant de dernière année de l'École d'horticulture de Lullier, avait lancé l'idée de jardins communautaires aménagés sur le toit plat de l'immeuble. Toujours grâce au fonds spécial Dreyer, comme on était au début du printemps, il avait fait l'acquisition d'immenses bacs de bois dans lesquels il avait planté salades, haricots, tomates, courgettes et autres légumes qu'on cultivait et ramassait à la main, les caissons emplis de terre montant à une hauteur d'un mètre cinquante. Chaque famille devait donner trois heures de travail par semaine, et recevait en échange les légumes gratuitement. Il fallait simplement payer vingt francs par mois pour assurer un salaire de quelques centaines de francs à Matteo pour son travail supplémentaire.

Julien s'était inscrit au club de foot de Lancy-FC et avait été incorporé à l'équipe des juniors D premier degré, la meilleure de sa catégorie. Son entraîneur, Fernand Lebon, l'avait nommé capitaine, à la fois en raison de son emprise sur le jeu et de sa faculté à stimuler et encourager ses coéquipiers. Quelle fierté! L'un des recruteurs du grand club professionnel de la ville, le Servette FC, que tout le monde appelait le « loup blanc », était même venu le voir jouer.

Bastien continuait ses cours de violon, et par chance, une annexe du conservatoire de Genève était située à quelques centaines de mètres de leur immeuble et il pouvait s'y rendre à pied. Il avait réalisé d'énormes progrès et ses prestations déclenchaient des applaudissements nourris lors de ses auditions.

Mais celui qui profitait peut-être le plus de la nouvelle situation familiale était Vincent. Auparavant, il avait toujours vécu replié sur lui-même, seul dans son luxe froid. En une année, il était passé d'un être somme toute assez détestable, sans attaches personnelles, à une personne plus humaine. Tout d'abord grâce à son amitié avec Gilles, qui avait déclenché en lui une certaine ouverture à l'autre. Il s'était enfin confronté à un interlocuteur qui avait réussi à lui montrer ce qui n'allait pas chez lui, à le forcer à se remettre en question, à plusieurs niveaux, sur le plan professionnel surtout, mais aussi humainement. Ensuite Isabelle, évidemment. Pour la première fois de sa vie, à trente-sept ans, il avait connu le véritable amour. Elle l'avait guéri de ses fantasmes de célibataire sans âme, elle avait permis à ses sentiments de s'exprimer, d'abord timidement, il est vrai, mais de plus en plus vivement au fil de ses expériences de beau-père. En effet, le père biologique des garçons avait presque disparu de leur vie, ce qui en soi n'était pas normal, mais avait facilité le rôle de Vincent, qui en quelque sorte ne prenait la place de personne, mais la sienne propre, exclusivement. Et maintenant, au cours de cette nouvelle expérience de vie, il franchissait encore un palier, il continuait à construire une socialisation qui lui aurait paru ridicule et ringarde quelques années auparavant. Il était devenu un leader charismatique auprès des autres adultes de la coopérative. Son apport financier lui avait conféré une aura de mécène, et on le respectait comme une sorte de « deus ex machina » qui avait contribué de manière parfaitement inattendue à améliorer la vie commune de l'immeuble. Lui n'aimait pas ce rôle. Il ne voulait pas se situer au-dessus de la mêlée, et par son attitude pleine d'humilité, il travaillait à montrer qu'il ne désirait rien d'autre que sa place parmi eux tous, au même niveau, sans prérogative, en toute amitié. Et cela fonctionna. Peu à peu, les autres papas et mamans se mirent à le traiter exactement sur le même pied que chacun d'entre eux. Il arrivait souvent que quatre adultes se retrouvent pour une partie de cartes devant une bonne bouteille. Et alors Vincent se disait qu'il préférait cent fois partager ce plaisir que de s'ouvrir un Château Margaux hors de prix pour lui tout seul, comme par le passé.

De temps en temps, cette vie assez idyllique était perturbée par un conflit de voisinage : une brouille entre enfants qui rejaillissait sur les parents, un malentendu sur les règlements internes, les charges impayées de l'une des familles… Bref, une existence semi-communautaire implique forcément quelques tensions. Mais tout finissait par s'arranger, chacun se montrant conscient du fait que ces petits soucis étaient largement compensés par les immenses avantages de la situation globale de ce type d'habitation.

Un seul problème restait à résoudre pour Vincent : il n'avait dit à personne qu'il travaillait pour la police judiciaire. Il lui semblait d'une part que sa profession serait mal vue dans ce milieu progressiste, et tenait d'autre part à cacher le plus longtemps possible son identité réelle, afin de renforcer son sentiment de sécurité par rapport à leur besoin d'anonymat. Sur la boîte aux lettres, seul figurait le nom d'Isabelle sous une forme commune : « famille Bovet ». Finalement, contraint par les questions de plus en plus fréquentes de ses amis sur sa profession, il avait fini par répondre qu'il était détective privé, et qu'il choisissait ses missions en fonction de l'intérêt qu'il y portait, notamment dans le but principal de contrer une injustice.

Deux mois passèrent ainsi, dans une sorte de repli d'insouciance salvatrice. Vincent ne pensait plus trop à Vernet, qui ne s'était plus manifesté. Peut-être s'en était-il allé dans une contrée lointaine, rattrapé par l'envie pour lui aussi d'oublier le carnage et de se mettre définitivement à l'abri.

XLVIII

Deux fois par semaine, inlassablement, le vieux SDF s'installait sur la terrasse du Café Mutin pour observer le repaire de Valérian. Même s'il fallait revenir cent fois, il ne se découragerait pas. Il savait que sa ténacité finirait par trouver récompense. Et c'est ce qui arriva, après une interminable attente de plusieurs semaines. Le soir où Valérian se pointa, l'Ours blanc se mit à trembler d'excitation. Il vit le jeune homme se glisser telle une ombre noire dans l'allée qui lui faisait face. La cible était prise au piège. Enfin il allait pouvoir exécuter l'ultime volet de son contrat, tuer le dernier représentant d'une bande d'épouvantables assassins, envoyer au diable le pire spécimen de cette association de jeunes dévoyés, celui qui avait réuni les autres pour former un commando maudit dont les membres méritaient tous un châtiment exemplaire, surtout ce Valérian Vernet, la tête mal pensante, le suppôt de Satan. Il mit son sac à dos sur la petite table métallique devant lui et en fouilla l'intérieur. Le contact avec la crosse de son petit pistolet Ruger SR22 déjà muni d'un silencieux B&T le rassura. Tout était prêt. Sa proie se trouvait enfermée à l'entresol. Le code d'entrée de l'allée était gravé dans sa tête depuis qu'il avait vu une petite vieille le taper juste devant lui : 1649. Il aurait tout son temps. Son plan était fort simple : il entrerait dans l'immeuble, s'assiérait sur les marches menant à l'entresol, et lorsque Vernet sortirait, il l'abattrait silencieusement et tirerait son cadavre à l'intérieur du local.

Et si un locataire ou une concierge descendait à la cave et le trouvait là, assis sur les marches ? Pas de problème en fait. Il marmonnerait dans sa barbe que les gens sont sans pitié pour les SDF qui ne cherchent qu'à se protéger du froid, quitterait l'immeuble un instant pour rentrer à nouveau au bout d'un temps qu'il jugerait suffisant. Et ce serait vraiment une poisse incroyable si Vernet sortait juste à ce moment-là.

Le vieillard tapa trois coups sur la vitrine du bistrot et Fatoumata sortit dans la foulée :

– Hé, l'Ours blanc, vous ne voulez pas rentrer au chaud un instant ? Vous allez attraper la mort là dehors !

Le vieux attendait l'éclat de rire qu'il aimait tant et qui ne manqua pas de résonner joyeusement.

– Non, merci ! J'ai besoin de respirer l'air pur du dehors.

– Celui des pots d'échappement à deux mètres de votre nez ? Oh là, l'Ours blanc, regardez autour de vous, vous n'êtes pas au pôle Nord, ici !

Et à nouveau ce beau rire en cascade qui l'enchantait ! Il se demandait même s'il n'était pas tombé sous le charme de Fatoumata. Quel dommage qu'il fût contraint de rester anonyme, ne pouvant lui montrer son vrai visage et engager une conversation sans artifice avec elle. Il aurait eu vraiment besoin de cette touche de bonne humeur dans sa vie horriblement morne et sans sel. Mais pour l'heure, le sel, c'était précisément le plaisir infini de tuer une crapule.

– Fatou, faites-moi plaisir, donnez-moi encore deux décis de Gamay.

– Bien, l'Ours, mais n'oubliez pas, vous pouvez venir au chaud. Il n'y a personne dans le bistrot.

Le SDF tenait à se concentrer là, sur cette petite terrasse, à quelques mètres de sa cible. Il avait ressenti le besoin de boire encore un coup pour se détendre. Alors que ses deux premières missions ne lui avaient causé aucune appréhension, cette fois, il se demandait si tout se passerait bien comme prévu et il voulait se donner du cœur au ventre. Il sortit déjà un billet de vingt francs qu'il jeta comme d'habitude sur la table, c'était devenu un rituel. Lorsque l'alcool lui fut monté à la tête, lui apportant cette chaleur qu'il appréciait par-dessus tout, il guetta l'intérieur du café, et au moment où la belle serveuse africaine tournait le dos, il traversa rapidement le boulevard et s'introduisit rapidement dans l'allée. Il ne fallait pas que Fatoumata l'ait vu. Il descendit les quelques marches qui menaient à l'entresol et s'assit, son arme sur ses genoux, cachée par son grand manteau fermé. À l'intérieur du local résonnait une musique de hard rock tellement forte que le vieillard se mit à craindre qu'un voisin n'intervînt. Mais non. Visiblement, personne ne souhaitait se retrouver nez à nez avec ce loubard violent dont tout le monde avait peur. Une fois, deux ans plus tôt, aux premiers temps de son installation, le voisin du dessus avait appelé les gendarmes. Mais ceux-ci n'avaient pas pu faire grand-chose, à part adresser une remontrance à Valérian et lui conseiller de baisser le son. Face à l'inanité des actions entreprises par la force publique, le voisin avait fini par s'habituer au bruit, d'autant plus facilement peut-être qu'il était sourd comme un pot. Ou alors l'était-il devenu à force de se faire percer les tympans ?

Tout à coup, l'Ours entendit la porte d'entrée de l'immeuble s'ouvrir. Il saisit son arme, se leva précipitamment et courut se cacher dans la cave. Une personne descendait les quelques marches… Cinq coups sur la porte du local de l'entresol… Un code, de toute évidence. Alors la voix de Vernet retentit, rogue et empâtée sous l'effet de la drogue ou de l'alcool :

– C'est qui ?

– Agnès. Ouvre, on a des choses à régler.

– Fous le camp, pétasse !

– Ne me jette pas, s'il te plaît. Je ferai ce que tu voudras. Et si tu veux vraiment plus me voir, je dégagerai. Allez ouvre, fais pas chier !

À la suite de cet échange, la porte s'ouvrit et Agnès pénétra dans l'atelier. Quelques minutes plus tard, elle hurlait, mais pas de plaisir. Elle ressortit prestement, en pleurs, se rhabillant encore pour fuir au plus vite ce violeur avec qui elle avait cru pouvoir tromper sa solitude quelque temps.

Le vieux reprit sa place sur la dernière marche de l'escalier. Cette scène surréaliste avait conforté sa détermination à cribler de balles un individu aussi méprisable. Il regarda sa montre : 23h15. Il devait être prêt à passer une nuit blanche, sur le qui-vive, car Valérian pouvait tout aussi bien ressortir à 2 heures du matin que dormir jusqu'à midi le lendemain, jeune fauve sans horaire et sans loi. Mais le pseudo-SDF ne tarda pas à entendre le voyou ronfler et il se prit à penser que la nuit serait longue. Il sortit du sac un thermos de café qu'il s'était préparé chez lui, avant de rejoindre l'Hôtel du Rhône, comme à chaque fois qu'il était revenu au boulevard de la Cluse, au cas où il devrait veiller longtemps. Et voilà qu'enfin cette nuit de vérité était arrivée. Peu importait qu'il y passât de nombreuses heures, le cadeau final serait au bout de l'attente, comme une immense récompense à son obstination. Il but trois tasses du liquide noir et brûlant qui lui fit un bien fou.

Vers 8 heures du matin, après que quelques personnes eurent quitté l'allée pour se rendre au travail sans l'apercevoir parce qu'à chaque passage il avait prudemment reculé dans la cave, il entendit la chasse d'eau dans l'atelier. Il fallait se tenir sur ses gardes. Le jeune homme pouvait sortir à tout moment. Le vieux se saisit de son arme, assis sur la dernière marche, prêt à faire feu. Et il faillit être surpris par la promptitude avec laquelle Valérian ouvrit la porte, mais il se redressa et vida son chargeur dans la poitrine du délinquant qui s'affaissa sans un mot. La scène avait duré dix secondes. Les cinq balles étaient sorties en ne produisant que cinq petits claquements à peine audibles grâce au silencieux. L'Ours blanc saisit le garçon par le col et le tira dans le local. Puis il sortit de son sac à dos le dernier petit galet noir qu'il avait déjà préalablement gravé: «RS» d'un côté et «SR» de l'autre. Quelle coïncidence heureuse, tout de même: il s'était esclaffé quand il avait lu dans la presse les initiales du psychiatre accusé à tort des meurtres: R.S.! Elles correspondaient à celles du héros qui l'avait inspiré, son modèle: Roberto Saggini. À n'en pas douter un signe divin. Il enfila le dernier galet dans la bouche de Vernet en prononçant la phrase sibylline suivante:

– Le chasseur est devenu la proie.

Ensuite, il sortit en laissant la porte de l'atelier ouverte car il tenait à ce que le corps soit découvert le plus vite possible. Il marcha calmement jusqu'à la place des Augustins et se changea dans les toilettes publiques, enfilant son costume élégant mais fripé d'avoir été roulé en boule dans son sac, puis un imperméable mastic et de beaux souliers de marque italienne. Il remit son accoutrement de vieil SDF dans le sac, sortit et reprit le tram 12 en direction du centre-ville, descendit à la place Bel-Air et rejoignit l'Hôtel du Rhône par le pont de l'Île. Il passa directement dans la salle à manger pour prendre son petit déjeuner, puis monta dans sa chambre pour se reposer un peu. Vers 11 heures, il descendit à la réception pour le check out et quitta l'hôtel. Il monta dans l'un des taxis qui attendaient devant la porte et la voiture se perdit dans la circulation.

XLIX

Quand Madame Ramirez, la concierge du 21 boulevard de la Cluse, descendit à la cave pour aller chercher les poubelles et les monter sur le trottoir, intriguée par le fait que la porte du local de l'entresol fût restée entrouverte, elle la poussa du pied et à la vue du corps baignant dans son sang émit un hurlement strident. La vieille dame qui habitait le rez-de-chaussée déboula dans les secondes qui suivirent, car elle avait senti la tonalité particulièrement inquiétante de ce cri, et elle entendit la concierge se lamenter d'une voix forte et tremblante :

– Au secours, au secours, c'est affreux !

Alors la vieille femme, risquant un œil dans l'atelier et reconnaissant le garçon qui gisait sur le dos, partit d'un petit rire nerveux qui tranchait étrangement avec la consternation de la concierge :

– Allons, madame Ramirez, on ne va tout de même pas pleurer la mort de ce voyou ! Si ce n'était que le bruit, insupportable, parfois toute la nuit, mais des menaces, des regards de travers, jamais une salutation... Cette brute se trouvera mieux en enfer que dans notre maison. On va tous pouvoir respirer, enfin !

– Oui, mais tout ce sang par terre, et son regard fixe, il me fait peur. Vous pouvez appeler la police, vous, parce que moi je suis toute remuée.

La dame âgée appela le 117 pour annoncer le crime, et une voiture ne tarda pas à arriver, sirène hurlante. Puis l'escouade habituelle en cas de mort violente, les scellés, et l'ambulance qui emporte la dépouille d'un délinquant dont la vie avait été trop courte.

Quand ils apprirent la nouvelle, Gilles et Vincent n'étaient pas loin d'ouvrir le champagne. Cette mort avait juste été annoncée légèrement en avance à la presse, cette fois tous les membres de la BAVE avaient rejoint les enfers. Vincent surtout pouvait souffler : plus aucun danger ne planait désormais sur sa famille qui pourrait poursuivre sa nouvelle orientation de vie communautaire en toute sérénité. Il se réjouissait de retrouver l'insouciance d'Isabelle, d'entendre éclater son beau rire communicatif. Il n'aurait désormais plus aucune appréhension à voir les garçons partir seuls, Julien à son entraînement et Bastien à son cours de violon.

Mais tout de même, une question trottait dans la tête de Gilles : qui avait tué Valérian ?

– Tu penses bien évidemment la même chose que moi, Vincent ! Le docteur Schweingruber n'est pas sorti de sa tombe pour flinguer Vernet. Et on peut dire que selon toute vraisemblance il n'a tué ni Bruno ni Adam.

– Alors là, je ne te suis pas. Je crois au contraire qu'il les a tués tous les deux. Et Valérian a été descendu peu après par un tueur différent, pour d'autres motifs. Le psychiatre n'avait aucune raison d'en vouloir à Valérian qui n'avait pas été impliqué dans le procès contre lui, contrairement aux deux autres.

– Vincent, s'il te plaît, réfléchis un peu : Schweingruber a lu la presse comme tout le monde, et il savait que ses deux amis, Gregor Gradowski et Micheline Lantier, avaient été exécutés par une bande de quatre délinquants dont Valérian faisait partie. Après la mort d'Éric, il a donc voulu exécuter les trois survivants du quatuor maudit, pas uniquement les deux qui avaient témoigné contre lui.

– Je n'en suis pas certain. Même si le médecin était encore vivant, le troisième crime n'aurait pas pu lui être imputé. Plus rien à voir avec le savoir-faire médical. Le gamin a été froidement abattu par une arme munie d'un silencieux puisque personne n'a rien entendu dans l'allée, et ce modus operandi ressemble à celui d'un professionnel, vraisemblablement un tueur à gage.

– Mais c'est exactement ce que je t'explique maintenant. De deux choses l'une : soit Schweingruber a tué lui-même

Bruno et Adam et a confié le troisième assassinat à un tueur à gage qui a exécuté son mandat après le décès du commanditaire, soit ce tueur a commis les trois meurtres, désirant finir le travail bien qu'entre-temps le psychiatre se soit suicidé, miné par le remords, ou plus probablement certain d'être découvert.

– Tu connais un assassin assez fou pour honorer un contrat risqué alors que celui qui l'a payé secrètement a passé l'arme à gauche ?

– Un tueur honnête !

– Cette hypothèse me paraît farfelue, Gilles. J'en ai encore une autre : et si Schweingruber n'était pour rien dans les crimes ? Si nous faisions fausse route, complètement ?

– Mais Vincent, tout concorde, le mobile, le suicide. Pourquoi le doc aurait-il avalé sa pharmacie s'il avait été innocent ?

– Parce qu'il se sentait injustement traqué. Peut-être avait-il continué ses attouchements sur des mineurs et a-t-il craint un scandale ? En tout cas, on n'a absolument aucune preuve de sa culpabilité au niveau des assassinats.

– Tu oublies que sa femme nous a laissé entendre que ses alibis pour les deux soirs des meurtres étaient faux.

– Nom de Dieu, Gilles, la femme du psychiatre !

– Quoi, la femme du psychiatre ?

– C'est elle qui a tué son mari ! Elle a utilisé le fait que la police le soupçonne pour le faire disparaître dans un pseudo-suicide. Il devenait logique que le toubib mette fin à ses jours s'il était soupçonné, la police penserait qu'il signait ainsi ses aveux de culpabilité. Et débarrassée de son vieux qu'elle détestait, elle pouvait empocher l'héritage ! Une sacrée opportuniste !

– Mais il a avalé toute une boîte de comprimés, comment aurait-elle pu faire ?

– Soit elle l'a poussé au suicide en le harcelant, soit elle-même l'a tué autrement, puis lui a enfilé les comprimés dans l'estomac à l'aide d'un entonnoir, soit encore elle avait un complice qui l'a aidée à ligoter son mari et à le droguer de force, ou alors…

– Vincent, arrête s'il te plaît, c'est juste impossible. Et dans ce cas-là, comment expliquer la mort de Valérian ?

– Je formule trois hypothèses : primo, comme on vient de le dire, Schweingruber avait déjà engagé un tueur qui a fini le job, secundo, sa femme, vraisemblablement avec un complice, a projeté de se débarrasser d'un délinquant qui pouvait devenir très dangereux s'il décidait de se venger sur la famille de l'assassin de ses potes, à défaut de pouvoir s'en prendre à lui-même, tertio, enfin, dernière hypothèse, ce sont deux affaires parallèles : d'une part un criminel complètement différent, et de l'autre une femme monstrueuse qui profite d'une opportunité sans aucun rapport avec son mari pour s'en débarrasser.

– Cette dernière possibilité ne tient pas. Je ne peux pas imaginer une telle coïncidence ! Schweingruber avait toutes les raisons de se venger, mais a contrario quel aurait été le mobile d'un autre tueur des trois voyous, sorti de nulle part ?

– Aucune idée.

– Il faut bien admettre que la vengeance du psychiatre constitue un moteur crédible pour qu'il soit passé à l'acte. Moi, je retiens tes deux premières explications. Et je remplacerais la troisième hypothèse par celle-ci : c'est le complice de la femme du médecin, peut-être son amant, qui a perpétré les crimes contre les membres de la BAVE pour qu'on les attribue à l'époux.

– Alors là, ce serait le comble de l'opportunisme !

– Je te propose qu'on fasse un tour à Aire-la-Ville pour cuisiner Dorothée Schweingruber.

– Gilles, laisse tomber. En fait, si tu veux connaître le fond de ma pensée, je me moque éperdument de savoir qui a éliminé ces trois ordures. Et je vais même t'avouer que leur mort m'a comblé d'aise. J'aurais scrupule à faire enfermer celui qui a débarrassé la société de ces vermines.

– Mais Vincent, est-ce que tu vas comprendre un jour que nous sommes des flics, et qu'à ce titre on ne peut pas laisser des assassins courir en liberté, même s'ils ont tué de mauvaises personnes ? Tu as changé de vie en trouvant Isabelle, mais je te le dis en toute amitié cette fois, change aussi de métier !

– Tais-toi, Gilles. Tu as raison. Je reste flic. Allons à Aire-la-Ville.

L

Quand les deux inspecteurs furent arrivés devant la porte de la ferme rénovée des Schweingruber au centre du petit village d'Aire-la-Ville, ils se trouvèrent nez à nez avec un panneau accroché au mur annonçant que la maison était à vendre.

– Tu vois Vincent, j'avais raison, madame Schweingruber a mis les voiles. Elle est probablement déjà à l'étranger, planquée avec son complice.

– On a là un indice troublant, en effet, mais aucune preuve. Se retrouvant toute seule, peut-être a-t-elle simplement voulu changer de cadre, oublier cette grande demeure qui lui rappelait un passé désagréable en compagnie d'un homme qu'elle n'aimait plus.

– Est-ce que tu te souviens du nom de ce couple d'amis dont elle avait parlé lorsqu'elle avait désavoué son mari pour le premier alibi qu'il nous avait fourni, à savoir qu'ils avaient joué aux cartes ensemble le soir du crime de Bruno ?

– Oui, oui, les Fargier, leurs voisins, ils ne doivent donc pas habiter bien loin.

Gilles et Vincent rejoignirent la rue principale du village et par chance le facteur passait justement sur sa moto électrique jaune tirant un chariot bondé de paquets et de courrier. Ils lui firent signe de s'arrêter.

– Bonjour monsieur, sauriez-vous où habite le couple Fargier ?

– Oui, bien sûr, la troisième maison sur la gauche, juste là.

– Merci !

Il n'y avait pas de sonnette, mais un heurtoir en bronze en forme de pénis. Drôle d'idée pour des gens respectables. Vincent dut s'y reprendre à trois fois trois coups pour qu'enfin la porte s'entrouvre et qu'une petite femme chétive passe la tête par l'entrebâillement.

– C'est à quel sujet?

– Bonjour madame Fargier, police judiciaire. Pouvez-vous nous accorder quelques minutes?

– Vous pouvez me présenter vos cartes de police? On m'a dit que certains voleurs utilisaient ce prétexte pour s'introduire chez les gens.

Vincent et Gilles s'exécutèrent non sans se lancer un petit sourire complice.

– Entrez donc, messieurs. Je vous prépare un café.

Ils burent un *americano* tiède et sans goût en échangeant quelques banalités, puis Ludivine Fargier montra qu'elle ne tenait pas à y passer la journée:

– Venons-en au fait, messieurs! Je dois bientôt aller faire mes courses.

Vincent mena l'interrogatoire:

– Tout d'abord, madame Fargier, avez-vous joué aux cartes avec le couple Schweingruber récemment?

– Quoi? Inspecteur, vous plaisantez, je pense. Je n'ai plus revu ces deux mauvaises personnes depuis belle lurette.

– Pardon madame, pourquoi ne les portez-vous pas dans votre cœur?

– Bon, pour Roland, tout le monde le sait, alors je peux bien vous le répéter: j'ai été son amante, ce qui a contribué à ce que mon propre couple batte de l'aile, puis il m'a laissé tomber comme une vieille chaussette. Lui ne risquait pas les foudres de sa femme Dorothée, ils ne se parlaient déjà plus.

– Et quelle est la raison de votre ressentiment par rapport à elle? Dorothée n'était pas responsable des frasques de son mari.

– Cette méchante femme a séduit mon Claude, juste pour se venger. Je reste persuadée qu'elle ne l'a jamais aimé, elle tenait simplement à me faire payer mon histoire avec Roland, et aussi à réveiller chez lui une certaine jalousie pour le faire enrager. Mais il faut me dire pourquoi vous enquêtez sur ma vie privée.

– Non, madame, rassurez-vous. Votre vie privée à vous ne nous intéresse pas, mais celle du couple Schweingruber au plus haut point. Ce sont eux qui se trouvent dans le collimateur de la justice, et ce que vous nous apprenez revêt la plus haute importance. Encore une question : savez-vous pourquoi Dorothée Schweingruber vend sa maison ?

– Son jardinier m'a dit qu'elle était partie en Thaïlande. Et vous savez avec qui ? Avec mon Claude, évidemment.

– Quelle est la profession de votre mari ?

– Vous pouvez dire de mon ex-mari, j'ai déjà engagé une procédure de divorce pour faute grave. Il est médecin anesthésiste.

– Bien, nous vous remercions beaucoup pour votre témoignage très utile. Au revoir madame.

– Au revoir messieurs, et si vous pouvez les mettre en prison pour le meurtre de Roland…

– Comment cela, madame, vous auraient-ils avoué un tel crime ?

– Non, mais ils le haïssaient, aussi bien sa femme que mon ex, et je me suis dit que la mort du psychiatre rapporterait un sacré pactole à cette folle de Dorothée. Et puis vous savez, le Roland, impossible qu'il se soit suicidé, il était égoïste et bon vivant, et son caractère ne correspond en aucun cas à celui d'un homme dépressif. Allez, bonne journée, je vous ai tout dit.

Sur le chemin du retour, les deux collègues échangèrent leurs impressions.

– Qu'est-ce que tu en penses, Gilles ?

– Eh bien tout simplement que cette piste est la bonne. Le couple meurtrier avait bien préparé son coup. Non seulement ils ont tué le psychiatre, mais Claude Fargier a exécuté les trois membres de la BAVE. C'était lui le fameux faux médecin qui avait appelé Jocelyne Louvrier du BCAS pour connaître l'identité de l'un des délinquants, le suivre et surprendre aussi les deux autres. Et sa qualité d'anesthésiste l'a bien sûr aidé à la fois pour l'injection létale dans les veines de Bruno et pour trancher la carotide d'Adam.

– Ce qui vient encore accréditer la préméditation du complot de ces deux amants diaboliques, c'est l'utilisation des galets portant la signature du psychiatre, « RS », pour le faire accuser à leur place.

– Vincent, je crois vraiment qu'on a trouvé la solution, mais on bute sur un problème essentiel: comment mettre la main sur ces oiseaux migrateurs? On peut bien transmettre noms et portraits à Interpol, mais il y a fort à parier qu'ils se sont procuré de faux papiers et ont modifié leur apparence physique. Avec un peu de chance, on les coincera dans dix ans.

– Écoute, Dorothée a déjà commis une erreur. Dire à son jardinier qu'elle allait en Thaïlande.

– Oui, comme elle aurait pu dire au Bhoutan ou en Guinée. Ne la crois pas si stupide!

– Et secundo, elle va devoir revenir à Genève pour régler la vente de sa maison. On peut savoir qui était le notaire de la famille et le contraindre à lui tendre un piège pour la cueillir dans son étude.

– Vincent, vérifions quand même la possibilité qu'elle soit effectivement partie en Thaïlande.

– Alors dans ce cas, je sais dans quelle agence ils ont acheté leurs billets, celle qui travaille le mieux pour toutes les destinations en Asie, Jerrycan-Voyages. Ils vendent des projets à la carte, individuels, en dehors de groupes organisés, et c'est précisément ce dont avaient besoin Dorothée et Claude: le luxe et la discrétion.

– Alors on y va sur-le-champ.

L'agence se situait rue Sautter, près de l'hôpital cantonal. Vincent et Gilles sortirent leurs cartes de police et demandèrent à parler au directeur. Ils furent introduits dans un bureau situé à l'arrière de l'arcade et présentés à Lorenzo Impellizzeri.

– Bonjour Messieurs, que puis-je pour vous?

– Êtes-vous bien à la tête de l'agence phare à Genève pour tout périple en Extrême-Orient?

– Certainement, et merci de le faire remarquer!

– Nous recherchons deux personnes impliquées dans une affaire criminelle qui seraient susceptibles d'avoir embarqué pour la Thaïlande dans la semaine qui précède.

– Vous me mettez dans l'embarras, messieurs. Normalement, nous obéissons à un code déontologique qui nous interdit de mentionner la destination de nos clients et…

– Monsieur le directeur, nous comprenons votre souci de discrétion, qui vous honore par ailleurs, mais là, il s'agit de personnes recherchées dans le cadre de poursuites pénales, et le juge chargé de l'enquête pourrait sans autre vous intimer l'ordre de nous révéler où ils sont partis, pour autant qu'ils aient été vos clients bien entendu.

– Alors voyons cela. J'ouvre mon ordinateur et je trouverai leur dossier avec leur nom.

– Schweingruber ou Fargier.

– Non, je n'ai aucun dossier à ces noms. Désolé.

– Et avez-vous un départ en Asie pour un couple dans les jours qui ont précédé ?

– Oui, deux couples pour la Thaïlande, un pour le Vietnam, un pour la Birmanie.

– Pouvez-vous nous donner quelques informations sur les deux couples en partance pour la Thaïlande ?

– Le premier, ce sont deux jeunes en voyage de noces pour Chiang Mai, et le second pour l'île de Koh Samui via Bangkok.

– Les noms et l'âge de ce second couple ?

– M. et Mme Joseph et Béatrice Baud, respectivement soixante-sept et soixante-cinq ans.

– Dans quel hôtel sont-ils descendus ?

– Au Buri Rasa à Chaweng.

– Et jusqu'à quelle date ont-ils réservé ?

– Pour un mois.

– À quoi ressemblaient-ils ?

– Pour ça, il faudrait voir avec mon fils Guillaume, c'est lui qui reçoit les clients pour l'Asie. Attendez une minute, je vais le chercher.

Quelques minutes plus tard, Monsieur Impellizzeri était de retour avec son fils :

– Bonjour, jeune homme. Vous souvenez-vous de l'apparence physique de M. et Mme Baud qui viennent de vous acheter un voyage pour Chaweng ?

– Oui, d'habitude, j'ai une bonne mémoire visuelle. Lui, c'est un homme à la fois élancé et distingué, cheveux gris, lunettes cerclées. Elle, elle est d'une corpulence assez fine, cheveux longs, et, ce qui m'a frappé, elle a les yeux vairons : l'un vert et l'autre brun. C'est assez rare pour que je m'en souvienne.

– Eh bien merci messieurs pour votre aide précieuse.

À peine furent-ils sortis sur le trottoir qu'ils se tapèrent dans la main, comme le joueur qui a marqué le but avec celui qui lui a fait la passe décisive.

– Je me demandais ce qu'il y avait de bizarre dans le regard de Dorothée Schweingruber, maintenant je sais !

– Et moi je sais autre chose : il ne faut jamais dire à son jardinier où l'on va.

Ils éclatèrent de rire, et Vincent de conclure :

– Le plus délicat maintenant, ce sera de convaincre Sauthier de nous envoyer à Koh Samui !

LI

Au moment où l'A380 d'Emirates se posa sur le tarmac de Suvarnabhumi Airport, Vincent se souvint de ses voyages antérieurs à Bangkok. L'envie de prendre un taxi jusqu'au Nana Hôtel pour y emmener dès le premier soir une jeune prostituée ne lui traversa même pas l'esprit. Il avait changé, grâce à sa nouvelle vie, grâce à Isabelle, grâce à Julien et Bastien, mais aussi grâce au chemin qu'il avait parcouru lui-même, à sa détermination, à son évolution personnelle.

Les deux amis n'avaient qu'une heure pour prendre une correspondance à destination de Chaweng sur l'île de Koh Samui. Après environ soixante minutes de vol, ils atterrirent sur l'île, dans un petit aéroport à ciel ouvert.

Vincent et Gilles n'étaient pas d'accord sur la technique à employer. Le premier souhaitait attaquer le couple frontalement, voire le faire avouer, alors que le second penchait pour une observation à distance. Mais celle-ci serait rendue difficile puisque Dorothée Schweingruber, alias Béatrice Baud, connaissait les deux inspecteurs à la suite du récent interrogatoire auquel ils l'avaient soumise. De sorte que finalement, ils décidèrent de se faire reconnaître d'emblée pour les cuisiner. Ils avaient loué deux chambres simples dans un hôtel à la sortie du village sur la route côtière principale en direction de Lamaï, et après y avoir déposé leurs bagages, ils revinrent à pied en direction du centre. La réceptionniste de leur hôtel, le Paradise Chaweng Beach Resort and Spa, leur avait conseillé l'Onion Restaurant pour la qualité et la fraîcheur des fruits de mer. Et ils n'eurent aucune peine à trouver l'établissement, avec une grande terrasse à laquelle on accédait par quelques marches. Ils s'installèrent à une table du fond, commandèrent deux bières, une grosse langouste et un plat de *fried rice*. Au moment de payer, Vincent poussa Gilles du coude en lui indiquant du menton l'entrée du restaurant. Le couple arrivait, bras dessus-bras dessous, rieur, et ils s'installèrent à la première table donnant sur la rue, à l'opposé de la leur, ce qui était parfait pour leur donner le temps de réfléchir à une stratégie.

– Est-ce qu'on attend pour les suivre à l'hôtel ou on les aborde ici ?

– Je pense que c'est mieux d'attendre et de leur parler à l'hôtel. On n'est pas annoncés officiellement aux autorités du bled, et si nos deux oiseaux font du grabuge, ça risque de se retourner contre nous, étant donné qu'on n'a aucun mandat international.

Ils commandèrent encore deux bières pour patienter dans la touffeur ambiante. Une heure plus tard, le couple repartit en direction du Buri Rasa, les deux inspecteurs les suivant à une distance respectable sans être repérés dans la foule abondante de touristes. Lorsque le couple arriva devant l'hôtel, il était 22 heures et les deux flics allaient vraisemblablement les empêcher de passer une soirée de rêve. Ce fut Vincent qui les interpella :

– Holà, Dorothée et Claude, quel plaisir de vous voir ici ! Mais vous préférez peut-être que je vous appelle Joseph et Béatrice ?

Fargier était interloqué, la bouche ouverte de surprise, sans pouvoir prononcer un seul mot. Mais Dorothée Schweingruber attaqua :

– Comment osez-vous venir nous importuner jusqu'ici ? Avez-vous perdu la tête ? Je vous ai déjà tout dit concernant mon mari. De retour à Genève, je déposerai une plainte à votre hiérarchie pour harcèlement d'un simple témoin. Votre démarche frise l'illégalité.

– C'est précisément monsieur Sauthier, notre supérieur direct, qui nous envoie dans le cadre d'une commission rogatoire signée par le juge chargé des crimes contre trois jeunes délinquants genevois. Si vous coopérez en acceptant de répondre à nos questions, nous repartirons en vous laissant poursuivre votre lune de miel. Dans le cas contraire, nous devrons vous livrer à la police du lieu pour qu'elle opère votre extradition, vu la gravité des charges qui pèsent contre vous. Et les démarches peuvent durer plusieurs mois. Je pense que vous serez mieux dans ce charmant hôtel que dans une prison thaïlandaise dont j'ai entendu dire qu'elles ne sont pas franchement accueillantes.

Alors Claude Fargier sortit de son mutisme :

– Eh bien suivez-nous dans notre chambre. Vous pourrez nous faire part de votre délire en toute quiétude.

En fait de chambre, il s'agissait plutôt d'un luxueux bungalow avec un jardin et un jacuzzi extérieur. Fargier les pria de s'installer sur la terrasse et apporta une bouteille de champagne. Visiblement, les menaces de Vincent l'avaient poussé à se mettre en mode convivial. En remplissant les verres, il ne put s'empêcher de risquer :

– Avant que vous posiez vos questions, messieurs, permettez-moi juste de vous demander au préalable comment vous avez su que nous étions en Thaïlande.

– Les jardiniers tiennent moins bien leur langue que leur sécateur.

– Ah, fulmina Dorothée, je vais le renvoyer dès notre retour. Mais maintenant, nous avons hâte de vous entendre. Vos questions doivent revêtir une importance majeure pour que vous soyez venus les poser jusqu'ici !

Gilles prit le relais.

– Tout d'abord, si vous n'aviez rien à vous reprocher, pourquoi avoir changé de noms ?

Dorothée assuma d'emblée le rôle de l'interlocutrice principale. On aurait dit qu'elle craignait que Claude ne commît un impair.

– J'avais reçu l'ordre de la police de ne pas quitter le territoire du canton de Genève, et je pensais bien qu'on avait signalé mon nom pour me bloquer à l'aéroport. Or après le choc dû à la mort de mon mari et parce qu'elle était suivie d'une enquête, j'étais stressée et j'avais absolument besoin de décompresser. Je connais très bien l'île de Koh Samui et je ressentais une envie irrépressible d'y retourner pour oublier ce cauchemar. Comment faire ? Alors j'ai pensé à un vieux couple d'amis, Béatrice et Joseph Baud. Lui est impotent et ne peut plus voyager. Je leur ai expliqué le problème et ils ont compris notre situation, ils n'ont eu aucune résistance à me prêter leurs passeports pour un mois, d'autant plus qu'il leur restait leurs cartes d'identité en cas de besoin. Pour ressembler aux photos des passeports, nous avons adapté nos physionomies aux leurs, coupes de cheveux, barbe à se laisser pousser pour Claude, mais quatre sexagénaires aux cheveux blancs se ressemblent finalement suffisamment pour que ça passe sans problème, ce qui a été le cas.

– Avouez qu'il est plutôt curieux de vous voir quitter la Suisse sous de faux noms, juste après la mort de votre époux Roland.

– Je ne sais pas ce qui nous a pris. C'était une immense connerie, je vous le concède. Mais nous n'avons pas pensé une seule seconde qu'on pourrait nous soupçonner du meurtre de mon mari. Vous n'imaginez tout de même pas que je l'ai tué ?

– Vous y auriez trouvé un grand intérêt sur le plan financier, et également sur le plan personnel : en vous libérant de son emprise, vous ouvriez la voie à votre nouvelle relation amoureuse.

– C'est juste grotesque. Je n'avais besoin ni de son argent ni de sa permission pour le quitter.

– Alors disons que vous avez mal choisi le moment.

– Je vous jure que je ne l'ai pas tué. Ce qu'on pourrait me reprocher, ce serait de l'avoir harcelé, de lui avoir répété je ne sais combien de fois que j'avais compris qu'il était le meurtrier de ces jeunes, et que je dirais à la police que ses alibis étaient faux. J'ai senti que je l'avais profondément déstabilisé, qu'il perdait pied. Jamais encore je n'avais perçu chez lui la moindre vulnérabilité, et là je me suis prise au jeu, je jouissais de le voir sombrer. Il m'avait fait trop de mal en me repoussant et me trompant à chaque occasion qui se présentait à lui, en ruinant notre réputation avec les accusations d'attouchements dont il a été la cible, à tort ou à raison, mais le résultat a été le même : notre situation a changé du jour au lendemain et la honte m'a longtemps accablée.

– Et vous, Claude, quand vous serez de retour à Genève, il faudra consulter votre agenda et nous dire ce que vous avez fait lors des dates des trois meurtres de ces jeunes délinquants.

L'anesthésiste partit d'un rire qui sonnait faux, puis enchaîna :

– Alors vous pensez que c'est moi qui ai tué ces gamins ? Mais dans quel but ? Je ne les connaissais même pas.

– Et les cailloux ?

– Quels cailloux? Pardonnez-moi, inspecteur, de quoi parlez-vous?

– Des galets noirs retrouvés dans la bouche des trois cadavres signés « RS ».

– J'ignorais cette preuve absolue de la culpabilité de Roland. Que cherchez-vous de plus?

– Jamais un meurtrier ne signe ses actes aussi clairement. En revanche, celui qui désire qu'on déchiffre la signature de quelqu'un pour le voir finir ses jours en prison… et s'enfuir avec à la fois sa femme et son argent…

– Si Hitchcock était vivant, il tournerait un film à couper le souffle avec votre scénario improbable!

Nouveau rire interminable, forcé, trahissant un malaise. Était-ce la peur d'être confondu ou celle d'être menacé d'une erreur judiciaire?

Dorothée tenta de mettre fin à cet interrogatoire pénible:

– Messieurs, nous rentrons à Genève dans trois semaines pour finaliser la vente de ma maison chez maître Wohlschlag, notaire à la rue du Mont-Blanc. Avec nos vrais passeports, cette fois. Ce qui prouve que notre escapade ici ne constitue en aucun cas une fuite définitive. Alors de grâce, laissez-nous terminer notre séjour tranquillement. De toute manière, nous savons désormais que nous sommes grillés avec nos passeports, que vous pourriez nous bloquer par Interpol dans tous les aéroports du monde. Mais pour la crédibilité de votre enquête, de grâce, oubliez ces élucubrations nous concernant. Nous sommes heureux d'être délivrés de Roland, certes, mais en aucun cas responsables de sa mort, ni de celle de ces loubards que nous ne connaissions pas.

Les deux inspecteurs durent se rendre à l'évidence: ils n'obtiendraient pas d'aveux. Ils prirent congé et retournèrent à leur hôtel. Ils avaient réservé pour une semaine, et ils comptaient bien s'offrir le petit break nécessaire d'une part à la digestion du jet-lag et de l'autre à l'observation du comportement immédiat de ce couple dont il semblait difficile de dire s'il était coupable de meurtre ou pas.

LII

Dorothée était passée d'une humeur joviale à une sorte de prostration qui inquiétait son amant.

– Chérie, il faut te secouer, ces deux flics n'ont strictement rien contre nous. L'orage passera. Dans moins d'un mois, on aura reçu le fric de la vente de la maison et on pourra commencer notre recherche d'un restaurant à reprendre dans une zone touristique. J'engagerai un excellent chef de cuisine avec le personnel indispensable et l'affaire tournera sans nous. On ne fera qu'encaisser les bénéfices et le reste du temps, vacances éternelles dans le sable blanc.

– Ton optimisme m'exaspère, Claude. Ne vois-tu donc pas que ces deux enfoirés sont persuadés de notre culpabilité ? Ils ne vont plus nous lâcher. Cette funeste idée de quitter la Suisse sous une fausse identité nous accable ! Comment avons-nous pu nous montrer aussi stupides ?

– Écoute, Dorothée, le soir où le vieux est mort, tu avais un alibi en béton : tout le monde t'a vue aux bains des Pâquis de 20 heures à 23h30, et moi j'étais chez un copain et sa femme quand tu m'as appelée, vers minuit.

– Mais ils ont dû pratiquer une autopsie, et peut-être avoir pu déterminer l'heure exacte de sa mort. Et s'il a passé l'arme à gauche après mon retour, je vais être soupçonnée.

– Il était déjà mort quand tu es rentrée. Je l'ai examiné de près. La surdose de barbituriques avait entraîné des problèmes respiratoires et un arrêt cardiaque.

– Alors pourquoi lui as-tu enfilé toute la boîte de médicaments dans la gorge ?

– Par sécurité, pour que la police pense que Roland a voulu en finir. Nous n'avons fait que maquiller sa mort antérieure en suicide. Mais je te l'avoue, c'était une grave erreur.

– Et toi, as-tu pensé à trouver une couverture au cas où les assassinats des loubards seraient intervenus à des moments où tu n'avais pas d'alibi?

– Là encore, j'ai ma conscience pour moi. Comme je ne les ai pas tués, je n'aurai aucun scrupule à mentir en trouvant des copains pour me couvrir.

– Au risque de t'enfoncer si la police évente la supercherie. Non, Claude, ne minimise pas la difficulté de la situation. Il y a un faisceau de présomptions contre nous, et surtout nous avons eu l'immense tort de changer nos identités. Je me mets à la place de ces inspecteurs, j'aurais pensé exactement la même chose qu'eux: des gens qui n'ont rien à se reprocher ne fuient pas leur pays sous une fausse identité. On a fait une gaffe monstrueuse qu'on ne peut plus rattraper. Nous sommes de vrais imbéciles.

De toute évidence, les vacances du couple se termineraient dans la morosité.

Pendant ce temps-là, Gilles et Vincent profitèrent de ces quelques jours de repos pour décompresser. Ils se levaient tard, se reposant enfin du jet-lag et du stress de ces dernières semaines en lézardant sur la plage de Chaweng. Le soir, ils cherchaient un endroit sympathique pour se restaurer puis partaient faire la tournée des bars de la ville avant de rentrer à l'hôtel. Une nuit, Vincent se sentait fatigué et il préféra rentrer tôt à l'hôtel se coucher. Il fit une centaine de mètres et se retourna pour voir où se dirigeait son pote. Il le vit s'enfiler dans une ruelle transversale de terre battue, là où la veille ils avaient repéré un bar avec des professionnelles. Une heure plus tard, il entendit Gilles rentrer en galante compagnie.

Le lendemain, au petit déjeuner, il ne put s'empêcher de lui poser la question qui lui brûlait les lèvres:

– Salut, Gilles, bien dormi?

– Comme une marmotte!

– Ah bon? Ça n'a pas vraiment dû lui plaire!

– Mais qu'est-ce que tu racontes? À qui?

– À la femme que tu as ramenée avec toi hier soir. J'ai entendu vos voix à travers les persiennes de ma fenêtre de chambre.

– Tu me juges, maintenant ?

– Aucunement ! Tu vis seul, tu ne trompes personne.

– Oui, et je te rappelle que toi aussi, tu as vécu seul jusqu'au moment où tu t'es mis en ménage avec Isabelle. Et tu as aussi profité de cette liberté, me semble-t-il !

– Tu as raison. Et désormais ma situation a changé. La vie se construit par phases. Tantôt la liberté assortie à une certaine solitude, tantôt une vie commune enrichissante qui exige des concessions.

– Qu'est-ce que tu préfères ?

– Je n'ai pas envie de répondre à cette question.

– Pourquoi ?

– Parce que je n'ai pas encore le recul nécessaire pour savoir.

De retour à Genève, ils s'annoncèrent à Sauthier sans oublier de lui faire un rapport exhaustif de leur entretien avec Dorothée Schweingruber et Claude Fargier. Et ils s'occupèrent de relever leur abondant courrier électronique et postal.

Gilles avait reçu un mail du légiste qui indiquait que la prise des barbituriques par Roland Schweingruber avait eu lieu en deux étapes : d'abord alcool fort et Phénobarbital vers 22 heures, puis encore une forte dose d'un grand nombre de cachets du même antidépresseur deux heures plus tard, qui n'avaient pas pu se dissoudre complètement dans l'estomac, vraisemblablement parce que la mort était survenue juste avant ou juste après.

De deux choses l'une : soit le psy s'était réveillé deux heures après avoir pris le barbiturique pour ingurgiter tout le reste, et il en était mort, soit il avait été trouvé inconscient par Dorothée et Claude qui avaient terminé le travail.

LIII

Les amants – étaient-ils coupables ? – passèrent encore une semaine à se morfondre dans leur bungalow. Ils n'avaient même plus le cœur à profiter de la plage, pourtant l'une des plus belles du monde. Et pour ne rien arranger, il s'était mis à pleuvoir, de sorte qu'ils ne quittaient plus leur chambre, sauf pour aller manger. Et puis le beau temps revint, et peu à peu ils sortirent de leur léthargie.

– Dorothée, il faut qu'on cesse de se tourmenter sans raison. Cela ne change rien à la situation. Si les deux flics avaient été sûrs de notre implication meurtrière, ils nous auraient arrêtés.

– Je ne crois pas. De toute évidence, leur mission n'avait aucun caractère officiel et ils se trouvaient coincés. Dès notre retour à Genève, ils fondront sur nous comme deux aigles sur leur proie. Et ce dont j'ai peur, c'est surtout qu'ils t'accusent des crimes contre les gamins. Là encore, si tu es le coupable, tu n'as pas réfléchi plus loin que le bout de ton nez : il leur a paru évident que la signature des trois assassinats désignant Roland nous favorisait au premier chef.

– Bon, allez, je te propose une balade sur l'île. On a besoin de se changer les idées.

– Mais je voudrais que tu me dises une fois pour toutes si c'est toi qui as tué ces mômes.

– Je t'ai déjà répondu, je ne les connaissais pas, tu m'avais juste donné leurs noms, je ne les ai pas touchés, même si leur mort nous arrangeait bien en incriminant Roland. Allons-y maintenant !

Le couple se rendit au centre du village pour louer une moto et ils partirent sur la route, sans autre but que celui de rouler au hasard pour admirer une île assez petite mais dont ils avaient entendu dire qu'elle cachait des trésors naturels assez incroyables. Ils prirent tout d'abord la route côtière et s'arrêtèrent au bout de quelques kilomètres après Lamaï pour visiter un aquarium marin. Ensuite, ils empruntèrent de toutes petites routes qui pénétraient au cœur de l'île et tombèrent sur des paysages hallucinants, cascades, lagons bleus, vues extraordinaires sur les îles environnantes depuis des collines mangées par une jungle luxuriante. En fin de journée, ils décidèrent de ne pas rentrer trop tard pour aller déguster les fameux crabes au curry rouge de l'Onion Restaurant. La bonne humeur gagnait du terrain. Ils oubliaient leurs soucis, cheveux au vent, sans casques pour mieux profiter de l'air chaud caressant leurs visages.

Quand Claude fut arrivé sur la grande route côtière, il mit les gaz. Il lui pressait de retrouver la terrasse sympathique de leur restaurant préféré, d'autant qu'ils n'avaient rien mangé depuis le matin. Au moment de doubler un char à bœufs transportant une cargaison de mangues, il fut surpris de constater que la route tournait assez brusquement, et il accéléra pour raccourcir au maximum le temps de dépassement. Il ne put éviter un camion qui arrivait à pleine vitesse en face. Le choc frontal fut terrifiant, et le camion les traîna encore sur une cinquantaine de mètres avant de s'immobiliser. Les secours mirent un temps fou à arriver, mais de toute manière c'était trop tard : ils étaient décédés sur le coup, leurs corps désarticulés pris dans les restes tordus de la moto ne laissant planer aucun doute quant à leur sort.

Le soir même, l'officier de police Udom Sangthong appelait l'ambassade de Suisse à Bangkok pour signaler le décès de deux ressortissants helvétiques originaires de Genève du nom de Béatrice et Joseph Baud. L'attachée envoya un mail à la Chancellerie de l'État de Genève qui transmit aux services de police chargés d'effectuer une recherche afin d'avertir la famille. Lorsqu'un officier de police appela le fils du couple Baud pour lui annoncer la terrible nouvelle, il fut stupéfait de l'entendre éclater de rire. L'homme lui annonça ensuite qu'il venait de quitter ses parents qui n'avaient jamais fait de moto et ne pouvaient plus voyager depuis dix ans.

Entre-temps, les deux inspecteurs Bonnard et Dreyer étaient rentrés et Antoine Sauthier, qui avait été mis au courant de l'accident, convoqua immédiatement Gilles et Vincent.

– Messieurs, je dois vous annoncer que votre voyage en Thaïlande aura été plus utile à votre besoin d'évasion qu'à l'avancement de votre enquête.

Gilles n'appréciait qu'à moitié cet humour et il se fâcha.

– Eh bien, puisque vous ne nous faites plus confiance alors que nous sommes à bout touchant, donnez-la à quelqu'un d'autre, cette enquête de malheur !

– Non, calme-toi, Gilles, je voulais juste vous annoncer que l'enquête est dorénavant terminée, et vous féliciter de l'avoir bouclée à ma grande satisfaction.

– Mais il reste à prouver la culpabilité du couple d'amants Claude Fargier-Dorothée Schweigruber…

– À quoi bon puisqu'ils sont morts.

– Pardon ?

– Oui, tués dans un accident de moto dans un choc frontal avec un camion.

– Nom de Dieu !

– Comme tu dis ! Cette fois, tout le monde est mort ! Les deux premiers assassinés, la troisième victime récente, leurs quatre assassins, et l'assassin des assassins. Je vais donc demander au juge de clore définitivement le dossier, et j'organise un apéritif ce soir dans mon bureau avec tous les inspecteurs de la PJ pour fêter l'événement. Parce que je peux vous le dire, maintenant, je n'ai pas beaucoup dormi ces derniers mois, harcelé à la fois par les médias et le chef de la police.

Gilles et Vincent se tapèrent dans la main en signe de victoire. Ils ressentaient tout de même encore le besoin de faire le point et se retirèrent dans le bureau de Gilles.

– Vincent, qu'en penses-tu ?

– Que tout est bien qui finit bien.

– Mais on ne saura jamais qui de Roland Schweingruber ou de Claude Fargier a éliminé les trois loubards, et ça me dérange.

– Moi pas. Quelle importance désormais ? De toute manière, tous les deux brûlent en enfer. Le plus important pour moi, c'est que les quatre tueurs de la BAVE aient été éliminés, surtout ce serpent de Valérian Vernet qui a osé s'en prendre à mon beau-fils. En fait, je n'ai qu'un seul regret : ne plus pouvoir envoyer un télégramme de félicitation à celui des deux qui est passé à l'acte !

– Cette fois, je renonce à espérer que tu évolues dans ta conception du travail d'investigation policière. Souviens-toi de nos discussions fréquentes où tu te félicites d'avoir changé humainement. Il reste un domaine où tu ne peux pas le faire, celui de l'acceptation d'une déontologie de ton travail de flic. Un meurtre est un meurtre et son auteur doit être puni, quelles que soient les circonstances.

– Combien d'années de prison infligerais-tu au meurtrier d'un ancien officier nazi directement responsable de plusieurs milliers de morts ?

– Vingt ans… avec sursis !

Les deux amis éclatèrent de rire. Ils finissaient toujours par se retrouver, même à l'issue d'un débat contradictoire, grâce à leur humour et à une complicité toujours plus profonde.

LIV

Pour Vincent, la routine avait repris. Heureusement, même si Genève connaissait une certaine recrudescence d'actes violents, les crimes y demeuraient relativement rares. On n'était ni à Mexico ni à Kingston. Sur les cinquante tentatives d'homicides au cours de l'année précédente, seules une dizaine avaient abouti. Et la PJ comptait environ trois-cents collaborateurs parmi lesquels une bonne centaine d'inspecteurs et autant de spécialistes scientifiques qui pouvaient aisément se répartir les tâches. Le chef de la PJ, le major Bernardini, avait demandé à ses cadres d'opérer un tournus pour les enquêtes les plus difficiles. De sorte que Gilles et Vincent n'auraient à traiter que des affaires plus ou moins courantes dans les mois à venir.

Cette accalmie professionnelle laissait le temps à Dreyer de régler ses problèmes personnels, sur le double plan éthique et financier. Il avait eu un échange intéressant avec le chef de brigade Sauthier, à la fois politiquement et humainement :

– Patron, vous vous souvenez sans doute de notre discussion récente lors de laquelle je vous annonçais mon intention de vendre ma maison de Cologny ?

– Ah oui, ce projet complètement fou, que probablement tu t'es empressé d'oublier, empêtré dans ton luxe jusqu'au cou. Comme tous les nantis, tu as des velléités de changement qui s'envolent au premier coup de vent.

– Non, non, je viens précisément vous annoncer que la vente a été effectuée et que j'ai déménagé.

– Tiens donc, et où habites-tu, maintenant ? Tu as racheté le château de Jussy ?

– J'ai acquis un appartement dans une coopérative d'habitation.

– Quoi ? Un millionnaire progressiste ? Bel oxymore !

– Ne vous moquez pas, s'il vous plaît.

– Et tu arrives en BMW dans le garage de ta coopérative ? Ça doit choquer les propriétaires de 2CV.

– Je l'ai échangée contre un break Peugeot, beaucoup plus pratique avec les enfants.

– Nom d'une pipe, Vincent, veux-tu que je présente ta candidature au parti socialiste ? Je pourrais te parrainer.

– Ne vous fâchez pas, patron, mais je dois vous répondre franchement : les paramètres politiques anciens sont complètement révolus, dépassés, désuets, ringards, ridicules, gro…

– Calme-toi, Dreyer ! Explique-moi gentiment ton opinion, j'ai besoin de tes lumières puisque je suis perdu dans la nuit de mes convictions.

– La bipolarité gauche-droite n'a plus aucun sens. Les gens de droite et les gens de gauche affrontent aujourd'hui les mêmes dangers, communs à l'humanité tout entière : la mort de la planète d'une part, et les guerres civiles qui vont très vite être engendrées par des inégalités sociales de plus en plus monstrueuses.

– Allons, allons, tu rêves, quel serait l'avantage pour des gens privilégiés de militer pour l'égalité ? Dans un certain sens, ta naïveté t'honore, mais l'homme court toujours après le même but : augmenter son pouvoir et accumuler du fric, peu lui importe que cela se fasse au détriment de la plupart des habitants de la planète.

– Eh bien détrompez-vous. J'en suis la preuve vivante. Il y a aussi des gens intelligents et honnêtes parmi les riches, qui comprennent que les fruits du travail doivent être mieux répartis.

– Mais en URSS, les bolcheviques pensaient la même chose, et cela n'a pas empêché les cadres du parti de s'en mettre plein les poches. Tu es un utopiste, mon gars. Moi je considère que la justice sociale se gagne dans une lutte acharnée, qu'elle ne va pas tomber du ciel.

– La préservation de l'espèce humaine n'est plus une utopie, mais une nécessité concrète. Nous sommes unis dans l'obligation de trouver des solutions à court terme, notamment pour sauver notre biotope.

– C'est une rengaine ! Ouvre les yeux, bon sang ! Ne vois-tu pas l'hypocrisie de nos gouvernants ? Ils annoncent tous à grands cris leurs efforts gigantesques pour favoriser les énergies vertes, et dans le même temps, pressés par l'obligation d'augmenter le PIB, ils poursuivent un encouragement sans limite à la surconsommation, ne prêchent que par une croissance exponentielle, relancent le nucléaire, retardent le plus possible la fin du recours au charbon et au pétrole… Si tu comptes sur une prise de conscience honnête des gens de pouvoir, tu ne feras qu'accélérer les conditions de notre perte. L'être humain est fondamentalement égoïste, il ne pense qu'à son intérêt immédiat et se moque de ce qu'il adviendra pour nos enfants dans cinquante ans. Seule une lutte politique de tous les instants peut inverser la tendance. Alors cette carte au PS, tu la veux oui ou non ?

– Désolé, je comprends votre analyse, mais je ne la partage pas. Le changement se fera progressivement, grâce à l'évolution de chacun d'entre nous, un à un, cent à cent, un million à un million, et enfin plusieurs milliards, comme tous les petits ruisseaux finissent par constituer un fleuve puissant dont le courant devient inarrêtable.

– Blablabla… Doux rêveur… À propos de millions, ceux de la vente de ta maison, ils sont bien toujours sur ton compte ?

Et Sauthier éclata d'un rire tonitruant, tout fier de montrer à son subordonné qu'il restait empêtré dans ses contradictions.

Cette discussion passionnée et captivante trottait dans la tête de l'inspecteur Dreyer. Il accordait à Sauthier le mérite de se trouver, dans sa vie personnelle de militant socialiste, en parfaite adéquation avec ses idées, ce qui n'était pas encore son cas à lui, tant s'en fallait. Il constatait que les anciens, de manière générale, restent fidèles à leurs idées de base, quitte à les amender, les adapter aux conditions nouvelles de la société, mais avec une remarquable fidélité. Alors que les jeunes de son âge avaient été habitués au zapping, à une mobilité d'esprit comportant certains avantages, notamment au niveau professionnel, qui cependant les rendait plus superficiels, modifiant leur avis sans en avoir analysé tous les aspects. Un esprit saute-mouton. On vote pour les partis écologiques et malgré cela on ne résiste pas à un voyage express à Barcelone en low cost. On s'affiche volontiers contre la surconsommation et par ailleurs on ne se prive pas d'une douzième paire de baskets. Incohérence et caractère influençable de la jeunesse face à la rigueur intellectuelle des seniors.

Comme Vincent avait davantage de temps après la conclusion de son enquête difficile, il passait de longues heures à réfléchir aux moyens d'utiliser son argent dans le but de calmer sa mauvaise conscience. Il enviait Sauthier, accroché dans sa vie à une ligne claire. Lui naviguait encore entre deux eaux.

Un jour, il se souvint d'un reportage qui présentait le travail remarquable d'un médecin suisse au Cambodge, à Siem Reap et Phnom Penh. Ce pédiatre, Beat Richner, avait fait construire plusieurs hôpitaux dédiés aux enfants, de sorte qu'il fut considéré comme un véritable héros non seulement par la famille royale, mais par tout le peuple cambodgien qui, grâce à lui, avait pu faire soigner ses enfants gratuitement. Car en tant que virtuose du violon, il donnait de nombreux concerts dans le monde entier pour financer ses institutions pédiatriques et rechercher des donateurs. Quand il était de retour au Cambodge, il faisait la tournée des petits malades et leur jouait du violon déguisé en clown, surnommé « Beatocello ».

Après une courte recherche, Vincent avait retrouvé le nom du journaliste responsable de cette émission : Justin Berdat. Il lui téléphona immédiatement, il fallait battre le fer quand il était encore chaud :

– Monsieur Berdat ? Ici l'inspecteur Dreyer, de la PJ de Genève. Pourrions-nous nous rencontrer ?

– Oh là, de quoi me soupçonnez-vous ?

– D'avoir fait le panégyrique d'un pédiatre qui a sauvé des milliers d'enfants !

Le journaliste rit et reprit :

– Je vous avoue ne pas comprendre le lien entre mon ancienne émission et la police.

– Non, rassurez-vous, je vous appelle à titre purement personnel.

– Écoutez, retrouvons-nous à 17 heures au bar de la TV, si cela vous convient. Dites à la réceptionniste que vous avez rendez-vous avec moi.

Le soir même, Vincent faisait face à Berdat, devant un café, dans la grande tour de la RTS.

– Merci de bien vouloir m'accorder quelques minutes, monsieur.

– Je vous avoue ma curiosité, c'est à quel sujet?

– Eh bien voilà. Je dispose de plusieurs millions à la suite de la vente de mon bien immobilier à Cologny. Je vis maintenant dans une coopérative semi-communautaire avec ma famille. J'ai changé de mode de vie, je suis actuellement arrivé à la conclusion que seul un humanisme à caractère social peut modifier le cours actuel du monde.

– Qu'entendez-vous exactement par « humanisme à caractère social » ?

– Je n'entends pas l'humanisme au sens historique, artistique et littéraire, mais plutôt dans une acception moderne, à savoir le droit pour tous les individus à vivre dignement et de manière équitable, dans un environnement sain, surtout pour les générations futures.

– Je pense alors que nous sommes sur la même ligne, vous et moi.

– Je l'ai compris en regardant votre émission, et je pensais que vous pourriez me prodiguer un conseil pour savoir comment utiliser au mieux l'argent dont je dispose à la suite de la vente de ma maison. Puisque le docteur Beat Richner est mort, sa fondation doit bien lutter pour trouver les fonds nécessaires à sa pérennisation, je présume.

– Si ce n'est pas trop indiscret, de quelle somme disposez-vous?

– D'une dizaine de millions, approximativement.

– Ah oui, vous n'avez donc pas vendu une cabane en bois! J'ai une idée, bien entendu. Si vous voulez donner une suite positive à notre intervention de l'époque, c'est possible. L'hôpital pédiatrique de Siem Reap est devenu beaucoup trop exigu par rapport à l'accroissement de la demande. Les infrastructures routières se sont améliorées au Cambodge, et maintenant les petits malades affluent de toute la province. Avec l'argent dont vous me parlez, on pourrait ouvrir une annexe supplémentaire et contribuer à sauver encore plus de vies.

– Alors allons-y ! J'ai envie de foncer.

– Si vous êtes d'accord, je vous propose de vous accompagner à Siem Reap pour vous présenter le médecin responsable de la pédiatrie, le docteur Chamroeun Seng.

– Ok, c'est parfait. Quand le voyage pourrait-il se faire ?

– Je suis libre dès lundi prochain pour quelques jours.

– Je vais tâcher de me libérer moi aussi. À bientôt.

De retour à l'Hôtel de Police, Dreyer monta directement au premier.

– Bonjour boss, désolé de vous déranger à nouveau.

– Tu veux encore te confesser, mon fils ?

– Exactement. Je vous demande une semaine de congé à partir de lundi prochain.

– Mais tu as déjà pris une semaine pour vendre ta baraque, qu'est-ce qui te reste encore à liquider ? Ton bateau ? Un chalet à Verbier ? Fais gaffe, Dreyer, tu vas te retrouver à poil, s'écria Sauthier en riant.

Alors Vincent répliqua, un rien agacé :

– Non, je vais juste construire un hôpital au Cambodge. Vous m'avez traité de rêveur utopiste, alors je passe à l'action.

– Bien ! Dans ce cas, congé accordé. Mais il sera déduit de ton temps de vacances.

– Merci de votre incroyable générosité.

Quand Vincent eut refermé la porte, assez sèchement, Sauthier se surprit de s'entendre parler à haute voix : « Il a quand même du cran, ce Dreyer ! »

LV

Quand l'avion toucha le tarmac de l'Angkor Airport de Siem Reap, Vincent fut empli de fierté. En quelques jours seulement, il était passé d'une prise de conscience à l'action. Ce n'était pas un rêve, il allait réellement pouvoir mettre en place un projet humanitaire d'envergure. Beaucoup de gens aimeraient se montrer généreux et solidaires. Lui, il en avait vraiment les moyens. Encore un privilège, pensa-t-il, celui de pouvoir se sentir utile. Mais cette fois, de nombreux enfants allaient profiter de cet argent dont il avait en grande partie hérité sans le mériter.

Pendant le vol, Justin n'avait pas cessé de lui parler. Il l'avait mis en garde contre une attitude de donneur de leçons que les Cambodgiens ne supporteraient pas. Il fallait affiner les perceptions anciennes nées de la colonisation, éviter à tout prix de penser que les Blancs amenaient toutes les solutions. C'eût été un néocolonialisme qui d'économique serait devenu intellectuel et aurait fait fi des qualités spécifiques de la population cambodgienne. Sur bien des points, elle était en avance par rapport à la nôtre. Par exemple dans l'accompagnement des malades. Ici, les familles vivaient à l'hôpital, ne quittaient jamais ceux qui souffraient, les entouraient avec une empathie dont les Européens se montrent incapables. Le journaliste avait notamment tenté de comparer ces deux situations :

– Tu vois Vincent, imaginons une femme adulte dont la mère se trouve à l'hôpital. Comment aurait-elle réagi en Europe ? Je présume qu'en rentrant en coup de vent du travail, elle aurait demandé à ses enfants d'avancer tout seuls dans leurs devoirs scolaires, puis elle serait allée faire quelques courses avant de passer en vitesse à l'hôpital où les visites sont limitées de 18 à 19 heures. Elle serait restée une vingtaine de minutes avant de devoir partir, prise par d'autres obligations comme celles de préparer le repas pour la famille ou surveiller les devoirs de ses enfants. Tandis qu'ici, les enfants et leur mère auraient apporté le repas à l'hôpital pour le partager avec la grand-mère et ils auraient dormi près d'elle, par terre.

– Alors, si la mentalité des Cambodgiens est si différente de la nôtre, quelle attitude devrais-je adopter quand on rencontrera le pédiatre Seng ?

– Te taire ! L'écouter définir une stratégie. Le laisser établir la liste des priorités. Dans son hôpital, c'est lui le patron. Nous ne sommes que ses assistants.

Après une bonne nuit dans un hôtel tout simple, ils se rendirent à l'hôpital des enfants. Le docteur Seng tomba dans les bras de Justin, avec une effusion non feinte. Entre ces deux-là, les liens s'étaient tendus sur une indéfectible amitié. Le journaliste avait emmené un interprète qui traduirait les questions et les réponses dans les deux langues. Le pédiatre les emmena dans son petit bureau, muni d'une table et de quelques chaises, et les toisa d'un regard intense :

– Alors mes amis, quel est le but de votre visite ?

Comme Vincent ne disait rien, pétrifié à l'idée de commettre un impair dès le début, Justin répondit :

– Chamroeun, je te présente Vincent Dreyer, un homme riche qui a accompli un travail assez remarquable sur lui-même. Il te propose donc son aide pour financer un agrandissement de l'hôpital. Je le lui ai suggéré à la suite de notre dernier entretien téléphonique où tu me disais manquer cruellement de place.

– C'est bien, merci monsieur Vincent. En effet, ça me brise le cœur de refuser l'entrée à des enfants qui viennent de l'autre bout de la province pour des soins urgents et indispensables. Mais j'ignore si vous savez qu'ici, les prix de la construction ont explosé. Il faudrait compter plusieurs millions de dollars. Par ailleurs, je ne sais pas s'il ne serait pas préférable de dépenser l'argent dont vous disposez pour perfectionner mes médecins, notamment dans le domaine chirurgical. C'est pour moi un profond dilemme.

Là, Vincent intervint :

– Monsieur Seng, j'ai pensé vous allouer la somme de dix millions de dollars. À vous d'établir la liste des priorités pour l'utilisation de cet argent.

– Mon Dieu, c'est considérable ! Dans ce cas, je peux envisager à la fois l'extension des bâtiments et le coût généré par l'appel à des spécialistes pour apprendre les bons gestes à mon équipe chirurgicale. Ce que je leur explique, à ces brillants médecins qui viennent parfois, c'est que nous n'avons pas besoin qu'ils opèrent eux-mêmes, mais plutôt qu'ils assistent nos médecins en les guidant pendant l'opération. Messieurs, votre venue me permet d'entrevoir l'avenir avec optimisme. Je vous en remercie infiniment.

Pendant deux ou trois jours, Vincent et Justin accompagnèrent Chamroeun dans son travail quotidien, jouèrent même le rôle d'aides-infirmiers.

Les deux hommes eurent encore le temps de visiter les fabuleux temples khmers de la région, et lorsqu'ils arrivèrent devant le Bayon, peut-être le plus beau d'entre eux, Vincent imagina que les sourires énigmatiques des têtes de pierre colossales exprimaient leur satisfaction par rapport à la mission d'entraide qu'il s'était décidé à accomplir.

Mais déjà il fallait rentrer. Au cours du vol retour, les deux hommes, que cette expérience avait considérablement rapprochés, continuèrent à échanger d'abondance, notamment sur la manière de verser les fonds. Justin conseilla à Vincent de transférer l'argent directement sur le compte du docteur Seng dont il avait les coordonnées, afin d'éviter les nombreuses déperditions des intermédiaires des associations caritatives.

La première chose que Dreyer s'empressa de faire, à peine débarqué, fut d'aller trouver son ami Ambroise Gavard, sous-directeur d'une grande banque de la place financière genevoise. Il lui demanda d'effectuer le transfert de dix millions de francs sur un compte au Cambodge. Le financier fronça les sourcils :

– Vincent, cela ne me regarde pas, mais es-tu certain de vouloir verser une telle somme ? Et si cela n'est pas trop indiscret, dans quel but ?

– Ambroise, ce compte est celui du chef de la pédiatrie de l'hôpital de Siem Reap, et il en a un urgent besoin.

– Tiens donc, tu as bu un philtre de philanthropie ?

– S'il te plaît, Ambroise, n'ironise pas.

– Bon, je vais effectuer le versement, le client est roi, mais je dois te mettre en garde : tout d'abord, l'actuel ministre de l'Économie du Cambodge, Aun Pornmoniroth, conseiller direct et bras droit du Premier ministre Hun Sen, fait vérifier toutes les tractations financières importantes. Je le sais parce que j'ai dû me renseigner, étant donné que je gère l'argent qu'un milliardaire cambodgien a déposé chez nous. Une telle somme ne passera pas en dehors du rayon des radars des dirigeants du pays. Par ailleurs, nos nouveaux règlements nous obligent, nous banquiers, à établir un rapport à l'administration suisse en cas de versement aussi important. La FINMA a mis sur pied un Office de surveillance chargé de détecter les tentatives de blanchiment soumises à l'article 305 bis du Code pénal. Bon, j'imagine que si tu voulais blanchir ton fric, tu ne l'enverrais pas là-bas !

– Je prends le risque. Tout d'abord, l'ami qui m'accompagne dans cette démarche, le journaliste Berdat, jouit d'une certaine notoriété au Cambodge. Il a même interviewé le roi à propos du travail du docteur Richner. Ensuite, je ne pense pas qu'il existe une loi contre le mécénat en Suisse.

– Comme tu voudras, Jésus. Donne ton fric, mais tu ne pourras pas sauver le monde, malgré ta grande fortune. Elle représente une goutte d'eau dans le désert.

En sortant du bureau feutré de Gavard, Vincent était perturbé. Après tout, le banquier n'avait-il pas en partie raison ? À quoi bon vouloir changer le monde tout seul ? Puis il se souvint de sa discussion avec son chef de brigade, ce qui le conforta dans sa décision.

Vincent rapporta à Justin les soucis du banquier par rapport au contrôle étatique des deux pays concernant le versement au Cambodge, et le journaliste envoya un mail au Premier ministre Hun Sen pour lui annoncer une prochaine émission de télévision sur le sujet en lui demandant de venir couper le ruban lors de l'inauguration de la future annexe. Bien joué ! Impossible pour lui de détourner les fonds.

Comme on pouvait s'y attendre, quelques jours plus tard, la FINMA avait fait part de ce versement pour l'Asie au Département fédéral des affaires étrangères.

C'est ainsi que Vincent reçut un téléphone un peu déroutant :

– Bonjour monsieur Dreyer. Je suis Yolanda Brügger, je vous appelle de la part de Monsieur Blanc, haut fonctionnaire responsable de l'aide au développement au sein du Département fédéral des affaires étrangères. Il souhaite connaître les raisons de votre versement, mais surtout il s'inquiète de ses modalités.

– C'est-à-dire ?

– Qui est le destinataire, ce Monsieur Seng ?

– Le médecin chef de la pédiatrie de Siem Reap.

– Monsieur Blanc avait bien imaginé une démarche caritative, alors il vous demande si vous connaissez l'existence des antennes des grandes organisations d'entraide qui travaillent au Cambodge depuis des décennies, en concertation avec notre Département.

– Non, désolé, je ne me suis pas informé à ce sujet.

– On peut en connaître la raison ? Inspecteur, vous devriez le savoir, vu votre profession, on tombe parfois sur des charlatans qui détournent des fonds qui transitent librement d'un pays à l'autre. Alors que si les tractations passent par des organes officiels, qui ont développé une grande expérience dans ce domaine, les risques sont réduits à néant.

– Précisément, madame, mon argent n'est pas destiné à payer le fonctionnement interne d'une association, comme le salaire des employés ou leurs notes de frais, mais doit être directement et intégralement investi dans le projet que j'ai développé.

– D'habitude, monsieur Dreyer, ça ne se fait pas comme cela.

– Existe-t-il une loi interdisant le mécénat privé ?

– Non, bien sûr, mais…

– Désolé, madame. Je gère mon argent comme je l'entends. Transmettez mes salutations distinguées à Monsieur Blanc.

Dreyer aurait sans doute connu moins de problèmes s'il avait versé les fonds au Rotary-Club pour l'organisation d'une régate sur le lac Léman.

LVI

Le printemps tombait bien. La nature renaissait en même temps que l'optimisme de Vincent. Il lui arrivait même assez souvent de descendre à pied de son appartement de Lancy jusqu'à son bureau dans le quartier de la Jonction. Il longeait le cimetière St-Georges, puis traversait le Bois de la Bâtie et rejoignait les bords de l'Arve grâce à un sentier pittoresque.

Ce jour-là, il fut surpris de trouver une enveloppe kraft sur son bureau. En la tâtant avec méfiance, il sentit une petite boule dure à travers les bulles de plastique. Qu'est-ce que cela pouvait bien être ? Il décida tout de même de se rendre dans le bureau de Gilles pour lui demander son avis.

– Gilles, j'ai reçu cette enveloppe, et je me demande si je peux l'ouvrir sans crainte. Je sens comme une petite boule à l'intérieur. À ton avis ? Elle ne va pas me péter à la tête ?

– Je crois que les envois douteux à la police transitent d'abord par le service de déminage qui les passe aux rayons X. Donc, si l'enveloppe est sur ton bureau, tu n'as rien à craindre.

– Regarde l'adresse, elle me paraît plus que bizarre. Écrite en majuscules, à l'évidence pour échapper à l'analyse du graphologue : « À L'EXCELLENT INSPECTEUR VINCENT DREYER – POLICE JUDICIAIRE – 17 BD CARL-VOGT – 1205 GENÈVE ». L'expéditeur se fout de ma gueule, et je n'aime pas ça du tout.

– Donne, pétochard, je vais l'ouvrir à ta place.

L'inspecteur Bonnard faisait le malin, mais il décacheta l'enveloppe avec une pointe d'appréhension. Il déplia le plastique de protection et dégagea un petit objet emballé dans du papier de soie qu'il déchira pour mettre à jour… un galet noir gravé, « RS » d'un côté et « SR » de l'autre. Les deux amis restaient prostrés en regardant cette pierre qu'ils ne connaissaient que trop bien. Au bout de dix secondes, Vincent se leva.

– Gilles, attends, la scientifique m'a transmis les trois autres galets, je vais les chercher dans mon bureau pour qu'on puisse les comparer à celui-ci, je reviens dans deux minutes.

Quand il fut de retour, il fallut se rendre à l'évidence: les quatre galets étaient parfaitement identiques, la gravure montrait exactement les mêmes caractères, et comme personne n'avait vu les pierres, à part eux deux, il devenait évident que c'était bien l'assassin des voyous qui avait envoyé celle-ci.

– Gilles, on a donc tout faux. Le tueur des membres de la BAVE n'est ni Schweingruber, ni Fargier, à moins qu'il existe un service postal depuis les enfers.

– En effet, Vincent, maintenant, la question essentielle consiste à savoir pourquoi il te nargue. Est-ce par jeu, juste pour te montrer que tu t'es bien planté, ou alors pour annoncer qu'il va continuer à tuer, comme aiment souvent à le faire les tueurs en série, par bravade?

– Pour répondre à cette question, il faut déterminer le mobile du criminel. Ce qui me paraît le plus probable, c'est qu'il s'agisse d'un illuminé qui se prend pour la main du juste vengeur chargé d'éliminer des ordures. Et dans ce sens, son ironie lisible dans le qualificatif «excellent» qu'il m'adresse prend tout son sens: la police se montre tellement nulle qu'il doit suppléer son incompétence. Voilà le message que personnellement je décrypte.

– Et qui, si tu as raison, se révèle assez inquiétant, parce qu'alors il n'aura que l'embarras du choix pour continuer son nettoyage.

– Après tout, Gilles, ne soyons pas hypocrites, tu connais ma position sur le sujet: l'élimination de purs salopards qui tuent ou enlèvent des innocents ne me procure aucun sentiment de pitié, seulement la vexation d'avoir dû en laisser la réalisation à d'autres, parce que nous nous sommes montrés archinuls sur ce coup-là.

– Tu me désespères avec tes sempiternelles rengaines! Franchement, si tu ne parviens pas à évoluer sur ce plan, comme tu l'as si bien fait dans d'autres domaines, malgré toute l'amitié que je te porte, je ne collaborerai plus jamais avec toi. Les chasseurs de primes de l'Ouest pouvaient ramener les bandits morts ou vifs, les flics d'aujourd'hui sont contraints de les arrêter vivants, sauf si leur vie est menacée. Tu le sais. Mais tu continues à ne pas vouloir le comprendre. Je vais me montrer honnête avec toi, Vincent : je te conseille de quitter la police.

– Je vais y réfléchir. Salut.

Vincent sortit du bureau de Gilles avec la rage au cœur. Tout d'abord, le tueur l'avait ridiculisé, et sa fierté en avait pris un sacré coup. En plus, son ami non seulement le menaçait de ne plus vouloir faire équipe avec lui, mais lui conseillait de mettre la clé sous le paillasson, et cette fois-ci sur un ton rageur et péremptoire.

Les jours suivants, Vincent resta prostré dans son bureau, seul à ruminer sa rancœur. Gilles ne bougeait pas non plus. Pour la première fois, leur dispute n'était pas suivie d'une réconciliation immédiate dans la bonne humeur d'une amitié plus forte que leurs différends. Malgré tout, Vincent ne voulait pas en rester là, sur ce malentendu, non qu'il désirât retrouver son ami, en tout cas pas pour l'instant, mais simplement pour justifier son intransigeance face aux grands criminels. Alors il envoya à Gilles un courriel électronique acide.

À l'attention de Gilles Bonnard
Concerne : votre grande intelligence

Monsieur l'inspecteur,
Vous venez de conseiller à un collègue de démissionner, en raison de son manque d'empathie pour les assassins, car il se moque de leur mort alors qu'en tant que représentant d'un État de droit, il devrait souhaiter leur incarcération et leur réinsertion. Ce collègue tient juste à vous rappeler ce qu'il a subi :

– l'exécution de toute sa famille
– la mise à mort de son chien devant ses yeux
– le kidnapping de son beau-fils

Selon vous, ces crimes pardonnables auraient dû le convaincre de faire preuve d'une attitude positive face à la grande délinquance.

La plupart des pontes de l'épistémologie génétique définissent la faculté d'adaptation comme premier critère de l'intelligence humaine. Alors bravo de vous être si bien adapté à votre interlocuteur.

Inspecteur Dreyer,
futur ex-policier sur les conseils d'un sage

La réponse, lapidaire, fusa quelque trente secondes plus tard.

– Arrête de déconner ! Je passe te prendre dans une demi-heure, on va manger ensemble.

Cette demi-heure fut peut-être la plus pénible que Vincent eût jamais vécue. Il commença par verrouiller sa porte de l'intérieur, bien décidé à laisser Gilles comme un con dans le couloir. Trop facile : lui asséner sa morale à deux balles, lui faire comprendre qu'il n'avait plus rien à faire dans la police, puis venir la bouche en cœur le chercher pour manger une pizza, comme d'habitude, comme si rien de cruel ne s'était passé. Ce n'était pas de la résilience, mais de la lâcheté. Il n'assumait plus d'avoir dépassé les bornes et voulait se racheter vite fait bien fait. Par le passé, Vincent avait toujours accepté les conseils ou même les critiques de Gilles, fussent-elles virulentes, parce qu'elles visaient à améliorer leur relation future, mais là, il la condamnait, cette relation, en le priant de faire ses cartons et d'aller voir ailleurs. Le salaud, le traître, après tout ce qu'ils avaient vécu ensemble !

Vincent entendit la poignée s'abaisser sans que la porte ne s'ouvre, puis trois coups, puis encore trois coups rageurs.

– Vincent, s'il te plaît, l'inspecteur Bonnard souhaite te donner sa définition de l'intelligence.

Cette touche d'ironie vainquit l'amertume d'un être blessé, mais qui retrouvait dans l'instant un code qui avait toujours fonctionné entre eux. Il se leva, tourna la clé dans la serrure, ouvrit la porte et tomba dans les bras de son ami.

LVII

Quelques jours plus tard, ce fut au tour de Gilles de recevoir une lettre très étrange, avec la même écriture en lettres majuscules sur l'enveloppe:

AU REMARQUABLE INSPECTEUR BONNARD, etc.

À l'intérieur, cette fois, juste un document sorti d'une imprimante, commençant par une citation:

« On vivait une époque où les hommes de plus de quarante ans y réfléchissaient à deux fois avant d'aller se promener en plein milieu de la nuit. Après quarante ans on est vieux. Et les nouvelles générations éprouvaient un total mépris pour les vieux. Un sombre ressentiment dressait les petits-fils contre les grands-pères, les fils contre les pères. Et cela n'est pas tout: il s'était créé des espèces de clubs, d'associations, de sectes, dominés par une haine sauvage envers les vieilles générations, comme si celles-ci étaient responsables de leur mécontentement, de leur mélancolie, de leurs désillusions, de leur malheur, qui sont le propre de la jeunesse depuis que le monde est monde. Et la nuit, des bandes de jeunes se déchaînaient, surtout en banlieue, et pourchassaient les vieux. Quand ils parvenaient à en attraper un, ils le bourraient de coups de pied, ils lui arrachaient ses vêtements, le fouettaient, le peinturluraient de vernis et puis l'abandonnaient, ligoté à un arbre ou à un réverbère. Dans certains cas, tout à la frénésie de leur rite brutal, ils dépassaient la mesure. Et à l'aube, on trouvait au milieu de la rue des cadavres méconnaissables et souillés. »

À la suite de ce texte, l'auteur de l'envoi avait rajouté à la main :

« CELA S'EST PASSÉ À GENÈVE, ET COMME LA POLICE N'A RIEN COMPRIS, J'AI ÉTÉ OBLIGÉ D'ÉLIMINER CES ORDURES DE JEUNES ASSASSINS. »

Gilles déboula dans le bureau de son collègue pour lui montrer ce dont il venait de prendre connaissance :

– Vincent, tiens, lis cette lettre !

– Fais voir l'enveloppe ! Ah bon, il te met dans le même sac que moi, ça fait du bien !

– Tu saurais dire d'où vient ce texte ? C'est visiblement une citation d'auteur.

– Comme ça, à la première lecture, non, je ne vois pas. C'est le ton d'une nouvelle. Je vais chercher, avec internet on trouvera.

– Essaie de recopier les premiers mots sur Google.

Vincent s'exécuta. Il tapa une dizaine de mots, mais cela ne donna rien. Alors il recopia plusieurs lignes, et là, la solution apparut :

– « Chasseurs de vieux », une nouvelle tirée du recueil *Le K* de Dino Buzzati. Tu connais ?

– Jamais entendu parler.

– On peut télécharger le texte intégral et payer en ligne.

– Vas-y !

La nouvelle était relativement courte. Vincent l'imprima en double exemplaire et les deux se mirent à lire en silence. On y trouvait la description d'une chasse aux personnes âgées menée par des bataillons de jeunes miliciens.

– Bon, c'est clair, ce texte décrit simplement le meurtre de vieillards perpétrés par des jeunes, il ne fait qu'illustrer ce que nous avons vécu avec la BAVE.

– Gilles, s'il te plaît, relis cette nouvelle encore une fois, on y trouve la clé, l'explication finale des motifs de notre mystérieux tueur. Tout s'éclaire, c'est limpide.

Gilles, un peu vexé d'être passé à côté, reprit sa lecture plus attentivement, et dès qu'il eut terminé :

– Comment ai-je pu me montrer assez stupide pour ne pas avoir immédiatement décodé le message ? Incroyable ! Le vieillard pourchassé au début de l'histoire se nomme Roberto Saggini, « RS », et le jeune milicien qui tente de le tuer Sergio Regora, « SR », les initiales gravées sur l'avers et l'envers des galets ! Mais pourquoi utiliser « SR » ? Lui, notre tueur, il représente Roberto Saggini qui se venge, un acte signé « RS », point barre.

– Non, Gilles. Le message se veut plus subtil.

– Alors évidemment, il n'est pas à la portée de mon esprit limité, je suppose.

– S'il te plaît ne sois pas susceptible, on essaie de comprendre tous les deux, ensemble. Ne te souviens-tu pas de l'une de nos discussions précédentes où nous évoquions un retournement symbolisé par l'inversion du « S » et du « R » dans les deux signatures ? Je crois que dès le départ nous avions vu juste : un symbole du revirement de la situation. Le jeune deviendra vieux. Et dès que quelques cheveux blancs apparaissent sur la tête de Sergio Regora, vers la fin de la nouvelle, à son tour de devenir la cible des chasseurs. Je pense que l'assassin a voulu montrer la volte-face du destin par un message clair : « SR » deviendra un jour aussi vieux que « RS », alors vous, jeunes imbéciles qui vous en prenez aux personnes âgées, votre tour viendra où de chasseurs vous deviendrez les proies !

– Le choix de ce texte et la finesse nécessaire pour décoder son enseignement nous démontrent que notre homme jouit d'un excellent niveau intellectuel.

– Pas forcément. *Le K* de Buzzati fait partie des lectures proposées aux tout jeunes adolescents des écoles. Je pense que beaucoup d'entre eux l'ont lu et ont parfaitement compris la morale de cette nouvelle : « Chasseurs de vieux ».

– Tu veux dire que des mômes de treize ans sont plus réactifs que moi ? C'est sympathique. On dit que la vengeance est un plat qui se mange froid, mais toi tu vas attendre qu'il gèle, je pense ! Maintenant c'est bon, Vincent, je crois que tu peux tourner le disque !

Un ange passa et on n'entendit même pas le froissement de ses ailes. Vincent reprit, faisant mine de rien.

– Il y a tout de même un élément troublant, Gilles, la coïncidence des initiales des deux héros de la nouvelle avec celles du psychiatre Roland Schweingruber. Qu'en penses-tu ?

– De toute évidence, le tueur a su, par la presse ou un autre canal, que la police soupçonnait le psychiatre. Alors ça a dû lui faire tilt, il a immédiatement opéré le rapprochement avec la nouvelle de Buzzati. Vraisemblablement, il a même pensé utiliser ce concours de circonstances pour détourner notre attention d'enquêteurs sur une autre personne. Double jeu délicieux pour un psychopathe.

– Et cela a fonctionné, même si nous pensions que son auteur s'appelait Claude Fargier. Qui d'autre a bien pu vouloir nous faire tomber dans un piège aussi grossier ?

– On risque de ne jamais le savoir. Si le piège te semble grossier, tout me porte à penser qu'au contraire, notre client bénéficie d'une habileté redoutable.

– Certainement, mais ne te fâche pas, si encore une fois je te livre le fond de ma pensée : j'aurais beaucoup moins de scrupule à laisser courir celui-ci que les quatre salopards qui ont explosé la tronche de purs innocents.

Voyant que Gilles se rembrunissait quelque peu, craignant tout de même de rallumer un feu qui avait été si difficile à éteindre, il rajouta immédiatement :

– Mais si on peut l'arrêter, on ne s'en privera pas. Un crime reste un crime, à plus forte raison s'il se répète.

Un léger sourire naquit sur les lèvres de Gilles, et malgré son évanescence quasi immédiate, Vincent l'avait bien vu. Il en fut rassuré. Dorénavant, il cesserait de provoquer celui qui malgré tout restait son seul véritable ami.

LVIII

Vincent avait tenu à emmener toute la famille à Siem Reap pour assister à l'inauguration du nouvel hôpital. Les télévisions suisse et cambodgienne se trouvaient sur place pour pérenniser l'événement.

Un homme imposant, entouré de quelques dignitaires, s'avança, une paire de ciseaux à la main :

– Moi, Hun Sen, Premier ministre du Cambodge, j'ai l'honneur d'inaugurer l'extension de notre hôpital pédiatrique, qui permettra à notre population de sauver ses enfants, les futurs piliers de notre pays. Ce bâtiment s'appellera « aile Dreyer », en l'honneur du généreux donateur suisse de ce nom. Grâce à lui, notre système de santé se perfectionne et fera bientôt la fierté de la patrie.

Il coupa le ruban, sous un tonnerre d'applaudissements. Il y avait là tout le gratin de Phnom Penh, les ministres, les hommes d'affaires, les médecins chefs de toutes les unités de l'hôpital.

Puis ce fut au tour du pédiatre Chamroeun Seng de s'avancer sur l'estrade.

– Monsieur le Premier ministre, messieurs les Ministres, chers collègues, mesdames et messieurs, c'est avec une intense émotion que je tiens à remercier mon ami Justin Berdat, le journaliste qui a entrepris il y a plus de vingt ans de moderniser nos infrastructures sanitaires grâce à une récolte de fonds impressionnante pour aider notre héros, le docteur Beat Richner, dans sa mission au service de nos enfants. Et aujourd'hui, le ciel nous envoie l'un de ses amis, Vincent Dreyer, pour perpétuer cette tradition d'amitié entre nos deux peuples, la Suisse et le Cambodge.

À ce moment du discours du pédiatre, une nouvelle salve d'applaudissements résonna. Il poursuivit :

– Je dois encore rajouter que dès demain, l'éminent professeur Philippe Martel passera deux semaines ici pour instruire nos chirurgiens aux pratiques opératoires les plus récentes. J'aimerais terminer en souhaitant que notre peuple puisse développer ses propres compétences, après que le déclic aura été donné par des personnalités juste généreuses, sans arrière-pensées, et je sais que Monsieur le Premier ministre aura à cœur de poursuivre les investissements dans le domaine si important de la santé de nos enfants.

Applaudissements polis. Normalement, on ne dit pas au Premier ministre où il doit investir, mais le courage du docteur Seng porterait peut-être ses fruits.

Tout à coup, quelques personnes se mirent à scander « Vincent, Vincent », jusqu'à ce que finalement il se sentît obligé de monter à son tour sur l'estrade. Justin leva le pouce en souriant pour l'encourager. Vincent ne parvenait pas à se lancer, la gorge nouée par l'émotion dans un contexte si nouveau pour lui, mais les applaudissements et les cris cessèrent, et le silence devenant lourd, après une quinzaine de secondes qui parurent interminables à tout le monde, il finit par lâcher quelques mots :

– Très chers amis cambodgiens, en consacrant une partie de ma fortune à la construction de ce bâtiment, je ne tiens pas à donner de leçon. Je sais que sur bien des points, votre peuple pourrait indiquer au nôtre une voie à suivre, celle de l'empathie et du courage. Moi, tout en sachant que ma démarche se révèle partielle et insuffisante, j'ai simplement décidé de changer sur le plan personnel en donnant ce que j'ai pour rééquilibrer les ressources entre ceux qui ont trop et ceux qui n'ont pas assez. Mon geste ne représente qu'une goutte d'eau dans le désert, mais quand il sera suivi de millions d'autres, la goutte deviendra un fleuve qui fera naître l'oasis de l'espoir.

Des cris de joie ponctuèrent ces quelques mots, et Chamroeun pria tout le monde de rejoindre le hall principal de l'hôpital pour prendre un apéritif.

Le lendemain, Justin proposa à la famille d'aller visiter quelques temples et sur le chemin du retour ils s'arrêtèrent dans le grand marché central de la ville où les artisans et les agriculteurs pouvaient écouler leurs objets et leurs récoltes. Beaucoup de paysans des campagnes s'étaient rabattus sur les villes, mais il restait un 20% de la population vivant tout juste de la vente des fruits de la terre.

Vincent avait déjà eu maintes fois l'occasion de traverser de pittoresques marchés lors de ses précédents voyages en Asie, en Amérique du Sud ou en Afrique, mais pour Isabelle et les enfants, ce spectacle tellement nouveau se révélait fascinant. Il leur ouvrait les yeux sur une face du monde qu'ils ne connaissaient pas. Et comme les trois jouissaient d'une grande finesse de perception, ils sentaient, chacun à son niveau, la contradiction entre le sourire des gens et leur pauvreté. Car les mêmes articles se retrouvaient à l'infini, somme toute fort peu variés, et les clients achetaient avec une évidente parcimonie, limités par leur indigence économique. Bastien s'approcha du journaliste :

– Justin, est-ce que certains enfants ne mangent pas à leur faim, ici ?

– Tu sais, Bastien, un quart de la population vit sous le seuil de pauvreté au Cambodge, et certaines familles passent plusieurs jours sans manger.

– C'est drôle, parce que les gens ont l'air contents !

– Ils sont optimistes, ils espèrent que le vent va tourner en leur faveur.

– Mais alors, que fait le président pour eux ?

– Hun Sen, le Premier ministre, a cherché à réconcilier la population qui a été déchirée par une guerre civile épouvantable dans un passé relativement récent. Par ailleurs, le Cambodge a réalisé déjà bien des progrès sur le plan économique, surtout grâce au tourisme.

Justin avait emprunté un minibus de l'hôpital. Il tint encore à faire monter la famille dans une montgolfière pour admirer la région d'en haut, puis retour en ville. Bastien était impressionné par le luxe de l'hôtel Victoria où ils étaient logés.

– Je vois plein de beaux hôtels par ici ! Il y a quand même des riches dans ce pays.

– Ces hôtels sont surtout réservés aux touristes ou effectivement aux Cambodgiens qui ont les moyens. Dans toutes les villes du monde, il y a des riches et des pauvres, mais des plus ou moins riches et des plus ou moins pauvres, et parfois très peu de riches et beaucoup de pauvres, rarement l'inverse.

– Il faudrait rééquilibrer tout ça, non ?

– Oui, bien sûr Bastien, mais ça c'est une autre histoire !

LIX

De retour d'Asie, après cette expérience enrichissante que Vincent avait tenu à faire partager à toute la famille, le cours des activités des parents et des enfants reprit normalement. Gilles se mit toutefois à harceler son collègue, lui reprochant de ne plus s'impliquer vraiment pour mettre un terme à l'enquête:

– Tu vois, Vincent, je trouve ton attitude peu professionnelle. Tu te satisfais de la sérénité retrouvée au sein de ta famille sans plus te soucier du tout de clore ce dossier de manière convaincante. À la limite, tu remercierais l'assassin des délinquants de la BAVE de t'avoir enlevé une épine du pied.

– Oui, c'est exactement cela, Gilles, il ne m'a pas seulement retiré une petite épine du pied, il nous a sortis de l'enfer!

– Je comprends bien que tes proches ont été directement impactés par les événements, mais maintenant qu'ils ne sont plus menacés d'aucun danger, je te conseillerais d'effectuer désormais ton boulot de flic sans y mêler tes soucis personnels. Et cela signifie concrètement qu'on doit serrer un meurtrier qui a sévi trois fois.

– Bien entendu, tu as raison, mais qui te dit que je ne partage pas cet objectif?

– Ne déconne pas avec moi, avoue que tu dois retrouver la motivation.

– Ok, j'en conviens, et je compte sur toi pour m'aiguillonner.

– Alors je te donne une première piste à suivre. L'explication la plus probable, c'est qu'un rival de Valérian ait cherché à se venger. Et il serait alors logique qu'il ait réservé la dernière place des meurtres à son pire ennemi pour bien lui laisser le temps d'avoir peur. D'abord ses potes, comme apéritif, et après qu'il aura gambergé, l'estocade finale.

– Et tu vois un loubard inculte citer un écrivain à l'appui de ses crimes ?

– Tu m'as dit toi-même que la moitié des gamins du canton avaient lu *Le K* à l'école.

– C'est vrai. Mais alors le mobile ? Tout de même, on ne tue pas trois mecs pour un regard de travers.

– Cherche, Milou, cherche !

– Ta gueule, Tintin.

Après un épisode tendu, les deux flics avaient retrouvé leur ancien fonctionnement basé sur un humour complice. Mais un problème extrêmement délicat vint peu à peu altérer la joie retrouvée du cercle familial de Vincent. Julien, qui avait toujours été un élève remarquable, se mit à rapporter des bulletins scolaires dénotant une baisse significative de ses résultats. Par ailleurs, alors que le foot avait éclairé sa vie de jeune sportif, à tel point qu'un ballon avait remplacé son doudou dans son lit, il renâclait à se rendre aux entraînements. Souvent, il se réveillait en hurlant au milieu de la nuit, ce qui finit par perturber l'équilibre de ses parents et de son frère qui ne parvenaient pas toujours à se rendormir. Isabelle s'en inquiéta la première.

– Chéri, Julien va mal, son enlèvement l'a profondément perturbé.

– Mais non, Isa, c'est juste normal qu'il subisse un petit contrecoup, tout va rentrer dans l'ordre très vite.

– Des cauchemars récurrents, une perte complète de motivation dans des domaines où il excellait, tu appelles ça un petit contrecoup ? Vincent, s'il te plaît, ouvre les yeux !

– Alors que proposes-tu ?

– Je pense qu'il a besoin d'une thérapie.

– Pour qu'il tombe sur un psychiatre aussi dangereux que ce Schweingruber de mon enquête, celui qui…

– Arrête, de grâce, alors ne va plus jamais chez le médecin parce que le docteur Petiot a tué vingt-sept personnes !

– Calme-toi Isa ! Je partage ton analyse. Prends un rendez-vous.

Jusqu'à quand la finesse de perception et l'intuition resteront-elles des qualités féminines ? N'était-ce pas les stéréotypes du patriarcat qui avaient poussé les hommes et les femmes à s'y conformer ? Pourquoi serait-ce un réflexe mâle de pousser les problèmes sous le tapis, et une qualité réservée aux femmes de vouloir les en ressortir pour les affronter et ainsi tout tenter pour les résoudre ?

Isabelle appela un pédopsychiatre spécialisé en psychothérapies pour adolescents, qui commença par refuser, prétendant ne plus pouvoir accepter de nouveaux jeunes patients. Mais comme elle lui expliqua la situation particulière liée à un kidnapping récent, le médecin finit par se montrer d'accord de soigner Julien et répondit qu'il le recevrait tous les mardis à 19 heures, en fait comme patient supplémentaire à la suite de son horaire habituel. La première séance fut agendée au mardi suivant, le spécialiste ayant retourné sa veste pour affirmer qu'il y avait urgence.

– Bonjour Julien. Il faut que nous nous présentions. Moi je m'appelle Michel, je suis docteur pour des jeunes qui doivent résoudre un problème qui les empêche d'avoir l'esprit libre. Et tu dois savoir que tout ce que tu me diras sera strictement secret. Cela restera entre nous, je ne le répéterai à personne, même pas à tes parents. C'est un peu comme si nous étions dans une barque sur une mer déchaînée, rien que les deux, et que nous devions ramer ensemble pour retourner sur le rivage. Ta maman m'a dit que tu ne te sentais pas très bien ces temps. Est-ce que tu peux m'expliquer ce qui te préoccupe ?

– Non, rien, monsieur, tout va bien.

– D'abord, tu peux m'appeler Michel. On m'a dit que tu faisais des cauchemars, pourrais-tu me les raconter ?

– Je ne m'en souviens pas toujours, je me réveille et mon pyjama est tout mouillé de sueur.

– Si tu en as un en mémoire, j'aimerais bien que tu me le racontes.

– J'en ai deux qui reviennent souvent.

– Vas-y, décris-les-moi !

– Dans le premier, je suis attaché à un arbre et un homme avec une cagoule noire s'approche de moi, il tient une tronçonneuse des deux mains, il rit, et il me coupe la tête. Là je me réveille.

– Et le second ?

– Je suis sur un grand boulevard, c'est la nuit, je sens mes jambes et mes bras se balancer, mais je n'avance pas, et l'homme, le même que le bûcheron avec sa cagoule noire, me rattrape et me couche au sol… et là je me réveille de nouveau, tout trempé de sueur.

– Bon, tu es d'accord que ce n'est pas très agréable ! Alors on va essayer de comprendre pourquoi tu fais ces rêves pour tenter de les désactiver. Est-ce que tu repenses à l'homme qui t'a enlevé, quand tu ne dors pas ?

– Ça m'arrive parfois.

– Et qu'est-ce que tu te dis ?

– Ben que maintenant Valérian est mort à cause de moi.

– Comment cela ? Pourquoi ?

– Parce que je me suis échappé, je l'ai enfermé, alors il a défoncé la porte de son garage pour s'enfuir, et comme il n'avait plus d'endroit pour se cacher, on l'a retrouvé et il a été abattu. Si je n'avais pas dit à Vincent où il se cachait, alors il vivrait toujours.

– Tu es triste qu'il soit mort ?

– Je ne sais pas, je me sens surtout coupable de sa mort.

– Mais c'était un criminel qui avait tué des gens, et peut-être qu'il aurait fini par te tuer toi aussi.

– Non, je crois qu'il était gentil en fait. Il m'a donné à manger, et il m'a promis de me relâcher. Je pense qu'il l'aurait fait. Il m'a juste frappé une ou deux fois, mais je l'avais bien mérité en le provoquant.

– Bon, Julien, je trouve très positif que tu aies déjà pu me dire tout ça. On va s'arrêter pour aujourd'hui. Jusqu'à la prochaine séance, je te demande simplement de te poser la question suivante : « qui de Valérian ou de moi s'est montré le plus méchant ? » Tu devras me répondre.

Après quatre ou cinq séances, Isabelle et Vincent sollicitèrent un entretien avec le pédopsychiatre. Ils voulaient absolument connaître son diagnostic. Isabelle parla, Vincent écouta, engoncé dans son rôle de mec qui laissait à sa femme celui de la spécialiste dans un domaine qui ne le concernait pas trop.

– Docteur, que vous a dit Julien ? Est-ce qu'il est encore traumatisé par le kidnapping ?

– Madame, je ne peux pas vous relater ce que m'a dit Julien. Je lui ai promis le secret médical, essentiel pour la réussite de ce que je considère comme une collaboration strictement réservée. Mais oui, le traumatisme est bien présent, de toute évidence lié à son enlèvement. Je peux juste vous faire la synthèse de mes conclusions sans vous donner le détail de nos conversations.

– Pourra-t-il s'en sortir, et dans quel délai ?

– Bien entendu, mais ce sera long.

Cette réponse du psy fit réagir Vincent.

– Qu'est-ce que vous entendez par « long » ? Ce n'est tout de même pas trop compliqué de lui montrer que tout est fini, qu'il ne risque plus rien !

– Monsieur, si vous tenez à ce que la thérapie réussisse, il faudra que vous vous montriez solidaire de la démarche, au même titre que Madame. Et surtout que vous n'empêchiez pas Julien de franchir toutes les étapes nécessaires à sa guérison.

– Pouvez-vous m'expliciter de quoi il doit guérir ?

– Il souffre de ce que dans notre jargon nous appelons « une culpabilité morbide », à savoir qu'il pense avoir joué un rôle déterminant dans la mort de ce Valérian en vous mettant directement sur sa piste.

– Mais comment ? Je ne l'ai ni arrêté ni tué, ce criminel.

– Il pense que l'élimination de cet homme a été la conséquence de la perte de sa cachette. Par ailleurs, il développe un « syndrome de Stockholm », à savoir une certaine sympathie pour son kidnappeur. On se trouve avec Julien dans un cas typique de « TSPT ».

– Pardon ?

– Le trouble de stress post-traumatique altère profondément la vie sociale de ceux qui le subissent bien malgré eux. Je vous en prie, monsieur, laissez-moi terminer mon travail, faites-moi confiance. Si vous ne voulez pas que Julien ait des problèmes comme adulte, il faut lui laisser le temps d'accomplir le long processus nécessaire à la disparition des effets du choc qu'il a subi.

Isabelle ne se sentait pas de conduire et demanda à Vincent de prendre le volant. Elle pleurait. Elle mesurait la gravité des séquelles de ce maudit enlèvement, et surtout craignait de ne pas pouvoir compter sur la compréhension de Vincent.

– Tu sais, Vincent, je crains que tu passes complètement à côté du problème. Moi je tiens absolument à ce que ce furoncle psychologique soit vidé jusqu'à sa dernière goutte.

– Moi aussi Isa.

– Alors promets-moi non seulement de faire semblant de croire à l'efficacité de la thérapie, mais d'y adhérer pleinement. C'est la moindre des compensations que tu puisses m'apporter.

– Une compensation ? Mais de quoi ?

– Je ne tiens pas à ce que toi aussi tu fasses preuve d'un sentiment de cette culpabilité morbide dont parlait le docteur, mais que tu comprennes tout de même une fois pour toutes que si nous acceptons de courir les risques des dommages collatéraux inhérents à ta profession, alors toi tu dois aussi y mettre du tien s'il s'agit d'en atténuer les conséquences.

– Bien sûr, tu peux compter sur moi, je comprends.

– Oui, mais ne fais pas semblant. Avec les enfants et moi, tu n'as pas le droit de tricher.

LX

Vincent vivait une période de compliance à la fois par rapport aux conseils de son ami et aux injonctions d'Isabelle. Il se sentait comme un toutou docile qui doit obéir aux autres et se taire, par peur de proférer des âneries ou de vexer ses proches. Sa fierté était mise à mal. Avant qu'il ne se liât d'amitié avec Gilles, ce dernier ne représentait qu'un collègue assez sympathique qui ne se serait jamais permis de le sermonner, et lorsqu'il vivait seul à Cologny, il ne connaissait pas les contingences liées à la fonction de beau-père et de concubin. Il se demanda un court instant s'il n'aurait pas mieux fait de rester dans sa tour d'ivoire, libre comme l'air. Oui, libre, certainement, dans un sens, mais terriblement esseulé, sans affection pour un vrai pote, sans amour pour une femme intelligente et deux gosses magnifiques. La vie était compliquée. Il aurait voulu tout avoir, son indépendance et en même temps un cadre de vie lui assurant l'équilibre sur le plan sentimental. Il se rendait compte que ce n'était pas possible. Alors soit il prenait ses distances avec Gilles et quittait Isabelle, soit il acceptait de faire des concessions en échange de son bonheur, directement lié à son amitié pour son collègue et à son amour pour sa compagne. Il n'hésita pas très longtemps, mais Dieu que le chemin était ardu pour un ex-égocentrique !

Sa première préoccupation consista donc à se relancer sur la piste du tueur aux cailloux. Si l'hypothèse de Gilles, à savoir la vengeance d'un rival, tenait la route, alors il fallait se remettre à arpenter les zones où il serait susceptible de rencontrer quelqu'un qui avait connu Valérian, afin de lui tirer les vers du nez : qui Vernet avait-il fréquenté, avait-il eu un différend avec un autre jeune loubard, à quel propos, etc.

Et subitement il se souvint de cette fille qu'il avait rencontrée sur les bords de l'Arve, en train de se promener avec des copains, qui lui avait avoué avoir eu une relation avec Vernet. Elle lui avait fourni son nom et son numéro et il fallait retrouver ses coordonnées dans son petit calepin qui ne le quittait jamais : Ève Dunant – 077 111 12 13.

Il essaya de composer le numéro qu'une voix monotone de femme annonçait comme non valable. La garce ! Cela signifiait à l'évidence qu'elle ne s'appelait pas non plus Ève Dunant. Elle s'était bien moquée de lui. Bon, il se souvenait qu'elle avait prétendu avoir rencontré Valérian dans un squat du quartier des Grottes. Peut-être que cette information qui ne l'impliquait pas trop était correcte, elle. Il enfourcha sa moto et la laissa derrière la gare pour continuer à pied. Il commença par traîner dans les parcs environnants, puis déambula dans les rues animées de ce quartier sympa. En fin d'après-midi, les terrasses des bistrots donnant sur de petites places animées étaient bondées de personnes de tous âges devisant gaiement en éclusant bière sur bière. Cette population semblait toutefois compter dans ses rangs davantage de bobos et d'étudiants que de voyous violents.

Vincent devait se rendre à l'évidence, le premier péché d'Ève n'avait pas été de croquer dans la pomme, mais de se foutre de sa gueule. Tout ce qu'elle lui avait dit se révélait faux, sauf deux choses : elle connaissait Valérian et s'était promenée dans le même quartier que lui. Il fallait donc retourner sur le quai Charles-Page, sur le même banc, avec un bon polar, et y rester jusqu'à ce qu'il revoie cette menteuse qui forcément ne tarderait pas à répondre à l'appel du printemps pour un délicieux pétard au bord de l'Arve.

La déduction de Vincent se révéla somme toute astucieuse, même s'il dut patienter une semaine entière avant de voir se pointer « Ève » la gothique, en compagnie d'une autre fille. Et cette fois, plus question de se laisser mener en bateau. Il eut juste le temps d'appeler Gilles en le priant de se pointer en quatrième vitesse. Dès que la fille l'aperçut, elle se mit à courir, mais Vincent la rattrapa en dix secondes et l'assit de force sur le banc suivant. Puis il referma une pince sur son propre poignet et l'autre sur celui de la môme. La copine avait mis les voiles, le vent dans le dos.

– Tu vois, maintenant nos destins sont liés, Ève! Comment se porte Adam?

– Mais j'vous ai jamais dit que j'sortais avec ce connard de Nectar, mon mec, c'était Valé, mais il paraît qu'il s'est fait buter, et j'm'en fiche en fait, parce qu'il ma traitée comme une merde.

– Ah, tu connaissais aussi Adam Bonvin? On ne peut pas dire que tu portes chance à tes mecs, toi. Merci du renseignement, là je voulais juste faire un jeu de mots avec le pseudo que tu m'as donné l'autre jour quand je t'ai demandé ton nom.

– J'comprends pas.

– Pas grave.

Gilles arrivait en voiture banalisée, gyrophare bleu enclenché. Le paquet double s'engouffra à l'arrière et Gilles reprit la route en sens inverse. Dix minutes plus tard, Ève se tenait assise, ou plutôt affalée en face d'eux dans le bureau de Vincent.

– Premièrement, ton nom.

– Agnès Grossen.

– Et tu habites?

– 20 avenue de la Roseraie, chez mes parents, mais j'y suis pas trop souvent.

– Tu vis où, en général?

– Un peu partout, chez mon mec du moment.

– T'en as eu beaucoup, des mecs?

– J'sais pas, j'ai pas compté!

– Et ça ne fait pas de jaloux, tes ex s'entendent bien entre eux? Par exemple, Valérian, il n'avait pas des problèmes avec d'autres durs à cuire que tu as fréquentés avant ou après lui?

– Mais bien sûr! Et d'ailleurs je n'y étais pas pour rien! Ils me prenaient pour leur «chose» perso, alors quand l'un de ces enfoirés apprenait qu'un autre m'avait eue, il devenait franc fou. Et moi ça me faisait marrer! J'avais le pouvoir de les exciter les uns contre les autres, trop drôle!

– Drôle au point que parfois ils allaient jusqu'au meurtre?

– J'en sais rien et je m'en tape, c'est pas mon problème.

– Cite-nous quelques-uns de tes derniers amants.

– J'les connais que par leurs diminutifs ou leurs surnoms…

– On t'écoute quand même.

– Valé, vous connaissez déjà, récemment il y a eu le Balafré, Bobo et le Barjot.

– Quoi ? Le Barjot ? Décris-le vite. Et d'abord, tu connais son vrai nom ?

– J'vous l'ai déjà dit, les noms de famille, on s'en fout, nos familles, on les voit presque plus. Lui on l'appelle aussi Greg.

– Comment l'as-tu connu ?

– C'est l'chef d'la bande de Sécheron, les « 1201 ». Normalement j'fraye pas avec les minots, lui, il doit pas être bien vieux, mais il fait déjà bien viril, ça me plaît.

– Et ce Greg, connaissait-il Valérian ?

– Bien sûr, même que quand j'lui ai dit que j'étais avec Valé, il a piqué une de ces crises ! Il a hurlé qu'il allait l'buter. Et puis il m'a tabassée, le salaud. Je sais qu'il avait déjà planté plusieurs mecs qui lui avaient piqué une copine. Il avait pas encore seize ans que toutes les crapules de la cité le craignaient déjà comme la peste.

– On va te relâcher, Agnès, mais pendant quelques semaines, tu retournes chez tes parents et tu ne ressors plus de l'appartement, compris ? Et essaie de changer de milieu, conseil d'ami.

– C'est ça, conseil de flic, oui ! À vos ordres, mon général !

Elle se leva, leur fit un doigt d'honneur, et sortit dignement, comme une pauvre princesse, jeune paumée de vingt ans retournant à sa déchéance.

Vincent se rua à La Clairière retrouver son pote Claude-Antoine Progins.

– Salut CAP. Est-ce que ce Greg le Barjot est encore ici ?

– Tu plaisantes, je crois.

– Non, pourquoi dis-tu cela ?

– Parce que tu lui avais promis d'accélérer sa sortie. Et moi, je n'aime pas rouler les gosses, même les pires. Alors ce que tu lui avais annoncé, à savoir que tu prendrais contact avec la juge pour le libérer, je l'ai fait à ta place.

– Mais tu es un grand malade, espèce d'utopiste de mes deux. Tu sais ce qu'il a fait, ton chouchou ? Il a tué trois garçons à peine plus âgés que lui. Bravo d'avoir ouvert la cage du fauve ! Maintenant, tu es complice de ses actes !

– Oh là, doucement, Vincent ! D'abord, es-tu vraiment certain de ne pas te planter, avec cette accusation péremptoire, parce qu'aux dernières nouvelles, Gregory Cavin a entamé une réinsertion prometteuse : il habite de nouveau chez ses parents et j'ai obtenu de la directrice de l'École de culture générale qu'elle le réintègre pour qu'il puisse finalement obtenir son diplôme. La juge Berger m'a appelé pour me féliciter.

– Une couverture, évidemment ! Ce que tu m'annonces accrédite mes accusations. Il se rachète une conduite pour détourner les soupçons. Et vous, les éducateurs à la bouche en cœur, vous plongez tête baissée dans tous les panneaux. Si j'ai raison, je reviendrai te demander des comptes ! En attendant, j'aimerais savoir si un autre gamin occupe son ancienne cellule.

– Pas encore.

– Parfait ! Finalement, Genève ne compte pas trop de délinquants, tu me rassures. M'autorises-tu à fouiller les lieux ? On ne sait jamais, je pourrais trouver un indice quelconque.

– Vas-y, mais c'est peine perdue, la fouine.

CAP ouvrit l'une des chambres-cellules du premier étage et y laissa Vincent.

– Je descends nous préparer un café, mais ne perds pas ton temps, tu ne trouveras rien !

Dix minutes plus tard, l'inspecteur rejoignait son vieux pote.

– Alors ?

– Rien, en effet !

– Tu t'acharnes sur lui, mais je te parie que celui-là, je suis parvenu à le sauver. Si c'est bien le cas, tu me paieras un repas à Châteauvieux !

CAP éclata de rire, et Vincent ne pouvait y résister. Il rit aussi et lâcha :

– Pari tenu !

Puis il donna une tape amicale sur l'épaule de son vieux copain, peut-être tout de même un peu plus forte que d'habitude, sortit de La Clairière et enfourcha sa Ninja pour se rendre dans la foulée à l'ECG Henry-Dunant, là où CAP avait dit que le Barjot – devait-on penser l'ex-barjot repenti –, était scolarisé.

Vincent entra dans l'école proche de Châtelaine et s'annonça au secrétariat. On transmit à la directrice qui le reçut immédiatement.

– Bonjour madame, inspecteur Dreyer de la police judiciaire. Je dois interroger l'un de vos élèves, le jeune Gregory Cavin.

– Mon Dieu, a-t-il déjà rechuté ? Nous espérions une réinsertion réussie.

– Non madame, certainement pas, mais je suis contraint de l'interroger pour une affaire qui date d'avant son incarcération à La Clairière.

– Ne craignez-vous pas de le replonger dans ses anciennes histoires ? Ne conviendrait-il pas de lui laisser le temps d'oublier son passé récent ?

– Je crains qu'il ne soit pas possible de différer cet entretien, car il s'agit d'une affaire criminelle et le juge d'instruction a besoin de certaines réponses à ses questions.

– Mais je ne peux pas vous laisser l'interroger ici, la police n'a pas loisir à s'introduire dans les écoles pour y accomplir son travail et…

– Madame la directrice, dans ce cas, Gregory sera convoqué par la juge Berger, et à ce moment-là, il pourra vraiment se prendre à nouveau pour un criminel. C'est justement pour éviter cela que je sollicitais votre compréhension, mais puisque vous refusez…

– Non, pardon de vous interrompre, je comprends, je vais le faire chercher en cours et il vous rejoindra dans la petite pièce attenante à la bibliothèque au sous-sol. Mais je vous prie de ne révéler à personne ce qui représente une entorse au règlement.

– Merci madame, vous pouvez compter sur moi.

Un quart d'heure plus tard, l'immense gaillard rejoignait Dreyer dans la petite salle de lecture.

– Bonjour monsieur, vous me pourchassez ! Qu'est-ce que vous me voulez encore ?

– Juste te poser quelques questions. Ce ne sera pas long et c'est pour t'éviter d'être convoqué comme témoin à la barre d'un procès aux assises pour trois meurtres récents. Est-ce que tu connais Valérian Vernet ?

– Non, c'est qui ?

– Celui que tu voulais buter parce qu'il avait baisé ta copine Agnès.

– Monsieur, vous me faites retomber dans un cercle vicieux. Je vous jure que je n'ai pas tué ce salopard, mais maintenant, vous me donnez l'envie d'aller planter la salope de balance d'Agnès qui vous a rencardé. Je ne vais donc jamais m'en sortir, et c'est vous qui me faites replonger.

– Allons, le Barjot, ne me prends pas pour un idiot. Tu joues au saint, mais tu restes une ordure. J'ai bien compris ton petit jeu. Alors je te conseille d'avouer les trois crimes, et j'en tiendrai compte pour demander au juge de se montrer le plus clément possible.

– Mais vous êtes complètement dingue ! Alors j'en ai tué trois d'un coup, et pourquoi pas dix ?

– Je t'accuse d'avoir tué Bruno Lescureux et Adam Bonvin, les meilleurs potes de Valérian Vernet, pour le faire bien flipper avant de finalement l'exécuter lui en dernier.

– Je rêve ! Je vous jure que je n'ai tué personne et que j'ai vraiment l'intention de changer de vie. J'ai fait des conneries, je me suis battu, j'ai consommé de la drogue, j'avoue même avoir blessé des personnes dans des bagarres au couteau, mais tuer, jamais, sur la vie de ma mère !

– Laisse ta mère tranquille, elle n'a rien à voir là-dedans. Gamberge en paix. Tu as dix-sept ans et deux mois, ça te laisse encore près d'une année pour passer aux aveux en tant que mineur. Si tu avoues des faits graves en tant qu'adulte, même si tu les as commis avant ta majorité, la sanction du juge sera deux fois plus forte.

– Arrêtez avec vos promesses débiles que vous ne tiendrez pas ! De toute manière, je suis innocent, donc je reste tranquille, vous ne pourrez trouver aucune preuve d'actes que je n'ai pas commis.

– Mes promesses débiles ? Tu as la mémoire bien courte, mon petit gars. Je t'ai promis d'intervenir auprès de la juge des mineurs quand tu étais à La Clairière, et quand en es-tu ressorti? Deux jours plus tard, grâce à moi. Alors merci pour la reconnaissance!

– Ok, c'est vrai, j'avais oublié, pardon, mais monsieur l'inspecteur, je vous en supplie, croyez-moi, je vous jure que ce n'est pas moi. Laissez-moi refaire ma vie, ne venez pas tout gâcher de manière injuste.

Le grand ado repartit le dos voûté; tout à coup il avait perdu à la fois vingt centimètres et sa superbe, cassé.

Vincent voulait encore vérifier le casier du garçon. Il retourna dans le bureau de la directrice.

– Madame, une ultime requête. J'ai besoin de jeter un coup d'œil dans le casier scolaire de Gregory. Avez-vous le double des clés?

– Oui, bien sûr, mais là, vous y allez tout de même un peu fort, inspecteur. C'est une violation de la sphère privée.

– Non, madame, nous sommes dans une enquête criminelle, et vous ne devez pas y faire obstruction. C'est mon devoir de chercher des indices. De toute manière, il y a fort à parier que le casier sera vide de tout élément compromettant, ce qui en fait servira davantage à conforter la présomption de son innocence.

– Alors tenez un passe-partout. Je vérifie son numéro au secrétariat et je reviens.

Deux minutes plus tard, elle rentra dans son bureau.

– Il s'agit du casier 289, au sous-sol. Vous remettrez la clé dans la boîte aux lettres du secrétariat.

Vincent ne mit que quelques minutes à vérifier le casier, qui effectivement ne contenait que quelques livres et cahiers.

Et en s'en retournant au bureau, il s'était vite forgé une absolue certitude: ce n'était pas lui, Gregory était innocent.

LXI

Dreyer se triturait les méninges. Il avait admis la nécessité de mettre un terme définitif à cette enquête, mais sa piste la plus chaude s'était refroidie. La détresse du Barjot n'était pas feinte, il l'aurait senti. Il se demandait comment se relancer quand son portable sonna.

– Coucou mon homme, tu es encore au bureau ?

– Mais évidemment Isa, où voudrais-tu que je sois ?

– Ne rentre pas trop tard, mon père nous invite tous les quatre pour un papet vaudois. Il m'a avoué s'ennuyer des enfants, et j'en suis ravie. Le séjour de ses petits-fils chez lui l'a beaucoup rapproché d'eux. Il a su créer une belle connivence avec Julien et Bastien, lui le pasteur rigide et froid, et là, il m'a soufflée. C'est nouveau, avant il ne les avait jamais trop calculés, j'avais l'impression de les lui imposer de temps en temps pour qu'il les emmène dans la nature, et voilà que maintenant c'est lui qui les réclame. Je suis la plus heureuse des mamans : mes garçons ont trouvé un beau-père et retrouvé un grand-père !

– Génial, je me réjouis moi aussi de le revoir. Alors je viens tout de suite, je suis en panne d'inspiration professionnelle, ça tombe bien.

Julien et Bastien se montrèrent enthousiastes à l'idée de revoir papy Victor, d'autant que Vincent n'avait pas pu rapatrier les buts et le trampoline à Cologny puisqu'il avait vendu la maison, et la famille s'embarqua joyeusement pour Bassins. Victor les attendait assis dans la cour et les accueillit chaleureusement. La longue garde de ses petits-fils l'avait transformé, jamais auparavant il n'aurait manifesté quelque effusion que ce fût, retenu par une componction de façade très protestante.

Les gamins jouaient déjà au foot, alternant le rôle de gardien de but et de tireur de penalty, en mimant la célébration des stars à chaque réussite, et après quelques banales phrases de prise de contact entre les adultes, debout dans la cour pavée, le vieux pasteur pria sa fille et son beau-fils d'entrer prendre l'apéritif. Ils s'installèrent au salon, et Victor s'en fut à la cuisine chercher le vin blanc au frigo. Il servit le liquide glacé dans les petits verres typiques ornés d'un écusson vert et blanc aux couleurs du canton de Vaud, et au moment où ils les levaient pour dire « santé », Vincent se figea. Un instant, son verre resta en l'air au bout de son bras immobile. Il fixait l'aquarium, sans pouvoir en détacher son regard stupéfait, puis il regarda Victor qui souriait d'un air gêné, et Isabelle, si fine, sentit bien cette surprenante suspension du temps, bien qu'elle ne durât que quelques secondes.

– Bon, que se passe-t-il, messieurs ? Un malaise ? Un choc vagal ? Chéri, tu n'as jamais vu de poissons rouges ? Pourquoi ton regard s'est figé sur l'aquarium ?

– Mais non, Isa, il n'y a rien, qu'est-ce que tu racontes ?

Vincent avait reçu un coup de poing dans l'estomac. Il essayait maladroitement de donner le change, mais sa voix même s'était altérée.

– Bon, il y a un malaise, j'ignore ce qui se passe, mais Vincent, je vois bien que tu fais la tête, et cela me chagrine. Pour une fois qu'on mange chez papa, tu devrais te ressaisir, excuse-moi de le dire devant lui, mais quand même, fais un effort !

– Isabelle, désolé, mais j'ai subitement repensé à mon enquête, je me suis dit que je ne parviendrais jamais à pêcher le bon poisson, j'ai des flashs soudains dus à mon angoisse de ne rien y comprendre, ce qui me perturbe grandement, mais rassure-toi, je vais me reprendre. Allez, santé encore une fois, et vive le canton de Vaud, ses vins et son papet ! Victor, il paraît que le tien est inégalable, je me réjouis de vérifier !

Après ce court intermède de crispation, l'ambiance redevint à la fois chaleureuse et détendue.

Dans leur aquarium, les deux poissons rouges tournaient tranquillement autour des algues en plastique… au-dessus du fond de galets noirs.

Et sur la table basse du salon, Victor avait juste déplacé le bouquin qui traînait là afin de pouvoir y placer le plateau avec les verres et la bouteille : *Le K* de Dino Buzzati.

De toute évidence, grand-papa avait voulu que Vincent comprît.

LXII

Les gamins étaient rentrés, et on passa à table. Victor expliqua que si son papet était tellement bon, il le devait au boucher de Begnins dont les saucisses aux choux auraient fait saliver le plus intransigeant des végétariens.

Vers 22 heures, Isabelle fit remarquer que les gosses avaient l'école le lendemain et qu'il ne faudrait pas tarder à rentrer. Alors le pasteur intervint :

– Isabelle, ma chérie, surtout ne te vexe pas, mais te serait-il possible de ramener les garçons ? Je dois avoir une petite discussion avec Vincent, et je le reconduirai à Genève dans une heure ou deux.

– Bon, vous deux, vous commencez à me gonfler avec vos cachotteries ! La femme et les enfants, circulez, les hommes passent aux choses importantes. Bande de sales machos !

– Non, rien à voir, ne sois pas stupide, ma fille. Simplement, il ne s'agit que d'une affaire de soutien financier que je vais demander à Vincent, pour un projet pastoral qui me tient à cœur. Il t'expliquera tout en détail, mais ce n'est pas assez intéressant pour que tu raccourcisses ta nuit et celle de Julien et de Bastien.

– Papa, ne déplume pas trop Vincent, on a besoin de son fric !

– Ne te fais pas de souci, je mettrais plus de temps à déplumer ton coq que toute la basse-cour !

Une fois qu'Isabelle et les enfants furent partis, les deux hommes retournèrent s'asseoir au salon. Atmosphère silencieuse et pesante. Aucun des deux ne voulait se lancer. Pour dire quoi ? Finalement, ce fut Victor qui brisa la glace.

– Eh bien oui… Qu'en penses-tu ?

– Je suis tellement abasourdi que pour l'instant, je dois digérer.

– Le papet ou la nouvelle ?

– Les deux, Victor, mais surtout la nouvelle, tu peux bien l'imaginer. J'aimerais juste comprendre pourquoi.

– Je vais te l'expliquer. Au début de ton enquête, désolé pour ma franchise, le manque de réactivité et de perspicacité dont ton collègue et toi faisiez preuve m'a franchement énervé. D'après le rapport succinct que tu m'avais fait après les deux premiers crimes, j'ai vite pensé à une bande de ces jeunes imbéciles qui traquent les personnes âgées, certainement d'ailleurs en raison de mon amour inconditionnel pour l'écrivain Dino Buzzati dont la nouvelle « Chasseurs de vieux » m'est rapidement revenue en mémoire. Je suis viscéralement ulcéré par le jeunisme ambiant dont cette forme ultime représente à mes yeux le summum de l'horreur. Et je me suis décidé à me transformer en héros de tous les vieux, avec, je le reconnais bien volontiers, une mégalomanie confinant au ridicule. Je me suis pris au jeu. Dieu saurait me pardonner d'avoir simplement anticipé son jugement dernier qui dans mon esprit ne laissait planer aucun doute. Alors que vous vous perdiez en conjectures fumeuses sur une vengeance politique ou homophobe, je me suis dit qu'il fallait gagner du temps. Je disposais du prétexte de mes cours de catéchèse d'adultes à Genève pour y venir souvent, affirmant à ma fille que mon confrère pasteur me proposait une chambre d'ami si nos séances se terminaient trop tard, et Isabelle n'y a vu que du feu. Alors j'ai bénéficié d'une chance assez incroyable : en ne partant que des indices concernant les prénoms de vos suspects, lorsqu'enfin vous aviez flairé la bonne piste, j'ai échafaudé une ruse qui a fonctionné au-delà de mes espérances, celle de me faire passer pour un médecin qui devait impérativement retrouver l'un de ses patients dont le prénom commençait par un « V ». Parce qu'à l'évidence, BAVE indiquait la première lettre des quatre prénoms des jeunes tueurs. Je l'avais compris immédiatement, tablant sur le manque d'imagination de jeunes marginaux déphasés, à l'intelligence primaire. Alors j'ai appelé les services sociaux, car j'imaginais bien que des délinquants rôdeurs et certainement chômeurs n'avaient pas d'autre moyen de survie. Par déduction, j'avais choisi le «V», simplement parce que les prénoms commençant par cette lettre se révèlent les plus rares, ce qui accroissait mes chances. Et bingo! L'éducatrice m'a transmis quatre noms, et j'ai vite compris que le bon était celui de Valérian Vernet. La police m'a même fourni l'adresse de son repaire, lorsque j'ai réitéré ma ruse de l'urgence médicale auprès du numéro 117. J'avais donc une avance considérable par rapport à vous deux.

» À ce moment, Vernet a décidé de vous menacer. C'est sans doute ce qui a causé sa perte. Pour moi, impossible d'accepter que ma fille et mes petits-fils soient menacés de mort par ce sauvage. Et même toi, Vincent, je ne voulais pas que tu disparaisses, tant je suis heureux de ce que tu leur apportes. Cette circonstance particulière m'a donné une force irrépressible, j'ai senti que l'absolue nécessité de l'élimination de cette ordure me conférait l'obstination à la poursuite de mon impérieux objectif. Et quand ce fumier a enlevé Julien, je n'avais plus aucun doute: je le retrouverais. Et même quand le petit s'est échappé, j'ai craint que ce Vernet ne récidive. Ma filature était devenue aléatoire, j'avais bien compris que le voyou se sentait traqué et qu'il se cachait ailleurs que dans son antre habituel, mais mon entêtement a fini par payer. Je savais qu'une fois ou l'autre, il reviendrait dans la gueule du loup. Et cela n'a pas manqué. Tu ne peux pas imaginer le soulagement que j'ai eu à nous débarrasser de ce monstre. C'était comme si je vous tirais les quatre d'une maison en flammes.

– Victor, je crois que je vais te céder ma place à la PJ. Tu t'es montré incroyablement perspicace. Mais alors, les deux autres, Bruno et Adam, c'est aussi toi?

– Évidemment. Il fallait déjà montrer à ce Vernet que ses jours à lui aussi étaient comptés. Et je ne pouvais pas laisser en vie des crapules qui risquaient de reprendre le job si je n'éliminais que le chef.

– Comment les as-tu trouvés?

– L'un des deux, Bruno, s'est pointé un jour au repaire de Valérian. Alors je l'ai suivi jusqu'à la cabane où il se terrait, au bord de l'Arve. J'ai commencé par lui faire avouer le nom du quatrième salopard, l'endroit où je pourrais le trouver, puis je l'ai envoyé rejoindre le diable en enfer en lui administrant une dose létale d'héroïne que j'avais achetée à un dealer. Ce fut sans difficulté pour moi puisque j'avais suivi une formation d'infirmier lors de mon service militaire dans une unité sanitaire.

– Et alors, pour Adam ?

– Un jeu d'enfant. Je vous ai vus à Sézenove ! Figure-toi que nous y étions en même temps. Là, mon estime pour vous est bien remontée. Vous aviez retrouvé la piste d'Adam. Mais la leçon que tu dois tirer de cet épisode, c'est qu'un bon flic doit s'obstiner. Si, comme moi, tu avais passé la nuit à attendre le gibier, alors c'est toi qui aurais eu l'honneur de le tirer.

– Moi, j'aurais été obligé de lui passer les menottes et de lui lire ses droits. Heureusement que tu as pu lui tomber dessus avant nous !

– Bon, Vincent, maintenant, qu'est-ce qu'on fait ? Penses-tu que je doive me dénoncer ?

– Ne me pose plus jamais cette question, Victor ! Tu as agi par empathie en état de légitime défense, non seulement pour protéger ta fille et tes petits-fils, ce qui serait déjà parfaitement conforme à la justice, mais toute la société, en empêchant que ne se perpétue le massacre d'innocents. Mais tu as quand même commis trois meurtres, et malgré la solidité des circonstances atténuantes, le juge ne pourrait t'éviter une peine de prison ferme qui te priverait de nous et nous priverait de toi. Donc il n'en est pas question.

– Viens, fiston, je vais te reconduire. Je te remercie de m'avoir écouté, ça m'a fait du bien de libérer ma conscience. Juste encore une question : que me conseilles-tu de faire avec le flingue que j'ai utilisé pour descendre Vernet ?

– Il ne faut pas le laisser ici, on ne sait jamais. Donne-le-moi, je sais comment le faire disparaître.

LXIII

Le lendemain, Vincent avait ouvert son ordinateur, juste pour se donner une contenance, si jamais quelqu'un était entré dans son bureau, mais il se trouvait dans l'incapacité de penser à autre chose qu'à cette déclaration hallucinante du père d'Isabelle. Les aveux de Victor tournaient en boucle dans sa tête. Il était partagé entre plusieurs sentiments contradictoires. Le plus prenant était une sorte de honte de s'être montré moins perspicace que son beau-père, pourtant parfaitement étranger aux techniques de l'investigation policière. Cela signifiait pour lui signer son propre arrêt de mort professionnel. Comment continuer en ayant perdu la face à ce point, même si ce n'était que dans l'esprit d'une seule personne ? Et surtout, quel aveu de faiblesse pour lui-même ! Il se sentait plus nul que le dernier des imbéciles.

D'un autre côté, son esprit s'était apaisé, complètement détendu. Il ressentait comme une jouissance libératrice d'avoir pu chasser de ses entrailles cette peur insidieuse qui le rongeait de l'intérieur, lui faisant craindre les représailles exercées sur ses proches, sentiment d'autant plus insoutenable qu'il en était directement responsable.

En tout état de cause, il n'avait plus aucune envie de continuer à faire semblant de vouloir trouver la solution face à Bonnard et Sauthier. Alors il appela son ami.

– Gilles, pourrais-tu passer me voir un moment, s'il te plaît ? J'ai quelque chose d'important à te dire.

– Juste cinq minutes, je termine un mail et j'arrive.

Un instant plus tard, le collègue de Vincent était assis en face de lui.

– Alors, je t'écoute. Tu as décidé d'épouser Isabelle ?

– Pas encore, mais tu me donnes des idées. Non, en fait, c'est par rapport à l'enquête. Est-ce que tu te fâches si je te demande de terminer sans moi ?

– Au moment de toucher au but ? Tu me fais penser à un marathonien qui s'arrête à cinquante mètres de la ligne ! Cette enquête, elle nous appartient à tous les deux.

– Mais c'est toi qui en es responsable, et à ce titre, tu devras rédiger le rapport final.

– Final, pas tout à fait, tu le sais bien ! Il manque une pièce au puzzle : qui a tué Bruno, Adam et Valérian ?

– Justement, Gilles, je te demande une faveur. Indique dans ton rapport que ces trois crapules ont été exterminées soit par Roland Schweingruber, à l'exception du dernier dont il aurait pu commanditer l'assassinat en payant un tueur, soit par Claude Fargier. Précise encore que les probabilités s'établissent à 50% sur l'un et 50% sur l'autre, mais qu'il n'existe aucune chance qu'une tierce personne ait commis ces trois crimes.

– Tu en es sûr, toi-même ?

– Pratiquement ! Et surtout, ma famille et moi aspirons au mot « fin » avant le déroulement du générique. Cette enquête a représenté un poids trop lourd pour nous quatre.

– Cela ne te gêne pas de clore la question sans être parfaitement sûr qu'il n'y manque pas le dénouement ?

– Justement pas. Admettons que celui qui a tué les trois délinquants coure toujours, même s'il n'existe qu'une chance infime pour cela, alors ma conscience de flic en prendrait un bon coup : je souhaiterais le retrouver pour l'embrasser. Je me rends bien compte qu'il vaut mieux oublier tout cela. Conclus l'enquête et contribue ainsi à me mettre définitivement dans la peau d'un bon flic.

– Tu oublies un détail important.

– Ah oui, lequel ?

– Schweingruber et Fargier étaient déjà morts lorsqu'on a reçu ces lettres de la part du tueur qui se moquait de notre incompétence.

– Mais que ce soit l'un ou l'autre, il aurait pu confier ces enveloppes à un ami et lui demander de les poster plus tard, d'un endroit improbable, pour brouiller les pistes. Crois-moi, Gilles, j'ai vraiment besoin de tirer un trait sur cette affaire.

– Je ferai selon ton souhait, Vincent, davantage par amitié que par conviction.

– Je te remercie. Tu m'aides à tourner une page qui aurait pu se révéler funeste pour mes proches et moi-même.

Quand Gilles eût quitté le bureau, Vincent ouvrit son tiroir, en sortit le petit Ruger SR 22 de Victor et le glissa dans son holster à la place de son Sig de service qu'il posa dans le tiroir dont il referma la serrure à clé.

Ensuite il sauta sur sa moto, direction le club de la Nautique. Le président comptait parmi ses connaissances et à la suite de la vente de sa maison, il avait obtenu une place dans le port, sautant à pieds joints par-dessus une longue liste d'attente.

Il monta sur son bateau. Une forte bise s'était levée et l'embarcation rebondissait sur de belles vagues qui crachaient une écume blanche tranchant sur le bleu-vert profond de l'eau d'un Léman très en colère. Il ne mit que quelques minutes pour parvenir à la hauteur de son ancienne villa. Alors il coupa les gaz et se laissa dériver lentement alors que le bateau tanguait dangereusement. Puis il sortit le Rugger et le lança dans les flots tumultueux. Son esprit s'était mis à divaguer :

Petit flingue, va te cacher au fond de ce lac que j'aime tant. Reste englué dans les algues purificatrices pour ne jamais reparaître. Je te lâche ici, parce que cet endroit symbolise mon ancienne vie, celle qui a été entachée par la mort atroce de ma famille de sang et la souffrance psychique de ma famille de cœur. Je ne pouvais plus vivre dans cet endroit doublement maudit. Mais j'y laisse un souvenir, celui de la fin d'un cycle, qui annonce une existence future où la violence liée à mon métier ne viendra plus jamais troubler la quiétude de ceux que j'aime le plus au monde.

Les larmes avaient inondé son visage. Il reprit la barre, opéra un demi-tour sur les eaux qui commençaient à se déchaîner et se dépêcha de rentrer au port. Puis, trempé par la pluie battante, il se réfugia dans le bar. Une quinzaine d'habitués qui n'avaient pas pu sortir avec leurs bateaux en raison du gros temps jouaient au bridge ou bavardaient doucement. Vincent s'approcha du zinc et hurla à la cantonade.

– Barman, quinze Remy-Martin, c'est ma tournée !

Le garçon aligna quinze verres ballon, les remplit, sans un mot ni un sourire. L'inspecteur Dreyer en saisit un, se retourna face aux clients interloqués, vida le contenu du verre cul sec et lança :

– Buvez à ma santé, ce jour est à marquer d'un galet blanc !

Puis il marcha lentement vers la porte et sortit dignement. On n'entendit que quelques « mercis » chuchotés entre des lèvres pincées par la stupéfaction.

ÉPILOGUE

Quand Vincent lut « Victor » sur l'écran de son portable qui vibrait, il fut submergé d'une vague d'inquiétude. Et si ce vieux calviniste, trituré de remords, tenait subitement à soulager sa conscience chrétienne ?

– Allo, Victor, non c'est non !!! Pas question de te dénoncer pour briser notre bonheur à tous !

Le flic n'avait pas pu se retenir de parler en premier, tant il était sûr d'avoir anticipé le problème.

– Mais qu'est-ce qui te prend, Vincent ? Je ne t'appelle pas pour ça.

– Désolé, alors je t'écoute.

– Tu sais, quand j'ai utilisé le prétexte d'une action pastorale pour justifier la prolongation de notre discussion, c'était vrai.

– Ah bon ? De quoi s'agit-il ?

– Connais-tu l'EPS ?

– Non, éclaire-moi.

– L'Église protestante du Sénégal a été fondée en 1863 par un pasteur vaudois, Louis Jacques, et je me suis donc intéressé de près à la communauté que ce confrère avait créée en Casamance. Aujourd'hui encore, de jeunes pasteurs sénégalais tâchent de faire perdurer son œuvre. Mais le pays, à majorité musulmane, ne compte que 3% d'habitants chrétiens, dont 2% de catholiques et seulement 1% de protestants. Alors, cette minorité de la minorité ne dispose que de peu de moyens. Et je pense qu'on pourrait les aider.

– Comment ?

– Il s'agirait de transformer en un petit temple les ruines d'une ancienne maison coloniale sur l'île de Niodor, au sud de Dakar.

– Aucun problème, c'est ok.

– Alors j'aimerais bien qu'on y emmène la famille, comme tu l'avais fait au Cambodge, surtout pour ouvrir le cœur des enfants.

– Bonne idée.

– Et je souhaiterais aussi que ma nouvelle compagne vienne avec nous.

– Comment ça, Victor, tu as une amie? Mais quelle bonne nouvelle!

– Oui, mais c'est un peu délicat, il faudrait que tu prépares le terrain pour Isa et les enfants.

– Pourquoi? Ils sont suffisamment larges d'esprit pour se réjouir de te voir heureux.

– Toi, par exemple, crois-tu que la différence d'âge puisse empêcher une vraie relation amoureuse?

– Non, mes parents avaient sept ans d'écart et ils s'aimaient profondément.

– Ah oui, mais là, elle a trente ans...

Vincent lui coupa la parole:

– Si ta compagne a trente ans et toi septante-cinq, même si ce sont les sentiments qui comptent, pas les normes sociales, tu risques de faire face à quelques commentaires acerbes...

– Tu ne m'as pas laissé finir ma phrase, elle a trente ans... de moins que moi! Elle vient de fêter ses quarante-cinq ans. Cela fait quand même une génération d'écart, et pratiquement l'âge de ta femme, ma fille. Tu vois, Vincent, c'est comme si les pulsions que j'ai refoulées si longtemps au fond de moi remontaient, sans que je ne puisse les maîtriser: mon besoin de faire justice et de vous protéger, moi qui ai si peu été présent dans la vie de ma fille quand elle était petite et avait besoin d'un père. Et maintenant, alors que je suis vieux et me révolte contre le jeunisme, cet appel des sens... Je ne contrôle plus rien et je ne me reconnais plus!

– D'où vient-elle, cette jeune femme?

– Précisément, de Niodor, au Sénégal, et je pense qu'elle serait enchantée de revoir la terre de son enfance. Elle s'appelle Fatoumata, c'est grâce à elle que j'ai enfin le sentiment d'avoir fini d'accomplir le deuil de ma première épouse. Elle m'a permis de sortir de ma tanière, je ne suis plus juste un grand-père et un homme d'Église à l'extérieur, et un ours blanc à l'intérieur. Je suis victorieux du mal et je veux désormais célébrer la vie.

Retrouvez la prochaine enquête
de Vincent Dreyer dans le troisième tome de la trilogie :
Étoiles funèbres.

Remerciements

Je tiens à remercier vivement Sophie Rossier-Pilloud, Aline Lehmann, Corinne Golaz et Raymond Imperiali pour leur relecture minutieuse et leurs conseils précieux.

Un grand merci également aux personnes suivantes pour leurs éclairages fort utiles :

- Constantin Franziskakis, responsable des commissaires de la police genevoise.
- Sylvain Gischig, chef de section à la Police judiciaire de Genève.
- Tony Fracasso, professeur responsable de l'unité romande de médecine légale et d'imagerie forensique.

Découvrez en images tous les endroits phares de l'enquête en scannant ce QR code :